Les Traqueurs

Du même auteur

Retour à Cold Mountain, Calmann-Lévy, 1997
Treize lunes, L'Olivier, 2008
À l'orée de la nuit, Grasset, 2014

Charles Frazier

Les Traqueurs

Traduit de l'anglais (américain)
par Marie Hermet

FEUX CROISÉS
PLON
www.plon.fr

Titre original
The Trackers

Collection Feux Croisés

Ouvrage édité par Dominique Bourgois

92, avenue de France
75013 Paris
Tél. : 01 44 16 09 00
www.plon.fr
www.lisez.com

Dépôt légal : août 2024
ISBN : 978-2-259-31980-5
Mise en pages : Nord Compo

Pour David et Elizabeth

« Dès que vous embarquerez, vous serez libres...
Mais ne vous égarez pas. »

Sophocle, *Les Limiers*

« La faim, le froid et la mort accompagnent le feu vert de chaque train où s'aventure le gamin vagabond. Il en vient vite à les fréquenter comme de vieilles connaissances. »

Thomas Minehan,
Boy and Girl Tramps of America, 1934

Une photo de journal en noir et blanc, floue. *Je suis sur un échafaudage fait de deux grands escabeaux reliés par des planches. J'ai à peine ébauché la fresque, je n'ai même pas commencé à poser la couleur sur le mur du tout nouveau bureau de poste. Sur la photo, le mur paraît presque blanc, mais si on sait ce qu'on cherche, on distingue le quadrillage crayonné que j'y ai tracé, où j'esquisserai bientôt les grandes lignes de mon épure – des lignes courbes qui traversent l'espace, enflent, montent, se brisent comme des vagues, en un flux d'énergie qui va de gauche à droite comme une ligne de texte. Je suis debout sur l'échafaudage, ma tête touche presque le plafond. Mes cheveux en bataille auraient besoin d'une coupe. Je porte un pantalon beige ample, un T-shirt de travail, une vieille paire de Converse All Stars. Sur la photo, les taches de peinture sont à peine visibles. J'ai un pinceau à la main, non parce que je l'ai utilisé, mais parce que le photographe m'a demandé de le tenir de telle façon qu'il apparaisse dans l'objectif. Long et Eve se tiennent à quelques mètres l'un de l'autre sur le nouveau carrelage noir et blanc, le menton levé, et me regardent. Eve est en tenue de cow-girl de music-hall. Elle a l'air un peu ridicule et, à ce moment-là, plutôt ordinaire. Long porte un costume sombre avec de subtils empiècements western sur la poitrine. La photo met en évidence le gris de ses tempes et souligne leur différence d'âge. Ils sont fatigués, ayant fait des heures de route depuis Cheyenne après plusieurs soirées de meetings politiques, de lobbying et d'échanges de bons procédés. L'ampoule du flash enregistre le moment où nous nous rencontrons pour la première fois. L'article fait partie des nouvelles du jour. La légende de la première page du* Dawes Journal *proclame :* « Après un voyage à Cheyenne, l'éleveur renommé John Long et son épouse accueillent un peintre de la Works Progress Administration[1] ».

1. Principale agence fédérale instituée dans le cadre du New Deal. *(N.d.T.)*

I

BLEU DU CIEL
À TROIS MILLE MÈTRES

Un après-midi de mai, sous un ciel de montagne sans nuages, frais malgré le soleil brûlant à tout embraser, j'ai viré à droite pour quitter la chaussée et passer sous un porche massif en rondins de pin disposés en H. Un panneau presque discret, suspendu en travers par deux chaînes, indiquait : « Long Shot ». Le long du chemin de terre, les lignes électriques et téléphoniques couraient en un double arceau noir d'un poteau à l'autre sur un demi-mile de hautes herbes et de sauge.

Au fond de l'allée s'étirait le long bâtiment du ranch, d'un brun foncé. La maison ne paraissait pas ancienne – il n'y a pas grand-chose d'ancien ici à part la terre elle-même – mais d'une modernité agressive. Ses toits plats géométriques donnaient l'impression que Frank Lloyd Wright avait été engagé un matin pour dessiner un énorme cabanon en pierres et en rondins et qu'il avait bâclé l'affaire pour finir avant le déjeuner. Deux ailes basses étirées flanquaient le bâtiment principal, haut et anguleux. J'ai aussitôt pensé que la maison se recroquevillait sur elle-même, comme si des bandes d'assaillants rôdaient encore dans les plaines. Sur le plan architectural, on se demandait de qui elle avait peur ou, à l'inverse, à qui s'adressait sa colère.

À gauche de la maison, la grande route goudronnée était assez éloignée pour que les véhicules apparaissent en miniature, à peine visibles et totalement silencieux. À droite, la prairie s'étendait vers l'ouest, à travers des collines couvertes de sauge, jusqu'aux montagnes boisées de pins bleu noir devant les pics neigeux irréels, minces comme une feuille de papier à dessin sur le ciel, de la chaîne des Rocheuses Wind River. Devant mon pare-brise, une porte d'entrée à deux battants, assez haute et large pour laisser passer une locomotive, ou au moins une Packard, restait close. Au-delà de l'épaulement de la maison, un troupeau de vaches rouges paissait à flanc de colline. Elles dérivaient toutes dans la même direction, associées à leurs ombres, dans un mouvement lent comme la marée montante. Le ciel s'étirait, vide et bleu, jusqu'à l'horizon.

Je suis monté sur le perron pour frapper, trois fois. Le heurtoir, un fer à cheval stylisé en bronze, avait la taille d'un support de canne à pêche. J'ai attendu, et frappé encore.

Pas de réponse.

À droite de la maison, j'ai aperçu un enclos rond, sablé, entouré de clôtures à lattes de bois, à côté d'une écurie massive au toit triangulaire. Au centre du cercle, un vieux cow-boy mince, coiffé d'un chapeau de paille effiloché, faisait tourner un jeune quarter horse au bout d'une longe ; des oreilles à la croupe et du garrot aux sabots, le cheval était plus petit que les pur-sang que certains clients de mon père montaient pour tuer des renards avec leurs meutes. De la poignée à la pointe, le fouet mesurait deux fois la taille du cow-boy, qui faisait tournoyer sa main droite, sans la serrer, en traçant un huit, apparemment pour le son lent et rythmé, la mélodie. La pointe ne touchait jamais le cheval qui trottait en rond, tête et queue relevées, oreilles en arrière.

J'ai marché vers le corral et attendu qu'on me remarque. Le cow-boy n'a même pas levé les yeux. Il semblait parler tout bas avec son animal. Parfois, il laissait tomber le bout de la chambrière sur le sol et effleurait le cheval avec le manche, sur le poitrail ou le haut des jambes. Un rappel, comme on donne une tape sur l'épaule de quelqu'un. L'animal s'arrêtait, changeait de direction, modifiait son allure, suivant d'infimes mouvements de la main droite de l'homme, ou ses mots chuchotés. À un moment, permettant au cheval de ralentir jusqu'à l'arrêt, le cow-boy a relâché la longe et l'a laissée tomber par terre. Tête baissée, il regardait le bout de ses bottes en reculant de quelques pas lents, comme s'il n'attendait rien de l'animal et l'avait même complètement oublié. Au bout de quelques secondes, le cheval s'est approché de lui, curieux mais méfiant ; l'homme a tiré sur la longe jusqu'à ce qu'elle se soulève du sol, tout en restant lâche. Il a fait un léger bruit de bouche. Le cheval s'est mis à trotter en rond le long de la clôture. La succession des événements montrait une communication, un langage, et lorsque le cheval s'est mis à tourner, mû seulement par un son bref, j'ai eu l'impression d'arriver à la fin d'une strophe.

« M. Long ? » ai-je demandé.

Le cow-boy gardait les yeux sur le cheval, ses mains flétries aux jointures apparentes entièrement occupées par la longe et le fouet. Il a penché la tête en arrière, indiqué du menton la façade de la maison. Lorsque l'ombre du bord de son chapeau s'est relevée, la lumière du soleil a éclairé son visage et illuminé ses moustaches blanches. Au premier coup d'œil, il semblait dépourvu de bouche, car du nez au cou, on ne lui voyait que des poils. Il portait un jean Levi's usé jusqu'à la corde et une chemise western à carreaux bleu délavé dont les manches étaient coupées au ras de l'épaule. Sous la peau tannée comme un cuir de selle, ses avant-bras, ses bras et ses épaules ressemblaient à une étude anatomique. Les muscles, les tendons et les veines se tordaient comme des cordages, se nouaient en se contractant. Son visage grisonnant paraissait greffé sur un corps plus jeune.

Je suis resté un moment près de la clôture, me demandant quoi faire, jusqu'à ce que le cow-boy, sans détourner son attention du cheval, dise enfin : « Allez, entre. »

Puis il s'est adressé au cheval : « J'ai réussi à te faire apprendre le mot "Va" ! Alors on s'arrête là et on rentre à l'écurie. »

J'ai remonté les marches du porche, frappé à nouveau, puis j'ai ouvert les lourdes portes, passé la tête et crié : « Hello ? Bonjour ? Il y a quelqu'un ? »

Apparemment, non.

J'ai donc franchi le seuil. Lorsque mes yeux se sont ajustés, la pièce s'est révélée sombre, large, plus haute que prévu, bâtie en murs de rondins et poutres massives, avec un plafond en planches de pin Douglas.

Le jour filtrait par des fenêtres à claires-voies aussi étroites que des meurtrières dans les murs d'un fort. Le cercle de lumière ambrée d'une grande lampe à abat-jour de mica, posée sur la table ronde en chêne, définissait le centre de l'espace. Des rayonnages de livres absorbaient le son et la lumière, mais partout je distinguais des tableaux exposés en rangées qui s'élevaient vers le plafond. Sur des socles et des étagères, des bronzes représentant des chevaux dans diverses contorsions de rodéo.

Hors de portée de bras, un fusil à longue lunette de visée occupait une étagère horizontale qui semblait faite pour lui, un espace destiné à exposer un objet d'art. La bouche de l'arme était soutenue par un mince tréteau métallique, et l'oculaire en caoutchouc de la lunette s'évasait comme une couronne. Plusieurs petits boutons et roues moletées interrompaient le long corps de la lunette et me donnaient envie de monter sur un escabeau pour les manipuler, en sentir la précision. Le fût atteignait presque la bouche du canon et l'ensemble, bois, métal et verre, brillait comme s'il avait été poli la veille.

Au bout de la pièce, des couloirs mieux éclairés partaient vers la gauche, la droite et face à moi, mais j'hésitais à aller plus loin. J'ai fait le tour du hall en regardant les œuvres d'art, principalement des scènes de l'Ouest. J'aurais eu besoin d'une lampe de poche pour voir les signatures, mais j'étais sûr que beaucoup des chevaux cabrés et des Indiens des plaines chassant le bison étaient signés Russell.

Une petite série de Remington offrait en particulier une élégante scène de neige, presque en noir et blanc, représentant des cavaliers grimpant à travers des rochers sur un sentier de montagne accidenté ; si je reculais en louchant un peu, elle devenait quasi abstraite. C'était le genre de peinture dont j'avais étudié les reproductions avant de composer ma proposition de fresque à présenter à Hutch, mon professeur d'arts plastiques, pour qu'il la défende devant la Commission.

Sur un côté, j'ai repéré un petit et superbe paysage de montagne, sûrement un Moran.

Enfin, c'était une surprise, au moins dans ces premiers instants, deux peintures françaises. L'une était sans doute un Matisse, une femme se prélassant sur une chaise dans une pièce rouge dont la porte s'ouvrait sur une mer bleue. L'autre, j'en étais presque sûr, était un petit Renoir, un paysage de brume, de l'eau scintillante, un pré fleuri, une silhouette féminine au loin se distinguant à peine de la végétation. Le tableau lui-même devait faire à peine treize centimètres sur dix-huit, mais il était entouré d'un cadre large et sombre, presque plus de cadre que d'image, pour renforcer sa luminosité et son caractère de bijou inestimable. Quand vous le regardiez, il refluait en s'agrandissant comme par enchantement.

Je me suis aventuré dans la maison, lançant un appel de temps en temps pour ne pas être pris pour un cambrioleur. Finalement, à l'arrière, j'ai trouvé une femme dans une vaste et lumineuse cuisine moderne. Elle coupait des légumes et les jetait dans une énorme marmite de bouillon foncé pour les faire mijoter.

La femme a posé son couteau, s'est essuyé les mains avant de prendre la parole : « Toi, tu es le jeune peintre.

— Je m'appelle Val.

— Julia. Si tu cherches M. Long, il est parti. Il sera de retour dans quelques jours, peut-être. Ou un peu plus tard. Il va à Cheyenne et on ne sait jamais quand on le reverra. Eve est partie avec lui. Tu peux passer par-derrière et aller au premier cabanon, avec la porte bleue. C'est le tien. Le grand avec la porte marron est pour les ouvriers. N'y entre jamais. Ça pue terriblement. Et celui avec la porte rouge est celui de Faro. Il ne faut pas y entrer non plus, pour des raisons différentes.

— La porte bleue, ai-je répété.

— Vers 6 heures, reviens ici pour dîner à la table de la cuisine, ou pour emporter une assiette chez toi si tu préfères. Le matin, le petit-déjeuner est à 6 heures si tu veux de la viande, des œufs et des pommes de terre rissolées. Le vieux qui fait la cuisine pour les cow-boys, il était cuistot autrefois dans un chariot qui suivait les déplacements de bétail ; c'est lui qui prépare le petit-déjeuner et il te l'apportera si tu es debout. Après 7 heures, il n'y a rien d'autre que du café, des toasts, de la gelée et un verre de lait. Chacun se sert. »

J'ai remercié Julia pour son aide, sorti mon sac de la voiture et fait le tour de la maison en direction de la maisonnette à la porte bleue. Près de la grange, quatre cow-boys restaient groupés autour d'un autre, plus jeune et manifestement ivre. Trapu, rouge, il avait repoussé son chapeau vers la racine des cheveux, de sorte que le soleil de l'après-midi frappait son visage de plein fouet. Sa peau luisait, huileuse et bronzée. Il portait bas sur la cuisse un pistolet dans son étui, comme les vieux truands de cinéma. Aucun des autres hommes ne portait d'arme.

L'un d'eux lui a dit : « Allez, Wiltson, rentre te calmer un peu avant de faire une bêtise. »

Wiltson a agité les doigts au-dessus de la crosse du pistolet comme s'il s'agissait d'une baguette magique. Il a affirmé qu'il n'était pas d'humeur à se laisser dicter sa conduite par qui que ce soit.

Les gars se sont concertés, puis l'un d'eux est parti vers la grange. Au bout d'une minute, le vieux cow-boy que j'avais pris pour Long est sorti et s'est dirigé vers l'homme ivre. Il portait toujours sa chemise sans manches, bien que le soleil ait baissé et que la journée soit devenue fraîche. Il n'était pas armé.

L'homme ivre a déclaré : « Faro, t'es peut-être le chef ici, après Long, mais c'est pas le moment de faire le con avec moi. Pas l'moment du tout. On peut dire que j'suis de mauvais poil, alors tu ferais mieux de dégager et de pas te retourner. »

Faro a continué à s'approcher. Lorsqu'il a été tout près, Wiltson a posé une main sur sa hanche droite, au-dessus de la crosse du pistolet. Il fixait Faro, la main frémissante, comme s'il menaçait de dégainer. Sur le visage de Faro, la peau s'est contractée, laissant transparaître l'ossature. De sa paume gauche, il a lissé sa barbe. Il a passé la langue en cercle à l'intérieur de ses lèvres closes, frotté son pouce et son index droits l'un contre l'autre comme s'il avait besoin d'un cure-dent, et il a dit : « Une seule chance, fiston. Tais-toi et va te coucher, tu as besoin de dormir. »

Wiltson s'est esclaffé : « Les vieux sont censés être pleins de sagesse et tout. Mais ici, ils ont plutôt l'air de vieux cons séniles. »

Il allait rire de son propre trait d'esprit lorsque Faro a fait trois pas, a saisi son poignet gauche et l'a tiré brusquement vers le bas ; quand il a basculé vers l'avant, plié en deux à la taille, Faro lui a asséné un coup de genou au visage. Le nez explosé, en sang, Wiltson a beuglé comme un veau qu'on marque en chancelant sur un demi-pas. Ses genoux se dérobaient, et au moment où il commençait à tomber, Faro lui a pris son pistolet et l'a frappé avec le canon à l'arrière de la tête pour accompagner sa chute. Tout s'est passé presque trop vite pour qu'on puisse le suivre.

Le chapeau de Wiltson a atterri à quelques mètres de là et son propriétaire s'est effondré face contre terre, bras et jambes écartés. Il n'a plus bougé, si ce n'est qu'il luttait pour respirer dans le sang qui coulait de son nez fracassé. Faro a rangé le pistolet sous sa ceinture et s'en est retourné vers la grange.

L'un des ouvriers a demandé : « Qu'est-ce qu'on va faire de lui ? »

Un autre a ajouté : « Il ne pensait pas à mal. »

Faro a répondu par-dessus l'épaule : « Moi non plus. Essuyez-lui la figure et mettez-le au lit. Faites pas comme si quelqu'un était mort. Ça peut avoir l'air sérieux sur l'instant, mais le corps humain est capable de se réparer. Demain matin, s'il a dessoûlé, s'il peut marcher et s'il veut toujours un emploi, dites-lui de venir me voir à midi au plus tard. Sinon, qu'il prenne la route avec tous les autres clochards et vagabonds qui circulent dans les trains à bestiaux. »

Le cabanon des invités était en rondins à l'extérieur et à l'intérieur, composé d'une grande pièce couleur bois avec un lit immense à une extrémité et une cheminée en galets de rivière polis à l'autre. Deux gros fauteuils de cuir disposés en angle devant la cheminée. Près de la fenêtre, une table avec deux chaises pour le petit-déjeuner. L'ensemble me déprimait autant que l'idée de s'installer seul dans une suite nuptiale. S'il fallait trouver quelque chose à redire, la salle de bains était peut-être un peu sombre et étroite. J'allais devoir faire attention à ne pas me cogner les coudes contre le mur en me brossant les dents. Pour le reste, le cabanon était luxueux. Sans l'offre de Long à Hutch, j'aurais dépensé une partie de mes revenus pour une chambre miteuse au-dessus d'un magasin en ville, avec une salle de bains commune crasseuse au bout du couloir.

Je me suis couché tôt, juste après le dîner, impatient de commencer à travailler sur ma peinture. Mais, à cause de l'altitude, je n'arrivais pas à dormir. J'ai consulté quelques-uns de mes dossiers et découvert que le comté culminait à plus de mille huit cents mètres.

Je suis sorti m'asseoir sur le petit porche. Des rires ont fusé du bâtiment commun pendant une heure après la tombée de la nuit, puis le silence s'est installé. Seules quelques fenêtres de la grande maison laissaient apparaître de la lumière. Une demi-heure plus tard, Faro est passé, allant du cabanon à la porte rouge vers la grange. Il m'a jeté un coup d'œil en disant : « On ne peut pas toujours compter sur ces merdeux de cow-boys pour faire les rondes de nuit correctement. Dommage que tu aies dû assister à cette petite scène. De nos jours, il faut rappeler à certains jeunes qu'ils ne sont pas les patrons. »

Je n'avais jamais été plus à l'ouest que Louisville, et la partie ferroviaire de mon voyage vers le Wyoming m'a semblé épique et magnifique. Tous ces trains, toutes ces gares, ces éléments de paysage, pas des paysages entiers, seulement des bandes de couleurs linéaires qui glissaient à la fenêtre en longs rubans ouatés. Beige, bleu, gris, vert, blanc. Et l'odeur de la fumée de charbon et l'effluve acide des cendres. Des noms de villes insignifiantes le long des lignes de chemin de fer devenaient pour un temps des repères importants. Il en allait de même pour les porteurs à casquettes rouges, dont les noms se transmettaient entre voyageurs : « Oh, cherchez Johnny sur la ligne Kansas City-Denver et mentionnez mon nom, il s'occupera de vous. »

À l'ouest de Saint-Louis, le train devenait une ville industrielle éphémère, qui dispersait sa fumée dans l'air et lâchait les déchets de ses toilettes entre les rails. Les gens arrivaient et repartaient, l'assistance se reconfigurait ville après ville. Tard dans la nuit, les paysages de prairie blanchis par la lune, par-delà les fenêtres éraflées, s'évanouissaient en fuyant dans la lumière nocturne, aussi insubstantiels que les paysages des rêves. Je dormais à peine de peur de manquer quelque chose. Bien après minuit, le wagon s'est arrêté en cahotant dans une petite ville, à une gare dont le quai était éclairé par trois ampoules à abat-jour métalliques. Un seul passager, une femme à l'air fatigué, est descendu du train. Une valise en carton brun à motifs d'alligator pendait lourdement de sa main droite. Elle n'a regardé ni à gauche ni à droite, et personne ne s'est précipité pour l'accueillir. Elle s'est dirigée vers la porte de la gare en s'arrêtant pour enlever son chapeau, un chapeau qui aurait été à la mode il y a cinq ans. Elle l'a laissé tomber dans une poubelle pendant que le train reprenait sa course par à-coups. Lorsque les quelques lumières de la ville ont cédé la place à l'obscurité, j'ai sombré dans un demi-sommeil en me demandant qui elle était, et pourquoi elle était si seule. Par choix ou non ? Des images ont dérivé dans mes rêves tout au long de la nuit, ville après ville. À 3 heures du matin, un gamin ébouriffé à l'air endormi, sept ans peut-être, a franchi le quai pour monter dans le train. Il portait un plateau à moitié vide de chewing-gums et de barres chocolatées. De rares réverbères brillaient dans la ville au-delà de la gare, mais un ciel noir surplombait le reste. J'ai acheté tout ce qui restait sur le plateau pour que le gamin puisse rentrer chez lui dans la nuit, mais ensuite je me suis inquiété : et si cette gare lugubre valait mieux que ce qui l'attendait à la maison ?

Un hoquet de vapeur, des roues qui repartent, une ville qu'on dépasse, et les seules lumières du ciel. La Voie lactée vaporeuse, Jupiter net et brillant. J'ai pensé que je pourrais passer les dix prochaines années à peindre ce voyage en train.

En parcourant le pays, j'ai senti dans ma chair la Grande Dépression, comme une vague de douleur traversée parfois d'une percée d'optimisme. Tant d'existences, tant de modes de vie s'éteignaient ou avaient déjà disparu pour ne jamais revenir. Une telle confusion, une telle perte de sécurité, de foi et de richesse, des moyens de subsistance anéantis en même temps que la confiance fondamentale en l'idée même de l'Amérique et de ses institutions. Ces institutions qui avaient failli : il était inévitable qu'on perde foi en elles.

Ces dernières années, j'avais certains jours caressé l'espoir que le pays puisse se sortir du gouffre dans lequel nous avions sombré, l'espoir que si nous essayions vraiment d'améliorer la vie de ceux qui avaient été ignorés ou piétinés pendant si longtemps, nous pourrions même nous en sortir mieux qu'avant. D'autres jours, nous avions l'impression d'avoir trop sous-estimé la situation, que rien ne pourrait jamais nous libérer des temps difficiles que nous vivions depuis des années. La Grande Dépression avait duré si longtemps qu'on l'avait divisée en plusieurs époques. Les mois terribles après le choc du krach, les années mornes qui ont suivi, les mois d'espoir, puis l'effrayant recul de l'économie vers le gouffre, comme les vagues d'une peste médiévale qui vous balayent encore et encore. Le dernier matin de mon voyage, comme pour ponctuer mon sentiment d'avoir assisté à une marche lente vers l'apocalypse, je suis entré dans le wagon-restaurant et, sur tous les journaux qui me faisaient face, la première page affichait d'immenses images du *Hindenburg*[1], dont la forme gigantesque n'était plus qu'un cadre géométrique en train de s'effondrer sous l'effet d'une tempête de feu tournoyant dans un ciel d'encre.

Depuis Denver, j'ai roulé jusqu'au Wyoming dans une Ford modèle A Woody Wagon de 1928 que j'ai achetée chez un revendeur d'East Colfax. C'était une bonne voiture avant le krach, mais quand je l'ai eue, tout ce qu'il y avait de bien avait disparu. La toile du toit fuyait à l'arrière et aurait eu bien besoin d'un traitement au tampon de cire. Sur les panneaux latéraux en bois décoloré, le vernis se détachait en écailles de la taille d'un ongle de pouce. Trois des pneus montraient des traces de pourriture sèche en damier, qui semblaient s'agrandir et se multiplier de jour en jour. Mais le point positif, c'est que je l'avais payée moins de cent dollars et qu'un ancien propriétaire y avait installé une radio. Elle pendait tristement du tableau de bord comme une boîte à chaussures, mais la réception était bonne. À la rigueur, je pouvais dormir à l'arrière. Et il restait beaucoup d'espace pour transporter mon matériel de peinture nécessaire au travail que j'avais hâte de commencer.

C'était un projet artistique du New Deal, une fresque dans un bureau de poste. L'art pour le peuple. La plupart des peintures murales commanditées par le gouvernement pour les bureaux de poste et les bibliothèques dans tout le pays étaient

1. Dirigeable allemand détruit par un incendie lors de son atterrissage en 1937, dans le New Jersey. *(N.d.T.)*

réalisées par des artistes connus, dans leurs ateliers, sur des toiles coupées aux dimensions du mur en question. Dans le cas d'un bureau de poste de petite ville, la fresque devait souvent s'adapter à un espace restreint, le mur où s'ouvrait la porte du bureau du receveur. Lorsque les artistes des métropoles avaient terminé leur mission et que la peinture avait séché, ils roulaient leurs toiles et les envoyaient quelque part dans ces grands espaces inopportuns entre les deux côtes, où quelqu'un les collait à leur place.

Pour trouver les sujets de leurs fresques, les artistes regardaient des photographies du paysage local et se documentaient un peu sur l'histoire du lieu et sur les détails que les gens du Federal Writers' Project[1] étaient en train de rassembler pour une série de guides des États.

C'était une aubaine pour moi d'obtenir la commande de Dawes. L'artiste connu choisi pour ce travail, qui prévoyait de peindre une toile dans son appartement de Brooklyn et de l'envoyer par la poste pour qu'elle soit collée sur le mur, était décédé. Et même dans ce cas, je n'aurais normalement eu aucune chance si le bureau de poste avait été situé dans une grande ville, ou même dans une ville tout court. J'ai surtout obtenu ce poste parce que Hutch, mon bienfaiteur et ancien professeur d'arts plastiques au début de la Grande Dépression, à l'époque où on pensait encore qu'il s'agissait d'un phénomène voué à disparaître rapidement, occupait maintenant un poste assez important à la Section peinture et sculpture du Trésor à Washington, sous Roosevelt. Hutch était le type d'idéaliste dont l'époque avait besoin. Il pensait que l'art public pouvait être comme un caillou jeté dans l'eau calme d'un étang, une petite influence capable de se propager dans toutes les directions. Il voyait aussi en Dawes l'occasion d'éprouver une idée

---

1. Projet du gouvernement Roosevelt visant à soutenir les écrivains à l'époque de la Grande Dépression, rattaché à la Works Progress Administration (WPA), principale agence du New Deal. *(N.d.T.)*

à laquelle il pensait depuis un certain temps, mais qu'il n'avait pas encore eu l'occasion de mettre en pratique, à savoir que les peintures murales devaient être réalisées sur place, à l'ancienne. Quand Hutch m'a dit que j'avais obtenu la commande, il a ajouté que c'était un travail pour un jeune ; il en était convaincu : moins de racines et de liens. Et peut-être avons-nous besoin d'une naïveté nouvelle. Dieu sait que nous voyons beaucoup le contraire avec tous ces vieux artistes qui font la queue pour avoir une chance de toucher un salaire du gouvernement, sans être prêts à s'éloigner de chez eux pour autant.

L'objectif exprimé par Hutch était que, dans ces villes oubliées, les gens voient l'argent de leurs impôts servir à construire un beau bureau de poste dans la rue principale. Ils verraient un artiste authentique créer des œuvres d'art publiques spécialement pour eux, représentant quelque chose d'essentiel pour leur communauté, son histoire ou sa principale économie, le blé ou les vaches, la coupe du bois, l'extraction du minerai. Peut-être une célébration de leurs paysages pittoresques ou d'événements historiques spécifiques. Un élément qui avait formé l'endroit, y compris peut-être quelques Indiens s'effaçant dans le lointain. L'argument principal de la fresque, quelle que soit sa forme, était donc que ce lieu particulier avait son importance et que tout compte fait, il n'était pas oublié. Hutch voulait que les habitants de la ville voient chaque coup de pinceau du début à la fin. Il voulait qu'ils se sentent propriétaires de l'œuvre pour les décennies à venir. Chaque fois qu'ils s'arrêteraient pour venir chercher le courrier, poster une lettre ou acheter des timbres, il fallait qu'ils repartent avec l'image d'un artiste monté sur un échafaudage, un génie peut-être, ou au moins un bon artisan. À l'avenir, si nous avons la chance d'en avoir un, les vieux pourraient dire à leurs petits-enfants : « J'ai vu peindre ce tableau quand j'avais ton âge. »

Hutch avait insisté sur le fait que, dans la préparation de la fresque, les détails du sujet devaient être d'une extrême importance ; il m'avait envoyé des dossiers d'informations pertinentes sur Dawes, son histoire, son économie, sa faune et sa flore. J'ai lu les documents, regardé les photos et dressé une liste de possibilités. Bétail, herbe, pionniers dans leurs chariots bâchés bien reconnaissables, cow-boys, Indiens, plaines de sauge et lointaines montagnes enneigées, antilopes, bisons, élans, peut-être un grizzly égaré. J'ai lu que Dawes était le chef-lieu du comté de Dawes, nommé d'après un certain M. Dawes qui avait fait fortune dans les chemins de fer, mais je n'ai jamais envisagé de l'ajouter à la peinture comme je l'aurais fait s'il avait été un tireur d'élite, un négociant en fourrures ou un explorateur.

Je m'efforçais de garder une attitude nonchalante à l'égard de toute l'affaire, mais en réalité je prenais ce travail avec le sérieux d'un missionnaire baptiste prêchant l'Évangile. J'avais un emploi à une époque où il n'y en avait pas, pour faire ce que j'aimais, ce pour quoi j'avais un certain talent et une longue formation. Et le travail que j'envisageais allait avoir du sens pour un public, aussi restreint soit-il, dans un avenir qui me dépassait peut-être, qu'il soit long ou bref, brillant ou sombre. Je voulais aussi faire honneur à Hutch, qui m'avait donné une chance alors que la plupart de mes anciens camarades d'école d'art avaient du mal à trouver un travail rémunéré. Je recevais un peu plus de cent dollars par mois, ainsi qu'une allocation pour le logement et la nourriture. En prime, Hutch avait un ami d'université, riche amateur d'art, propriétaire d'un vaste ranch en dehors de l'agglomération. Cet ami, qui gardait de nombreuses relations sur la côte est, avait proposé de m'héberger et de me nourrir dans son ranch. Hutch avait veillé à ce que je garde mon allocation. L'éleveur s'appelait Long et son grand ranch Long Shot, ce qui laissait présager ou un certain sens de l'ironie ou au contraire sa totale absence.

Une fois ma fresque terminée et le dernier chèque du Trésor encaissé, je n'aurais que peu d'espoir de gagner ma vie avec ma peinture pendant un bon moment. Chez moi, dans les plaines du Tidewater, il ne me restait rien qu'un héritage presque sans valeur, même pas un demi-hectare de sable et de dunes dans la baie de Chesapeake. Mes parents étaient morts, mon frère, devenu un ennemi, avait réussi à accaparer tout ce qui valait quelque chose de la succession de notre père et de son cabinet d'avocat. Quelques années après le Jeudi noir, notre père avait disparu dans une ultime balade en bateau vers l'embouchure de la baie.

Plus récemment, la femme que j'allais épouser, ma fiancée, s'était enfuie à la dernière minute avec quelqu'un d'autre, sans prévenir. Plus précisément, trois jours avant le mariage prévu à l'église épiscopalienne. Tout le monde, c'est-à-dire sa famille, leurs amis, ses amis et les miens, avait supposé que j'étais brisé à vie : « Pauvre Valentine, le marié qui attendait devant l'autel ! Comme c'est dramatique et humiliant ! »

Très vite cependant, j'ai découvert que je me fichais pas mal de savoir qui elle épousait du moment que ce n'était pas moi. Je n'ai ressenti aucun chagrin d'amour, aucune honte, aucun désir, aucun sentiment de perte. Je me sentais soulagé comme si j'avais gagné quelque chose, même si je ne pouvais pas préciser quoi, au-delà du fait que ses attentes à mon égard n'avaient plus la moindre importance. Comme j'étais largement considéré comme la victime de son caractère impulsif, je me suis trouvé entouré d'une certaine sympathie. Mais surtout, j'avais l'impression de pouvoir à nouveau respirer librement, sans contraintes, d'inspirer et d'expirer des bouffées d'air complètes pour la première fois depuis un an. Pourtant cette respiration, même si elle ressemblait à un miracle apaisant, ne me donnait pas une meilleure orientation dans la vie qu'avant son départ.

C'est la commande de cette fresque qui m'a fourni une direction, au moins temporaire. Aller dans l'Ouest. Peindre pendant quelques mois.

La bourgade de Dawes était construite le long d'une rue principale, sans carrefour. Elle s'étendait sur moins d'un demi-mile d'est en ouest à travers les hautes plaines. Sept pâtés de maisons, cinq feux rouges. Les commerces existaient pour la plupart en double : stations-service, banques, pharmacies, magasins de bricolage, barbiers et instituts de beauté, boutiques à dix cents, restaurants et épiceries. Cinq bars et cinq églises étaient, en revanche, répartis tout au long de la rue principale. Et bien sûr, un seul bureau de poste. Au-delà des commerces, les habitations s'étendaient encore sur quelques pâtés de maisons dans chaque direction, et au-delà, la seule route goudronnée était l'autoroute est-ouest. Pour vous diriger vers le nord ou le sud, il fallait partir d'ailleurs.

Je suis arrivé au bureau de poste une demi-heure après son ouverture pour me présenter au receveur. Mince, à la veille de la retraite, il répondait au nom tout simple de Don Ray et portait un costume gris à rayures soigné, datant de la décennie précédente. Il prenait son poste très au sérieux et s'attendait à ce que tout le monde en fasse autant. Après tout, il se considérait comme le plus haut représentant du gouvernement fédéral dans le comté de Dawes. Et en y réfléchissant, je me suis rendu compte qu'il avait raison.

Le bâtiment flambant neuf n'était en service que depuis un mois ; ça sentait encore la peinture et le vernis, le bois frais et la maçonnerie. Le plan était le même que celui de la plupart des bureaux de poste récents dans les communes de cette taille. En franchissant la porte, on trouvait le comptoir au milieu d'un espace rectangulaire qui constituait le hall d'entrée. D'un côté, ici à droite, des boîtes aux lettres avec des portes en laiton, des serrures à combinaison et de minuscules fenêtres en verre pour jeter un coup d'œil et voir si vous aviez du courrier avant de perdre du temps à vous souvenir de vos numéros et à tourner les petits boutons.

Après les boîtes, « le Mur », comme l'appelait Don Ray, avec la lourde porte en chêne de son bureau portant son nom et son titre fraîchement peints en lettres dorées. De chaque côté de la porte, des lambris en bois sombre et des tableaux de liège encadrés, sur lesquels se chevauchaient plaques de timbres commémoratifs de parcs nationaux et photos des criminels les plus recherchés par le FBI, se disputant l'espace. La bande de plâtre au-dessus de la porte et descendant jusqu'aux panneaux de liège constituait mon champ d'action. Elle se dressait devant moi, blanche et vierge, en trois parties : deux grands espaces à gauche et à droite et, au centre, un plus étroit au-dessus de l'encadrement de la porte.

Don Ray et moi-même sommes restés un moment en retrait pour l'étudier. Je lui ai dit que mon intention n'était pas de voir l'ensemble comme trois panneaux plus petits, tels certains muralistes, mais comme un seul grand espace. L'image, ses formes et sa narration s'élevant sur la gauche, culminant au centre, au-dessus de la porte, et retombant sur la droite. Une vague. L'une des formes fondamentales du mouvement et de l'énergie.

« Comme sur un océan ? a demandé Ray.

— Ou sur les grandes plaines.

— Je n'ai jamais vu d'océan.

— Vous devriez y aller. L'Atlantique ou le Pacifique, l'un ou l'autre. Le Pacifique est un peu plus près d'ici.

— C'est peu probable, a-t-il dit. Le temps que j'y arrive, je devrais déjà rentrer. Je n'ai pas un temps illimité pour vagabonder comme certains. »

Don Ray s'est arrêté, a regardé le mur et a remarqué :

« Ces tableaux en liège empiètent sur votre espace pour peindre.

— Peut-être, oui. Mais ça fait partie du jeu.

— Ça ne fera pas bon effet, toutes ces gueules de l'*hostis publicus* qui détourneront l'attention de votre fresque. »

J'ai peut-être involontairement haussé un sourcil ou pris un air surpris. Don Ray s'est mis à rire :

« Quoi ? Vous croyez que c'est le trou du cul du monde ici ? »

Je suis vite passé à autre chose en lui annonçant que j'installerais un échafaudage simple, des échelles et des planches, que je commencerais par fixer les panneaux de bois, déjà expédiés par chemin de fer et attendant d'être chargés sur un camion de livraison. Je devrais trouver un ou deux charpentiers pour m'aider à installer les panneaux. Ensuite, je mettrais du gesso, le fond, la surface sur laquelle on peint. Le gesso est salissant, ce serait comme passer une couche de plâtre blanc sur la surface des panneaux, mais j'ai dit à Don Ray de ne pas s'inquiéter : je mettrais des bâches pour protéger les sols neufs. Et j'ai expliqué qu'après tout ça, il restait encore un travail fastidieux et méticuleux avant de pouvoir vraiment se mettre à peindre.

« Aussi ennuyeux que de regarder quelqu'un d'autre travailler sur des problèmes d'algèbre, sauf que ce n'est pas si ennuyeux si c'est vous qui le faites, a répondu Don Ray.

— Exactement. Mais en réalité, il ne faudra pas attendre si longtemps avant que je puisse commencer à peindre à la détrempe. »

Je lui ai assuré que je laverais tout à la fin de chaque journée, mais il fallait qu'il sache que les œufs risquaient de salir et de dégager une odeur de temps en temps parce qu'on fait des économies en les achetant périmés. Au fait, j'aurais besoin de beaucoup d'œufs : à qui devrais-je m'adresser pour les livraisons ?

« Des œufs ? s'est exclamé Don Ray. La cuisine est interdite dans le bâtiment.

— Bien sûr. Les œufs crus sont très utilisés en peinture. On sépare les blancs des jaunes, on jette les blancs, on essuie doucement les jaunes avec un chiffon, puis on mélange les jaunes avec des pigments secs pour faire la peinture. Cette technique, la tempera à l'œuf, peut durer des milliers d'années. Les Égyptiens peignaient avec.

— C'est sale, a répondu Don Ray. Des œufs, des chiffons sales et de l'eau qui coule partout. Ce bâtiment est tout neuf et j'en suis responsable.

— Je ferai les parties les plus salissantes à l'extérieur.

— Je ne veux pas d'un bourbier de blancs d'œufs déversés juste à côté de mon bureau.

— Je vous promets de tout garder aussi propre que possible. Je jetterai les restes de blanc dans les toilettes.

— Et si les toilettes ont besoin d'être nettoyées, je vous donne la ventouse. »

Il a encore étudié le mur vide.

« Ce que je n'arrive pas à comprendre, c'est comment je vais entrer et sortir de mon bureau une fois que vous aurez monté votre échafaudage. Est-ce que je devrai passer par la fenêtre ?

— Dans quel sens votre porte s'ouvre-t-elle ?

— Vers l'intérieur.

— Pas de problème, alors. Ouvrez la porte et baissez-vous de quelques centimètres.

— Bon, je pense que ça ira. Bonne chance, cher ami. On ferme le comptoir, on rabat le rideau des classeurs à tambour à 5 heures, et tout le monde rentre chez soi. Bien sûr, la porte d'entrée n'est pas fermée à clé, pour que les gens puissent vérifier leurs boîtes la nuit. Voilà, au cas où vous seriez inspiré à 2 heures du matin et auriez besoin d'entrer. »

Vers 6 heures, je me suis rendu dans la grande maison et j'ai trouvé Julia dans la cuisine.

Elle m'a souri et a annoncé : « Le dîner sera prêt dans une demi-heure. Tu veux manger ici, à table, ou le rapporter dans ton cabanon ?

— Je serais heureux de manger ici. Si ça ne te dérange pas.

— Tant que ça ne te dérange pas que je mange avec toi. Rien d'extraordinaire au menu ce soir. Je fais deux filets de bœuf avec une sauce à la poêle. M. Long aime que j'appelle ça des filets, mais pour moi, le filet c'est du poisson. »

Je l'ai regardée travailler. Une poêle brûlante, un temps de cuisson très court pour les deux steaks. Puis, la viande hors du feu, elle a fait quelques gestes très rapides avec du beurre et du vin. Une autre poêle contenait quelque chose qui ressemblait à des frites maison, soigneusement dorées. Julia a précisé :

« Désolée, il n'y a rien de vert ce soir. La dernière cargaison de légumes que nous avons reçue n'était pas propre à la consommation. »

Dès la première bouchée, j'ai su que j'avais affaire à une cuisinière hors pair.

« Tu travailles ici depuis longtemps ?

— Ça fait un moment maintenant. J'ai commencé à cuisiner comme salariée dans un restaurant de Lander quand j'avais une vingtaine d'années. Les plats habituels : ragoût de bœuf, pain de viande, poulet rôti, poulet frit, blancs de poulet grillés. Une ou deux fois par semaine, le menu comprenait un steak doré sur le gril avec des frites. Les gens aimaient bien ma façon de faire : un steak assez fin, des pommes de terre coupées en tranches fines et rincées, puis frites dans la graisse de bœuf. Une noisette de beurre sur le steak. Pas de grand secret. La plupart des gens aiment le gras de bœuf et le beurre. Un jour, M. Long est entré et a commandé ce steak. Lorsqu'il a terminé, il a proclamé que c'était le meilleur qu'il avait mangé depuis son dernier séjour à Paris. Il m'a embauchée sur-le-champ pour un salaire trop intéressant pour que je le refuse, et depuis, j'essaie d'apprendre la cuisine française. »

J'ai acquiescé, en me demandant quel niveau de richesse il fallait pour apprécier un repas et engager le cuisinier sur-le-champ, le convaincre de venir vivre dans votre ranch et cuisiner pour vous tous les jours.

« Ça te plaît de travailler pour M. Long ?

— Oui. Il ne voit pas d'inconvénient à ce que je décide de mes horaires. Je ne commence pas avant 10 heures du matin et je ne travaille pas après 9 heures du soir, même lorsque M. Long et Eve restent tard à table. Souvent, mon travail commence par le rangement de la salle à manger, mais je ne suis pas une femme de ménage. Il y en a deux qui s'occupent de ça deux ou trois fois par semaine. »

Elle a sorti un livre d'une étagère et me l'a tendu. *Cuisine française pour cuisinières américaines.*

« Quand je suis arrivée ici, a-t-elle raconté, je ne connaissais aucun des plats français qu'il me demandait, alors il m'a donné ce livre de recettes. Ne regarde pas l'illustration de la première page. Des femmes toutes minces, leurs petits nichons à l'air, à cheval sur une vache, brandissant des cochons, des volailles et de gros poissons... »

Un coin de papier déchiré marquait une page : une recette de bœuf au vin, aux oignons et aux champignons. Une phrase était soulignée au crayon : « Pour obtenir les meilleurs résultats, il faut user de toutes les astuces. » J'ai brandi le livre ouvert et j'ai demandé :

« C'est un bon conseil ?

— Bien sûr, a répondu Julia. Et pas seulement en cuisine. »

Don Ray avait trouvé des charpentiers pour sortir les panneaux du camion de livraison et les fixer au mur. Même pendant ces tâches sans intérêt, les gens restaient debout et observaient les allées et venues plusieurs minutes. Ils posaient des questions : « Qu'est-ce que ça va être ? », « Vous êtes un véritable artiste ? » Et bien sûr, comme l'a dit un petit homme corpulent à la tête carrée, vêtu d'une salopette et d'un chapeau de paille jaune : « Vous savez comment on appelle la Works Progress Administration ici ?

J'ai répondu :

— Non. Alors ? en essayant d'avoir l'air intéressé, l'air de quelqu'un qui ne connaissait pas déjà la réponse. »

Hutch m'avait prévenu : je devais m'attendre à ce que certains locaux s'en prennent à moi en raison de leur opposition aux programmes artistiques du New Deal. Il m'avait aussi fait comprendre qu'il fallait être patient et aimable, car ces gens, que je le veuille ou non, faisaient partie intégrante de ma résidence, l'argent de leurs impôts me permettant d'exercer mon art.

Comme on pouvait s'y attendre, l'homme a dit ce que les gens dans tout le pays répétaient : « *We Piss America.* »

Je n'allais jamais trouver ça drôle. De plus, mon travail ne relevait même pas de la Works Progress Administration. Mais j'ai forcé un faux « ha ha » et j'ai demandé : « Vous venez de l'inventer ?

— Je l'ai entendu dire.

— Eh bien, souvenez-vous-en, et racontez-la encore, parce qu'elle est bonne. »

Cet après-midi-là, à mon retour au ranch, Wiltson est venu à ma rencontre au moment où je passais devant la grange, comme s'il m'avait guetté. Il m'a abordé en disant : « Il faut que je te parle de quelque chose. »

Son visage était moins enflé, mais des ecchymoses d'un violet profond marquaient encore ses pommettes et un côté de sa tête, au niveau de la tempe et de l'oreille. Lorsqu'il a parlé, j'ai été étonné de voir qu'il n'avait pas perdu de dents lors de son empoignade avec Faro.

« Je ne m'en souviens pas, mais les gars m'ont dit que tu avais vu toute cette histoire avec Faro. Alors écoute, j'aurais mieux fait de rester tranquille au lieu de m'arranger pour le foutre dans une rage pareille.

— Il a été vraiment dur avec toi.

— Bon sang, mais il y est allé doucement. Il m'a même pas cassé le nez. Menace quelqu'un comme lui avec une arme, et t'auras de la chance si tu t'en sors vivant.

— Tu n'as pas vraiment dégainé ton pistolet, tu as juste agi comme si tu allais le faire. »

Wiltson a déclaré :

« C'est du pareil au même. C'est moi qui l'ai cherché. Mais on s'est rapprochés et réconciliés. Enfin, je lui ai léché le cul et on s'est réconciliés. J'ai dit que j'étais con et bourré, et il a répondu : "Qui ne l'a jamais été ?" Donc on est quittes. Sans rancune.

— C'est une bonne nouvelle, ai-je conclu.
— Ce Faro est un mystère, pas vrai ?
— Il est très doux avec les chevaux. Il raisonne avec eux, comme s'ils pouvaient communiquer d'une manière étrange.
— Tout ce qu'il fait est étrange. Il n'y a qu'à le regarder. Comme si le boulot de tous les jours ne lui suffisait pas, il a coulé du ciment dans une paire de godets avec des boucles en corde bien solide en guise de poignées, et il les balance, il les soulève, il les lance et il court, voûté, en portant l'un ou les deux sur trente mètres ou plus. De temps en temps, il vous regarde comme s'il ne savait pas qui vous êtes, ni même quel genre d'animal vous êtes, sûrement pas de la même sorte que lui. Il a un vieux boulet de canon soudé à une tige d'acier d'un mètre de long, comme on en utilise pour renforcer un mur en béton. Il le fait osciller en dessinant des formes bizarres pendant une dizaine de minutes d'affilée.
— Des cercles et des huit ?
— C'est ça.
— J'imagine que si on devait balancer un boulet de canon sur une tige, ce sont les premières formes qui viendraient. Il n'y a pas trop de choix étant donné les limites de la physique et du corps humain. On ne dessinerait pas de pentagones dans les airs.
— Il pourrait bien s'y mettre d'un jour à l'autre, a repris Wiltson. Parfois, je pense que Faro est une espèce de sorcier ou de magicien.
— Non, mais il vient du siècle dernier. Les gens étaient tous bizarres à l'époque. »

Après mon troisième jour de travail, Don Ray m'a invité à dîner. J'ai répondu : « Bien sûr, mais quand ?
— Ce soir, naturellement. Nous mangeons à 6 heures et Lucy, ma femme, s'énerve si les gens arrivent en retard.
— Je n'aurai pas le temps d'aller à Long Shot et de me changer.

— Pas grave. Ça vous donnera l'air artiste. »

Je n'étais pas sûr de savoir ce qu'il voulait dire par là, mais mon travail terminé, j'ai enfilé une chemise propre en chambray bleu qui se trouvait à l'arrière de ma voiture. Mon pantalon de travail large allait devoir suffire, il n'avait que quelques vieilles taches de peinture à peine visibles sur les cuisses.

Je me suis présenté chez les Ray à l'heure dite, m'attendant à ce que Lucy soit nerveuse, avec quelques mèches folles échappées d'un chignon serré, que son agitation se trahisse par des petites perles de sueur sur sa lèvre supérieure et qu'elle ne sache pas où mettre ses mains saupoudrées de farine jusqu'à mi-coudes. Mais Lucy Ray ne semblait pas facilement troublée. C'était une brune très pâle, à mi-chemin entre mon âge et celui de Don Ray. Elle a posé son verre à cocktail sur la table basse et s'est levée du canapé pour me saluer en effleurant mon avant-bras du bout des doigts. Elle portait une robe d'été lavande à motifs de petites fleurs jaunes.

« Quel plaisir, a commencé Lucy. Je n'avais encore jamais rencontré de véritable artiste. À moins que vous ne comptiez cette femme de Rawlins qui peindra le portrait de votre cheval ou de votre taureau s'ils sont assez célèbres et si vous la payez assez cher.

— Vraiment ? ai-je dit. Les chevaux célèbres, je comprends. Comme Man o' War, qui a fait une carrière incroyable sur les champs de courses. Mais le bétail ?

— Les taureaux, en particulier, a répondu Lucy. Certains sont connus dans tout l'Ouest. Célèbres pour avoir envoyé des cavaliers de rodéo en fauteuil roulant et pour avoir engendré une solide progéniture. Vous savez, une semence de qualité. »

Don Ray m'a regardé, a souri et a dit :

« Lucy, nous pourrions peut-être parler de la peinture de Val. Je suis sûr qu'il va commencer d'un jour à l'autre.

— Je l'admets, ça ressemble plus à de la menuiserie qu'à de la peinture, jusqu'à présent. Et je vous remercie d'avoir trouvé les charpentiers pour moi. Bientôt, je me mettrai à tracer la fresque en utilisant des techniques anciennes pour agrandir ma petite esquisse et l'adapter à votre grand mur. Une fois que ce sera fait, je commencerai à peindre, couche par couche. Les premières étapes sont fastidieuses, mais c'est ainsi que les peintures murales sont réalisées depuis des siècles.

— Chaque métier a ses traditions, déclara Don. Ne me lancez pas sur le sujet des collectionneurs de timbres rares ou des livres comptables que je dois tenir. Un tailleur de pierre vous parlera pendant des heures de la profonde sagesse qu'on peut acquérir en manipulant des pierres toute la journée. Lors de la construction du bâtiment de la poste, l'un d'entre eux m'a dit que la principale chose qu'il avait apprise en transformant un tas de pierres en un mur était, je cite ses mots exacts, que "la pierre que vous cherchez se trouve toujours juste à votre main". Qu'est-ce que cela veut dire ?

— Don, ça veut dire que la réponse à tout problème est proche, et non lointaine, a expliqué sa femme.

— Bien sûr, a répondu Don. Va donc le dire aux ingénieurs et aux équipes de construction du nouveau pont de San Francisco, le Golden Gate. »

Lucy s'est tournée vers moi.

« Vous parliez de passer de petites esquisses à un grand mur. Ça ressemble à un agrandissement ou à une expansion de votre image originelle ?

— C'est ça. Parfois, j'ai l'impression que c'est comme gonfler un ballon. C'est ce que je ressens dans ma tête. Ce n'est pas un processus abstrait. C'est très concret, ça tient plus de l'artisanat que de l'art. Au début, c'est un peu comme si on allait résoudre des problèmes de géométrie tout en clouant des bardeaux sur un toit. Et je n'ai même pas encore commencé à tracer les grandes lignes de la composition, ni à réaliser la maquette sur carton ou à définir le plan de travail, la *giornata*. Croyez-moi, j'ai hâte de commencer à mettre de la couleur sur les murs. Avec la détrempe, il faut peindre plusieurs fines couches pour obtenir des couleurs profondes. On ne peut pas l'appliquer en couches épaisses. Et chaque couche doit sécher, au moins un peu.

— Très bien, a dit Lucy. Vous allez donc rester avec nous un certain temps. »

Nous sommes passés à la salle à manger et Lucy Ray a présenté sans effort apparent un superbe rôti de bœuf à point, des légumes verts savoureux et des petits pains moelleux. Elle quittait la table pendant quelques secondes et revenait avec un autre panier de pains chauds ou un nouveau pichet de Martini. J'ai cessé de boire après deux verres parce que je devais travailler le lendemain, mais les Ray ont continué à se resservir tout en maintenant une apparence de sobriété.

Nous en étions aux tartelettes aux pommes chaudes accompagnées de crème fouettée et de café lorsque Lucy m'a demandé mes impressions sur les Long. Je lui ai avoué que je n'avais encore rencontré personne et que je ne savais pas quand ils reviendraient de Cheyenne.

« Ce n'est pas un secret qu'il aimerait s'installer là-bas, au moins temporairement, a dit Lucy.

— J'ai cru comprendre qu'il n'était pas d'ici ?

— Non. Mais il est là depuis longtemps. Il a acheté ces terres avant le krach. Par la suite, lorsque les prix du bétail ont plongé au plus bas et que le gouvernement a fait abattre des centaines de milliers de vaches et de porcs pour les enterrer, les éleveurs ont connu des temps difficiles. Mais Long est sans doute richissime aujourd'hui. On dit qu'il y a quatre ans, il a gagné un million grâce à un contrat avec le gouvernement. Des droits de pâturage ou des droits d'eau dans la partie sud du ranch, le long de Bison River. Peut-être un barrage hydroélectrique. Vous savez, les gros bonnets se taillent la part du lion. Mais ils n'ont pas encore commencé. De temps en temps, les gens disent qu'ils voient des géomètres travailler, mais rien ne se passe.

— Des emplois ne se créent pas du jour au lendemain, a déclaré Don. Et Long a beaucoup travaillé pour que les ranchs situés hors de la commune aient accès à l'électricité.

— Oui, il y a quelques étés de ça, il a convaincu d'autres éleveurs de s'inscrire à une coopérative pour l'électricité. Bien sûr, il s'est d'abord assuré que des lignes seraient installées sur son ranch en premier. Quoi qu'il en soit, ces jours-ci, il s'intéresse surtout à Cheyenne.

— C'est bizarre, un État qui décide d'installer sa capitale à deux jets de pierre de la capitale beaucoup plus grande de l'État voisin.

— Tu n'as jamais vu un homme très petit qui devenait très agressif avec les hommes de grande taille ? » a demandé Lucy. Comme personne ne répondait, elle a repris : « Chaque fois que quelqu'un lui pose la question, Long affirme qu'il n'a pas d'ambitions politiques. Pourtant, il semble se rendre souvent à Cheyenne. Je pense que c'est l'accord foncier avec le gouvernement qui l'a fait pencher vers la politique. »

Don a expliqué que la plupart du temps, les Long séjournaient à l'hôtel près du Capitole, où les législateurs s'étaient installés, mais que pour des événements spéciaux pour lesquels Long faisait un don très généreux, ils étaient reçus dans le manoir du gouverneur.

« Nous sommes abonnés au journal de Cheyenne, et il semble que Mme Long ait un grand succès là-bas, à peu près comme une bouteille de 7 Up que Long secouerait pour en asperger les politiciens. J'ai demandé à Mme Long quel type de poste pourrait intéresser son mari, et elle m'a répondu que, selon les spéculations, ce serait gouverneur ou rien. Un poste de législateur serait presque humiliant. En fait, il convoiterait même le Sénat des États-Unis », a conclu Lucy.

Les Ray ont parlé d'un politicien populaire, le sénateur Philson, un éleveur de bétail dont les racines remontaient aux guerres indiennes, qu'il faudrait sortir de l'hémicycle sur une civière avec un drap sur le visage pour que le siège se libère. Mais compte tenu de l'âge et de la mauvaise santé du sénateur, à moins d'une intervention surnaturelle, sa mort ne devrait pas prendre plus d'un demi-mandat. Si ce décès tombait au moment favorable, Long pourrait reprendre le poste par intérim, nommé par son ami l'actuel gouverneur. Long entrerait au Sénat en deuil, le cœur lourd de respect pour son prédécesseur, qui avait servi si honorablement et si longtemps, et dont Long aurait l'humilité d'occuper le siège jusqu'à la prochaine élection, date à laquelle il aurait mené une campagne minutieuse et bien financée. Mais au cas où le vieux Philson se mettrait soudain à rajeunir, au point d'imaginer une photo de lui tout ridé, ramassé et exaspéré, avec en gros titre « Le sénateur fête son 105e anniversaire », alors le siège de sénateur junior constituait une bonne alternative. Il était occupé par un industriel du pétrole quinquagénaire, véreux et vulnérable, fragilisé par des soucis judiciaires à la fois privés et professionnels. L'inconvénient, c'était que le combat de Long pour obtenir ce siège serait onéreux et sans pitié, d'autant plus qu'ils étaient tous les deux du même parti.

Je ne savais pas combien de verres de Martini Lucy et Don avaient descendu avant mon arrivée, et aucun des Ray ne semblait très ivre, mais ils se montraient d'une franchise inattendue en parlant de Long et de ce qu'ils considéraient comme l'opinion générale de la ville à son égard. Je suppose que dans toute commune, petite ou grande, la personne la plus fortunée ou la plus connue suscite bien des conversations et des hypothèses sur ses motivations.

« Long vit ici depuis un bon moment, a remarqué Lucy. Mais il n'est pas d'ici. Et il ne le sera jamais.

— C'est évident, a conclu Don Ray. Vous connaissez le nom de son ranch, Long Shot ?

— Oui.

— Il raconte que c'est comme ça que ses copains l'appelaient pendant la guerre. Parce qu'il détenait un record de tirs à distance sur l'ennemi. » Après une pause, Don a repris : « Je suppose que Mme Long est avec lui à Cheyenne.

— Tout ce que je sais, c'est qu'elle n'est pas au ranch.

— Ils forment un couple intéressant, a dit Lucy. Long a bien profité de la vie de célibataire jusqu'à la quarantaine. Il n'y avait que lui et ce vieux cow-boy inquiétant dont on dit qu'il a une centaine d'encoches sur son fusil. On raconte toutes sortes d'histoires à son sujet. Les ouvriers vont et viennent, mais le vieux cow-boy lui, ne bouge pas. »

Ray a émis l'hypothèse que Long avait pu avoir une femme dans l'Est lorsqu'il était jeune.

« C'est possible, a répondu Lucy. Mais je ne m'intéresse pas aux rumeurs. Il était célibataire à son arrivée. Et puis il part pour un de ses longs voyages et revient de Denver ou de Santa Fe avec une jeune femme resplendissante qui a presque la moitié de son âge. Certains pensent qu'il l'a ramenée pour avoir un héritier, comme Henri VIII. Eve devrait donc faire bien attention à sa tête si elle n'arrive pas à mettre un fils au monde. Mais elle est sans doute très forte. On raconte qu'elle a traîné au milieu de vagabonds du rail pendant un certain temps avant de commencer à chanter avec des musiciens de dancing. Je ne la juge pas. Beaucoup de gens ont vadrouillé longtemps à chercher du travail et à faire ce qu'ils pouvaient. Je dis juste qu'elle a sûrement pas mal d'heures de vol à son actif et qu'elle a décroché Long. Le jackpot. »

Don Ray m'a regardé et a légèrement hoché la tête. Pour changer de sujet, il a dit :

« Lucy, ton calcul n'est pas tout à fait exact. Je ne pense pas qu'il y ait une aussi grande différence d'âge que tu le crois.

— Je suppose que tu as étudié la question », a répondu Lucy.

Espérant ne pas me laisser entraîner dans les ragots locaux, j'ai simplement assuré que j'avais hâte de les rencontrer tous les deux.

Le lendemain matin, il faisait frais et, alors que je me dirigeais vers ma voiture pour aller travailler, Faro s'est avancé vers moi comme s'il était trop préoccupé pour me dire bonjour. Mais au moment où nous allions nous croiser, il s'est arrêté et a dit : « À l'avenir, les gens vont s'en foutre, des rivières. C'est à ce moment-là que les choses vont se gâter. On n'écrira même plus de chansons à leur sujet. C'est comme ça que tu le sauras : le monde sera devenu un enfer. Peut-être seras-tu assez malchanceux pour le voir, ce monde. Moi, j'aurai déjà flotté en aval.

— Je vais y réfléchir, ai-je promis.

— Non, il ne faut pas y penser. »

Dans l'après-midi, j'ai retrouvé Faro assis seul sur la barre supérieure de la clôture de l'enclos. Il regardait vers l'ouest. Il n'a pas semblé me remarquer lorsque je suis passé pour me rendre chez moi, mais il m'a hélé à nouveau.

« Salut, Val ! »

Je me suis retourné.

« Salut, Faro !

— Avant de partir pour Cheyenne, Long m'a dit qu'à ton arrivée, si tu n'étais pas un petit artiste trop délicat, nous pourrions partir avec les chevaux dans les montagnes. Peut-être pour une balade de deux ou trois jours. Lui, Eve et toi. Je ferais le guide. Deux cow-boys pour s'occuper des chevaux et monter les tentes. Il a étudié des cartes, il appelle ça "une excursion de bienvenue". »

Faro l'a prononcé comme s'il était gêné par le terme « excursion ».

Je n'avais jamais fait une randonnée de plus de deux heures, et j'en étais déjà sorti endolori. Je ne m'imaginais pas passer des journées entières à cheval et devoir dormir par terre.

« Je serai très occupé par mon travail, mais toi, qu'est-ce que tu en penses ?

— Je ne suis pas guide. Je n'ai jamais prêté beaucoup d'attention aux cartes. À l'époque où je voyageais pas mal, de nombreux endroits n'avaient pas encore été cartographiés. On arrivait à un point, et après, il n'y avait plus qu'un espace blanc. Je me suis perdu une centaine de fois et j'ai toujours trouvé mon propre chemin. Il n'y a qu'un seul vrai chemin à travers le monde, et tout ce qu'on peut en dire, c'est qu'il est là. Tout le reste n'est qu'une supposition, une connerie inventée. Il n'y a pas vraiment de guide. Il n'y a que le sentier. »

J'ai dit que j'étais assez d'accord.

« Réfléchis, a proposé Faro. Quant à la randonnée, nous verrons si Long en reparle. Parfois, il se lance dans une idée, puis il la laisse s'envoler. »

Quelques jours après mon dîner chez les Ray, un après-midi, j'ai enfin rencontré Long et Eve. J'étais à plus de deux mètres de hauteur, sur mon échafaudage branlant, pour travailler sur mon quadrillage. Ils sont entrés ensemble pour poster quelques lettres, relever le courrier et faire ma connaissance sur le chemin du retour au ranch.

Ils avaient l'air de ce qu'ils étaient : l'aristocratie locale des éleveurs, le genre qui porte des chemises Scully impeccables et des bottes Justin cirées qui ne foulent jamais l'intérieur d'un corral. Je ne savais rien de ces marques avant de venir ici. Mon avocat de père avait tendance à porter des costumes Hickey Freeman, des pardessus Harris Tweed et des chaussures Allen Edmonds.

Pourtant, à la fois par ignorance et par malveillance, j'ai chuchoté tout bas : « Voilà John Wayne, le cow-boy d'opérette, et sa jeune amie cow-girl qui viennent acheter un carnet de timbres. » Mon ton manquait de générosité. Après tout, je vivais dans leur maison d'amis depuis presque une semaine. Je n'ai pas pu m'empêcher de remarquer la pile de magazines que Long a tirée de leur boîte aux lettres surdimensionnée avec son portillon en laiton à volutes, *The New Republic* en tête. Une lecture résolument progressiste, à laquelle je ne m'attendais pas de la part d'un riche éleveur de bétail du Wyoming.

Dès son entrée dans la pièce, Eve s'est comportée comme si elle était sur scène, chacun de ses mouvements semblant destiné à exprimer une nuance du personnage qu'elle interprétait : la façon dont elle marchait et rejetait ses cheveux pour dégager son front avec l'intérieur de son poignet, celle dont elle tirait une cigarette de son paquet et la tassait de quelques tapotements énergiques, puis l'agitait entre deux doigts sans jamais l'allumer pour la fumer. Elle semblait habituée à ce que les gens la regardent, et elle voulait donner un bon spectacle, que chacun en ait pour son argent, même si son public n'avait rien payé.

Don Ray est sorti de son bureau pour les accueillir et leur faire savoir qu'un photographe était en route depuis le bureau du journal situé en bas de la rue. Eve a dit : « Comme c'est gentil, monsieur Ray », en agitant sa cigarette intacte en signe de remerciement.

Don Ray nous a présentés : « Voilà, Val, vous rencontrez enfin votre mécène. »

Long avait l'air fatigué après leur semaine à Cheyenne. Son visage était d'un gris mat. Là où ses cheveux bruns étaient coupés court au-dessus des oreilles, brillaient des fils blancs.

Je suis descendu, je leur ai serré la main et les ai remerciés de leur générosité à soutenir le projet. Long a balayé ma gratitude d'un revers de main et s'est mis à parler d'art pour tous et de bâtiments publics. Il a évoqué l'Europe.

« Il faut y aller pour comprendre l'importance de l'art public. Ces projets de bureaux de poste permettent de diffuser la création artistique à travers le continent avec une ampleur sans précédent. Dans cent ans, au moins une partie de ce que ces programmes du New Deal produisent en ce moment même existera encore et sera comme une décharge électrique, donnant un picotement ou peut-être même une secousse d'énergie positive à quiconque sera prêt à la recevoir.

— Comme une grosse batterie », a ajouté Eve.

Long ressemblait beaucoup à Hutch avec sa vision optimiste de la façon dont l'art dans chaque petite ville, là, sous vos yeux, s'étalant sur un mur entier chaque fois que vous achetiez un timbre, pourrait élever le pays, peut-être seulement d'un pouce. Mais chaque mouvement vers le haut, aussi petit soit-il, s'ajouterait aux autres.

« C'est l'espoir que Hutch s'efforce de faire émerger dans le monde, ai-je assuré. Comment s'est passé votre trajet depuis Cheyenne ?

— Il y a bien longtemps que je n'ai vu Hutch, mais nous nous envoyons de petits messages par carte postale plusieurs fois par an, a dit Long. Je suis heureux de participer à ce projet. Mais pour répondre à ta question, nous avons quitté Cheyenne après le déjeuner et nous sommes rentrés en cinq heures, pied au plancher chaque fois que la route était droite sur plus de cent mètres.

— C'était plutôt après un petit-déjeuner tardif. Enfin, nous avons mangé des œufs et du bacon, et pour moi, c'est un petit-déjeuner. Mais peu importe », a remarqué Eve.

Elle a regardé sa cigarette éteinte comme si un perroquet vert vif s'était soudain posé sur ses deux doigts tendus.

« Pas la peine de s'appesantir, a coupé Long. Ce que je veux dire, c'est qu'à chaque fois que j'arrive à Cheyenne, je suis terriblement gêné que notre capitale d'État soit si proche de Denver. Comme si nous l'avions intentionnellement rapprochée le plus possible sans violer leur territoire souverain. Si j'étais un jour gouverneur, je commencerais par recruter des fonctionnaires partageant les mêmes idées pour élaborer un plan de déplacement de la capitale. Mon premier choix serait Lander. Bon sang, même Casper serait mieux que Cheyenne. Mais Casper, ce serait un autre sac de nœuds, si vous voyez ce que je veux dire. Ou peut-être que pour m'amuser un peu, j'énerverais tout le monde ou presque et je proposerais de déplacer la capitale à Jackson. Nous repartirions quasi de zéro et nous construirions une capitale à l'endroit qui nous convient.

— Ça peut-être ici », a dit Eve.

J'ai observé la réaction de Long, et il a semblé charmé par son commentaire. Je n'avais aucune idée de la raison pour laquelle Casper pouvait être un sac de nœuds politique et je m'en moquais, alors j'ai demandé : « Où est Jackson ?

— À peu près aussi loin de Denver que le permettent les frontières de l'État, a répondu Eve d'une voix chantante et sarcastique, comme si elle récitait une leçon entendue cent fois. De très belles montagnes. Les Tetons. Vous avez sûrement vu des photos. Vous devriez prendre quelques jours de congé et vous y rendre pendant que vous êtes ici. Et John plaisante à propos du transfert de la capitale. »

Don Ray a déclaré : « Eh bien moi, je voterais certainement pour la déplacer. »

Les détails de la géographie du Wyoming étaient encore flous pour moi, alors j'ai souri et demandé : « Les Tetons. Bierstadt les a peintes, non ?

— J'ai deux de ses tableaux que je vais te montrer, a promis Long. Ils sont à l'étage. » Il a fait une pause avant de proposer : « Tu dînes avec nous ce soir ?

— Avec plaisir, mais vous n'êtes pas tous les deux trop fatigués par votre voyage ?

— Le trajet est aussi reposant qu'une bonne nuit de sommeil quand on a passé plusieurs jours à discuter avec des politiciens.

— Ça, tu peux le dire, putain ! » a ajouté Eve.

Long a souri et lui a tapoté l'avant-bras.

« Oups, désolée, a-t-elle dit.

— Nous dînons tard. Viens vers sept heures et demie ou huit heures et nous prendrons un verre pour commencer. »

En Virginie, la plupart des gens dînent vers cinq heures et demie. Six heures et demie, c'est ce qu'on considère comme une heure tardive pour le dîner. À huit heures, on frôle l'heure du coucher.

Le photographe du journal est arrivé et nous nous sommes alignés tous les trois côte à côte. Il nous a regardés à travers l'objectif, puis il s'est éloigné et a regardé la pièce. Il m'a dit :

« Si vous remontiez sur l'échafaudage, que je voie ce que ça donne ? Avec un pinceau à la main comme si vous faisiez quelque chose. »

Après le flash, Eve et Long sont sortis du bâtiment.

À la porte, Eve s'est retournée, m'a regardé et m'a demandé : « Julia et Faro se sont bien occupés de toi ?

— Tout à fait. »

De mon perchoir, je les ai regardés par la fenêtre du haut. Ils sont montés dans une limousine modèle Brewster avec sa calandre unique en forme de cœur, effilée à la base en pointe de lance.

Je m'attendais à ce que le dîner de ce premier soir soit court, poli, superficiel. Mais comme tant d'autres par la suite, il s'est prolongé tard dans la nuit et s'est terminé avec des bouteilles de vin éparpillées sur la table et Eve, à un moment donné, endormie tandis que Long et moi continuions à parler.

Au début de la soirée, Eve m'a demandé : « Val, c'est le diminutif de quoi ?

— Valentine Montgomery Welch III.

— Oh là là, vous êtes trois ?

— I et II ne sont plus de ce monde. C'est difficile d'imaginer infliger ce nom à trois générations, n'est-ce pas ? Mes amis d'école m'appelaient Valmont, mais maintenant tout le monde me surnomme Val. »

Long a plongé dans le vif du sujet, cherchant à connaître ma théorie de la peinture. Je n'avais pas vraiment de théorie. Je me sentais mal à l'aise parce que Long me donnait l'impression qu'il s'agissait d'une obligation.

« À l'université, lui ai-je expliqué, Hutch ne s'intéressait pas beaucoup à la théorie. Tout ce qui comptait, c'était la chose elle-même, qu'il s'agisse du sujet ou du produit final de la création. Je m'intéresse davantage à l'aspect physique et matériel du monde. Fondamentalement, je veux parler de la vision.

Ce que nous voyons. Pour moi, parler de théorie de l'art, c'est comme avoir une théorie de la marche ou de la couleur bleue.

— C'est donc ta théorie, a dit Long. Nous aurons tout le temps d'y revenir. Peut-être formulerons-nous la théorie du bleu.

— Alors, ces années de misère, tu les as passées en grande partie à faire des études ? Je parie que de temps en temps, tu devais manger des saucisses et des haricots dans le dortoir. Mais je ne juge pas, est intervenue Eve. »

Long s'est penché et lui a tapoté le bras. Elle m'a demandé : « Quoi, je me trompe ?

— Pas vraiment », ai-je répondu.

Compte tenu de ce que Lucy Ray avait dit à propos d'Eve et de sa jeunesse vagabonde, j'ai réfréné mon envie de me défendre en évoquant la mort de mon père.

Elle a ensuite expliqué qu'elle était un peu gênée de porter une version de son costume de scène cet après-midi-là. « Ce costume ridicule, je déteste le porter, a-t-elle dit, sauf derrière un micro, avec les lumières qui m'aveuglent, le groupe qui joue comme fonce un train de marchandises et une foule de gens ivres qui dansent. Je ne l'ai pas fait depuis longtemps, mais à Cheyenne, ces tenues sont très appréciées des politiciens d'âge mûr en rut. »

Elle et Long se sont mutuellement interrompus pour raconter la façon dont elle s'était, à plusieurs reprises, produite à Cheyenne dans des groupes pour bals de cow-boys, notamment lors d'un grand et mémorable spectacle à Frontier Days. Un événement dont je n'avais jamais entendu parler, mais qui était apparemment l'un des plus anciens et des plus importants rodéos de l'Ouest.

« C'était il y a bien des années, a dit Long.

— Oui, presque trois », a rétorqué Eve. Faisant semblant de se disputer, ils ont expliqué qu'encore maintenant, divers fonctionnaires haut placés se souvenaient d'elle avec chaleur. Parfois même de façon déplaisante. Mais Long savait comment jouer sur ces souvenirs, et Eve était prête à se plier aux règles du jeu de temps en temps.

Je voulais en savoir plus sur les groupes avec lesquels Eve avait joué, sur la musique que j'avais entendue à la radio en allant de Denver à Dawes. Le son était différent de ce que l'on jouait sur la côte est, mais on voyait qu'il s'inspirait souvent des mêmes influences : jazz, swing, violon hillbilly, country. Tout s'articulait autour du son de deux violons et d'une guitare folk. Mais avant que j'aie pu dire un mot, Long et Eve avaient poursuivi leur conversation.

« Quand je commence à rechigner devant l'attention des gens à Cheyenne, a dit Eve, John me demande ce que je penserais d'être la première dame de l'État ou bien la femme d'un sénateur américain.

— Tu exagères, a remarqué Long. Je ne suis candidat à rien. »

Eve a raconté qu'elle pensait pouvoir jouer l'un ou l'autre de ces rôles pendant quelques heures de temps en temps, s'il le fallait. Mais cela ne changerait rien à l'idée qu'elle se faisait d'elle-même. Elle avait passé assez de temps sur scène avec les rayons jaunes des projecteurs enfumés braqués sur elle pour savoir que les feux de la rampe n'éclairent que l'apparence.

À Cheyenne, lors des dîners au manoir du gouverneur, elle avait toujours l'impression de bluffer, d'essayer de ne pas faire d'erreur de grammaire, de ne pas se casser la figure dans ces champs de mines que sont *j'aurais, j'avais* ... « Pour ce qui est de la différence entre "*on*" et "*nous*", j'ai abandonné depuis longtemps, a-t-elle conclu, j'ai décidé que la vie était trop courte.

— Personne ou presque ne s'exprime parfaitement à ces dîners, a remarqué Long.

— Toi, oui. » Après une pause, elle a ajouté : « John, chéri, tu penses que tu as bon goût et moi non, et tu as généralement raison. Pourtant, tu me préfères blonde à ma couleur naturelle.

Elle m'a regardé en ajoutant : « En réalité, je suis à mi-chemin entre le auburn et le brun souris.

— J'aime toutes les versions de toi, a renchéri Long. Mais tu sais comment sont les gens à Cheyenne. »

Je les ai longuement écoutés parler de la manière dont le côté show girl à paillettes d'Eve modérait l'image raffinée que Long ne pouvait s'empêcher de projeter. S'il devenait un jour candidat, elle atténuerait ce style Nouvelle-Angleterre dont il ne parvenait pas à se débarrasser. Ce soir-là, ils se présentaient comme des partenaires, leurs forces et leurs faiblesses se complétant parfaitement.

« John ne peut pas passer pour quelqu'un d'ici, mais moi si, a affirmé Eve.

— À la marge », a dit Long.

J'étais un peu surpris qu'ils parlent aussi ouvertement devant quelqu'un qu'ils venaient de rencontrer, et je me suis demandé s'ils ne manquaient pas terriblement de compagnie, à jouer ainsi pour leur public composé d'un seul spectateur, comme Ginger et Fred s'opposant dans les premières minutes du film, avant de tomber amoureux. John a repris :

« Grâce à toi, je parais jeune et plein d'énergie.

— Un homme à poigne, comme on dirait à Cheyenne.

— Je préfère "plein d'énergie". »

Eve avait l'air moins fatiguée qu'au bureau de poste, moins maquillée, plus naturelle, plus détendue. Elle portait un pull d'une délicate teinte pêche et une jupe bleu foncé boutonnée sur le devant, sans aucun ornement de style western. La lumière des bougies posées sur la table adoucissait ses cheveux cuivrés et dorait sa peau. Elle était belle. Une petite cicatrice au-dessous de son œil gauche, semblable à la trace d'un ongle sur la page d'un livre, me fascinait. Je devais sans cesse me rappeler de ne pas la regarder.

Plus tard, nous devions en être à la tarte, j'ai dit : « Lorsque j'ai pénétré pour la première fois dans le hall d'entrée, toutes les peintures m'ont sauté aux yeux. Et pas seulement le Matisse et le Renoir. »

Long a répondu en riant : « Je n'avais pas conçu cette pièce comme un hall d'entrée. Mais c'est peut-être ce qu'elle est finalement. »

J'ai un peu rougi, mais avant que je puisse m'excuser pour mon choix de mots, Eve est intervenue :

« Je cherchais le terme juste pour appeler cette pièce. À partir de maintenant, ce sera le "hall d'entrée".

— Et moi, je proposerais bien "galerie", mais il semble que je n'aie pas la majorité des voix, a répondu Long. J'ai acheté le Renoir et le Matisse à Paris juste après la Première Guerre mondiale. À la suite de l'armistice de 1918, j'ai décidé que je ne voulais pas prendre le bateau et rentrer chez moi tout de suite. Mon père s'est arrangé pour que je sois démobilisé en Europe, il m'a incité à rester à Paris et m'a envoyé une allocation mensuelle par American Express pendant un an, après quoi j'étais censé rentrer à la maison et me mettre au travail. Mais je suis resté à Paris aussi longtemps que l'argent a continué à arriver, ce qui a duré près de trois ans. Je me suis bien amusé et j'ai acquis quelques tableaux sans me soucier de leur valeur ou sans chercher une bonne affaire. J'ai acheté ce que j'aimais et ce que je pouvais m'offrir, sans penser à l'opinion d'autrui. Le taux de change du dollar au lendemain de la Grande Guerre rendait mon allocation assez luxueuse, et j'ai acheté des peintures pour quelques centaines de dollars par-ci et quelques milliers par-là. J'aime toujours la plupart de ces tableaux et je les regarde presque tous les jours. Parmi eux, le Renoir et le Matisse que vous avez remarqués. Il y en a d'autres à l'étage.

— Ce fusil avec la longue lunette a l'air d'être à la place d'honneur. Il doit avoir une histoire, lui aussi ?

— C'est un Springfield M1903. Je l'ai utilisé pendant la guerre, mais le modèle n'a rien de remarquable. La lunette, en revanche, est assez particulière. J'étais sniper. Vous savez, le gars qui grimpe à un arbre ou s'accroupit dans une tranchée et tire sur quelqu'un qu'on peut à peine voir à l'œil nu. »

Il a poursuivi en expliquant que son père considérait la guerre comme une terrible erreur, mais aussi comme une occasion de gagner beaucoup d'argent. Il voulait que Long reste chez lui pour l'aider, mais ses arguments avaient échoué. Long s'était porté volontaire. Il aspirait à vivre la guerre comme Hemingway, Cummings, Dos Passos et tant d'autres brillantes jeunes recrues, mais au cours de l'entraînement, avant de quitter l'Amérique, Long avait fait preuve d'une aptitude inhabituelle au tir sur cible. Au lieu de conduire une ambulance, il avait donc passé la guerre à tirer sur les Allemands. Il était capable de tuer à près d'un kilomètre de distance et semblait se souvenir avec chaleur de cette année consacrée au tir d'élite. Il préférait abattre les officiers pour des raisons morales, mais toute tête dépassant le rebord d'une tranchée assez longtemps pour viser et tirer était bonne à prendre.

« Nous ne nous battions pas au sabre avec un code d'honneur complexe, a déclaré Long. Les deux camps empoisonnaient des masses de soldats avec des nuages de gaz moutarde et de chlore. Tu ne veux pas savoir comment c'était, et ne t'attends pas à ce que je le décrive devant Eve.

— Je suis trop délicate pour entendre ces saloperies », a dit Eve.

Elle s'est redressée sur sa chaise et a posé un coude sur la table pour appuyer sa joue sur sa main, comme pour s'installer dans une conversation qui, elle le savait, risquait de durer un certain temps.

« Ces champs de bataille avaient leurs règles et usages propres, a poursuivi Long. Ils ne ressemblaient à rien d'autre au monde, sauf peut-être à la caldeira d'un volcan. Tout explosait et la terre vomissait en permanence. Je n'étais pas là pour prendre du galon.

— Pour faire quoi, alors ? ai-je demandé.

— Pour tuer. Les tireurs d'élite, les bons en tout cas, n'avaient pas à compter les points. D'autres le faisaient pour eux. En entrant tardivement dans la guerre, aucun d'entre nous, Américains, n'aurait pu approcher le record de Pegahmagabow. C'était un autochtone canadien et, pour une raison ou une autre, il pensait qu'il ne pouvait pas être tué, alors il prenait toutes sortes de risques. Je travaillais à distance, masqué et caché, en haut d'un arbre à huit cents mètres du front. Mais on racontait que Pegahmagabow aimait travailler de près. Il se rendait dans le *no man's land* tard dans la nuit, errait comme un fantôme dans les tranchées allemandes et volait de petits objets personnels aux soldats endormis. Leurs lunettes, un livre, un pistolet. Ou bien il relevait le revers de leur manteau ou leur ôtait leur casquette pour montrer qu'il était capable de le faire. Il s'est porté volontaire pour les missions les plus risquées. Les officiers le laissaient libre de ses mouvements. Il partait seul, et les observateurs voyaient dans leurs jumelles les officiers allemands reculer brusquement avant de s'effondrer au sol, et puis ils entendaient un léger craquement, un tir provenant d'un terrain rasé où les arbres étaient arrachés et où aucun soldat n'était en position.

— Et combien d'encoches avait-il à son fusil ?

— Près de quatre cents, officiellement. Il ne s'agit que des morts confirmées, il faut donc ajouter au moins dix à vingt pour cent, car certains seraient morts plus tard. Et, encore une fois, ne vous laissez pas gagner par l'humanitarisme. Ceux de l'autre camp faisaient la même chose, et ils avaient l'avantage d'avoir des lentilles allemandes dans leurs lunettes. »

J'avais bu assez de l'excellent vin de Long pour demander : « Si vous comptiez les points en nombre de morts, quel était votre total, à vous ?

— Je vais poser une question plus sérieuse, a répondu Long après un silence. Certaines personnes, à cause de leur comportement, devraient-elles mourir, cesser d'exister, en ce moment même ? Est-il préférable, à plus grande échelle, que quelques personnes soient éliminées, que ce soit dans un oubli sans fin, au pays des morts, ou dans la prochaine incarnation ? Exemple facile : le 14 avril 1865, en début de soirée. Si tu pouvais appuyer sur la gâchette devant John Wilkes Booth, l'assassin de Lincoln, le ferais-tu ? Ça changerait sans doute l'histoire de notre pays, sans répercussions, et personne ne le saurait jamais. Tu le retirerais du tableau ?

— La vérité ?

— Évidemment.

— Je n'en suis pas sûr. Nous ne savons pas comment chaque minute de l'histoire va faire évoluer les choses. Je ne veux pas être celui qui prend ce genre de décisions.

— C'est une réponse facile, et si je ne te trouvais pas sympathique, je dirais que c'est une réponse minable. Nous ne savons jamais rien au-delà de la seconde présente. Mais si tu étais là et que tu ne pouvais pas te défiler ? Un seul instant pour choisir. Tu te sentirais coupable pour le restant de tes jours parce que tu l'as fait, ou parce que tu ne l'as pas fait ? C'est un autre être humain, on appuie sur la gâchette et il meurt avant même de tomber. Il n'a rien senti. C'est répugnant l'espace d'une seconde, mais toute la violence et la cruauté qu'il avait en lui sont sorties de sa tête comme grille l'ampoule d'un projecteur de cinéma. Et il faut bien tenir compte d'une chose, ce n'est pas seulement Booth qui s'est éteint, c'est aussi Lincoln qui reste une lumière, lui, et son énergie est toujours là pour le pays. On étouffe une lueur, mais c'est pour en laisser briller une autre. Et peut-être que le monde s'en porte mieux. Pas seulement pour nous, mais dans un sens plus large de l'existence sur terre. Éteindre ce fou furieux de Sherman lorsqu'il commençait à planifier l'élimination de tous les bisons afin d'éliminer les Indiens des Plaines. Quel serait le résultat ? Peut-être que tout, la Terre, l'humanité, le ciel et les arbres, cette saloperie de climat, un pin et l'écureuil dedans qui mange un pignon, tout ça irait mieux parce que cette unique personne a disparu. Pour le dire en termes courants, le bien d'un seul l'emporte-t-il sur le bien du plus grand nombre ? J'ai besoin que tu répondes à cette question, mais pas ce soir. Nous sommes tous les deux à moitié ivres et fatigués. Tu me le diras dans un jour ou deux. Ou le mois prochain. »

Je savais déjà que dans un jour ou deux, je continuerais à penser que la question de Long était erronée, ou pour le moins trop simpliste. Le bien du plus grand nombre décidé par un seul est souvent une pente glissante. Mais j'aurais besoin d'un argument plus complexe que celui-là.

« Ce n'est qu'une réflexion théorique.

— Il en va de même pour tout, Val. Décider d'aller à Dawes pour peindre une fresque ou acheter une boîte de clous pour la clôture, c'est juste une réflexion théorique. »

Au même moment, Long et moi nous sommes retournés pour constater qu'Eve s'était endormie, la tête reposant sur ses avant-bras croisés et ses cheveux blonds ébouriffés, plus foncés à la racine, couvrant son visage, à l'exception de la courbe d'une joue lisse et d'un effilement des lèvres.

« Il me semble qu'il vaudrait mieux nous arrêter là », a conclu Long.

Même par un après-midi d'un bleu lumineux, la lumière sépia de la grange tombait des hauts chevrons et se reflétait sur la paille des litières dans les stalles. Je suivais Eve dans la longue allée centrale, m'arrêtant de temps en temps pour qu'elle me présente ses chevaux les plus célèbres.

« Lui, c'est Painted Black. Il a gagné de grands prix de cutting partout, de Fort Worth au National Western Stock Show de Denver, et aux Frontier Days de Cheyenne. Mais c'était avant que j'arrive, et maintenant il est à la retraite. Nous avons donc ça en commun. Aujourd'hui, il gagne sa vie en faisant des petits. C'est un vieux garçon grincheux, alors n'approche pas tes doigts. Tu pourrais y perdre une articulation ou deux. »

Elle s'est approchée de la demi-porte où Painted Black pointait son nez, et elle l'a embrassé.

« En effet, on voit qu'il est féroce, ai-je remarqué.

— Pas avec moi. »

En longeant l'allée, elle m'a présenté Just Jack, Bucéphale, Mercury, et un bai plus âgé nommé Mopsy. D'après Eve, il était capable de promener un complet débutant en toute sécurité.

« Tu le monteras donc sûrement un jour ou l'autre. »

Plus loin, elle a ajouté : « Si tu n'as jamais assisté à une compétition de cutting, tu ne peux pas imaginer ce que ces chevaux savent faire en travaillant avec le bétail. Une fois qu'ils ont choisi la bête à séparer du troupeau, c'est comme un mélange de danse classique et de duel à l'épée. Le cavalier, sur la selle, a l'air d'essayer de rester à l'écart. Un spectateur innocent. "Désolé, officier, je n'ai rien vu." Mais comme la plupart des compétences, c'est beaucoup plus compliqué qu'il n'y paraît. J'apprends encore à regarder et à comprendre ce que je vois. »

Au bout de l'allée, près des grandes portes de la grange, elle s'est arrêtée en déclarant : « Elle, c'est Pálida. »

Une jument gris pâle s'appuyait contre la porte de la stalle, émettant un son semblable à un ricanement profond. Eve a sorti une pomme et une carotte des poches de sa veste. Elle m'a tendu la carotte en demandant : « Dois-je t'expliquer comment la tenir ? »

J'ai répondu que je n'avais pas grandi à Manhattan.

Pálida a croqué la carotte en trois bouchées, puis s'est tournée vers Eve pour prendre son temps avec la pomme. Elle appuyait sa longue tête contre les épaules et la poitrine de sa maîtresse.

Eve souriait à la jument et se pressait contre son cou. Un jeu entre elles, semblait-il. Il y avait peu de lumière, autour de nous les chevaux mâchaient leur foin et chassaient les mouches. J'ai remarqué une trace de poussière sur la joue d'Eve, là où elle s'était appuyée sur la jument quelques instants auparavant. Elle et Pálida étaient lumineuses toutes les deux, les yeux brillants, enchantées l'une de l'autre. Je ne pouvais pas en détourner le regard.

À cet instant, Faro a franchi la porte de la grange depuis l'enclos, menant un jeune cheval à qui il parlait à voix basse. Peut-être a-t-il été surpris de me voir à l'intérieur de la grange, ou peut-être a-t-il fallu quelques secondes à ses yeux pour s'adapter à la faible lumière après le soleil éclatant, mais Faro a fixé son regard sur moi avec une expression si glaciale qu'elle m'a semblé reptilienne.

Il a fait un mouvement rapide, de la tête seulement, les yeux fixes, un hochement bref et une légère inclinaison sur le côté, comme un lézard dont l'attention est attirée par le mouvement d'un insecte, quelque chose de comestible. Son corps est resté parfaitement immobile. Seul un léger déplacement du regard indiquait son intérêt. Ses yeux m'ont semblé inhumains jusqu'à ce que je comprenne que, même si je n'avais jamais ressenti ou pensé ce qui a traversé l'esprit et le corps de Faro pendant ce laps de temps, ça ne signifiait pas que ce n'était pas humain. À en croire les rumeurs et les spéculations qui couraient dans la salle de billard, au bar et du côté des enclos à bestiaux, Faro, dans un passé lointain, avait tué des dizaines d'hommes avec une certaine désinvolture. Peut-être que l'expression qui avait traversé furtivement son visage était-elle un reliquat du vieil Ouest. Un artefact, comme la découverte d'une ancienne pointe de flèche. Une image instantanée que je pourrais garder et essayer de peindre un jour. Faro s'est détendu et a regardé attentivement Eve et Pálida. Puis il s'est adressé à moi : « Les chevaux ont quelque chose de particulier. Ils connaissent tous les sentiments qui vous traversent, vous ne pouvez pas les leur cacher. Ils ne se laisseront jamais prendre à des mensonges. On peut tromper un chien, mais pas un cheval. »

Il a emmené le jeune cheval et Eve a murmuré : « Quand il dit ce genre de choses, je fais attention. »

Nous sommes sortis au soleil. « Tu l'as déjà vu monter à cheval ? m'a demandé Eve.

— Non. Je l'ai juste regardé entraîner de jeunes chevaux dans l'enclos.

— Il est plus souple en selle et plus habile avec son cheval que n'importe quel cow-boy de vingt-cinq ans à Long Shot, même si au galop, sa tête tressaute davantage. Un jour, je lui ai dit : "Faro, j'espère que lorsque j'aurai ton âge, je saurais monter à cheval moitié aussi bien que toi." Et il m'a répondu : "Je vais te dire ce que je dis à tous les cow-boys qui me sortent cette connerie. Tu n'es pas capable de monter moitié aussi bien que moi en ce moment, alors bonne chance avec tes ambitions condescendantes." »

Elle a ri, et j'ai fait de même. Son admiration pour Faro était surprenante. Jusqu'ici je l'avais surtout trouvé étrange, renfermé et prompt à la violence, mais le ton de révérence d'Eve à son égard m'intéressait. Nous avons marché jusqu'au cabanon à la porte bleue et je l'ai remerciée pour la visite de la grange. Elle s'est dirigée vers sa maison et je me suis installé sous le porche un moment. Je ne l'avais jamais vue aussi sincère. Il n'y avait pas eu de spectacle dans la grange. Juste une fille et son cheval.

Jour après jour, mon travail sur la fresque progressait. Une fois le quadrillage tracé, j'ai esquissé le dessin sur le mur vierge, en agrandissant le croquis miniature qui reproduisait la peinture en couleurs que j'avais soumise à la Section pour approbation.

Pour me préparer, Hutch avait mis l'accent sur l'aspect pédagogique du travail : expliquer comment réaliser une fresque selon les méthodes traditionnelles, encourager les gens à observer la progression, à suivre le processus, à respirer la peinture et à me regarder mélanger les couleurs, à sentir un lien avec cette image qui visait à exprimer une vérité fondamentale de leur lieu de vie. En bref, aider les gens à voir qu'il s'agissait d'un travail minutieux, comprenant beaucoup de planification et de préparation, et pas seulement l'inspiration d'un génie étalant de la peinture avec frénésie. Il y avait aussi une part d'artisanat.

Comme Hutch l'avait espéré, beaucoup des passants qui avaient à faire à la poste ou qui venaient simplement par curiosité me posaient des questions. Dans les premiers temps, ils demandaient surtout : « Quand allez-vous commencer ? » J'expliquais sans cesse le procédé, les nombreuses étapes nécessaires pour réaliser une fresque à l'ancienne, c'est-à-dire comme mon patron souhaiterait qu'elle soit réalisée. Certains jours, ces étapes ressemblaient à dix mille petits pas laborieux.

La plupart du temps, les gens voulaient savoir ce qu'allait représenter l'image, le sujet.

Je n'ai jamais trouvé de réponse parfaite. Parfois, je disais : « L'énergie de l'Amérique ». Et je m'en tenais là. Ou bien : « L'histoire naturelle et humaine de cet endroit. Le paysage et tous les hommes et animaux qui ont vécu ici. Leur lutte pour s'établir. Les Indiens et les bisons, les marchands de fourrures, les pionniers et les chariots couverts, l'arrivée des éleveurs et des cow-boys, le chemin de fer, les banquiers et les agriculteurs. Le passage du temps se fera de gauche à droite ». J'ajoutais alors : « Vers le plafond, dans le coin droit, dans la partie la plus récente de la peinture, il y aura un ciel nocturne et ses constellations, qui remontent bien au-delà de l'homme des cavernes, jusqu'à la nuit des temps. Le puissant Orion et la Grande Ourse, les Pléiades ». Ou bien je disais ce que j'avais raconté à Don Ray le jour de notre rencontre : « La fresque va exprimer les vagues de l'histoire qui ne cessent de gonfler, de se briser et de s'élever à nouveau, et toutes les images seront légèrement inclinées vers l'avant, penchées vers l'avenir. »

J'avais vingt-sept ans, il faut en tenir compte.

Un homme a remarqué : « Bon sang, mon gars, tu aurais pu te contenter du bétail et des chemins de fer et en finir plus vite. »

Parfois, si je parlais à quelqu'un qui semblait vraiment intéressé, j'allais plus loin en opposant la vision que j'avais de mon travail à l'interprétation qu'avait donnée Lucy Ray de la sagesse du tailleur de pierre. Là où, pour ce dernier, chaque pierre correspondait à une partie d'un puzzle à compléter, ma manière de procéder était tout autre. Si je m'étais fié à ce genre d'intuition, j'aurais perdu la bataille avant même de l'avoir commencée. La planification, et non la spontanéité, reste au cœur d'une peinture murale. D'autres visiteurs, faute de choses à dire mais voulant paraître intéressés, posaient des questions telles que : « Ce crayon, c'est un 2B ? » Ou encore : « Est-ce que ces taches de peinture sur vos vêtements s'en iront au lavage ? »

Outre les aspects pédagogiques vis-à-vis du public, Hutch avait mis l'accent sur d'autres responsabilités liées à mon travail. Juste avant mon départ pour l'Ouest, il m'avait gratifié de ce qu'il considérait sans doute comme un discours d'encouragement. Son propos tenait à peu près dans ces termes : « Tu n'es plus à l'école d'art. Il n'est plus question de décerner une bonne ou une mauvaise note. J'ai pris un risque en te donnant cette chance. Si tu te plantes, tu perds cette commande et ton prochain travail subventionné par le Trésor sera, au mieux, d'assister de vrais peintres qui comprennent ce que nous essayons d'accomplir. Vas-y, fais du bon travail et sois prudent. N'oublie jamais que les habitants de Dawes sont tes vrais clients. Tiens-toi à l'idée que tu as soumise et qui a été approuvée, et ne t'amuse pas à faire de l'esprit ou à ironiser en douce. Nous avons eu des problèmes avec ça. Personne ne se promène dans ta rue avec un exemplaire du *Daily Worker* ou du *New Masses*. Et pas de clochard à l'arrière-plan avec la tête d'Herbert Hoover[1]. Les Rockefeller ont fait détruire une fresque de votre idole à tous, Rivera, pour ce genre d'effronterie. Ne commence pas à vouloir jouer le nouveau farceur de l'année. Je sais que tu seras tenté, comme tant de jeunes peintres, écrivains et musiciens, mais quelqu'un le verra et ira se plaindre. Vous ne pouvez pas vous le permettre, et nous non plus. Notre département a besoin de tout le soutien possible. Nous ne sommes plus dans les Années folles, ce monde

1. Président des États-Unis de 1929 à 1933. *(N.d.T.)*

est révolu et ne reviendra peut-être jamais. En résumé, ne te plante pas. Rappelle-toi que toucher le fond aujourd'hui, c'est sombrer bien plus bas que par le passé. »

Hutch avait eu raison de me rappeler que le monde dans lequel nous vivions était différent, plus dur, après la sensation d'ivresse de la décennie précédente où tout semblait possible. Le krach avait déferlé comme un raz-de-marée, et le pays s'était retrouvé ballotté dans une série de crêtes et de creux. L'année précédente, nous avions vogué sur une crête pleine d'espoir pendant quelques mois, mais tous les indicateurs montraient que nous glissions à nouveau vers un autre creux, emportés par une vague massive comme les surfeurs à Hawaï. Les conditions terribles qui régnaient dans la majeure partie du pays, et surtout dans le Dust Bowl, Kansas, Oklahoma, Sud-Est du Colorado, Texas et l'Est du Nouveau-Mexique, avaient évolué selon les mêmes schémas, les mêmes oscillations. La situation s'était améliorée pendant plus d'un an, mais la sécheresse revenait et le déclin semblait inévitable. Bientôt, nous allions revoir des photos apocalyptiques en première page : tempêtes de poussière d'ampleur biblique, blizzards noirs s'élevant dans le ciel et balayant le paysage. Des vagues de chaleur menaçant de brûler le centre du pays. Soixante-quinze pour cent du continent en proie à la sécheresse. Il n'y a pas deux ans, les températures frôlaient les 49 degrés Celsius, et pas seulement au Texas. À l'étranger, les fascistes et les impérialistes qui s'étaient emparés du pouvoir politique aiguisaient leur appétit pour la guerre. Et les magazines hebdomadaires donnaient l'impression que la fin du monde approchait, que l'étape suivante serait l'éruption d'une peste ou la chute d'un astéroïde sur Terre.

Long et Faro travaillaient ensemble depuis longtemps, une décennie ou plus. Ils se comprenaient à demi-mot. Dans leurs conversations revenaient les noms qu'ils avaient donnés aux sections de terrain, les noms des chevaux, des outils nécessaires pour un travail, des maladies auxquelles le bétail et les chevaux étaient sujets. Leurs tournures grammaticales étaient parsemées de mots tels que : « teigne », « bridon », « palonnier ».

Quelques semaines après mon arrivée, j'ai surpris la fin d'une conversation en passant devant Long et Faro. Ce dernier disait : « Dans cette longue partie de clôture, il y a toujours quelque chose qui a besoin d'être réparé. On pourrait s'occuper de chaque mètre, réparer et remplacer, et quand on reviendrait au point de départ, on se dirait "tiens, il va falloir que je m'y remette". Et on devrait tout reprendre à zéro. Voilà, c'est le temps, les intempéries et les forces du déclin. »

Faro s'est éloigné, et Long s'est adressé à moi : « Au début, on pense qu'il est plein de sagesse, mais on s'aperçoit qu'il travaille surtout à partir d'un calendrier plus vaste dans sa tête.

— Plus long ? ai-je demandé.

— Non, je pense qu'il consulte plus de pages à la fois.

— Quelle est la surface de ce ranch, au fait ?

— Calculée comment, la surface ?

— En hectares, je suppose.

— Oh, à cette aune-là, je ne sais pas. »

Long a indiqué plusieurs fois le nord et le sud de l'index et a dit : « Environ trente kilomètres dans cette direction. » Il a fait une pause, suivi d'un large geste d'est en ouest. « Un peu moins dans ce sens, approximativement. Mais ce n'est pas un rectangle parfait. La limite de propriété suit Elk Creek sur une grande partie au nord, mais la rivière fait des méandres. Et bien sûr, au sud, les terres situées le long de Bison River que j'ai vendues ne comptent plus. Il faut calculer avec une marge de plus ou moins dix pour cent d'erreur. Il y a cent hectares dans un kilomètre carré. Tu peux vérifier la prochaine fois que tu iras à la bibliothèque. »

Il s'est dirigé vers la maison, et j'ai monté les marches pour m'asseoir sous le porche devant la porte bleue. J'avais envie de lire, comme je le faisais la plupart du temps l'après-midi. Quelques numéros de *The New Republic* avaient été livrés récemment, dont un qui contenait des dépêches d'Hemingway sur la guerre en Espagne. J'ai feuilleté les pages épaisses, lisant des articles sur les nouveaux syndicats de l'acier, de l'aluminium et de l'automobile, mais aussi sur l'horrible bombardement de Guernica et la propagande fabriquée par Franco à ce sujet en utilisant des tactiques empruntées à ses amis Hitler et Mussolini. Bientôt j'ai dû arrêter ma lecture, lever les yeux de la page et me concentrer sur le paysage.

Cela faisait une semaine que le ciel était bleu et frais, que l'air sec et léger faisait chatoyer les montagnes. C'était si différent de chez moi, à Norfolk. Il n'y avait pas eu un seul vrai jour de pluie depuis mon arrivée, même si, en de rares occasions, de turbulents amas de nuages gris acier et anthracite s'étaient mis à tourbillonner, crevant en orages violents pendant une demi-heure avant de disparaître, laissant à nouveau le ciel bleu immaculé.

Peu après le coucher du soleil, Faro a toqué à ma porte, portant par le goulot quatre bouteilles de bière qui s'entre-choquaient. Il a demandé à me rejoindre, comme si le cabanon des invités suivait les règles nautiques, permission de monter à bord. J'ai fait un geste vers l'autre chaise en remarquant : « Je croyais que tu avais des clôtures à réparer.

— Demain », a-t-il répondu.

Il a monté les trois marches, fait sauter les bouchons avec le bout rond d'un limonadier et m'a tendu une bière Coors. Assis, nous avons siroté en silence. Finalement, il m'a demandé : « Comment se présente cette peinture ?

— Ça avance lentement. Mais si tu es en ville dans une semaine ou deux, passe donc jeter un coup d'œil.

— Je suppose qu'on t'a raconté des histoires sur moi. »

Il me regardait droit dans les yeux, son regard gris pâle ne laissant rien paraître, la bouche sans expression, derrière son écran de moustache blanche.

« Les gens viennent pour envoyer du courrier et pour voir ce que je fais, comment on dépense l'argent de leurs impôts. Ils aiment bien me dire ce qu'ils pensent être intéressant à propos de Dawes et ce qui devrait figurer sur la fresque. Ton nom a été mentionné. »

Faro m'a demandé :

« Comment ça ? Comme un personnage historique ?

— Un survivant du Far West. Un vestige du passé. L'un des derniers...

— Je ne suis le dernier de rien du tout. Il y a encore plein de gens plus âgés que moi qui arpentent cette terre. Il faudrait que tu rencontres l'un de ces anciens. J'ai connu un homme dans le Nebraska, un vieux guerrier sioux nommé He Dog. Il est mort il n'y a pas longtemps. Il avait environ cent ans. Il avait chevauché avec Crazy Horse. Il s'était battu à Little Bighorn. Tu aurais dû le peindre. Son visage ressemblait au flanc d'un canyon.

— Si toutes les histoires qu'on raconte sur toi étaient vraies, tu aurais environ quatre-vingt-dix ans.

— Certains jours, c'est comme ça que je le sens. D'autres jours, j'ai vingt ans.

— On raconte que tu as fait toutes sortes de choses. Que tu étais tireur d'élite.

— Bon Dieu ! Avoir participé à quelques fusillades ne fait pas de quelqu'un un tireur.

— Ils disent que tu étais au Nouveau-Mexique pendant la guerre du comté de Lincoln et que tu étais l'ami de Billy the Kid. Que tu l'as aidé, ainsi que Pat Garrett, à monter un coup qui lui a permis de ne pas être tué, mais de fuir au Mexique. »

Faro a regardé au loin en réfléchissant. D'une voix neutre, il a répondu :

« Bon, sur ce coup-là, tu m'as eu. »

J'ai été surpris et je l'ai montré.

« Quoi ? Tu connaissais Billy ?

— Alors, nous avons établi que tu es prêt à croire n'importe quoi ?

— Ha ha ! On raconte aussi que le jeune fantassin qui a tué Crazy Horse à la baïonnette, c'était toi. Ils disent que tu avais environ seize ans. »

Sans prendre le temps de calculer, Faro a enchaîné :

« Oui, j'admets qu'il y a eu une époque où j'ai eu seize ans, donc l'histoire doit être vraie. Je devrais écrire un livre, *J'ai poignardé Crazy Horse*. Ça me rapporterait une fortune. Puis, pour le tome 2, je raconterais comment j'ai aidé Billy the Kid à simuler sa mort et à s'enfuir au Mexique. J'étais un garçon très occupé. »

Il a ouvert la deuxième paire de bouteilles brunes perlées de buée en poursuivant :

« Certains de ces tireurs du Nouveau-Mexique, dans ce que les gens appellent la guerre du comté de Lincoln, étaient des tueurs purs et durs. S'ils n'avaient pas été payés pour le faire, on les traiterait de fous. Impossible d'échanger trois mots avec eux. Leurs yeux les trahissaient. Mais Billy Bonney était différent, en partie parce qu'il avait le sens de l'humour. On l'appelle "the Kid", mais beaucoup d'entre nous avaient quelques années de moins que lui. Personne ne s'attendait à dépasser les vingt ans. Nous étions souvent ivres et pas du tout d'humeur à nous laisser bousculer par des vieux, c'est-à-dire des personnes de plus de trente ans. Tous les gars démarraient au quart de tour à la moindre offense. Il n'y avait pas vraiment de droit là-bas. Le droit, c'était celui qui avait le plus d'armes qui le dictait, comme ça a toujours été le cas au cours de l'histoire. La différence, c'est que la plupart du temps, c'était nous, les gamins, qui avions le plus d'armes, ce qui n'est pas une mince affaire quand on a dix-sept ans et qu'on est aux deux tiers bourré. J'aimerais bien pouvoir dire que j'ai aidé Billy à atteindre le vrai Mexique. »

Il fixait des yeux les montagnes qui s'assombrissaient, nostalgique.

J'ai décidé de ne pas prendre le risque de me montrer crédule deux fois de suite.

« De toute façon, les sujets de cette fresque ont été décidés et approuvés depuis des mois. Mais quand j'aurai terminé, j'aimerais bien te peindre.

— En quelle couleur ? En gris ou en brun ? »

Nous sommes restés assis, finissant nos bières, puis Faro s'est levé pour partir. Il s'est arrêté au pied des marches pour me prévenir : « D'abord, je ne vais pas poser et me laisser tirer le portrait avant d'être mort. Il faudra me soutenir avec un bâton fourchu pour empêcher ma tête de retomber sur le côté, comme on le faisait pour prendre en photo les hors-la-loi célèbres. Abattez un type, attendez un jour ou deux dans la chaleur de l'été, puis prenez-le en photo et il aura une expression pire que l'aube d'un dimanche matin à Deadwood[1], un an avant l'adhésion du Dakota à l'Union. Un ivrogne assommé. Crazy Horse est arrivé dans ce monde et l'a quitté sans se faire photographier, et ça ressemble fort à une sorte de victoire. Oui, sa vie a été courte, mais tout de même. Deuxièmement, écoute-moi bien, je ne vais pas souvent au bureau de poste. Mais si, dans un an ou deux, en examinant ta fresque, je trouve un tireur, ou même un simple cow-boy ordinaire qui me ressemble, alors nous aurons un gros problème. Et ces temps-ci, passer deux mois à te poursuivre dans le New Jersey ou dans n'importe quel trou à rats où tu habites, c'est la dernière chose dont j'ai envie. Je n'aime pas beaucoup aller dans l'est, mais je l'ai déjà fait et je le referai s'il le faut.

— Tu as voyagé à l'est ?

— Quoi ? Tu crois que tout ce que je connais, c'est la sauge et l'antilope d'ici ? Des buttes désertiques et des petits villages *pueblos* en descendant vers le Mexique ? Je suis allé partout. J'ai vu l'Atlantique et le Pacifique. J'ai connu San Francisco dans de nombreuses versions, y compris avant 1906, lorsque le tremblement de terre et l'incendie ont fait croire aux plus extravagants que Dieu voulait effacer la ville. Je suis allé à la Nouvelle-Orléans et j'ai parcouru le Nord de la Floride. C'est

---

1. Deadwood est une ville du Middle West célèbre pour sa violence et ses fusillades entre chercheurs d'or (les duels au pistolet étaient interdits le dimanche matin). L'État n'est entré dans l'Union des États d'Amérique qu'à la fin du XIXe siècle. *(N.d.T.)*

un grand continent, mais il me semble qu'on avait plus de temps à l'époque. Si tu voulais prendre six mois pour aller à la Nouvelle-Orléans, cela semblait raisonnable. J'ai été beaucoup de choses, pas seulement soldat dans l'armée frontalière ou cow-boy. Dis-moi un nom de ville. La première qui te passe par la tête.

— Washington, D. C.

— J'y suis allé. L'été, ça puait, mais les bâtiments étaient beaux et espacés.

— New York.

— Là aussi. Je ne me souviens pas de grand-chose. Il y avait un bar qui servait des huîtres, et je les ai tellement aimées que j'en ai mangé deux douzaines au cours de la soirée et que j'ai été malade le lendemain matin. Mais ça en valait la peine. Et n'imagine pas que je me promène en salopette et en bottes de cuir déglinguées dans une grande ville, sauf peut-être la première fois. Il est plus facile d'être anonyme si on porte les mêmes vêtements que les autres. »

Cette nuit-là, je n'ai pas pu dormir. Je n'ai pas regardé l'horloge. Je ne le fais jamais. Je ne veux pas que l'alarme sonne le matin et que je sorte de mon lit en rampant, la tête dans le brouillard, en sachant le nombre exact d'heures pendant lesquelles j'ai ou je n'ai pas dormi. Je préfère me réveiller en pensant que j'ai peut-être alterné les périodes de veille et de sommeil, et que je peux me mettre au travail. Durant mon insomnie, à un moment donné, à travers la fente de trois pouces entre les panneaux de l'unique fenêtre entrouverte, j'ai entendu des bruits à l'extérieur. Un cheval au galop dans le sol souple de la carrière. Des voix basses.

Sans allumer de lumière, je suis sorti silencieusement sous le porche. Sous la pleine lune, géométrie précise dans le ciel sans nuages, je voyais Pálida tourner dans la carrière. Sa forme fantomatique comme une eau pâle reflétant la lune ou un esprit éthéré glissant comme une vague dans le monde physique. J'ai compris que les voix étaient celles d'Eve et de Faro.

Je me suis approché un peu plus, jusqu'à la balustrade du porche, et j'ai vu qu'Eve était en train de prendre une leçon d'équitation. Faro était assis sur la barrière et murmurait des conseils. Je n'étais sûr que de la moitié des mots, et je n'arrivais pas à savoir quand Faro parlait à Pálida ou quand il parlait à Eve, la différence était inaudible. Je ne lui avais jamais entendu cette voix avec des humains. Quand Eve répondait, j'avais l'impression d'écouter une confession, faite sur un ton de calme et de grand respect.

Pálida s'est arrêtée lentement, avec des battements de sabots étouffés qui rappelaient le solo d'un batteur de jazz à la fin d'une improvisation sur une ballade familière, quand, à court d'idées, il laisse s'installer le silence. Faro n'arrêtait pas de dire des mots comme « mieux » et « bien ». Puis je l'ai entendu dire : « Tu apprends à écouter Pálida. »

Leurs voix avaient le ton d'un rendez-vous amoureux, d'une rencontre secrète. Je me suis rendu compte qu'il serait gênant et néfaste d'être surpris en train d'écouter cette conversation privée à trois entre Faro, Pálida et Eve. J'ai reculé jusqu'à la porte et l'ai refermée soigneusement, me demandant non pas ce qu'ils se disaient, mais pourquoi ils étaient là au milieu de la nuit. De retour dans mon lit, j'ai regardé l'horloge : 2 h 35. Et bien sûr, j'ai à peine dormi jusqu'à ce que le réveil sonne, à six heures et demie.

On m'avait appris ceci : commencer par le ciel.

J'étais donc perché là, aussi haut sur les planches que l'échafaudage le permettait ; tout était prêt pour mélanger la couleur et casser les œufs. Au bout de deux semaines, mon programme, ma *giornata,* indiquait enfin : « Bleu du ciel à trois mille mètres d'altitude ».

Si les blancs se mélangent aux jaunes, ça crée des problèmes. Il faut donc veiller à garder les jaunes entiers, les passer d'une main à l'autre en laissant le blanc visqueux s'écouler, puis les essuyer avec un torchon. Ensuite, on perce le jaune d'œuf et on laisse le liquide couler dans un bol ou une tasse. Enfin, on mélange les pigments secs au jaune d'œuf liquide pour obtenir la couleur. Il m'a fallu un bon moment pour obtenir ce bleu dur de haute altitude, mais vers l'heure du déjeuner j'avais enfin réussi. J'ai donc commencé par le coin supérieur gauche du mur. Le reste n'était encore que gesso blanc crayeux avec l'esquisse crayonnée des montagnes et des plaines, des fantômes d'animaux et des silhouettes humaines.

J'étais tout là-haut, en plein ciel, à l'angle entre le mur et le plafond.

La gamine était petite, mince et solennelle, elle avait peut-être cinq ans. Elle portait une chemise à carreaux bleus et crème et un jean Levi's foncé tout neuf avec un revers plus clair d'au moins quinze centimètres aux chevilles pour avoir la place de grandir encore quelques années. Elle a regardé la peinture depuis le bas des échelles, puis elle a commencé à reculer par tranches de deux mètres. Elle reculait, s'arrêtait, regardait, penchait la tête à gauche et à droite et reculait encore jusqu'à ce qu'elle se retrouve contre le mur le plus éloigné. Elle est restée là une minute, puis elle s'est élancée et a grimpé sur l'échafaudage aussi vite qu'un écureuil. Lorsqu'elle y est arrivée et qu'elle s'est retrouvée sur les planches à côté de moi, le mur, énorme, n'était plus qu'à quelques centimètres et le sol se trouvait plus bas qu'elle ne l'aurait cru ; elle paraissait ne plus savoir pourquoi elle avait fait cette ascension.

« Je m'appelle Val. Et toi ?

— Anna. »

Elle a étudié les lignes de crayon qui indiquaient le sommet d'une montagne, le pinacle, et a tracé l'angle avec son doigt sans rien toucher.

« Je suis content que tu sois venue me rendre visite, ai-je dit. Tu veux m'aider à peindre le ciel ? »

Je lui ai montré l'endroit du mur où j'avais commencé, et plongeant un pinceau dans la couleur, j'ai indiqué le mouvement de balayage qui convenait avant de lui tendre le pinceau. Elle ne l'a pas appliqué n'importe comment. Elle a touché la surface légèrement, en l'effleurant avec le bout des poils pour voir quelle marque ça ferait. Puis elle m'a regardé.

J'ai fait de petits mouvements en l'air avec deux doigts en précisant : « Léger et doux. »

Elle a peint un espace de la taille d'une soucoupe. Lorsqu'elle eut terminé, je suis descendu le premier pour l'attendre en bas de l'échelle, les bras tendus, mais son père est intervenu : « Laissez-la faire. Il faut apprendre à tomber dans la vie. »

Ce qui m'a semblé, à moi, un homme sans enfant, encore dans la vingtaine, être un bon postulat dans l'éducation si on l'entendait de manière métaphorique et si le sol n'était pas un carrelage hexagonal dur comme de la pierre, posé sur une dalle de béton.

Anna est descendue plus lentement qu'elle n'était montée, et lorsqu'elle a eu les deux pieds sur terre, son père lui a dit : « Ce peintre, là, il te regardait descendre et il commençait à s'inquiéter. »

Anna s'est tournée vers moi et m'a déclaré : « Tu n'avais pas besoin de regarder. »

Nous nous sommes éloignés de quelques mètres et je lui ai demandé : « Une partie de ce ciel est à toi. Tu te rappelleras où elle se trouve ? »

Anna a pointé son doigt vers la gauche, exactement à l'endroit indiqué.

« Là où il va y avoir la montagne. On va jusqu'au sommet, et on continue à monter tout droit, presque jusqu'au plafond.

— Exactement. Regarde-le chaque fois que tu viens ici, d'accord ? Comme ça, tu n'oublieras jamais, même si c'est dans très longtemps. Promis ? »

Elle m'a tendu la main et nous avons scellé notre pacte.

Bien entendu, j'ai écrit à Hutch une longue description de ce moment, m'attendant à de chaudes félicitations pour avoir réalisé sa vision : une fresque, surtout si elle était publique, allait créer des ondes capables de se propager à la surface du temps. J'ai reçu en retour une carte postale aux couleurs saturées sur papier chiffon représentant l'obélisque du Washington Monument avec un message laconique griffonné en grosses lettres : « Qu'est-ce que je t'avais dit ? »

Les jours se suivaient et se ressemblaient : un beau temps de fin mai, des journées chaudes et des nuits fraîches, de la neige encore à mi-chemin des plus hauts sommets, des journées passées à peindre et à parler aux gens. Puis, le plus souvent, un dîner avec Long et Eve.

Un soir, la Grande Dépression a surgi dans la conversation comme Nosferatu de son cercueil. Long racontait qu'au début, dans les deux premières années qui avaient suivi le krach, tout le monde pensait que la crise allait bientôt se terminer, mais elle n'en finissait pas.

« Ça été difficile pour tout le monde, a-t-il dit. Personne n'en est sorti indemne.

— Vraiment ? l'a repris Eve. Tout le monde, y compris toi ?

— Bien sûr. Les deux premières années, les prix du bétail ont atteint leur niveau le plus bas. Et puis, en 1933, Roosevelt a interdit la possession d'or, une décision vraiment dure à accepter. C'était une bonne idée pour le pays, mais j'ai décidé de garder le mien. Je sais, c'est comme si un péquenaud enterrait son argent dans une boîte de lard au fond du jardin. Mais entrer dans une banque et échanger un coffret d'or contre une pile de papier, non, je n'allais pas l'accepter. Pas question. Alors il est toujours caché et je ne sais pas quoi en faire. J'ai envisagé d'engager une personne de confiance pour l'emporter au Mexique, où c'est encore légal, et le mettre à la banque pour moi. Faro le ferait. Il a proposé de traverser la frontière au Texas, dans une zone inhabitée, avec trois chevaux. Un pour monter, un pour transporter l'or et un de rechange. Il faut les faire tourner pour qu'ils se reposent. Il suffit d'y aller, de déposer l'or à la banque, de vendre les chevaux et d'acheter un billet de train retour en première classe pour El Paso. Mais il veut une commission de cinquante pour cent, sans négociation possible. Il ne veut même pas en discuter. Je trouve que dix pour cent serait tout à fait juste et correct. Vingt pour cent, si c'est ce qu'il faut, ce serait vraiment généreux. Mais Faro dit cinquante ou on oublie.

— John, a demandé Eve, tu sais pourquoi tu t'énerves tant pour de l'or dont tu ne peux rien faire pour le moment ? C'est simplement parce que tu ne touches pas d'intérêts dessus. Et donc, si tu as souffert de quelque chose, c'est d'une mauvaise année pour les prix du bœuf et des intérêts perdus sur de l'or que tu gardes en réserve. Sur une échelle de 1 à 10, 1 étant le plus faible, quel serait ton chiffre ?

— Je dirais un 5, a répondu Long. »

Eve a éclaté de rire.

« Faux, complètement faux. Si Faro était là, il aurait répondu que pour lui, ce serait un zéro, et il aurait raison. Rien ne le dérange vraiment. Et toi, tu es presque pareil. Alors on va te donner un 2. Tu mérites un 1, mais disons un 2 pour être charitable. »

Eve m'a regardé en disant :

« À toi de jouer, Val.

— Si Long est à 2 et Faro à 0, alors je suis peut-être à 5.

— C'est trop facile, a dit Eve.

— Alors je vais développer. Mon père aurait mérité un 10, mais il était particulièrement vulnérable, alors peut-être que l'échelle ne s'applique pas complètement. Il était avocat à Norfolk, pas un riche avocat de New York ou de Washington, mais un avocat aisé de Norfolk. Il a passé la fin des années 1920 à acheter des terrains le long de la baie, dont il pensait qu'ils pourraient prendre de la valeur si sa lecture des documents du comté concernant les extensions des canalisations d'eau et d'égout annonçait ce qu'il espérait : une explosion de la croissance dans une direction particulière. Alors un grand terrain sans valeur pouvait valoir une fortune en terrains à bâtir au bord de la baie, simplement parce que quelques tuyaux auraient été posés. Il s'est rendu compte que dans un monde plus sophistiqué que celui des puits et des toilettes extérieures, la manière dont vous vous procurez l'eau et dites adieu à vos déchets est une question d'une grande importance financière. À l'époque du boom économique, il a donc acheté un certain nombre de parcelles totalisant près de mille hectares de sable, de dunes et de pins, en s'endettant jusqu'au cou.

On pourrait dire que le péché originel qui l'a entraîné dans sa chute était cette spéculation basée sur l'espoir et sur une supposition éclairée. À l'époque où il a pris le large, les investisseurs qui avaient cru aux actions s'étaient déjà tiré une balle dans le crâne ou avaient fait un plongeon sans fin d'une haute fenêtre sur la chaussée. Les pertes immobilières sont arrivées plus tard, bien sûr, mais je compte toujours mon père parmi les victimes du krach. Il a pris le petit canot que mes cousins et moi utilisions enfants pour traverser la baie de Chesapeake au-delà de Point Pleasant, et quand il est arrivé à mi-chemin entre Cape Charles et Cape Henry, il s'est attaché une cheville à un bloc de béton et il a fait son plongeon en douceur. Une petite éclaboussure bien nette. Enfin, après des manœuvres trop ennuyeuses pour que je les raconte maintenant, ma part de l'héritage, le dernier vestige de son échec, se trouvait être une parcelle de moins d'un demi-hectare de sable au bord de l'eau dont mon père avait bien spécifié qu'elle devait me revenir. La seule raison pour laquelle mon frère ou la banque ne l'ont pas prise avec tout le reste, c'est qu'elle ne valait pas la peine qu'on s'en préoccupât. Je pense que si j'ai un jour des enfants, je rédigerai mon testament en suivant l'exemple d'Œdipe et je leur dirai de partager leur héritage par l'épée.

Ne rien me laisser du tout aurait été plus satisfaisant que ce demi-hectare. J'ai passé trop de temps à essayer de déchiffrer le message qu'il avait eu l'intention de m'envoyer depuis l'au-delà. Peut-être n'était-ce pas plus compliqué qu'un rire amer, une gifle ou un doigt d'honneur.

J'ai pris avec moi l'acte de propriété de mon terrain en venant ici. Je ne sais pas pourquoi j'ai besoin de le garder à portée de main. Cette parcelle ne sert à rien, sauf à construire une cabane de plage de deux pièces, ce que j'ai déjà fait. Certains de mes amis l'appellent le "Hilton branlant". Lorsque je vais là-bas pour quelques jours, j'emporte des bidons d'eau de cinq gallons et j'utilise des toilettes extérieures qui ne diffèrent pas de celles de la plupart des régions rurales d'Amérique. À mon retour, je passerai mes journées à poser des pièges à crabes bleus, à pêcher de la petite friture bien grasse en espérant attraper une limande de temps en temps. Je m'installerai au sommet d'une dune sur une chaise pliante avec un chevalet et je peindrai des aquarelles de levers et de couchers de soleil, que je vendrai dans les boutiques de souvenirs de Virginia Beach. »

Eve a réfléchi un moment avant de dire :

« Bon, je vais devoir retirer deux points parce que tu possèdes une maison de vacances, mais à cause de ton père, je vais en ajouter un et te donner un 4.

— Généreux ! »

À ce moment-là, Julia est entrée dans la salle à manger pour annoncer : « Dernier rappel, et puis je vais me coucher, les amis. »

Elle a pris les assiettes sales et les couverts, mais a laissé les verres à vin et les bouteilles, les vides et les pleines. Eve l'a remerciée.

Une fois Julia disparue dans la cuisine, Long a repris :

« Val, ta situation familiale ressemble beaucoup à la mienne. J'ai hérité de ce ranch en perdant quelque chose, du moins selon les critères de ma famille de voleurs. Pour battre mon père, mon frère et ma sœur, j'ai dû leur faire croire qu'ils avaient tout raflé. Ils comptaient les points en dollars tels qu'ils étaient évalués par des gens comme eux et, selon leurs critères, ils avaient gagné. Mais pour eux, gagner n'était pas suffisant. Il fallait qu'ils me voient comme un perdant. Je ne devais pas leur laisser comprendre que la chose qu'ils désiraient le moins était précisément celle que je désirais le plus. Ce ranch. Ils auraient vu ça comme une faille. Comme ils considèrent que c'est une faiblesse de s'excuser quand on a tort. La force, c'est d'intimider assez la personne qui a raison pour qu'elle présente des excuses.

Me séparer de cette bande de cannibales a été la meilleure décision que j'aie jamais prise. Au cours des premiers mois qui ont suivi le krach, ma famille voulait continuer à penser que j'avais été un crétin de solder mon héritage pour cette terre, mais aujourd'hui, certains d'entre eux n'ont plus que du papier, et moi, j'ai toujours ce morceau de la planète. Plus ce que j'ai obtenu en vendant ce terrain près de Bison River, et j'ai fait en sorte qu'ils en entendent parler.

— Oui, nous sommes exactement pareils, ai-je répondu, sauf pour une chose : je n'ai qu'un demi-hectare minable et vous en avez trop pour prendre la peine de les compter. »

Long a ri, haussé les épaules et bu une gorgée de vin.

« C'est mon tour, les gars, a annoncé Eve. Chez moi, dans le Tennessee, personne dans mon entourage ne s'est tiré une balle dans la tête, n'a sauté d'un grand immeuble ou ne s'est pendu dans le garage. Personne n'avait d'héritage à perdre, ne possédait d'actions ou ne savait même comment fonctionnait la Bourse. Tout ce que nous avons fait, c'est continuer comme avant. Mais chaque jour, nous avions l'impression de vivre dans une boîte plus petite. Et puis, à un moment donné, on a pu lire sur le visage de tous les adultes qu'ils avaient compris : ce n'était pas une boîte. Nous avions tous été balancés dans un grand entonnoir et nous étions attirés très lentement vers le trou au fond, et personne ne savait où il se vidait. Mon frère aîné est parti à l'âge de dix-sept ans. Un an plus tard, je m'en suis allée à mon tour. Nos parents avaient été très clairs : "Si tu ne trouves pas de travail ici et que tu prends la nourriture des plus petits, tu devras aller chercher du boulot ailleurs". Certains couples mariés étaient tellement fauchés qu'ils devaient confier leur nouveau-né à un orphelinat parce qu'ils n'avaient pas d'argent pour le nourrir. Ce n'est pas une histoire ou une rumeur, je l'ai vu. Je suppose donc que mes parents nous ont sacrifiés, nous, les plus âgés, pour protéger les plus petits. C'est l'une des conséquences possibles de la naissance d'un enfant, en particulier pour les personnes qui ne sont pas prêtes ou qui n'ont pas les moyens de l'élever.

Ceux d'entre nous qui avaient été jetés dehors ont continué à vivre comme ils le pouvaient, même si le monde s'effondrait un peu plus chaque jour. Si on ramassait dans la rue le journal de la veille pour regarder la première page, on prenait une claque avec ces photos terribles de fermiers misérables, d'ouvriers d'usine licenciés avec leurs familles qui regardent au loin sans rien voir. Des gens qui ont honte d'être dans la file d'attente pour la distribution de pain. Ils fixent leur avenir et ne voient rien d'autre que l'effroi. Pour peu qu'on lise les articles, alors les chiffres vous mettaient une autre claque et vous privaient de la foi que vous aviez encore dans les déclarations qui avaient forgé le pays. Par exemple ce chiffre : trois cent mille à un million d'enfants, dont certains n'avaient pas dix ans, vivant seuls sur la route. Il m'est resté gravé dans l'esprit, parce que lorsque je l'ai lu, j'étais l'un de ces adolescents qui parcouraient le pays, au gré des saisons, cueillant des fruits pour quelques centimes par jour, à la recherche de nourriture et d'un abri. Parmi eux, beaucoup de filles, en proie à tous les dangers. Mais un garçon n'était pas en sécurité non plus. Les prédateurs sont partout sur les routes et sur les rails. Les enfants les appellent les "loups", et il y a toutes sortes de loups, certains même avec des insignes.

Certains comtés accueillaient les trains à la gare et jetaient tout le monde en prison pour une nuit ou deux, avec un matelas, de la nourriture et une douche, puis les enfants étaient escortés par un adjoint, avec l'avertissement de ne pas revenir trop tôt, jusqu'à la gare où ils pouvaient sauter dans un nouveau convoi. Dans d'autres comtés, ils accueillaient les mômes avec des fusils de chasse et des gourdins. Si vous faisiez un pas hors du wagon, vous étiez battu et rejeté à l'intérieur, et peu importait à quel point vous étiez blessé, que vous ayez dix-neuf ou douze ans. Dans les bonnes prisons, on nous donnait des pruneaux cuits avec des flocons d'avoine. Mais il suffit d'une nuit en prison, même une bonne, pour que l'odeur persiste pendant des jours. Un été, j'ai gardé mes cheveux coupés court comme ceux d'un homme, à cause de cette odeur. Et puis il y a les refuges. Dans certains d'entre eux, des prédicateurs venaient nous hurler pendant des heures que nous macérions dans le péché. Mon avis ? La chose que veulent les prédicateurs, c'est gouverner le monde. Ça a toujours été le cas, depuis le pape jusqu'au bas de l'échelle.

Le fait est que sur la route, le monde vous poursuit de la même manière que les banques poursuivaient nos parents depuis 1929, pour voler tout ce qu'elles pouvaient d'un trait de leur stylo-plume.

C'est pourquoi beaucoup de jeunes clochards ont fait des hors-la-loi des héros, en particulier le gang des Barrow, parce que Bonnie et Clyde, c'était une histoire d'amour vouée à l'échec, meilleure que *Roméo et Juliette,* que ceux d'entre nous qui avaient fait au moins quelques années de lycée connaissaient déjà. Mais ces hors-la-loi volaient avec un pistolet-mitrailleur Thompson, pas avec un stylo-plume, et ils dévalisaient surtout les banques. Si quelqu'un l'avait mérité, c'étaient bien elles.

J'ai vécu cette vie pendant plus de deux ans. Si difficile que ça ait été par la suite, les six premiers mois ont été glorieux, la liberté flamboyante. Gagner deux dollars au craps avec des dés couleur d'ambre à force d'avoir été manipulés par mille mains sales. S'asseoir à la porte d'un wagon couvert et regarder le paysage défiler. Voir et sentir dans son corps à quel point ce pays est grand, à quel point ses régions sont différentes, à quel point il s'étend sur une grande courbe du globe.

Partir de Savannah et suivre un chemin en dents de scie jusqu'à San Francisco donne le vertige quand, de toute sa vie, on ne s'est pas éloigné de plus de trente miles d'une ville de quelques milliers d'habitants. Rien de tout cela ne semblait réel. Passer de Memphis à Denver, c'était comme avoir une vision. La terre était plate et le ciel n'était pas le même, et puis soudain on apercevait les lignes brisées des montagnes qui gardaient de la neige même en juin. De Denver à San Francisco, c'était une vision totalement différente qui se déployait. »

Elle a fait une pause et Long a rempli nos verres à nouveau. Eve était assise, les mains sur les genoux, le regard perdu dans les flammes vacillantes des bougies. Elle avait l'air d'avoir encore des choses à dire, et ni Long ni moi n'avons pris la parole. Finalement, elle s'est décidée.

« Je vais vous raconter une journée de la Grande Dépression et ensuite vous me donnerez mon chiffre. C'était ma deuxième année sur la route, dans un camp du Tennessee ou du Kentucky. Parfois, on trouvait un bon camp de clochards, sûr, et on y restait un certain temps. Certains des meilleurs devenaient semi-permanents. Les gens construisaient des abris avec de la ferraille rouillée, des planches et des vieilles bâches jetées sur des cordes tendues entre les arbres. On pouvait compter sur le fait qu'ils seraient encore là lors de notre prochaine visite. De petits feux de camp cuivrés éclairaient la nuit, les gens cuisinaient et partageaient la nourriture qu'ils avaient dénichée pendant la journée, préparant le ragoût des clochards. Les meilleurs endroits étaient les refuges entourés d'arbres et de buissons, à quelques pas d'une gare de triage où les gardes armés de gourdins n'y regardaient pas de trop près.

L'inconvénient de ces endroits, c'est qu'à quinze mètres dans le bois, l'odeur vous brûlait le nez et il fallait faire très attention où on mettait les pieds. Le grand campement de vagabonds dont je vous parle, presque un village, se situait sur une corniche plate le long d'une rivière tranquille et paresseuse, mais qui a fait beaucoup de victimes. Cela s'est produit une nuit où de gros orages en amont ont poussé des eaux sombres et chargées vers l'aval pendant toute la nuit. Avant l'aube, l'eau a surgi sur la corniche et tous les baraquements se sont effondrés aussi facilement qu'ils avaient été construits.

Tout le monde dormait et beaucoup étaient ivres, et l'eau montait très vite. Certains se sont réveillés quand l'eau s'est engouffrée dans leur lit. Les feux étaient submergés et la lune était cachée par les nuages. Tout le monde a essayé de grimper la pente abrupte au-dessus de la berge. Nous nous sommes agrippés à des branches d'arbres et à des broussailles et dans l'obscurité totale, tout ce que nous savions, c'était ce que nous disait la gravité : monter est difficile, descendre est facile. Le jour s'est levé et nous nous sommes blottis les uns contre les autres à l'endroit où nous avions trouvé refuge. La rivière s'écoulait, noire et chargée, charriant des morceaux de maisons et des animaux morts. Nous avons cherché des gens que nous connaissions, mais tout le monde était transi et l'inondation nous avait arrachés à nos petits groupes. Dans cette aube grise, personne n'était reconnaissable, les vêtements trempés ou arrachés, les visages salis de boue, la bouche ouverte pour aspirer un peu d'air. Il pouvait y avoir cinquante personnes campant le long de la rivière cette nuit-là comme cent. J'avais réussi à grimper sur la berge avec une petite sacoche sur l'épaule, j'avais donc quelques vêtements et mes chaussures. Tout le monde courait à la recherche de ses amis, criant des noms. On s'est rendu compte qu'il manquait beaucoup de monde. Difficile d'évaluer le nombre de personnes aspirées par la rivière et noyées. Trois ou cinquante ? Bien sûr, être emporté ne signifiait pas une mort certaine. Il était possible de se hisser sur un rocher une centaine de mètres plus loin, ou d'attraper une branche d'arbre en surplomb et de se sauver. Tout était possible. Vous pouviez aussi mourir et l'eau vous recrachait en pleine nature ou vous tirait vers le fond de la rivière pour que les poissons-chats se nourrissent de votre cadavre. D'une manière ou d'une autre, votre vie ne se résumait à rien, elle n'entrait dans aucun recensement. Comme si elle n'avait jamais existé. »

Vers la fin, le ton d'Eve s'est durci.

« Pour le monde, ce qui s'est passé cette nuit-là est resté invisible. Pas d'articles, rien. Les journaux parlent de personnes bien réelles qui ont été tuées, de personnes importantes, mais pas de nous. Les personnes qui ont été anéanties cette nuit-là sur les berges de la rivière n'étaient rien. »

Long et moi sommes restés assis en silence.

« Maintenant, vous, les hommes, vous faites le compte de tout ça et vous me dites quel devrait être mon chiffre », a dit Eve.

Long s'est approché, a touché la main d'Eve en s'excusant :

« Un cauchemar. Je suis désolé.

— Ouais.

— C'est là que tu as perdu ton mari-enfant, c'est ça ? Celui dont tu dis qu'il était gentil ? »

Eve a acquiescé de la tête.

« Beaucoup de gens ont perdu quelqu'un cette nuit-là. Il y a eu des recherches en aval pendant des jours, mais à un moment donné, on n'a pas le choix. On continue. La vie est comme un film, elle va dans une seule direction. Vers l'avant. »

Nuit après nuit, pendant près d'une semaine, j'ai rêvé des histoires d'Eve. Une série d'instantanés, de courts-métrages. Un film d'actualité montrant Eve adolescente dans une masse de jeunes qui errent comme un nuage de pluie dans tout le pays, affamés, sales et effrayés. Et puis le nuage de pluie se transforme en inondation qui balaie tentes et cabanes de fortune. Je me réveillais en sursaut, avec l'image d'Eve s'agrippant à la berge d'une rivière, les yeux écarquillés et flamboyants dans l'obscurité, gravée dans mon esprit.

Quelques semaines après sa première visite, au coucher du soleil, Faro a refait son apparition sous le porche de mon cabanon avec des bières. De toute évidence, parler de son vieil ami décédé, He Dog, avait ravivé des souvenirs.

« La dernière fois que je l'ai vu de ce côté-ci de la frontière entre notre monde et l'au-delà, a-t-il dit, il avait environ quatre-vingt-quinze ans. C'était à Pine Ridge, pas très loin de Fort Robinson, là où Crazy Horse a été tué, celui dont tu as voulu me mettre la mort sur le dos. Je me dis que sa place, quand je passerai de l'autre côté, sera peut-être différente de la mienne. Je ne parle pas du paradis et de l'enfer. Mais je ne peux pas compter le voir là-bas. »

Faro a commencé à décrire He Dog comme le témoin d'un crime aidant à faire un portrait-robot pour la police. J'avais un bloc-notes sur les genoux, un crayon et une gomme à portée de main, une bière sur la balustrade du porche. J'ai dessiné pendant qu'il parlait, et il n'a pas objecté ou suggéré qu'il pourrait être obligé de me supprimer.

Au bout d'un moment, Faro a déplacé sa chaise pour me regarder travailler et faire des commentaires : « Non, ses yeux étaient plus éloignés, ses lèvres plus minces, son visage plus ridé. » « Non, pas de cette façon ». « Des rides plus profondes, qui ne vont pas toutes dans le même sens. » « Fais en sorte qu'il ait l'air moins en colère au niveau de la bouche et des yeux. Ne lui donne pas du tout l'air en colère, sauf un peu autour des yeux, une colère qui remonte loin dans le passé. »

« Fais-le paraître plus grand, comme si sa tête était le flanc d'une montagne. Fais en sorte que son nez ressemble à du cuir usé, et les yeux, il les plisse pour voir quelque chose que tu ne pourras jamais voir, même si tu regardes très longtemps. »

Faro a continué à réviser mon croquis jusqu'à ce qu'il l'approuve en disant : « Bon, ça va, c'est sans doute le meilleur résultat qu'on pourra obtenir. »

Le portrait avait été effacé par endroits, estompé et redessiné jusqu'à ce qu'il donne l'impression que He Dog allait disparaître ou émerger du brouillard. Pourtant, le visage semblait aussi massif qu'une montagne. Les plis de peau sur le front et autour de la bouche avaient un aspect topographique.

Je me suis dit qu'un jour, dans un avenir lointain, je pourrais peut-être peindre un tableau à partir de ce croquis, ou au moins à partir du souvenir que j'en aurais. Je peindrais le visage avec la teinte patinée et la brillance d'une vieille selle bien huilée. Les yeux regarderaient sans rien voir vers un horizon au-delà de la compréhension la plus lointaine. En arrière-plan, une vague suggestion de paysage de plaines, presque monochrome. Le ciel dans toutes ses gradations de couleur couvrirait la moitié de la toile.

Faro a regardé le croquis.

« J'aimerais bien le garder. Qu'est-ce que tu veux en échange ?

— Rien du tout. »

J'ai sorti l'esquisse du bloc-notes et je la lui ai tendue.

Il m'a regardé droit dans les yeux pour m'évaluer.

« Val, je ne sais pas comment tu comptes vivre de ton art en le donnant pour rien. Mais je te remercie. »

Il a descendu les marches du porche en tenant le papier par un coin entre le pouce et l'index.

Un après-midi, je suis rentré vers 4 heures pour apprendre que Long avait prévu qu'Eve et moi fassions une promenade à cheval. Il m'a rejoint à la voiture.

« Vite, a-t-il dit. Les chevaux sont déjà sellés. Eve a besoin d'exercice. C'est bon pour son moral. Dîner à 8 heures. »

Bien sûr, j'ai monté Mopsy, le cheval le plus facile de l'écurie.

Quand nous avons été en selle, Eve m'a prévenu : « Ne lui demande pas d'aller plus vite que son allure lente et tranquille. Il n'aime pas ça. »

Nous avons suivi une petite route de campagne à deux voies en direction de l'ouest. Les collines vertes se découpaient en courbes sur le ciel, devant le massif des Winds en gris-bleu avec des sommets enneigés dans le lointain. Un troupeau de bovins bruns broutait à flanc de colline.

J'ai entamé la discussion : « Les deux premières semaines, j'ai pensé que Long ne devait pas avoir beaucoup de bétail, car je n'en voyais presque pas. Puis j'ai compris qu'il avait plus de terres que je ne pouvais l'imaginer.

— Il y a une autre grange aménagée avec un bâtiment pour les cow-boys au sud, a précisé Eve. Il faut près d'une heure en pick-up pour s'y rendre sur les chemins de terre. Beaucoup de bétail vit en liberté entre ici et là-bas. »

Nous avons continué à rouler et j'ai attendu qu'Eve reprenne la parole. Comme elle ne le faisait pas, j'ai fini par lui dire : « Votre carrière de chanteuse m'intrigue. Ça vous manque parfois ?

— Oui. Parfois, ça me manque beaucoup.

— Le spectacle ?

— En partie. À la fin de la soirée, on jouait quelque chose de déchaîné, les violonistes en faisaient sauter les cordes de leurs instruments, et puis on s'arrêtait net et le leader du groupe disait : "Bonne nuit, chers amis, à la prochaine", et nous commencions à nous éloigner. Mais le public, les danseurs en sueur, ils ne voulaient pas que ça s'arrête. Ils applaudissaient, tapaient du pied par terre et en redemandaient jusqu'à ce que nous interprétions deux autres chansons. À cette époque, j'avais l'impression que ma vie passait d'une ovation à l'autre. Mais il n'y avait pas que les applaudissements et les projecteurs qui dessinaient des rais de lumière dans les salles enfumées. Ça me manque de chanter, la voix enrouée, dans les émissions de radio très matinales en sachant que les cultivateurs de blé et les cow-boys m'écoutent en prenant leur petit-déjeuner dans la nuit. Même les longs trajets en bus me manquent. Je suppose que toute cette vie me manque. C'est la seule fois où j'ai eu l'impression d'avoir trouvé ma place. Ça a duré quelques années. Depuis, je ne sais plus où est ma place, à part celle qui consiste à chauffer les politiciens et les hommes d'affaires de John, et ce n'est pas un défi du tout. »

Nous avons chevauché pendant une minute, puis j'ai dit : « Apprendre à monter Pàlida. Ça doit être un défi.

— Parfois, quand je la monte, j'ai l'impression d'aller à l'église.

— J'avais l'intention de vous demander pourquoi Faro vous donne des cours au milieu de la nuit.

— Tu nous as vus ?

— Une nuit où je n'arrivais pas à dormir. Ça avait l'air mystérieux.

— Au début, je voulais juste surprendre John. Un jour, sortir de nulle part, monter sur un cheval et l'étonner avec mes compétences. Mais certaines nuits, dans ce corral sans lumière, j'ai l'impression d'être dans une cathédrale, de participer à une cérémonie. Du moins, c'est ce que j'imagine, parce que je ne suis jamais entrée dans une cathédrale. Faro peut être un peu mystique, tu sais. Parfois, il fait peur quand on le voit traîner autour du ranch, mais ce n'est jamais le cas la nuit dans l'enclos. Je peux me détendre sur le dos de Pálida, et Faro parle comme si tout allait bien, depuis toujours et pour toujours.

— Une cérémonie ?

— Je n'ai jamais eu l'occasion d'assister à une cérémonie.

— Même pas un mariage ou un enterrement ?

— Les enterrements, j'en ai vu quelques-uns quand j'étais enfant, rapides et silencieux. Sans pleurs ni lamentations. Mais sur la route, quand les gens meurent, ils disparaissent. Comme un ami qui est sans doute mort coupé en deux sous les roues d'un wagon de marchandises, une nuit, dans l'Ouest du Nebraska. Il n'y a pas eu d'enterrement, si ce n'est les buses qui l'ont emporté morceau par morceau, l'élevant vers la gloire. Quant aux mariages, les seuls auxquels j'ai assisté ont été les miens, et ils ont été plutôt simples jusqu'à présent. »

Ce soir-là, à table, lors d'un silence dans la conversation, j'ai voulu demander des précisions : « Eve, je n'arrive pas à comprendre ce grand saut entre les vagabondages dans tout le pays, d'un océan à l'autre, et les tournées dans l'Ouest pour chanter avec un groupe de country. Il y a dû y avoir une transition entre les deux.

— C'est possible. Mon sentiment, c'était que l'automne était là, que j'avais parcouru la moitié Est du pays depuis le printemps et que j'étais épuisée d'avoir ramassé des fruits non-stop avec les autres vagabonds, épuisée par le mouvement constant. Je ne me souviens plus où j'allais, mais il y avait cette petite ville dans l'Oklahoma ; j'avais économisé un peu d'argent pendant la saison des cueillettes. Je me promenais dans ce quartier, à quelques pâtés de maisons de Main Street, à la recherche d'une pension de famille bon marché. Une femme qui devait avoir mon âge était en train d'étendre des couches sur une corde à linge. Elle m'a saluée en passant, puis elle m'a appelée pour que je revienne : elle avait des vêtements presque neufs qui m'iraient parfaitement, pensait-elle. Elle trouvait qu'ils faisaient trop jeune pour elle, ou du moins, c'est ce que disait son mari. Il répétait que si les vêtements, eux, étaient encore frais, elle ne serait plus jamais assez fraîche pour les porter depuis la naissance de leur fils. Il essayait de tourner ça à la blague, mais... La femme a sorti les vêtements, un bon paquet bien rangé, enveloppé de papier kraft attaché avec une ficelle de jute, un cadeau qu'elle avait gardé pour quelqu'un. Elle m'a dit : "Il veut que je les donne aux dames de l'église, mais je veux que ce soit quelqu'un à qui ils iront bien qui les porte."

Je l'ai remerciée pour son paquet et j'ai pensé que cette ville devait être plutôt sympathique. J'ai trouvé une chambre, réservée aux femmes, et une salle de bains partagée avec une seule autre personne. En quelques jours, je me suis refait une santé et je me suis reposée. Avec les très jolis pulls, chemisiers et jupes en lainage que la jeune mère m'avait donnés, personne ne pouvait plus me prendre pour une clocharde des wagons à bestiaux. En l'espace d'une semaine, j'ai trouvé un emploi dans un salon de coiffure à trois fauteuils où je balayais les masses de cheveux, astiquais les éviers et essuyais le comptoir où tous les ciseaux et rasoirs brillants étaient étalés sur des essuie-mains blancs. Deux fois par semaine, je lavais et blanchissais les serviettes et les capes en coton qu'on nouait au cou des clients en les drapant sur leurs vêtements. J'ai enlevé dix ans de fumée de cigarette de l'intérieur de la grande fenêtre. Le coiffeur qui m'a embauchée m'a précisé : "Ne t'occupe pas trop des toilettes. Personne ne s'attend à ce que les toilettes d'un salon de coiffure soient trop propres."

Je gagnais dix cents de l'heure et j'avais droit à une coupe de cheveux gratuite chaque fois que je le souhaitais. J'en ai profité une fois en demandant : "Coupez juste un centimètre", mais ce n'était pas mieux que lorsque j'attrapais mes cheveux à la nuque dans mon poing gauche et que je les coupais aux ciseaux de la main droite.

Ce travail a duré tout l'hiver et le printemps. Ils me payaient une fois par semaine et je vivais parcimonieusement. J'ai acheté quelques vêtements neufs qui m'appartenaient vraiment. Sur vingt et un repas par semaine, j'en préparais dix-huit sur une plaque chauffante. J'allais au cinéma un soir par semaine et à la double séance du week-end. Dans les films, les gens vivaient comme si 1929 n'avait jamais existé. Tous dans des appartements chics, assez grands pour jouer au basket dans le salon, en smoking et longue robe fluide et satinée, et parlant comme s'ils venaient tous d'Angleterre. Après ce beau rêve, le lendemain matin, j'étais de retour au salon de coiffure, toujours heureuse d'avoir ce travail. Mais un matin, quand je suis arrivée, trois étrangers attendaient sur les chaises pour se faire couper les cheveux, et il n'y avait qu'un seul coiffeur ce jour-là. Pendant qu'ils attendaient, les clients ont parlé de leurs voyages et de la musique qu'ils jouaient. Ils avaient donné une longue série de concerts au Texas et en Louisiane, et après l'Oklahoma, ils se dirigeaient vers le Kansas et le Colorado. Malheureusement, une de leurs chanteuses, la meilleure des deux, s'était enfuie sans crier gare. Elle avait rencontré un homme et s'était mariée en trois jours. Difficile de trouver des remplaçantes quand on est sur la route au milieu d'une tournée, avec cinq ou six concerts par semaine, sans compter les émissions de radio en direct, tôt le matin.

J'ai écouté pendant un certain temps, et lorsque le premier s'est allongé dans un fauteuil de barbier, la bande de papier serrée autour du cou, le visage savonné et le barbier caressant le rasoir, j'ai dit : "Si vous avez besoin d'une chanteuse, je peux chanter."

Celui qui occupait la chaise a levé la tête, m'a regardé en hésitant.

L'un de ceux qui se trouvaient dans les fauteuils à attendre a ajouté : "Tu es assez mignonne pour devenir chanteuse, et le costume devrait t'aller. Je t'écoute."

J'ai donc chanté la première chose qui m'est venue à l'esprit, quelques minutes de « Anything Goes ». Puis, simplement parce que j'avais vu *Flying Down to Rio* récemment, j'ai essayé « Music Makes Me », en imitant autant que possible la manière insolente de Ginger Rogers.

Quand j'ai eu fini, celui qui était assis sur la chaise et dont le visage était couvert de mousse a sorti ses mains de sous la cape pour applaudir. Le coiffeur les a prévenus : "Si vous tenez à me voler mon employée, je veux des billets gratuits la prochaine fois que vous viendrez en ville."

Le lendemain, j'étais dans le bus avec le groupe, roulant sur la route vers notre prochain spectacle. Les tenues de scène de la fille précédente m'allaient parfaitement, à part l'ourlet des jupes que j'ai dû rallonger de quelques centimètres. Il m'a fallu une semaine pour faire disparaître l'odeur de ses aisselles du costume de cow-girl, mais même le fait de devoir faire la lessive n'a pas entamé la joie du voyage en bus et de l'entrée sur scène sous les projecteurs. Nous jouions au moins cinq soirs par semaine, alors le fait d'être autant sous la lumière me donnait l'impression de grandir, à chaque instant, comme un plant de tomate au soleil.

Et l'autre chose qui me faisait grandir, c'était de rouler toute la nuit dans l'obscurité sur des routes à deux voies en asphalte ou en granulat pour aller à la ville suivante et recommencer. Parfois, nous partions juste après le spectacle et nous roulions pendant des heures avant d'arriver à l'hôtel à 3 ou 4 heures du matin. Si nous avions une émission de radio programmée tôt le matin, seule une poignée d'entre nous devait se présenter. Mais il fallait toujours une chanteuse, et moi j'étais chaque fois prête à me porter volontaire. Je me souviens d'un matin où quatre ou cinq d'entre nous, qui participions à une émission de radio avant l'aube, nous étions faits chics pour l'occasion, à notre manière, ironique. Les garçons n'avaient pas trouvé de cravate, alors ils l'ont fabriquée avec du papier toilette. J'ai mis beaucoup de poudre et de rouge à lèvres, et nous avons gloussé pendant toute notre prestation. Je pense que nous avions l'air de ce que nous étions : des jeunes encore à moitié ivres de la nuit précédente. Vous voyez, ces jours-là, il y avait de la magie dans l'air. »

Long a rebondi sur cette intervention : « La première fois que j'ai vu Eve, elle chantait.

— Je me demandais comment vous vous étiez rencontrés.

— C'était à Casper. J'étais en ville pour affaires, une réunion avec des éleveurs, ou plutôt des industriels, gaz et pétrole, et certains d'entre eux m'ont convaincu de les accompagner au spectacle. Bien sûr, tous les hommes présents dans la salle sont tombés amoureux d'elle. Je restais loin de la scène pour ne pas me mêler à la foule. Mais quand elle a commencé à chanter, je me suis avancé le long du flanc gauche jusqu'à ce que je puisse la voir clairement. Alors, bien que tous les hommes présents soient sous le charme, je l'ai été assez pour donner au leader du groupe un billet de vingt dollars, juste pour la rencontrer. Rien de plus. Lui serrer la main et lui dire que sa voix était merveilleuse.

— C'était Ronnie, a poursuivi Eve. Il m'a rattrapée sur le chemin du bus et m'a dit : "Il y a un type qui veut vraiment te rencontrer." J'ai répondu : "Ça va, on s'en fout." Alors Ronnie a ajouté : "Je sais, ça arrive tous les soirs et je ne me donne même pas la peine de te le dire. Mais ce mec-là pourrait être différent. Le gérant de la salle dit qu'il est plein aux as. Et, surprise, il n'est même pas très vieux." »

Eve a souri à Long en concluant sa phrase, et Long a repris :

« Ce qu'il m'a dit, à moi, était simple : tu lui avais confié qu'il te faudrait quelque chose d'énorme, quelqu'un de vraiment spécial, pour que ça puisse être sérieux. Il m'a précisé que tu ne cherchais pas un mari et qu'il faudrait être le prince charmant et le roi Arthur réunis pour attirer ton attention.

— Je ne me souviens pas de cette dernière partie, mais, en tout cas, Ronnie m'a convaincue de te parler en me disant : "Fais-moi confiance, Eve, ce type a l'air vraiment spécial. Et quel mal y a-t-il à dire bonjour ?"

— Évidemment, l'histoire s'est poursuivie à partir de là, a conclu Long.

— Oui, a remarqué Eve, mais quand nous sommes à Cheyenne, nous la racontons différemment, pas vrai ? »

Au dessert, Long a orienté notre conversation vers l'art. La plupart du temps, il essayait d'intéresser Eve au sujet et souhaitait clairement que je l'aide à parvenir à ses fins. Elle n'y était pas vraiment réfractaire, mais elle avait tendance à passer à autre chose lorsque Long abordait la technique.

Il a parlé de Renoir, et j'avais bu assez de vin pour être impoli et dire que Renoir n'était pas mon genre d'art. « C'est de l'art de décoration. Mes modèles sont Rivera et Benton. Pas des paysages éthérés, pas de ciels de tempête ni de femme se balançant sur une escarpolette dans une robe vaporeuse. Les peintures de Rivera et de Benton parlent de choses concrètes. La lutte et la force des classes défavorisées, la vigueur et le volume de leurs muscles sur le mur représentant la puissance de leur esprit, de leur âme, pour endurer et survivre.

— Alors tu veux que l'art dise quelque chose ? Une image exprimant une thèse ? Qu'il soit l'équivalent d'une tribune dans un journal ?

— Pas exactement, non. »

Eve s'est réveillée pour remarquer : « Ce que je me demande toujours à propos des petits Renoir et des Matisse dans le hall d'entrée, c'est : qui étaient ces femmes ? Quelles étaient leurs relations avec les hommes qui les peignaient ? »

Long a suggéré que ces questions n'étaient pas pertinentes, mais Eve a exigé une meilleure réponse que celle-là.

« Il y a une histoire derrière toutes ces images, a-t-elle dit. Les portraits de cow-boys sont faciles, ils ne valent pas la peine qu'on s'y attarde. Des hommes et des chevaux, un Indien de temps en temps. Mais ce tableau rouge, avec la femme dans la pièce, le Matisse ? À l'extérieur de la grande fenêtre, on dirait du soleil, un palmier, une plage de sable blanc et une mer bleue, tout est lumineux et ensoleillé. Mais elle est à l'intérieur, vêtue d'une vieille robe de chambre flottante, l'air hébété ou dépressif. Elle est peut-être ivre ou en gueule de bois. Elle pourrait être face à la vue ou regarder le vase de fleurs, mais au lieu de cela, elle a les yeux dans le vide, ne regarde rien. Des yeux noirs. Tellement fatiguée qu'elle doit appuyer sa tête sur sa main. J'aime les plages. Quand j'y suis, j'aime regarder l'eau, mais elle est effondrée, les yeux dans le vide. Elle n'est même pas allongée sur cette chaise longue. Elle est à moitié assise. Elle pourrait tout aussi bien se dire : "Qu'est-ce que je dois faire pour me sortir de cette merde ?" Ma question est donc la suivante : le peintre a-t-il fait quelque chose pour mettre cette femme dans cet état d'esprit, dans cette situation ? Sans doute. Ou lui a-t-elle fait quelque chose qu'elle regrette et qu'elle ne sait pas comment réparer ? Et ne sait pas si elle veut réparer ? L'essentiel est de savoir pourquoi un homme a voulu peindre cette minute particulière de désespoir et la figer pour toujours. »

J'ai attendu la réponse de Long, mais il est resté muet. J'ai fait de même.

Eve a continué : « Et ce précieux petit Renoir, la jeune femme, appelons-la une fille pour faire court, dans le jardin fleuri. Il est plus simple d'une certaine manière, mais plus difficile d'une autre. Chaque centimètre est agréable à l'œil. Il est trop facile de n'y voir que le beau et de passer à autre chose. La fille est dans une situation particulière, mais je n'ai pas encore compris laquelle. Il se pourrait que le peintre continue à la faire poser et qu'elle soit fatiguée d'être le centre de l'attention à chaque instant, en étant belle. Faire des choses qu'elle ne veut pas faire, comme rester là dans les mauvaises herbes à se faire piquer par les moustiques pendant qu'il la peint. C'est peut-être une grande actrice, ou peut-être pas, mais tout le monde s'en fiche, surtout le type qui peint le tableau. C'est une jolie fille dans un champ de fleurs. C'est tout ce que les gens ont besoin de savoir, et c'est tout ce qu'elle a besoin d'être, alors qu'elle se taise. C'est ce que je vois quand je la regarde. Des jolies choses empilées les unes sur les autres. Je continue à penser qu'il doit y avoir autre chose, alors j'essaie de la regarder et de comprendre. Seulement, il n'y a peut-être rien à comprendre. »

Long a essayé de réfuter son interprétation des deux tableaux, mais elle semblait y être attachée, comme si elle avait besoin qu'il l'entende. Et j'ai eu l'impression qu'elle était peut-être sur la bonne voie.

Long, cependant, s'est rabattu sur un argument facile.

« Je dirais que la peinture est davantage une question de structure, de couleurs et de formes.

— Si c'est tout, alors on n'a qu'à peindre quelques carrés noirs et des triangles jaunes et on s'arrête là, a ironisé Eve.

— D'accord, je me plie à ce raisonnement. Mais imagine que le joli était peut-être l'objectif de Renoir, voire le cœur de son esthétique. Tu as lu l'article dans *Vogue* sur l'exposition en cours au Metropolitan Museum of Art ? Il mentionne que les principaux tableaux de Renoir atteignent des prix incroyables ces temps-ci.

— John, nous recevons des piles de magazines chaque mois. Je ne peux pas lire tous les articles. Pour certains d'entre eux, je me contente de les feuilleter en regardant les photos.

— Bien sûr, mon Renoir n'est pas du tout une œuvre majeure. C'est un petit quelque chose qu'il a peint sur une serviette de table pour l'offrir. Il en a fait un certain nombre. Des cadeaux pour les amis.

— Assez parlé de peinture », a dit Eve en se levant.

Elle a parcouru la table des yeux.

« Nous laissons tant de désordre ce soir. Pourquoi ne pas surprendre Julia et tout nettoyer ? Faire la vaisselle et tout le reste.

— Quoi, a demandé Long, pour lui faire une blague ?

— Non, a répliqué Eve. Par courtoisie. »

Hochant la tête sans répondre, Long a disparu à l'étage.

Eve et moi avons porté les assiettes et les plats de service, les verres à pied et les bouteilles vides. À l'évier, j'ai lavé et Eve a séché.

« Je ne sais pas si je m'habituerai un jour à avoir une cuisinière à domicile et des femmes de ménage qui viennent trois fois par semaine. Certains soirs, lorsque nous sommes seuls et que nous avons dépassé l'heure du coucher de Julia, je redescends en douce une fois John endormi et je fais la vaisselle.

Il rit quand je fais le lit. C'est le moins que je puisse faire. Il dit que j'essaie de leur voler leur travail, mais je ne me sens toujours pas à l'aise quand on est tout le temps à mon service. »

Le problème avec ces dîners tardifs, c'est que le lendemain, Eve et Long pouvaient faire la grasse matinée et boire du café jusqu'à midi, alors que moi, je devais me lever à l'aube et me préparer à peindre. Au volant de ma voiture, avec le soleil levant d'un jaune doux et le bleu du ciel rayé de nuages trop mauves, rose pêche et abricot au-dessus des collines ondulantes vers l'est, je ne pensais à rien, sauf au fait que les ciels sont très difficiles à peindre parce que si vous les peignez tels qu'ils sont, ils ont l'air faux. Parfois, une station de radio de Lander ou même de Casper diffusait en direct le genre d'émission dont Eve avait parlé. Entre les rapports agricoles et les nouvelles grèves de travailleurs dans le Midwest, l'économie qui se resserrait à nouveau, les événements terribles en Espagne, en Allemagne, en Italie et au Japon, des bribes de discours de Roosevelt déclarant le profond désir du pays de ne pas être entraîné dans de nouvelles guerres lointaines mais semblant plus pessimiste de jour en jour, il y avait parfois une explosion de musique sauvage. Quelques membres d'un groupe de cow-boys, hébétés d'avoir joué dans un bal dans le Nebraska, le Montana ou le Colorado jusqu'à minuit, puis d'avoir parcouru deux ou trois cents miles pour se rendre à la station de radio d'une petite ville avec un programme matinal, sciaient leurs violons et écorchaient leurs guitares en chantant, à peine réveillés. Mais ils aimaient la musique et cette vie-là plus que toute autre.

Tous les jours depuis une semaine, je sentais la lumière du soleil, aiguë et mordante. De minuscules aiguilles. Ça faisait mal. Elle ne touchait pas seulement la surface de la peau, elle la pénétrait. Plus l'altitude était élevée, plus j'avais l'impression d'être rendu transparent par des rayons X, des rayons gamma ou je ne sais quoi. Comment reproduire ce type de lumière sur une toile ?

Ce dimanche-là, j'ai roulé pendant des heures vers l'ouest en direction du massif des Winds en observant le paysage, essayant de le voir d'un point de vue topographique, avec toutes les fines lignes d'élévation, les formes des bassins aquifères. Comment peindre ça sur une toile ? J'ai tracé des aquarelles rapides en noir et blanc, en me demandant s'il était possible de capter l'odeur des pins et des sapins, des lits d'aiguilles vieux de mille ans, avec seulement des dégradés de gris.

Tout au long de cette journée au milieu d'un impressionnant paysage vertical, mon esprit n'a cessé de tourner autour de Long et Eve, avec, au fond de moi, l'impression de quelque chose d'instable, de vicié ou de dissimulé. J'ai essayé de séparer mon attirance pour Eve de ce sentiment. Je ne voulais pas être un type amoureux de plus de la fille sous les feux de la rampe. Même Long n'avait pas pu s'empêcher de devenir l'un d'entre eux. Et il n'avait pas non plus pu s'empêcher d'être le gagnant.

Après environ un mois de travail, la peinture murale, carré par carré, a commencé à prendre forme. Elle représentait l'enchaînement du temps qui passe, et culminait au centre avec un trio de traqueurs, John Colter et deux guides Crow. Lorsque je les avais esquissées, j'avais voulu que ces trois figures donnent son titre à la fresque et que cette image incarne un moment charnière peu éloigné du premier contact entre les Indiens des Plaines et les Blancs, l'époque où tout avait basculé, sauf le paysage et le climat. À l'arrière-plan, un vaste troupeau de bisons sur la gauche, leur ombre au sol s'étendant à perte de vue, s'amenuisait à mesure que l'on se déplaçait vers la droite, réduit à quelques spécimens solitaires épuisés près d'un troupeau de bovins bruns et blancs. Je voulais que tous les personnages aient de la masse, qu'ils ressemblent le plus possible à ceux de Rivera et de Benton. Je voulais que les créatures vivantes soient comparables aux montagnes, aux vastes plaines et au grand ciel vide et tentaculaire.

Debout, adossé aux boîtes aux lettres, j'avais l'impression que *Les Traqueurs* commençait à ressembler à une véritable fresque. J'envisageais d'ajouter des tons de bleu pour approfondir le ciel le long du bord supérieur lorsque Eve et Long sont entrés pour relever leur courrier.

Ils ont semblé sincèrement surpris par mes avancées au cours de la semaine écoulée. Long s'est particulièrement attardé sur la structure et a déclaré que je n'avais pas laissé les idées s'immiscer dans la peinture, quoi que cela puisse signifier. Eve a fait l'éloge de la richesse des couleurs et, avant que j'aie pu prendre la parole, Long lui a expliqué qu'avec la détrempe, la richesse des couleurs provient de la superposition des différentes couches de peinture.

« À propos, a-t-il ajouté, nous avons des invités à dîner ce soir, trois hommes d'affaires de Casper, des membres d'une organisation de producteurs de gaz naturel. Je tiens beaucoup à ce qu'Eve et vous soyez là, et je m'excuse à l'avance pour l'inévitable conversation ennuyeuse.

— C'est un euphémisme, a ironisé Eve.

— Un artiste et une chanteuse dans un groupe de cow-boys musiciens. Vous allez vraiment les déconcerter, c'est sûr, et c'est une bonne chose.

— Nous sommes donc le divertissement, a dit Eve en me regardant. Et là pour démontrer que John n'est pas tout à fait comme les autres politiciens et hommes d'affaires.

— Eve et toi pourrez vous éclipser après le dessert.

— Crois-moi, Val, nous allons avoir envie de finir nos assiettes au plus vite et de nous enfuir. Je sais de quoi je parle. Les éleveurs sont déjà lassants, alors je te laisse imaginer à quel point ces marchands de gaz sont soporifiques. »

Long a ri.

« Ce sont des producteurs de gaz naturel !

— En quoi est-ce différent ?

— La différence entre la production et la distribution ? Il s'agit d'une organisation ou d'une fédération ou quelque chose de ce genre. Ils veulent empêcher l'État et le gouvernement fédéral de réglementer leurs opérations et leurs profits de quelque manière que ce soit, et ils pensent que j'exerce une certaine influence. Ils veulent ce que tout le monde veut : une liberté totale, une absence complète de restrictions et de responsabilité. Ce soir, je dois les convaincre que je suis assez capitaliste pour tempérer mes tendances pro New Deal. »

Le dîner a été à la hauteur de la prédiction d'Eve.

Avant l'arrivée des invités, Eve est descendue vêtue d'un pantalon havane serré à la taille et flottant au niveau des jambes, avec des plis marqués sur le devant, et d'une chemise blanche à col dont les manches étaient retroussées jusqu'aux coudes. Ce n'était pas sa tenue habituelle pour un dîner.

« Eve, tu as l'air aussi masculine que Katharine Hepburn, a remarqué Long. On dirait que tu as emprunté un pantalon de Val. »

Eve et moi nous sommes regardés. Long n'était pas loin de la vérité, bien que le bas de mon pantalon en laine grise ait été pourvu de revers.

« Il semble que ce soit la mode en ce moment, ai-je blagué.

— Tu voulais qu'on embrouille tes marchands de gaz, a répliqué Eve en écartant les bras. Alors nous voilà. »

J'ai ri, espérant que Long ferait de même. Il m'a ignoré et a regardé Eve sans humour, puis il a jeté un coup d'œil à sa montre et a décrété : « Plus le temps d'y changer quoi que ce soit maintenant. »

Les industriels, trois quinquagénaires replets presque identiques avec leurs ventres épais et saillants, semblaient un peu perdus pour engager la conversation avec un artiste et une chanteuse. Je m'attendais à apercevoir l'étincelante et brillante Eve de Cheyenne, mais elle n'a pratiquement rien dit. Même les questions les plus simples, comme celle de savoir si elle aimait vivre dans un ranch du Wyoming, recevaient des réponses laconiques : « J'aime assez. » Une fois ou deux, j'ai vu Long lui lancer de vifs regards perplexes.

L'un des trois hommes a ressenti le besoin de m'infliger le gag du « *We Piss America* ». Comme d'habitude, j'ai fait semblant de rire, mais Eve a murmuré un : « Grand Dieu ! » exaspéré.

J'avais bu deux gorgées de café et avalé deux bouchées de l'excellent crumble préparé par Julia quand Eve m'a fait un signe de tête et nous nous sommes levés. J'ai dit très vite :

« Enchanté d'avoir fait votre connaissance », mais Eve était déjà sortie de la pièce. Elle a traversé la maison au pas de course pour sortir par la porte de derrière. Je l'ai suivie jusqu'au porche du cabanon à porte bleue, où elle s'est effondrée sur une chaise.

« Merde, mais qu'est-ce que je fous là ? Je n'ai rien à faire ici. C'est censé être ma maison. Je refuse d'être mise en scène ici, chez moi. Le plus mufle a même réussi à me mettre une main aux fesses quand nous avons pris place à table. Enfin, à m'empoigner serait plus exact. J'ai dû faire un effort surhumain pour ne pas le démolir. À coups de poing, hein, pas une simple gifle. Je l'aurais sûrement fait si je n'avais pas pris cette saloperie de Nembutal pour tenir jusqu'à la fin du dîner. Je ne suis pas un cheval de concours ou une putain de poulinière. Je déteste ces salopards et ceux de Cheyenne avec, et je déteste aussi John quand il a le nez dans leur cul. Je pensais qu'il valait mieux que ça. Je sais qu'il vaut mieux que ça. Je n'aime pas ce que ces types lui font. Et il veut que ce soit ça, notre vie. Cheyenne ou Washington. »

Eve a passé une main devant son visage, puis devant ses épaules, ses seins, son ventre et ses hanches, avant de l'écarter sur le côté, comme pour repousser et chasser d'un revers une mouche persistante.

« Je n'ai rien demandé de tout ça. C'est comme trouver une pépite ou mourir dans un accident de voiture. C'est un hasard, pas un accomplissement. Les gens confondent. »

Après une pause, elle m'a demandé :

« Qu'est-ce que tu as à boire ?

— Que de l'eau.

— Va voir à la cuisine et rapporte-nous quelque chose. »

J'ai trouvé une demi-bouteille de whisky irlandais, deux verres et de l'eau, et je les ai apportés sous le porche.

Elle a versé dix bons centimètres dans chaque verre, et a repris la parole après un long silence :

« J'imagine sans problème une vie où, à la fin, je n'aurai pas vécu dans une maison. Une vie passée dans le bus et dans des chambres d'hôtel, à voyager de spectacle en spectacle en jouant de la musique et en restant dans la lumière pleine de fumée jusqu'à la mort, quel que soit l'âge auquel elle arrive. De nouvelles villes, de nouveaux endroits, et rien n'est jamais pareil, sauf la musique.

— Il y a de pires façons de finir sa vie. »

J'ai pensé à mon père, trahi par le monde auquel il croyait tant.

Eve s'est mise à raconter que Faro, parlant des gens qui maltraitaient les chevaux, affirmait qu'ils mouraient ensuite du cancer.

« C'est la justice naturelle. Un homme riche abat un bon cheval pour son propre confort parce qu'il n'a plus d'argent. Cet homme se prépare à mourir. Faro dit qu'il a vu ça plein de fois au cours de sa vie. Il a connu un homme qui, après le crash, a engagé quelqu'un pour venir tuer une écurie entière de très beaux chevaux. Il a tué ces bêtes magnifiques une stalle après l'autre, et d'ailleurs, quel genre de pourri accepte d'effectuer ce travail ? Cet homme, le propriétaire des chevaux, a eu une tumeur au cerveau de la taille d'un citron. Une autre fois, un type que Faro connaissait a découvert qu'il pouvait inclure ses chevaux dans l'assurance de son ranch et a ensuite trouvé un moyen de les électrocuter pour que cela ressemble à un accident. Ce type est mort il y a un an de toutes les formes de cancer possibles, pourri de la tête aux pieds. Une bien mauvaise façon de mourir. Faro affirme qu'il pourrait citer une douzaine d'autres exemples remontant à la longue dépression des années 1870. Il n'a pas d'explication, et moi non plus. Je ne crois pas vraiment que la justice existe, sauf en tant que théorie, mais je ressens quelque chose, pas de la joie mais peut-être du calme, lorsque j'entends que ce genre d'hommes, qui abattaient de bons chevaux, sont morts d'une manière brutale. »

Après un silence, elle a ajouté :

« Là, tout de suite, j'ai encore moins l'impression d'avoir une maison qu'il y a cinq ans, quand je vivais dans le camp de clochards. »

J'ai essayé de répondre des choses bêtes et apaisantes, mais rien n'y a fait.

Elle a fini par reprendre : « Je ne suis pas un cheval de concours, ni une poulinière. » Elle s'est levée, s'est approchée et m'a embrassé sur le front, comme on le ferait avec un vieux grand-père, et m'a dit : « Merci, Val, de m'avoir écoutée. Si tu en parles demain matin, je jure que je ne me souviendrai de rien. »

Puis elle m'a embrassé, et pas du tout comme un grand-père.

Je voulais lui prendre la main, lui demander de me dire ce qui se passait. Ce qui n'allait pas. Au lieu de cela, j'ai demandé : « Vous êtes sûre que ça va ? »

À ce moment-là, elle avait déjà descendu la moitié des marches. En bas, elle s'est retournée à moitié et, sans s'arrêter, a lancé : « Val, merde, j'ai la peau dure, une vraie cuirasse ! »

Je suis resté assis tard sous le porche, regardant les lumières de la grande maison s'éteindre dans une pièce après l'autre jusqu'à ce que la seule fenêtre éclairée soit celle de la grande chambre de Long et Eve à l'étage. Ils n'avaient pas pensé à fermer les doubles rideaux, seulement les voilages. Assis dans l'obscurité, regardant la fenêtre comme un voyeur, je n'apercevais rien, en réalité. Seulement des formes qui se déplaçaient, et puis la lumière s'est s'éteinte.

Deux jours plus tard, Long m'a abordé alors que je descendais de ma voiture. Il n'était ni pressé ni alarmé, mais la première chose qu'il m'a demandée a été :

« Tu as vu Eve ? Elle était en ville ?

— Non, je ne l'ai pas vue.

— Sa voiture n'est plus là. Elle n'avait pas parlé de sortir. Je ne l'ai pas vue depuis ce matin.

— J'ai travaillé toute la matinée. Je n'ai pris que trente minutes pour aller déjeuner au drugstore. Donc si elle était venue chercher son courrier, je pense que je l'aurais vue. »

Long s'est dirigé vers la porte d'entrée et j'ai continué mon chemin pour rejoindre mon cabanon. Faro m'a arrêté sous le porche.

« Tu as vu Eve ?

— Non. Long me l'a demandé aussi. Vous êtes inquiets ?

— Non, moi je ne suis pas inquiet. Mais d'habitude elle prévient quand elle s'absente pour un certain temps. »

Au moment où le soleil se couchait, Eve est arrivée en voiture. Le toit de la décapotable baissé, la peinture rouge et le pare-brise poussiéreux. Les verres de ses lunettes de soleil aussi étaient couverts de poussière. Apparemment, nous tendions tous l'oreille pour l'entendre arriver. En l'absence de vent, on entendait une voiture remonter l'allée en gravier à au moins un quart de mile de distance. John, Faro et moi, ni ensemble ni coordonnés, mais maladroitement répartis devant la maison, sommes allés à sa rencontre.

Elle est sortie de la voiture et est restée debout dans l'allée, penchant la tête d'un côté à l'autre, levant les épaules, étirant les bras.

« J'ai fait un long, très long voyage. Des petites routes jusqu'aux Winds. Le col de Togwotee. J'ai mangé sur le chemin du retour, alors ne prévoyez pas de dîner pour moi. Je vais me laver de la poussière de la route et aller me coucher. »

Une semaine plus tard, elle est repartie. Elle a filé tôt le matin et n'est pas revenue. La décapotable a été retrouvée à la limite de la ville. Pas d'adieu, pas un mot, même sarcastique.

Long voulait que j'appelle la gare routière de Dawes pour lui. Il disait que le personnel pourrait le reconnaître à sa voix, ce qui m'a semblé une drôle d'inquiétude à ce moment-là.

« Ne donne pas son nom. Juste une description. Je ne veux pas de ragots.

— Elle utilise peut-être un autre nom, comme son nom de jeune fille.

— Miles était son nom lorsque nous nous sommes mariés. C'était son nom de scène et peut-être son nom de jeune fille. Depuis que je la connais, elle n'a jamais porté le nom de son premier mari. C'était Jake quelque chose, mais je pense qu'elle m'a donné deux ou trois noms de famille différents. Ar-quelque chose, O-quelque chose. Deux syllabes, je crois. Arnold ? Owen ? »

Puis il a répété :

« Pas de nom. Décris-la de manière générale. »

J'ai donc passé l'appel, demandant si quelqu'un correspondant à la vague description que j'avais faite d'elle avait pris l'un des quatre bus quotidiens partant de Dawes vers le monde extérieur, c'est-à-dire vers Cheyenne, ou au sud vers Denver, ou à l'est vers Casper et le Nebraska. Si vous vouliez zigzaguer vers l'ouest, c'était un très long voyage au milieu de nulle part, à moins de considérer Salt Lake City comme une ville.

Non, ils n'avaient vu passer personne de ce genre.

Long a décidé d'appeler toutes les gares routières dans un rayon de cent cinquante kilomètres, ainsi que la gare ferroviaire de Rawlins. Personne ne se souvenait d'une femme correspondant à ma description et il n'y avait aucune trace d'un billet au nom de Miles, mais de toute façon il n'y en aurait pas si l'on payait en liquide pour aller à Cheyenne.

Assis sur sa chaise de bureau, Long est resté silencieux. J'ai fini par dire : « Après ce dîner avec les types du gaz, elle était très contrariée.

— Elle ne m'a pratiquement pas adressé la parole depuis. Mais en réalité, c'était déjà le cas avant. J'ai essayé de lui demander ce qui la tracassait, mais elle ne voulait pas m'en parler. »

Le troisième jour, Long était assez agité. Lorsque je lui ai dit qu'il était temps de signaler sa disparition, il s'est enflammé et a qualifié cette suggestion de ridicule. C'était personnel. Elle était en colère pour une raison ou une autre, ou triste. Quelque chose d'actuel ou d'ancien. Ce n'était absolument pas une affaire pour ces ânes du bureau du shérif.

« Elle a pris le petit Renoir avec elle. Elle sait ce qu'il peut valoir. Une petite chose précieuse que l'on peut plier dans un torchon et ranger dans un sac à main. Avec la cote de Renoir aujourd'hui, en le vendant au bon acheteur, elle pourrait en tirer assez pour acheter un bungalow de deux chambres à San Francisco ou à Los Angeles. Et qui sait combien de maisons elle pourrait acheter dans un coin comme Omaha. »

Rapidement, sans la moindre preuve, Long s'était convaincu qu'Eve s'était enfuie pour rejoindre un groupe de cow-boys musiciens et reprendre son ancienne vie. C'est ainsi que deux jours plus tard, j'ai débarqué en voiture dans une ville de l'ouest du Nebraska appelée Black Hawk ou Red Wing. Une couleur et quelque chose à propos d'un oiseau. L'aube pointait à peine à l'horizon lorsque j'ai quitté les prairies pour entrer dans la petite bourgade de bâtiments en briques. Je me suis arrêté dans un restaurant et j'ai commandé une tasse de café et une omelette Denver.

« Qu'est-ce que c'est ? a demandé la serveuse.

— Une omelette avec du fromage, du jambon, des champignons, des oignons et des poivrons verts.

— Alors, une omelette jambon-fromage ?

— Ça ira, oui. »

Je n'essayai même pas de deviner la distance qu'il faudrait parcourir pour trouver le champignon le plus proche.

Lorsque le repas est arrivé, le café était si amer et granuleux que j'ai demandé un lait-chocolat pour le faire passer.

Après avoir parcouru en dix minutes toutes les rues du centre-ville, j'ai trouvé un bus vieux d'au moins dix ans garé à l'angle du troisième des quatre hôtels de la ville, presque le plus minable. On avait peint par-dessus l'emblème de Greyhound, le lévrier sous les fenêtres, pour le remplacer par le nom du groupe, Billy et ses Buckaroos.

Dans le hall, personne. J'ai sonné à l'accueil, j'ai attendu, puis j'ai sonné à nouveau. Une femme aux cheveux décolorés est sortie de la pièce du fond, se passant une main dans les cheveux pour remettre en place ceux qui avaient été aplatis par l'oreiller.

« Je cherche quelqu'un qui est avec le groupe.

— Ils ne vont pas se lever avant l'heure du déjeuner.

— C'est une chanteuse que j'essaie de trouver.

— C'est ce que vous cherchez tous, vous les garçons. Une jolie fille qui chante dans un groupe.

— Non, je cherche une personne en particulier. Une amie. Elle s'appelle Eve, elle est blonde, elle a environ vingt-cinq ans.

— Vraiment jolie ?

— Je pense qu'elle l'est, oui. Et talentueuse, vive et intelligente.

— Avec un sale caractère, alors ?

— Ce n'est pas ce que je voulais dire.

— Ce pourrait être la description de beaucoup de chanteuses. Mais permettez-moi de vous dire quelque chose, la plupart d'entre elles ne sont pas si belles que ça une fois qu'elles ont enlevé leur couche de maquillage. Y compris celle qui dort à l'étage. En plus, elle doit avoir une bonne quarantaine d'années. »

C'est ainsi qu'à Black Wing, j'ai appris qu'Eve n'était pas devenue une Buckaroo, et dans d'autres villes, on m'a confirmé qu'elle n'avait pas rejoint Willy Green et ses Greenies, ni les Plainsmen.

De retour au ranch, j'ai su que Faro, qui avait écumé le Colorado en direction du sud, n'avait rien trouvé non plus. Il m'a raconté son voyage.

« J'ai trouvé sept groupes de musiciens dans la chaîne de montagnes de Fort Collins à Pueblo, dont trois à Denver. Quelques-uns de ces hommes se souvenaient avoir rencontré Eve avant son mariage, mais personne ne l'avait vue ou n'avait entendu dire qu'elle était à la recherche d'un emploi. »

Long est intervenu.

« Moi, j'ai trouvé quelque chose. »

Il m'a tendu une carte postale toilée, intitulée « Elliott Bay en direction de l'île de Bainbridge ». Le cachet de la poste était de Seattle. Au verso, le message était constitué de quelques lignes tracées au crayon d'une main maladroite, probablement celle d'un homme. « Désolé. Bien sûr, je me souviens de cette époque. Je peux peut-être t'aider. Tu te souviens de cet endroit près de la côte ? Nous y sommes restés une semaine ou deux. Il y aura quelqu'un là-bas qui saura où me trouver. » Pas de signature. Le cachet de la poste datait de moins d'un mois.

Long m'a précisé : « Ça a dû arriver il y a une quinzaine de jours, au moment où elle a commencé à se montrer de plus en plus distante. Pourquoi a-t-elle besoin d'aide à Seattle ? Quel est le lien avec son passé ? Ce serait son clochard de premier mari, Jake ? Je crois qu'elle a dit qu'il était né à Seattle ou qu'ils s'étaient rencontrés là-bas. Il y a un lien avec Seattle.

— Il n'est pas mort dans l'inondation dont elle a parlé ? ai-je demandé.

— Eh bien, quand j'y pense, elle n'a jamais utilisé le mot "mort" lorsqu'elle parlait de lui et de l'inondation, elle a toujours dit "disparu". »

Long a fait une pause avant d'ajouter : « Quoi qu'elle ressente, quel que ce soit son problème, elle ne sait pas le cacher très longtemps. Elle ne pouvait pas s'empêcher d'y penser, à ce qu'elle était à l'époque, à la vie qu'elle menait. Plus d'une fois, elle m'a dit : "Une vie comme ça, ça te marque". »

La veille de mon départ pour Seattle, Long a fait glisser vers moi une liasse de billets sur la table à manger. « Un acompte, a-t-il précisé, plus un défraiement. » C'était plus d'argent que ce qu'on me payait pour peindre la fresque. Plus du double.

« C'est un travail, pas une faveur. Et ne t'inquiète pas pour la fresque. Combien te reste-t-il à faire avant qu'elle soit terminée, en pourcentage ?

— Vingt pour cent, au maximum.

— Bon, je n'étais pas loin. J'ai parlé à Hutch et je lui ai dit qu'il restait dix pour cent. Je lui ai dit aussi tout le bien que je pensais de ton travail, en lui expliquant que j'avais un souci et que j'avais besoin de ton aide pour quelques semaines. Il a répondu que ça ne posait pas de problème.

— Pourquoi ne pas envoyer Faro ?

— Je le ferai s'il le faut, mais pour l'instant je ne montre pas mon jeu.

— Je pourrais garder ma Woodie jusque-là ou, mieux encore, prendre le bus pour Denver, puis le train jusqu'à Seattle. »

Long ne voulait pas en entendre parler.

« Cette guimbarde risque de tomber en panne une douzaine de fois d'ici là. Prends le petit roadster d'Eve. Il est presque neuf. En le conduisant, tu peux être à mi-chemin de Seattle le temps d'arriver à Denver en bus. Et il est évident qu'elle ne s'en sert pas. J'ai pris une réservation à l'Olympic de Seattle, un bon hôtel, bien situé, pas un asile de nuit de Skid Row. Alors vas-y, et vois ce que tu peux trouver. Elle semble chercher quelque chose ou quelqu'un. Je ne pense pas qu'elle puisse avoir beaucoup d'argent sur elle, en dehors de ce qu'elle pourrait obtenir pour le Renoir. Qu'elle n'essaiera peut-être même pas de vendre. Elle l'a sans doute pris pour m'envoyer un message. Elle aurait pu partir en voiture et le vendre facilement, mais elle ne l'a pas fait. Il est probable qu'elle aura bientôt besoin d'argent, alors renseigne-toi sur les groupes itinérants et les bars où elle pourrait gagner quelques dollars en chantant des ballades sentimentales. Si Seattle se révèle être une impasse, reviens, mais si tu trouves une piste, suis-la. Tiens-moi au courant. Si quelque chose d'important se produit, envoie un télégramme. Téléphone en cas d'urgence. »

Après m'avoir expliqué ma mission à Seattle, Long est entré dans son bureau et en est ressorti avec une boîte plate qu'il a posée sur la table devant moi. Il avait prévu un cadeau pour célébrer l'achèvement de ma fresque, mais il pensait que je pourrais l'utiliser maintenant, dans le froid et la pluie de Seattle. À l'intérieur, soigneusement pliées, j'ai trouvé une chemise en lainage à carreaux rouges et verts et une veste imperméable en toile de coton huilée.

Long a précisé la marque : « Pendleton Woolen Mills et J. Barbour ».

Il aimait dire le nom de ses possessions. Les noms des artistes qui avaient peint ses tableaux, bien sûr, mais aussi les races de son bétail et de ses chevaux, les noms et numéros de modèle de ses camions, voitures et tracteurs, les fabricants de ses vêtements. Quelques semaines plus tôt, avant de reconnaître la marque, j'avais fait des commentaires sur une veste Barbour qu'il portait, en particulier sur sa couleur sourde, brun foncé sous une certaine lumière, vert sombre ou charbon sous d'autres. La chemise qui se trouvait dans la boîte semblait avoir été choisie avec soin pour s'harmoniser avec la veste. J'ai été sincèrement touché par ce geste et j'ai remercié Long avec effusion.

De retour dans le cabanon, j'ai essayé les vêtements en appréciant l'odeur de toile huilée, proche de celle d'une toile de tente un peu moisie, et la légère irritation de la flanelle au niveau du cou et des poignets. J'aimais savoir que je pourrais porter ces vêtements pendant des décennies si j'en prenais soin et si je ne grossissais pas trop. Auquel cas, je serais entièrement responsable de ne pas être à la hauteur de vêtements d'une telle longévité. Je me suis regardé dans le miroir et je me suis demandé si Long n'avait pas choisi de m'offrir ce cadeau en avance pour me rapprocher de lui. J'avais l'air d'un fils qui se faufile dans la penderie de son père pour revêtir ses luxueux vêtements de chasse.

II

ANTHRACITE ET TERRE DE SIENNE BRÛLÉE

Tout au long de ce trajet vers Seattle dans la jolie voiture rouge d'Eve, virant d'abord vers le sud en direction de Rock Springs, puis vers l'ouest et Salt Lake City, et le nord-ouest à travers l'Idaho, l'Oregon et jusqu'à Washington, je partais assez tôt le matin pour rouler au moins deux heures avant l'aube avec la capote baissée et le chauffage à fond dans l'air frais des montagnes. Les routes étaient désertes. Pendant un temps, avant le lever du soleil, la radio captait encore les stations de tout le pays, jusqu'à Chicago. Un matin, très tôt, alors que le ciel était rempli d'étoiles, une image s'est imposée à moi comme un souvenir. Eve, affalée, sur le siège passager, dormant la tête sur mes genoux, le visage et les cheveux faiblement éclairés par les lumières du tableau de bord.

Après le lever du jour, je guettais le restaurant le plus proche pour m'arrêter prendre un petit-déjeuner copieux et boire assez de café pour en trembler d'excitation. Au moins trois heures avant la tombée de la nuit, je m'arrêtais dans un motel de quelques chambres, là, je m'asseyais sous un auvent pour lire ou faire des croquis. À ce rythme, il ne m'a fallu que trois longues journées pour parcourir mille sept cents kilomètres. Sur certaines de ces routes vides et droites, je pouvais pousser le moteur V8 et rouler des kilomètres à cent quarante à l'heure, les pneus ronflant sur l'asphalte. D'autres fois, il fallait conduire lentement sur de longs tronçons de route non goudronnée, qui variaient du gravier lourd au limon sablonneux. Les stations de radio locales consacraient beaucoup de temps d'antenne au prix du jour du blé, du bétail, des pommes de terre ou des pommes, selon l'endroit où je me trouvais. Certains des territoires que je traversais étaient tellement vierges que je devais étudier les cartes la veille au soir pour prévoir où je pourrais manger, faire le plein d'essence et trouver un endroit où dormir.

J'ai souvent traversé des friches désertes, des prairies pour le bétail, de hautes montagnes, parfois des vallées verdoyantes habitées par des communautés agricoles où l'on aurait presque pu croire que la Grande Dépression n'avait jamais eu lieu, au contraire de ces villes mornes avec des files d'attente pour le pain, ou dans le Dust Bowl réduit à un paysage lunaire. Sur des kilomètres, on pouvait encore se croire dans ce pays de fiction où le mouvement global restait régulièrement et sûrement ascendant, comme ces moments dans les films de Fred Astaire et Ginger Rogers, le monde en smokings et robes de bal, où la danse n'est qu'à peine réglée par les lois de la gravité.

Je suis passé devant Salt Lake City à l'aube du deuxième jour. Le Tabernacle et le Temple, sous une lumière jaune rasante, ressemblaient à un décor de cinéma, rappelant que l'Amérique n'est curieusement pas monopolistique lorsqu'il s'agit de savoir qui peut inventer une religion, attirer une congrégation et commencer à faire passer la corbeille pour la quête tous les dimanches. En revanche, elle l'est lorsqu'il s'agit de permettre aux entreprises de nous traiter comme si nous vivions dans leurs fiefs, selon leur bon vouloir. Par exemple, la Cour suprême, année après année, a cassé toute tentative de réglementation de l'industrie pour protéger les travailleurs et l'économie. Pendant un certain temps, elle a prétendu que ces réglementations ne pouvaient être établies que par les États. Mais lorsque New York a adopté une loi sur le salaire minimum des femmes, elle a changé d'avis et déclaré que même les États n'avaient pas le pouvoir de fixer les salaires. Parmi ces neuf vieux juges aigris, l'interprétation majoritaire semblait être que la Constitution exigeait que le capitalisme sacré existe sans entrave, quels que soient la crise et le coût humain. Après tout, l'expression politique ultime du capitalisme n'est pas la démocratie. C'est une dictature, non pas d'hommes individuels, mais de sociétés aux dirigeants interchangeables. Je ne savais pas si la Grande Dépression mettait à rude épreuve les limites structurelles de notre Constitution ou si elle révélait simplement que ses idées fondamentales étaient erronées. Les révolutionnaires d'antan avaient laissé tant de vides dans leurs documents, tant de flou et d'imprécision. C'est comme s'ils avaient griffonné un brouillon en s'amusant à imaginer les gens qui, à l'avenir, essaieraient de comprendre ce que leurs phrases voulaient dire.

En traversant l'État de Washington, je passai des anciennes forêts sombres non exploitées à des collines réduites à l'état de terre battue par les coupes sauvages, des bois convertis en ranchs où le bétail paissait dans les broussailles qui remplaçaient les grands arbres.

Dès mon arrivée à Seattle, après m'être présenté au prétentieux Olympic Hotel où je disposais d'une grande chambre plein ouest avec vue sur l'océan, je me suis rendu au bureau de poste principal et j'ai demandé à recevoir le courrier au nom d'Eve. L'employé du bureau de poste en avait vu d'autres, il n'était pas dupe du mensonge que je lui avais servi : Eve était ma femme, elle toussait et avait de la fièvre dans une chambre d'hôtel sur Madison, elle avait besoin de son courrier et, pour compliquer les choses, on m'avait volé mon portefeuille le jour même. L'employé a détourné le regard en hochant la tête comme si j'étais un imbécile de plus dans la longue file d'attente qui gâchait sa vie par ailleurs impeccable, ce qui était peut-être le cas. Il a récité par cœur que j'avais besoin, au minimum, d'une pièce d'identité portant le même nom de famille que le destinataire. « Vous ne pouvez pas simplement entrer et prendre le courrier de quelqu'un ».

Il a même refusé de me dire s'il y avait du courrier au nom d'Eve Long ou Eve Miles. Mon mensonge devenu inutile, j'ai compris qu'Eve était trop maligne pour user de l'un ou l'autre de ces noms pour faire suivre son courrier.

Long m'avait dit de ne rien tenir pour acquis. Il m'avait confié aussi qu'il commençait à se demander si le nom qu'Eve lui avait donné lors de leur rencontre était son vrai nom. Tout pouvait être à moitié faux, n'être que des noms de scène. « Je ne dis pas cela pour la blâmer, avait-il affirmé. L'incertitude est l'un des aspects divertissants de notre mariage. »

Cet après-midi-là, le temps était beau et clair, l'air saturé d'oxygène marin. Je me suis rendu dans tous les hôtels du centre-ville, une longue liste, pour montrer les photos d'Eve aux réceptionnistes ; j'ai fait de même à Union Station et à King Street Station, ainsi qu'à toutes les stations de bus et de taxis. Ce soir-là, j'ai dîné au bord de l'eau, puis j'ai fait le tour du campus, m'arrêtant dans les clubs universitaires assez importants pour avoir une piste de danse, scrutant les visages sur scène, puis observant le public dans la lumière tamisée de l'arrière-scène. Je m'attardais sur les cheveux blonds, les têtes ovales, les rouges à lèvres écarlates et les yeux bruns. Je suis resté tard en buvant beaucoup. J'ai visité les endroits les plus sordides, mais aussi de nombreux autres que je n'aurais jamais pu m'offrir sans l'enveloppe de billets de Long. Le lendemain, je me suis promené dans la bibliothèque en espérant trouver Eve assise à une table en train de lire une *Histoire de France* ou un Jane Austen. Je l'imaginais levant les yeux, heureuse de me voir arriver à l'improviste.

Mon errance m'a fait comprendre que Seattle était encore une ville nouvelle. J'en ai parlé au réceptionniste de l'hôtel, qui m'a répondu : « Il n'y a même pas cent ans que les Blancs sont arrivés ici ; ils ont construit des cabanes à Alki Point et ils se nourrissaient de poissons et de palourdes. Maintenant, il y a de tout, des manoirs aux bidonvilles. Le progrès, c'est pas quelque chose ? »

J'ai apprécié son ton et j'ai conclu : « Oui, ça, c'est sûr. »

Le plus grand des bidonvilles de Seattle, Hooverville, a surgi des vasières le long d'Elliott Bay au début de la Grande Dépression, une dégradation logique vers le bas à partir des maisons de prostituées près de Pioneer Square. Comme les autres Hoovervilles de tout le pays, le quartier avait été ironiquement baptisé du nom de l'ancien président méprisé qui, selon l'opinion publique, avait fait plonger le pays dans la crise.

Le premier jour à Hooverville, de hauts nuages épars filtraient la lumière ; il n'y avait presque pas de vent. On voyait la baie miroiter d'un éclat métallique jusqu'à la ligne sombre de l'île de Bainbridge. J'ai marché de Pioneer Square jusqu'aux baraquements, et ma première réaction a été de me demander comment le déclin pouvait prendre de l'ampleur jusqu'à devenir inarrêtable, comment l'engourdissement pouvait noyer notre désir de nous en sortir pour atteindre un sort meilleur. Et de m'interroger aussi sur le sort d'une grande partie de la culture d'avant qu'on ne pourrait pas sauver.

J'ai erré en essayant de montrer la photo d'Eve à des gens qui représentaient l'ultime étape du mouvement vers l'ouest de l'Amérique depuis trois siècles, de la Caroline du Nord jusqu'ici, coincés à la limite, la dernière frontière. Des gens qui n'avaient presque rien, aucun bien, rassemblés dans des centaines de cabanes et d'appentis, peut-être jusqu'à cinq cents minuscules abris improvisés, si les journaux locaux étaient à peu près exacts, dispersés sur environ quatre hectares de basses terres le long d'Elliott Bay.

Les gens avaient construit des cabanes avec des matériaux de récupération et les avaient maintenues ensemble avec ce qu'ils avaient pu trouver, des clous et du fil de fer. Les murs pouvaient être constitués de trois ou quatre matériaux différents dans la même cahute : des planches larges, du contreplaqué délaminé, des couches de carton. N'importe quoi de plat, de maniable et d'au moins temporairement imperméable. Les fenêtres vitrées étaient rares, mais des sacs de jute servaient à couvrir les ouvertures et pouvaient être roulés vers le haut ou le bas. Les toits, dans l'idéal, étaient couverts de papier goudronné et de matériaux identiques à ceux des murs, mais des boîtes de conserve écrasées à plat faisaient de bons bardeaux aussi. Le chauffage et la cuisine étaient assurés par des poêles fabriqués à partir de bidons d'huile et de tuyaux de poêle en fonte bosselés. Les toilettes extérieures étaient placées au bout de digues étroites qui avançaient dans l'eau au-delà de la ligne de marée, de sorte que l'odeur humaine n'était pas aussi écrasante que je m'y attendais.

Le quartier n'avait pas été élaboré en fonction d'un plan urbain. Il avait émergé au fur et à mesure, sur n'importe quelle parcelle de terre accessible qui n'avait pas encore été revendiquée. Suivre les ruelles d'un bord à l'autre du village était une expédition. Il fallait tourner et partir à gauche ou à droite au hasard. La plupart des habitants des Hoovervilles étaient des hommes d'un certain âge, ce n'étaient pas ces adolescents qui sautaient des trains de marchandises ou faisaient de l'auto-stop. Non, ils s'étaient installés dans un monde qu'ils n'auraient sans doute pas pu imaginer dix ans auparavant, essayant de supporter leur misère présente jusqu'au retour de temps meilleurs.

Des gens étaient assis près de maigres feux pour réchauffer des boîtes de haricots et faire de la soupe avec des restes de légumes donnés par les églises et les organisations humanitaires. Deux ambitieux au caractère optimiste faisaient leur lessive, accroupis sur la berge, tâchant de rincer la saleté des chemises avec de l'eau de mer trouble. Les mains bien à plat, ils enlevaient la poussière de la route de leurs vestes et pantalons de lainage fatigués, afin d'être aussi présentables que possible au cas où une occasion de décrocher un véritable emploi se présenterait par magie. Peut-être qu'un millionnaire les remarquerait et, comme dans un film, s'approcherait pour leur offrir de payer leurs études.

En général, les personnes que je rencontrais étaient assez amicales. Comme j'avais mis mes vêtements de peintre pour l'occasion, ils me prenaient pour l'un des leurs. Ils m'ont dit que les vrais vagabonds, pour la plupart des jeunes qui migrent au fil des saisons à travers le continent comme des volées d'oiseaux, s'étaient installés au nord de la ville, dans un endroit appelé simplement « le Camp ». « C'est plus rude », m'a prévenu un homme.

Un adolescent, qui essayait de se raser dans un miroir cassé, m'a confié : « Les seuls emplois sont dans les camps de bûcherons, les usines, les conserveries ou sur les bateaux de pêche. Mais si vous avez dix-sept ans, que vous êtes sale et que vous n'avez jamais fait ce genre de travail, ça ne marche pas. Beaucoup de gens qui attendent un emploi sont prêts à travailler, mais n'ont jamais fait ce genre de choses. » Il a fait une pause avant de continuer : « Ça m'aiderait si je savais faire un nœud de cravate. » Il m'en a tendu une. Comme tous ses vêtements, elle datait d'avant le krach.

Je l'ai prise pour faire un nœud lâche autour de mon cou, puis je l'ai passée par-dessus ma tête avant de la lui tendre. Il l'a regardée comme si j'avais réalisé un tour de magie.

Je lui ai montré comment la resserrer.

« Allez-y, et ne défaites pas le nœud. »

Il y avait très peu de femmes à Hooverville. L'une paraissait une cinquantaine d'années mais elle était mince comme une jeune fille. Elle portait une salopette bleu ciel délavée très propre et une chemise blanche de costume d'homme. Assise sur un seau en zinc de quinze litres posé à l'envers, elle alimentait un feu fumeux devant sa bicoque, presque une tente, bricolée avec des bouts de bois déteint et de la toile huilée kaki. Dans ses cheveux tirés vers l'arrière en une courte queue de cheval, les mèches blondes égalaient à peu près le gris. Je me suis assis par terre pour que mon regard arrive plus bas que le sien et lui ai tendu la photo d'Eve.

« Vous l'avez vue ? » ai-je demandé.

La femme a incliné la tête de quelques degrés, par petites touches, comme si de fins engrenages écartaient son visage de l'aplomb, puis le ramenaient. Elle a étudié la photo, m'a regardé et m'a demandé : « Pourquoi vous voulez le savoir ? Vous êtes son mari ? Son petit ami ? Un flic ? Vous l'avez frappée hein, et elle s'est enfuie ? »

Les yeux de la femme étaient d'un bleu limpide.

« Rien de tout ça. Je suis un ami qui essaie de la retrouver.

— Bien sûr. Bien sûr que vous êtes un ami.

— J'espérais que vous l'aviez vue.

— Et si je l'avais vue ? Vous posez trop de questions. Si cette fille a disparu, c'est peut-être vous qu'elle fuit. Laissez-la tranquille.

— Et si elle a des ennuis ?

— Je n'en sais rien. Peut-être qu'elle a des ennuis et qu'elle essaie de s'en sortir, et que c'est vous qui êtes la cause de ses ennuis. Je n'aime pas me mêler de ce qui ne me regarde pas. Les gens font leurs propres choix, et après ça, tout dépend d'eux. Le libre arbitre est un don de Dieu à l'humanité. Il s'en sert pour jouer avec nous. Le plus souvent, il nous punit avec. »

J'ai approché la photo de son visage : « Mais vous avez vu cette femme ou vous ne l'avez pas vue ? »

Elle a sorti une cigarette de la poche de poitrine de sa salopette et a gratté une allumette sur son talon. Tirant une bouffée, elle a levé les deux mains en faisant mine de ramer pour me chasser.

Le deuxième jour à Hooverville, j'avais dans mes poches quelques canettes d'une demi-pinte tintinnabulantes et un sac contenant des friandises, biscuits salés, cacahuètes et petites boîtes de lait concentré sucré. Cela permettait de me joindre plus facilement aux personnes que je croisais, assises autour d'un feu. Un homme d'une soixantaine d'années a essayé de me résumer sa vie, mais il n'arrivait même pas, disait-il, à savoir d'où il venait. Le mieux qu'il ait pu faire, c'était dire qu'il était à parts égales salish et japonais, et légèrement irlandais avec un soupçon d'écossais. En regardant la photo d'Eve, il a émis un léger sifflement. « Si j'avais vu une femme aussi sexy qu'elle, je ne l'aurais pas oubliée, a-t-il affirmé. Je suppose que vous n'avez pas d'autres photos comme celle-là ? »

J'ai fait signe que non de la tête.

« Dommage. »

Je suis retourné voir la femme en salopette, mais dès qu'elle m'a vu, elle a pointé le doigt vers moi en l'agitant avec colère, puis elle m'a tourné le dos pour entrer dans sa cabane. Dans l'embrasure de la porte, elle m'a fait un doigt d'honneur par-dessus son épaule.

Après le déjeuner, je me suis assis avec deux hommes d'une quarantaine d'années, Sam et Randolph, colocataires d'une cabane entièrement recouverte de papier goudronné, qui penchait fortement vers l'est. Les têtes de clous fixant le papier noir délavé au toit et aux murs avaient rouillé. Des taches rougeâtres descendaient, effilées et irrégulières, comme des stalactites, de chacun des nombreux clous disposés en quinconce sur toute la structure. J'ai noté rapidement dans mon carnet de croquis l'idée de ce tableau abstrait, anthracite et terre de Sienne brûlée, pour le peindre un jour.

Je me suis installé près du petit feu de camp en plein air avec les deux hommes, je leur ai tendu une bouteille de bourbon bon marché, qui n'évoque le vrai que par la couleur, et je leur ai posé des questions sur leur vie. Ils étaient heureux de parler. Ils ne se connaissaient que depuis deux ans, mais leurs histoires se rejoignaient. Ils avaient tous les deux fait des études supérieures, Sam à Berkeley et Randolph à l'université d'Arizona. Tous deux avaient été professeurs, d'anglais et d'histoire. Ils avaient perdu leur emploi quelques années après le krach de 1929, lorsque nombre de leurs élèves avaient quitté le lycée pour chercher du boulot. Sam et Randolph aussi avaient bien essayé de trouver du travail, mais plus on vieillit, plus c'est difficile. Ils s'étaient rencontrés à Portland et retrouvés ici à Seattle, espérant des temps différents.

« Pas seulement différents, a répondu Sam. Le mot juste est "meilleurs". »

Comme j'étais intéressé, ils m'ont montré l'intérieur de leur maison. Deux lits de camp le long des murs opposés, deux fauteuils avec le rembourrage à l'air sur les bras, orientés vers un poêle à bois fabriqué à partir d'un bidon d'huile de dix gallons et d'un morceau de gouttière, un tapis en chiffon tressé aux couleurs des vêtements de ferme, des bruns, des ocres et du jean usé. Une couverture tricotée, d'un genre afghan, à motifs ondulés bleu et gris avec une touche de marron, recouvrait le bras d'un fauteuil. Je me suis demandé qui l'avait crochetée, et quels périples elle avait connu avant d'atterrir là.

Serrés contre tous les murs, des centaines de livres s'élevaient en piles horizontales depuis le plancher jusqu'aux solives du toit de l'abri. Les deux amis m'ont expliqué que les livres constituaient une bonne isolation en hiver. Ils les avaient récupérés par brouettes entières, et ça ne leur avait coûté que le travail d'aller les prendre dans les grandes maisons dont les habitants avaient été chassés par la période difficile.

« En termes d'argent, les livres ne valent pas grand-chose lorsque les temps sont durs », a déclaré Sam.

Quand ils les ont eus mis en piles, reliures visibles, Sam et Randolph se sont mis à la recherche de trésors. Ils ont trouvé la majeure partie d'une série complète de Dickens, une grande quantité de Byron, Tennyson et Wordsworth, ainsi que les sept volumes de *France et Angleterre en Amérique du Nord* de Francis Parkman. Il y avait des dizaines de livres de voyage à propos de l'Arctique, du Congo, des merveilles architecturales de l'Égypte et du Pérou, de l'architecture ecclésiastique de la France et de l'Italie.

« Les jours de pluie, a dit Randolph, quand il fait froid, on allume un bon feu dans le bidon, on sort un morceau de mur et on commence à lire. »

Sam a opiné : « Ce n'est pas la pire façon de passer une journée. L'année dernière, j'ai fabriqué un détecteur d'ondes radio à cristaux. J'ai enroulé du fil de cuivre tout autour d'une boîte de flocons d'avoine cylindrique et j'ai accroché un fil d'antenne à un ressort de sommier pour capter les stations lointaines. Pas besoin de piles. Ma radio détecte les ondes électriques dans l'air et les capte, et on écoute les sifflements et les grattements jusqu'à ce qu'on arrive à une station. Les antennes de KOMO et KJR sont si puissantes et si proches que vous pourriez les capter avec un clou dans la bouche, serré entre les dents. Ces deux stations nous tiennent bien occupés. Grâce à elles, nous recevons les nouvelles, nous connaissons l'heure exacte et pouvons écouter l'opéra au Met le samedi après-midi. Mais une fois, l'hiver dernier, par une nuit claire où le signal a dû rebondir sur la lune, nous avons capté WLW de l'Ohio pendant près d'une heure.

— Oui, c'était excitant, dit Randolph d'un ton sec.

— Une nouveauté, disons-le. »

Ils m'ont raconté que les fonctionnaires avaient fait savoir que la distribution de l'argent des secours à Hooverville serait plus facile et plus rapide si les cabanes avaient des numéros. Ils avaient aussi précisé qu'établir une adresse était une étape cruciale pour être considéré comme un citoyen de Seattle, recevoir le courrier et pouvoir voter. Dans les jours qui ont suivi, de nombreux habitants ont donc peint des numéros sur leurs portes.

Randolph a expliqué que le huit était particulièrement populaire. Il devait y en avoir au moins quinze ou vingt, des huit éparpillés, mais ils commençaient à mettre un peu d'ordre dans tout ça.

« Il y a quelque temps, la ville a déclaré qu'elle nous tolérerait si nous élisions un comité pour nous représenter et pour aider à faire respecter les règlements. Un jeune Noir nommé Jesse dirige pratiquement tout, nous l'appelons notre maire. Il s'est montré particulièrement enthousiaste à l'égard du système de numérotation. »

Sam a ajouté : « Bien sûr, l'inévitable minorité zélée refuse de numéroter les maisons sous prétexte que cela faciliterait l'expulsion. Et peut-être ont-ils raison dans le sens où les marginaux comme nous tous peuvent être négligés ou pire, pris pour cible, lorsque les temps sont durs. »

Lorsque j'ai fini par leur poser des questions sur Eve et par leur montrer sa photo, ils ont convenu que si elle avait existé, ils s'en souviendraient. Mais ils n'avaient vu personne qui correspondait.

Sam a pris la photo et l'a étudiée.

« Ses joues sont aussi lisses qu'une théière en céramique blanche.

— C'est une photo publicitaire professionnelle pour un groupe avec lequel elle chantait, ai-je dit. Elle est maquillée pour la scène. Imaginez-la moins soignée.

— Comme si elle était une vraie personne ? a demandé Sam. Alors peut-être que je l'ai vue. »

Il a tendu la photo à Randolph en disant : « Tu te souviens, il y a deux semaines à peu près ? Elle cherchait quelqu'un... »

Randolph a répondu par la négative.

« Mais si. Celle dont tu pensais qu'elle nous avait volé deux dollars, que tu as retrouvés plus tard ? »

Randolph a regardé à nouveau la photo et a convenu : « Peut-être.

— Nous lui avons fait une tasse de thé et elle a passé la tête par la porte pour voir notre bibliothèque, m'a précisé Sam.

— Était-elle avec quelqu'un ? »

Sam est resté un moment à regarder au loin en réfléchissant.

« Peut-être, mais je n'arrive pas à me le représenter. Je vois une jeune femme seule. Je pense qu'elle cherchait quelqu'un qui aurait vécu ici il y a quelque temps. »

Randolph a ajouté : « Je pense que la personne qu'elle cherchait avait son âge, et nous lui avons dit qu'elle devrait essayer le Camp. Nous lui avons aussi dit d'être prudente.

— J'ai entendu dire que ça pouvait être dangereux, ai-je répondu.

— C'est un monde différent. Ici, nous espérons nous rapprocher le plus possible de ce que nous avions. Là-haut, ils ont peut-être déjà abandonné.

— Attendez, je me souviens maintenant très clairement, a repris Sam. Elle a dit que lorsqu'elle aurait retrouvé son ami, elle se mettrait en route pour Bellingham. C'était peut-être pour un travail. Si elle est chanteuse, pourquoi n'aurait-elle pas pu chercher un emploi dans la région ?

— Pourquoi pas ? »

Ce soir-là, à l'hôtel, je suis resté tard à dessiner page après page. Les visages des habitants de Hooverville et la géométrie de leurs abris. La bibliothèque et le poêle en bidon d'huile de Sam et Randolph. J'ai passé beaucoup de temps sur le visage taillé à coups de serpe d'un homme qui avait dit avec beaucoup de fierté : « Si je voulais vendre, je pourrais obtenir jusqu'à quinze dollars pour ma maison. »

À Bellingham, j'ai rédigé une carte postale pour Long, en très petites lettres. Un truc de carnet de voyage. « À une centaine de kilomètres au nord de Seattle – à moins de vingt kilomètres du Canada –, la ville s'étend principalement le long du front de mer – beaucoup d'exploitations forestières à l'est vers les Cascades –, de vieilles forêts réduites à l'état de terre nue. Je suis une piste qui semble assez crédible concernant Eve. »

Quelques jours plus tard, sur une autre carte, j'ai informé Long des indices possibles que j'avais trouvés à Bellingham et que j'avais suivis jusqu'à de petites villes plus à l'est, vers les Cascades, comme Marblemount et Darrington, où, marchant dans la rue, on entendait des voix venues tout droit du sud des Appalaches, les mêmes accents et les mêmes expressions, « *They Lord* » et « *I swan* » pour exprimer un léger étonnement. Ces montagnards avaient traversé le continent en diagonale pour chercher du travail, jusqu'à ce pays humide et montagneux qui ressemblait beaucoup à leur région d'origine. Des bois sombres et du brouillard, de riches odeurs de terre noire humide et de pourriture, de mousse et l'odeur minérale des ruisseaux qui coulent sur la roche. Une forêt humide, c'est déjà presque une jungle.

Sam et Randolph avaient semblé assez sûrs qu'Eve irait chercher du travail à Bellingham, alors j'ai pensé qu'il y avait de bonnes chances qu'elle ait trouvé des engagements en chantant avec des groupes lors des bals de fin de semaine dans les villes d'exploitation forestière. Et c'est peut-être ce qu'elle avait fait. Mais montrer une photo aux gens et leur demander s'ils ont vu cette femme chanter dans un bal au cours des deux dernières semaines ne m'a pas permis d'obtenir des informations fiables. La plupart du temps, ils n'étaient pas certains de reconnaître la fille sur la photo. Comme l'avait dit l'employé de l'hôtel au Nebraska, ces chanteuses se ressemblent toutes beaucoup. En général, les employés des hôtels et des gares routières à qui je parlais ne se souvenaient même pas clairement du nom du groupe. Tout ce dont ils se souvenaient, c'est que leur musique ressemblait à quelque chose qui passait à la radio, les Northwest Highwaymen ou les Pacific Ramblers.

Après plusieurs jours infructueux, j'ai finalement reconnu que j'étais dans une nouvelle impasse. Soit Eve était passée par là et était repartie, soit elle n'était pas venue du tout. Impossible de le savoir. Découragé, je suis retourné à Seattle pour tenter ma chance au nord de la ville.

Le Camp était situé à proximité d'un bras de mer, dans les bois.

Tout était tranquille. Les quartiers nord de la ville se trouvaient à proximité, mais sans le bruit occasionnel d'un camion lointain, on aurait pu croire qu'il s'agissait d'une nature sauvage et verdoyante.

Les gens rassemblés en masse puent, c'est la nature de la bête, et ce campement contenait tous les parfums humains possibles, ajoutés à ceux de la soupe aux choux sur les feux de camp.

J'étais à peine arrivé qu'un adolescent maigrichon a sorti un blackjack pour frapper un homme au poignet : un dur éclair de cuir noir en forme de grosse cuillère lourdement chargée de grenaille de plomb. La main de l'homme est restée molle. Il a saisi son poignet blessé pour le serrer contre sa poitrine.

Le garçon s'est adressé à l'homme qu'il venait de frapper : « Rien de cassé. Tu sentiras bientôt ta main. Mais si tu t'approches encore de moi à moins de trois mètres, c'est sur la tête que tu le prends. »

L'homme n'a rien répondu mais il a continué à serrer son bras comme s'il s'étreignait lui-même.

Le garçon a glissé le blackjack dans sa poche arrière, le manche dépassant, et s'est éloigné.

Contrairement à Hooverville, le Camp s'était développé sans ordre ni structure, rien ne s'apparentait à un quartier avec des maisons et des rues.

Toute géométrie abandonnée, des pièces de puzzle aléatoires faites de bâches et d'appentis, des piles de bouts de bois ramassés pour le feu, des cordes d'arbre en arbre pour faire sécher le linge rincé dans la voie d'eau. Des adolescents, en grand nombre, les cheveux et le visage luisant de graisse, abrités sous des gréements de toile. Les feux dégageaient une fumée âcre de bois, de vieux papier goudronné et d'ordures. Hooverville tentait encore de maintenir un semblant de normalité, mais le Camp laissait libre cours à la sauvagerie.

Les filles si jeunes qui vivaient sur la route avaient l'air soit accablées, proies faciles pour le prédateur le plus proche, soit si dures et sûres d'elles qu'elles auraient pu transpercer la cage thoracique d'un loup avec une lame de silex taillé. J'ai croisé le chemin de deux de celles-là, seize ans environ, habillées comme des garçons avec des manteaux trop grands, de seconde ou troisième main, des jeans trop larges et des bottes de travail. Elles étaient presque de la même taille et avaient toutes deux les cheveux bruns coupés très court. L'une portait un chapeau de feutre déglingué et l'autre une casquette de vendeur de journaux. Lorsque je me suis approché, elles ont toutes les deux glissé leur main droite dans la poche de leur veste, presque comme dans une chorégraphie, à coup sûr prêtes à sortir des couteaux. Leurs joues pâles étaient parsemées des mêmes boutons d'acné.

« Une question simple. Je cherche une amie. Vous l'avez vue ? »

Je leur ai montré la photo ; elles ont éclaté de rire en même temps.

La fille au chapeau de feutre a répondu en se moquant : « Désolée ! Il y a tellement de stars de cinéma qui passent par ici qu'il est difficile de s'en souvenir.

— Allez, regardez bien la photo. Elle serait passée il y a quelques semaines. Avec moins de maquillage. Quelqu'un en ville m'a dit qu'elle était venue ici pour essayer de retrouver un ami. J'ai fait tout le chemin depuis le Wyoming. Vous pouvez m'aider ?

— Et tout ce que vous avez, c'est que quelqu'un quelque part a dit quelque chose ? » a demandé la fille au feutre.

La fille en casquette a ri : « C'est votre femme ou votre petite amie qui s'est enfuie ?

— Ni l'une ni l'autre, ai-je répondu. Juste une amie.

— Je dirais que c'est une très bonne amie, a conclu Casquette.

— On pourrait peut-être vous orienter vers quelqu'un qui connaît à peu près tout le monde sur la route et qui sait un peu tout ce qui se passe, a proposé Chapeau de feutre.

— D'accord.

— On a entendu dire que vous distribuez des pièces de monnaie comme des granulés pour poulets, a repris Casquette. Videz vos poches et nous vous dirons où trouver ce type. J'insiste, hein, mettez-les bien à l'envers. »

J'ai pensé : « Pourquoi pas ? » J'ai vidé environ cinq dollars en pièces de monnaie entre leurs mains. Des gens travaillaient une semaine pour moins que ça. Ça représentait une pleine brouette de porc aux haricots et de jambon épicé en boîte.

La langue de Chapeau de feutre s'est alors déliée : « Ce n'est pas très loin, de l'autre côté du bras de mer. Un gars roux. Aux dernières nouvelles, il squattait un manoir abandonné sur Duval. Vous le trouverez. Rien n'est garanti, mais si quelqu'un sait quelque chose, c'est lui.

— Comment s'appelle-t-il ?

— Il faudra lui demander. Moi, tout ce que je dis, c'est qu'il est roux. »

Un manoir à moulures de plâtre des années 1920 avec des traînées sombres de moisissure qui partaient de l'avant-toit et descendaient en bandes verticales le long des murs crème.

Une bande de pelouse entre le trottoir et la porte d'entrée avait été tondue récemment, mais, sur les côtés, l'herbe avait commencé à repousser en toute liberté, suivant les premiers stades d'un déchaînement végétal vers le retour à l'état de nature. J'ai frappé à la porte, attendu, puis j'ai fait le tour en passant devant un court de tennis en terre battue où poussaient des plaques de plantain et d'ambroisie. Le filet était pourri, le bandeau désagrégé tombait presque jusqu'au sol. Une piscine, vide à l'exception d'un fond de liquide sombre et terne grouillant de têtards. Quelque chose de plus gros se déplaçait sous la surface, le liquide s'agitait, visqueux comme du sirop Karo. Même si les têtards vivaient assez longtemps, ils ne pourraient jamais sortir de la fosse, à moins qu'une branche d'arbre ne tombe exactement au bon endroit et que les grenouilles tout juste transformées puissent l'utiliser pour sortir. Mais il est probable que cette chose plus grosse sous la surface mangerait sa part de têtards et resterait ensuite dans l'eau noire en attendant qu'une nouvelle proie tombe dedans.

Du côté le plus profond, le plongeoir avait disparu ; seuls son cadre métallique, ses ressorts, ses charnières et ses points d'appui restaient sur place comme une sculpture industrielle trapue. La dernière fois que quelqu'un avait rebondi dessus pour s'élancer joyeusement dans une éclaboussure d'eau chlorée bleue, c'était peut-être à la fin de l'été 1929. Après cela, les gens étaient trop déprimés pour entretenir une piscine, sans parler du fait qu'ils n'avaient plus d'argent. Deux chaises longues en bois rouge, dont une renversée sur le côté, dépourvues de coussins. La surface du bois presque rose grisonnait sur les bords. Au loin, à l'ouest, un petit bout de baie charbonneuse était coincé entre deux autres grandes maisons à moulures.

À l'arrière de la maison, en montant trois marches, on trouvait un porche ombragé. La moustiquaire rouillée était sortie de son cadre. En bas, dans la piscine, la boue noire s'agitait de plus belle.

Le loquet a cliqué et la porte s'est ouverte. Une vague silhouette pâle s'est approchée de la moustiquaire pour jeter un coup d'œil à l'extérieur.

« Hé, toi, là, tu ne peux pas rester ici. Va-t'en. File voir ailleurs. »

La voix n'avait ni âge ni sexe déterminés.

Le ciel était gris, mais assez lumineux pour que j'aie besoin de mettre ma main en visière pour voir la silhouette à travers les mailles du léger grillage. C'était un homme replet, peut-être jeune. Grand avec une grosse tête. Un torse nu blanc et un ventre rond. Il avait des cheveux roux, des jambes pâles et épaisses qui sortaient d'un caleçon blanc trop grand. Il gardait un bras dans le dos.

« Hé ! Tu m'entends ? File voir ailleurs !

— Je t'entends.

— Bon, alors va-t'en. Tu m'as réveillé.

— Et toi, tu es censé être ici ?

— Je suis le gardien. Je m'occupe de tout ce bordel.

— Ah ? Beau travail sur la piscine. Un chef-d'œuvre. »

Il a ramené son bras sur sa poitrine en pointant un petit pistolet carré vers moi. Son poing l'enveloppait, laissant à peine émerger le trou noir du canon, comme s'il tenait un hamster borgne.

Lorsque quelqu'un pointe une arme sur vous, même une arme minuscule et moche, vous avez tendance à lever les mains en l'air. C'est ce que j'ai fait en disant : « Holà, holà ! Doucement. Tout ce que je fais, c'est chercher quelqu'un.

— Pas ici, non.

— Une femme nommée Eve. J'essaie de la retrouver. »

Il a fait une pause en baissant son pistolet.

« Qui ? »

Lentement, à deux doigts, j'ai sorti la photo d'Eve de ma poche de veste pour la lui montrer. Il m'a fait signe d'approcher pour qu'il puisse regarder la photo un instant à travers la moustiquaire.

« Eve, elle est partie, a-t-il dit.

— Mais elle était là ?

— Va-t'en. Eve, ce ne sont pas mes affaires. Et pas les tiennes non plus.

— Mais elle était bien ici ? »

Après une longue pause, il a répondu : « Donne-moi un quart d'heure et passe par-devant. Frappe comme une personne normale.

— Je l'ai déjà fait.

— Quoi ? Tu te pointes à l'improviste, tu frappes à la porte, et moi je suis censé tout laisser tomber et courir pour voir ce que tu veux ? Je ne suis pas à ta disposition. Je doute que ta liste de ce qui est important corresponde à la mienne. Tu veux un café ? »

Il avait enfilé une chemise en flanelle froissée, un pantalon de travail kaki et une paire de chaussettes en laine épaisse, mais toujours pas de chaussures. Il m'a fait entrer dans un salon dont les meubles étaient recouverts de velours bleu foncé et bordeaux. Il n'y avait pas de tableaux aux murs, mais des espaces vides et des crochets là où les tableaux auraient dû se trouver. Deux tasses désassorties pleines de café noir fumant étaient posées sur des guéridons, et il m'a fait signe d'en prendre une. Je me suis assis et j'ai bu une gorgée. C'était le meilleur café que j'aie jamais goûté, et je l'ai précisé.

« Faire du café n'est pas si difficile. Trouver de bons grains frais bien torréfiés l'est. J'ai un gars pour ça. »

Je lui ai dit mon nom et lui ai demandé le sien. Il m'a répondu qu'il n'était pas tenu de me donner son identité.

« Oh, allez, quoi. Joue le jeu.

— C'est Donal.

— Donald ?

— Non.

— Comment ça s'écrit, alors ?

— Avec un seul *d*. Tu ne connais pas beaucoup d'Irlandais, pas vrai ?

— Non.
— Moi non plus, mais c'était le nom de mon grand-père. »
Quand j'ai fini ma tasse, Donal m'a proposé : « Il y en a encore si tu veux. Tu ne peux pas être complètement mauvais si tu sais apprécier mon café. »

Pendant son absence, j'ai fait le tour de la pièce. Sur une table d'angle, plusieurs boîtes ouvertes pleines de cartes de visite, des centaines en tout. Des cartes pour des compagnies d'assurances, des entreprises de peinture et de carrosserie automobile, des restaurants, des magasins de fruits de mer, des boutiques de vêtements pour hommes et femmes. Donal est revenu avec les tasses remplies, m'a surpris en pleine observation et s'est expliqué : « Je suis payé à la centaine pour les déposer dans toute la ville. »

Sur la table basse, j'ai remarqué une carte de visite isolée et je l'ai ramassée. Elle était imprimée à bas prix comme les autres, avec seulement le nom de l'entreprise et un nom de rue – Pacific Acceptance Company, Second Avenue South. Pas d'adresse précise, ni de numéro de bureau, ni de numéro de téléphone. Je l'ai retournée et j'ai trouvé une note au stylo : « 9 heures du matin, vendredi ». Pas de date. L'écriture ressemblait à celle d'Eve, mais aussi à celle d'un million d'autres personnes.

Les seules sociétés de crédit dont j'avais entendu parler concernaient le financement d'automobiles. Si vous désiriez une nouvelle Chevrolet, une Buick ou une Cadillac, la General Motors Acceptance Corporation s'arrangerait pour que vous quittiez le concessionnaire dans votre voiture neuve.

Donal m'a demandé d'où je connaissais Eve et j'ai répondu que je l'avais rencontrée dans le Wyoming.

Il l'avait connue à Kansas City, et ils avaient voyagé ensemble, peut-être jusqu'à Saint-Louis ou à Memphis.

« Je me souviens d'une grande rivière à l'eau boueuse, s'est-il remémoré. Bien sûr, beaucoup de villes ont des rivières comme celle-là. Elles se ressemblent toutes au bout d'un moment. Eve m'a faussé compagnie dans cette ville-là. Elle ne restait pas en place. Elle en avait marre et elle partait. Elle voulait toujours le mec le plus classe. Le plus grand, le plus beau. Le quarterback, le capitaine.

— Et ce n'était pas toi ?

— Non. Nous étions simplement amis.

— Tu l'as vue récemment ?

— Elle est passée.

— Quand ?

— Je ne sais pas.

— Récemment ?

— Le temps est si fluide ces jours-ci. Il y a un an, c'est comme hier, et aussi il y a dix ans. Ce n'est pas comme si je tenais un journal.

— OK, voyons les choses autrement. Est-ce qu'il y a une Second Avenue South quelque part par ici ?

— Bien sûr. En bas de Pioneer Square.

— Tu as une idée de la raison pour laquelle Eve voudrait faire financer quelque chose là-bas ou y faire affaire ? »

J'ai brandi la carte et lui ai montré le verso.

« On dirait un peu son écriture.

— Sans doute pas. Ou peut-être un gribouillis qui n'a rien à voir avec ce qui est imprimé au recto. C'est un bout de papier comme un autre, pratique.

— Peut-être, ai-je répondu. Y a-t-il une chance que sa visite ait quelque chose à voir avec son mari disparu, Jake ?

— Disparu, ça veut dire mort ?

— Comme s'il était mort.

— Oui, on entend toutes sortes de choses. Ce que je peux dire, c'est qu'Eve n'est restée qu'une demi-heure tout au plus. Elle devait se rendre quelque part. Peut-être en direction de l'est ou du sud.

— Presque tout est à l'est ou au sud à partir d'ici.

— En fait, Vancouver et l'Alaska ne le sont pas. Ce qui s'est passé, c'est que je lui ai dit qu'elle n'avait pas l'air en forme et qu'elle devrait prendre davantage soin d'elle. Elle m'a répondu, citation exacte, qu'elle essayait de le faire. Elle m'a serré dans ses bras comme au bon vieux temps et s'en est allée. Là ou ailleurs. »

Donal et moi nous sommes assis pour finir notre café.

J'ai dit : « C'est du bon café. J'aimerais bien connaître un gars comme le tien.

— C'est un artiste.

— J'ai entendu dire que Jake était peut-être d'ici.

— D'ici, c'est-à-dire de Seattle ? »

J'ai attendu la réponse.

« Non. De quelque part très au sud, a repris Donal. La côte du Golfe. Il m'a dit qu'il avait grandi dans un marais avec des alligators et des serpents.

— Et son nom, c'est Jake quoi ? Ar-quelque chose, non ? Arnold peut-être ?

— Orson, c'est le nom que je lui connaissais. Tu t'inquiètes toujours de futilités.

— Et qu'est-ce que Jake Orson représentait pour Eve ?

— Je pensais qu'il n'était qu'un petit ami comme les autres, mais à un moment donné, elle a commencé à en parler comme de son mari.

— A-t-elle dit quand ils se seraient mariés, et où ?

— Ça aurait pu arriver n'importe où. Si c'est arrivé, c'était il y a longtemps. Trois ans au minimum.

— L'un d'entre eux a-t-il jamais parlé de divorce ?

— L'hypothèse sur laquelle repose cette question est tellement éloignée de la réalité que je ne sais pas par où commencer. Ils n'ont jamais pris la peine de mentionner un mariage, je doute donc fort qu'ils aient évoqué un divorce dans une conversation courante.

— Mais ils ont divorcé ?

— Il faudra attendre que je cherche si tu veux des certitudes. J'ai du mal à croire qu'ils aient pris la peine de rendre le mariage légal pour commencer, alors passer par le coût et les complications d'un divorce... En outre, ce genre de chose exige qu'on reste au même endroit pendant un certain temps, pas seulement quelques jours. Et il faut peut-être des documents officiels. Tu vois, des certificats, un acte de mariage. Aucun d'entre nous n'a ce genre de truc sur soi. Mais pourquoi tu me poses ces questions au juste ?

— Il y a environ un mois, Eve a reçu une carte postale, envoyée de Seattle. Quelqu'un lui parlait d'une époque révolue, d'une aide à apporter. Le mari actuel d'Eve veut savoir si ça a quelque chose à voir avec Jake. »

Donal m'a expliqué qu'Eve avait beaucoup d'amis à Seattle. Ça aurait pu être n'importe qui.

« Cela pourrait-il venir de toi ?

— Je ne suis pas très porté sur la correspondance. Tout ce que je sais, c'est qu'un jour on a frappé à la porte et que lorsque j'ai ouvert, Eve était là. Après une courte visite, elle est repartie. »

La discussion a continué jusqu'à ce que j'aie obtenu tout ce que je pouvais obtenir et que je me lève pour m'en aller. Donal m'a demandé :

« Cette photo d'Eve, je peux la garder ?

— Sûr. »

Il l'a prise, l'a regardée et a ajouté : « Les gens vont là où le vent les pousse. Ils arrivent et repartent. On les voit pendant un temps sur la route, et quelques mois plus tard, on se trouve à Atlanta ou à Baltimore et eux n'y sont plus. La dernière fois que j'ai entendu parler d'Eve, on aurait dit qu'elle avait hameçonné un vieux. Quelqu'un avec de l'argent. Je suppose que c'est le mari actuel. »

Puis il a rendu la photo en disant : « À bien réfléchir, je n'ai pas vraiment besoin de garder ça. Ce ne serait pas terrible de l'avoir ici. »

L'immeuble n'était qu'à une demi-douzaine de blocs de la limite de Hooverville, et il ressemblait à la plupart des bâtiments du quartier, près de Pioneer Square : en briques, haut de quelques étages. Sur le répertoire du hall d'entrée, on trouvait les noms de comptables, d'agents d'assurances, de deux dentistes et de six entreprises d'importation, rien de surprenant dans une ville portuaire. Et aussi la Pacific Acceptance Company, au troisième étage. J'avais passé plusieurs heures à déambuler dans le quartier, à montrer la carte aux passants, à poser des questions pour trouver mon chemin jusque-là.

Le troisième étage était sombre, éclairé uniquement par la lumière filtrée à travers le rectangle de verre dépoli Florex de chaque porte. Elles étaient identiques, à l'exception des noms des entreprises peints en noir au pochoir. J'ai trouvé celle de la société, essayé de tourner la poignée, mais la porte était fermée à clé. Comme je frappais, une voix de femme a répondu : « Oui ?

— Je ne vais pas vous déranger longtemps », ai-je dit.

Le pêne dormant a cliqué, la porte s'est entrouverte de quelques centimètres avant que la chaîne ne l'arrête. Je pouvais voir un costume marron avec une broche argentée sur le revers, une joue et un front très poudrés, l'arc d'un sourcil sévèrement épilé, le coin d'une bouche rouge foncé.

« Oui ? » a répété la femme.

J'ai approché la carte de visite de la fente en expliquant : « Une de mes amies l'a reçue. Je voulais vous poser une ou deux questions sur votre entreprise.

— Nos cartes sont distribuées dans toute la ville. N'importe qui peut en trouver une.

— Mon amie a disparu. Elle s'appelle Eve. »

Immédiatement, la femme a répondu : « Nous traitons toujours directement avec le client.

— Et quel service offrez-vous ? Je comprends que vous prêtez de l'argent, mais de quoi s'agit-il ? D'achat d'une voiture ? »

La porte s'est refermée.

J'ai frappé à nouveau. La porte s'est entrouverte d'un pouce. La femme a haussé le ton : « Je vous assure, vous n'avez pas envie d'insister. Partez maintenant, pendant que vous pouvez encore choisir comment. »

J'ai erré dans quelques rues jusqu'à un restaurant et j'ai mangé un sandwich au fromage fondant en me reprochant amèrement ma manière de poser les questions. Trop directe. J'avais trop présumé de la bonne volonté de la partie adverse. Comme si tout le monde allait me donner ce dont j'avais besoin simplement parce que je le demandais poliment. Il fallait être plus malin. Plus subtil. Aborder les questions de biais, comme Faro lorsqu'il tournait le dos à un cheval jusqu'à ce que la bête finisse par s'approcher de lui.

J'ai frappé à la porte jusqu'à ce que Donal l'entrouvre.

« Un café ? » ai-je demandé.

Il m'a laissé entrer en soupirant : « Je savais que je n'en avais pas fini avec toi. »

Quelqu'un, au fond de la maison, jouait le Largo de la « Symphonie du Nouveau monde » sur un piano mal accordé. La musique de Thanksgiving. Je me souviens d'une cousine plus âgée, une adolescente quand j'avais dix ans, jouant la partie qui donne envie de chanter « Once Upon A Time » ou « I'll Be Going Home » en accompagnement. Elle l'avait jouée encore et encore à l'heure de la sieste qui suivait la fin du repas de fête, pendant que dans la cheminée du salon le feu formait un épais lit de braises où sifflaient les bûches à moitié consumées ; personne ne voulait se lever de sa chaise ou de son canapé pour ajouter du bois. J'avais le béguin pour elle et je ne savais pas quoi faire. À un moment donné, après de nombreuses répétitions des mêmes mesures, j'ai crié : « C'est bon, tu les connais par cœur tes cinq notes. Passe à autre chose. »

Donal a fait du café et nous nous sommes assis. La lumière avait diminué, elle était bistre et lourde. Des grains de poussière dérivaient dans les rais de soleil.

Je me suis lancé.

« Tu l'as vue plus d'une demi-heure lorsqu'elle était ici.

— Et alors ?

— Je me suis rendu à l'adresse indiquée sur cette carte. Pourquoi Eve s'intéresserait-elle à une société de crédit ?

— Ce ne sont pas mes affaires », dit Donal.

Je lui ai rappelé qu'au cours de son périple sur la route avec son groupe de musique, Eve avait trouvé l'homme qu'il lui fallait. Il avait beaucoup d'argent et de pouvoir, et peut-être en aurait-il encore plus à l'avenir. Et pourtant, elle s'était enfuie. Alors que cherchait-elle ici, à Seattle ?

« Je ne sais pas. Elle était peut-être intéressée par cette société de crédit, alors elle serait passée à leur bureau. Peut-être voulait-elle acheter une voiture, qui sait. Il s'agit sûrement d'une arnaque, d'un tour de passe-passe. Elle est restée ici quelques jours et puis elle s'est envolée. »

J'ai attendu une minute sans trouver d'autre question. J'ai remarqué : « La décapotable qui est dehors est à elle. »

Donal a haussé les épaules.

« Hé mec, tu m'es sympathique. Tu aimes le bourbon d'avant la prohibition ? Ou le scotch encore plus vieux ? Le champagne ?

— Bien sûr, j'aime tout. Mais surtout le champagne.

— Alors j'ai ce qu'il te faut. »

Depuis la pièce voisine, la pianiste a lancé : « Merde, Donal, il ne va plus rien nous rester si tu continues à en donner à tout le monde. »

Donal m'a regardé en souriant, puis il s'est dirigé vers l'arrière de la maison. Quelques minutes plus tard, il est revenu avec deux bouteilles. J'ai su qu'elles étaient excellentes parce que Long avait ouvert une bouteille comme celles-là un soir et en avait fait un événement particulier.

« Tu devrais voir la cave, a dit Donal. Le type s'est enfui et l'a laissée. Il doit de l'argent à tout Seattle, même à moi il me doit quelques dollars. Alors une cave pleine de vins et d'alcools, c'est le cadet de ses soucis.

— Il te paie pour surveiller sa propriété ?

— Il me payait. Et encore, très peu. Les chèques sont devenus sporadiques, et puis l'un d'eux a été refusé. Je ne fais plus rien que je n'ai pas envie de faire, ici. Je m'attends à ce que la banque me mette à la porte d'un jour à l'autre, mais jusqu'à présent, tout va bien. J'ai toujours le téléphone et l'électricité. »

Nous avons bu comme des riches. La pianiste est venue s'asseoir à l'autre bout du canapé, les pieds joints sur le coussin et les genoux sous le menton, vêtue d'un pyjama trop grand et de chaussettes en laine grise qui paraissaient immenses pour elle. Elle avait le visage rond, les cheveux noirs attachés en queue-de-cheval, la peau très pâle, comme si elle n'était pas sortie de chez elle depuis des mois. Son pyjama était d'une teinte crème délavée à gros pois rouges.

« Alors, Fawn, tu veux un verre ? lui a demandé Donal.

— Oh, non ! Comment vous pouvez boire ce truc ? Ce n'est pas sucré du tout. »

Donal a haussé les épaules, s'est tourné vers moi et m'a dit : « Toutes tes questions me font penser au passé. À l'époque où j'étais presque un enfant, sur la route. C'était comme la guerre, j'imagine. Il faut avoir été là pour comprendre. Terrible, mais pas seulement.

— Eve a parlé de moments magnifiques, ai-je dit.

— Ce n'est pas exactement le mot que j'utiliserais.

— Comment était-elle à l'époque ?

— La même. On pouvait compter sur elle. Même si ça allait mal, on savait que s'il n'en restait qu'une debout, ce serait Eve.

— Et Jake ? »

Donal s'est passé la main paume ouverte de la racine des cheveux au menton.

« Encore lui. Je n'ai pas grand-chose à dire sur Jake.

— J'essaie surtout de savoir s'il est mort ou vivant.

— Comme sur un avis de recherche ?

— Pas vraiment. J'ai entendu des histoires convaincantes dans les deux sens.

— Je comprends. Presque tout le monde a une liste de personnes qu'il aimerait voir disparaître. Je ne sais rien de certain sur Jake.

— Tu l'as vu quand pour la dernière fois ?

— Il y a longtemps.

— Avant de quitter la route ?

— Peut-être.

— Essaie de te souvenir. Où l'as-tu vu pour la dernière fois ? »

Donal a levé les yeux vers le haut plafond.

« La boule de cristal dit sur la côte ouest. Ça aurait pu être ici, à Portland ou à Bakersfield. Certainement pas San Diego. J'en suis certain. Los Angeles est peu probable.

— Peut-être dans les environs de Frisco ? »

Sans lever la tête de ses genoux, sans me regarder, Fawn s'est adressée à moi : « Mec, il n'y a que les bourrins qui parlent de Frisco. Ne sois pas ridicule. »

Elle a pris mon verre, en a bu une délicate gorgée, a pincé ses lèvres et a soufflé très doucement : « Ouffff. »

« Jake est-il mort ou vivant ? a repris Donal. Je n'en ai jamais été sûr. Beaucoup d'entre nous pensaient qu'il était mort.

— Pensaient ou pensent ? ai-je demandé. Souhaitaient ou souhaitent ?

— Question de conjugaison.

— Pas vraiment. J'ai besoin de savoir s'il est vivant, s'il a quelque chose à voir avec le départ d'Eve.

— La réponse est que je ne sais pas, que je n'ai jamais su et que je ne saurai sans doute jamais. OK ? Sur la route, l'une des choses dont on apprend à se passer est la certitude.

— Et de réponses directes aux questions ? »

Donal a ri.

Fawn a marmonné en regardant ses chaussettes : « Putain de comique. »

Après une pause, Donal a repris : « Je ne veux plus rien avoir à faire avec Jake, plus jamais. Après quelques années sur la route, il a beaucoup changé. Si tu veux fouiller dans l'histoire de sa vie, ce n'est pas à moi qu'il faut parler. Va voir ses parents en Floride. Si quelqu'un sait quelque chose, c'est sans doute eux. Ils vivent dans un comté avec un nom espagnol. Esta-quelque chose. Les noms de Floride.

— Sérieux, deux jours et j'obtiens enfin quelque chose de précis de ta part. »

Donal a rétorqué : « C'est un plaisir de faire affaire avec vous, inspecteur. »

Fawn a levé les yeux : « Elle pourrait être n'importe où. Elle ne savait pas où aller. Elle semblait un peu perdue. Mais quelque chose en elle voulait retourner dans le Wyoming.

— Elle ne m'a jamais dit ça, a remarqué Donal.

— Bien sûr que non. Mais c'est exactement ce qu'elle m'a dit, à moi : "Il y a des jours où j'ai envie de retourner tout droit dans le Wyoming." Nous étions en train de bavarder à l'étage. Tu étais parti quelque part, faire quelque chose. Tu crois que le monde s'arrête jusqu'à ce que tu reviennes de faire des trucs dont personne ne peut rien savoir ? Comme si toutes les informations devaient passer par toi ? »

J'ai demandé à Fawn :

« Où penses-tu qu'elle ait pu aller ?

— À chacun de deviner. J'ai essayé de la faire rester ici jusqu'à ce qu'elle sache ce qu'elle désirait, mais elle n'a rien voulu entendre. Elle avait envie d'aller de l'avant, ou bien quelque chose la poussait. »

Nous sommes restés assis en silence. La lumière tombait à travers les hautes fenêtres comme des taches de mine de crayon sur le bout des doigts. J'entendais le réfrigérateur ronronner depuis l'arrière de la maison. Dans les arbres et sur le toit d'ardoise, le bruit de la pluie faisait penser à une lente et profonde inspiration.

Donal a fini par dire : « La vérité, mec, c'est que je ne sais pas où Eve est allée. Je ne connais pas l'histoire de Jake. Tout ce que je peux dire, c'est que si tu veux obtenir des informations sur lui, essaie la Floride. »

La veille de mon départ de Seattle, j'ai envoyé un télégramme à Long. *PEUT-ÊTRE IMPORTANT STOP NOM DE FAMILLE ORSON STOP COMTÉ DE FLORIDE ESTA QUELQUE CHOSE STOP RETOUR DAWES*

Sur la route du retour, j'ai réfléchi à ce que j'allais raconter à Long sur mon séjour à Seattle. J'essayais d'anticiper ses questions sur Eve et sur Jake, sur le peu que j'avais découvert et sur tout ce que je n'avais pas trouvé. Par ses questions, il chercherait à savoir si j'avais bien ou mal utilisé mon temps, mesuré en dollars. Donal m'avait traité d'inspecteur pour plaisanter, mais cela faisait partie de ce que Long attendait de moi, du rôle que je devais endosser. Traquer et retrouver une personne qui disparaît. Pourquoi m'engager, moi, et pas, par exemple, les Pinkerton ? Peut-être pour la raison qui lui interdisait d'appeler le bureau du shérif en signalant la disparition. Une grande partie de ma valeur résidait dans ce que je n'étais pas, semblait-il.

Je suis parti de bonne heure et j'ai roulé tard, pour essayer d'arriver en deux jours. Toutes les deux heures à peu près, je jouais avec les boutons du petit cadran rond de la radio encastrée dans le tableau de bord, à la recherche d'une musique assez légère et entraînante pour me tenir éveillé. Quelque part dans la moitié sud de Washington, un bulletin d'information annonçait qu'il n'y avait toujours aucune trace d'Amelia Earhart[1] ; les soixante-trois avions de la Marine avaient cessé leurs recherches. Une heure plus tard, on annonçait que le Sénat, dans son infinie sagesse, avait rejeté la proposition de Roosevelt d'élargir la Cour suprême pour diluer le pouvoir de l'actuelle bande de vieux parrains proches des grandes entreprises. Une déception, mais pas du tout une surprise.

1. Amelia Earhart (1897-1937) est une célèbre aviatrice américaine qui disparut en mer. *(N.d.T.)*

En atteignant le Nord-Est de l'Oregon, j'ai décidé que la meilleure stratégie était de mettre le cap sur la Floride. J'ai conclu aussi que le mot « piste » était plus approprié que le mot « indice ». La piste de la Floride. Et vraiment, les informations que j'avais obtenues sur les antécédents de Jake représentaient un grand pas en avant par rapport à ce que nous savions quand j'avais quitté Dawes. Je voulais aussi insister sur la conviction de Fawn qu'Eve était troublée et qu'elle avait peut-être envie de revenir au ranch. Le mot « regret » pourrait convenir. Mais quelque chose retenait Eve. Fawn ne savait pas ce que c'était, moi non plus.

Sans plus penser à mes rapports avec Long, je continuais à m'interroger sur Eve. Elle avait laissé à Fawn l'impression d'une sorte de désespoir, comme si quelque chose la poussait à fuir. Je voulais savoir ce que c'était.

Au deuxième jour du voyage, une grande question subsistait : devais-je ou non parler à Long de la Pacific Acceptance Company ? Je n'avais rien de concret, seulement l'impression de quelque chose de louche. Eve avait-elle tout simplement changé d'avis, et découvert qu'elle aurait besoin d'une voiture après s'être débarrassée de la sienne à Dawes ? Ou peut-être avait-elle eu besoin d'argent immédiatement, sans avoir à vendre le tableau ? Et la femme qui m'avait reçu n'avait peut-être rien de suspect, son talent résidait simplement ailleurs que dans ses rapports avec le public. Presque arrivé à la frontière du Wyoming, j'allais laisser l'intuition, le caprice ou le hasard décider de la question. J'aurais pu jouer à pile ou face. Pile, je dis tout, face, je ne dis rien. C'est tombé sur face.

Long et moi étions assis côte à côte devant une carte routière étalée sur la table de la salle à manger, quand il m'a confié : « Je ne suis jamais allé en Floride et je n'ai pas l'intention d'y mettre les pieds. Quand je veux voir des palmiers, c'est à Cuba. En regardant cette carte, j'ai l'impression qu'on nomme les comtés surtout en fonction des noms de confédérés, de conquistadors, ou alors de fruits. » Il a posé un doigt au milieu du Sunshine State.

« Estafa. Le chef-lieu du comté, Lee City, est la seule ville d'un peu d'importance, et sa population est inférieure à quatre mille habitants. Il y a beaucoup de moyens moins coûteux d'accomplir ce que je veux, a-t-il ajouté en me présentant ma mission, mais tous impliqueraient plus de gens et ralentiraient les choses. Je veux des réponses sur Jake et Eve très vite, avant de me ridiculiser en m'engageant plus avant en politique. Je veux quelqu'un qui fasse tampon, pour que je ne sois pas celui qui pose les questions. Et j'ai besoin de faire confiance à cet intermédiaire-là.

— C'est moi, alors ?

— Eh bien, oui. C'est simple. Tu vas à Denver, tu gares la voiture à l'aéroport. Tu traverses la moitié du pays en avion, c'est déjà une aventure en soi. De Tampa, tu files au nord du comté d'Estafa pour trouver la famille Orson. Je n'ai pas l'impression qu'ils vivent dans Lee City. Je n'ai pas trouvé de numéro de téléphone.

— En dehors de la ville, oui, c'est aussi mon impression. Donal m'a précisé que Jake avait grandi dans les marais.

— Je parie que c'est vrai. C'est le genre. J'essaierai de trouver une adresse plus précise avant que tu prennes l'avion, mais je ne suis pas optimiste. Il faudra peut-être beaucoup fouiller pour les retrouver, mais quand ce sera fait, vois si ces Orson savent quoi que ce soit sur l'endroit où se trouve Eve. Vois où ça mène. Puis demande-leur si leur fils est vivant. Ce serait pratique s'il était mort comme Eve me l'a fait croire, mais je commence à me poser des questions. S'il est en vie, vois ce qu'ils savent de son mariage, si tant est qu'il y en ait eu un. Et s'ils pensent que leur fils s'est marié, y a-t-il eu divorce en bonne et due forme ? Dans ce cas, où les deux formalités ont-elles eu lieu ? Ces informations sont cruciales, car nous aurons besoin de papiers.

— Si je réussis à faire tout ça, je devrai aussi chercher à savoir où Jake pourrait se trouver ?

— Bien sûr. La dernière chose que je souhaite, c'est qu'un mari pas tout à fait divorcé ou pas encore décédé surgisse pour tout faire dérailler au milieu d'une campagne. Ou, ce qui est presque aussi grave, juste avant que je sois nommé au Sénat américain. Et le calendrier peut être important. Le vieux sénateur Philson ne se porte pas bien. Les gens que je connais à Cheyenne commencent à parier sur le fait qu'il ne passera pas Noël. Dans la plupart des cas, un homme politique dont la femme est divorcée est un poison. Ici, dans ce qui est encore un peu le Far West, c'est plus souple. Mais la bigamie, c'est une autre histoire. Ce serait fatal. Et si finalement elle s'était s'enfuie pour se remettre avec lui, je n'aimerais pas du tout être la cible de toutes les bonnes plaisanteries. »

Je n'ai rien dit.

Long a vite ajouté : « Évidemment, tout ça est parfaitement hypothétique. Concentrons-nous sur quelques questions de fond afin de décider de la marche à suivre. Je veux savoir où j'en suis avec ma femme, alors interroge ces Orson sur Eve, creuse vraiment. Tu n'es pas obligé d'entrer dans son intimité, mais j'ai besoin de savoir tout ce qu'un journaliste pourrait estimer intéressant. Trouve le qui, le quoi, le quand, le où. Je chercherai moi-même le pourquoi. En d'autres termes, fais toutes les recherches basiques que j'aurais dû faire par précaution avant de l'épouser, mais j'étais trop fou d'amour pour y penser. Ensuite, reviens me raconter toutes les histoires que tu auras entendues, et nous commencerons à faire le tri à partir de là. Ça devrait être fait en moins d'une semaine. C'est clair ? »

En hésitant, j'ai demandé : « Mais retrouver Eve, savoir pourquoi elle est partie, si elle est en sécurité ? Ce sont aussi des questions importantes, non ?

— Bien sûr, dit Long. Il va sans dire qu'au-delà de toute autre chose, mon objectif principal est de retrouver Eve. Mais il faut bien voir que personne, sauf un imbécile, n'épouserait Eve en se faisant beaucoup d'illusions sur la stabilité du mariage. Pourtant si tu la trouves, et si quelque part en elle il y a des sentiments pour moi, si elle veut revenir, alors elle sera accueillie avec des fleurs et du champagne. »

J'ai réfléchi un instant. Je ne connaissais pas encore très bien Long, mais je n'avais pas forcément envie de savoir tout ce qu'il me confiait.

« Je pourrais commencer de manière un peu plus indirecte avec les Orson. Ce n'est peut-être pas une bonne idée d'embrouiller les choses en mentionnant un homme qui a de la fortune. Ils pourraient se mettre à comploter pour en tirer un avantage.

— Je ne suis pas d'accord, a rétorqué Long. Il faut aller droit au but. Tout balancer dès la première heure. C'est l'élément de surprise. Ils auront moins de temps pour réfléchir à leur réponse.

— Si vous pensez que c'est la meilleure façon de procéder...

— Oui, je le crois. Cesse de t'inquiéter. Pense aux beaux hôtels de Denver et de Saint Petersburg, aux cocktails sur la plage. Presque des vacances. Et d'ailleurs, j'ai confiance en toi, sinon je ne te demanderais pas de faire ça pour moi.

— Mais pourquoi me faire confiance, et pourquoi me le demander ?

Long est resté perplexe un moment devant ma question.

— Eh bien, jusqu'à présent, tu n'as jamais foiré.

— D'accord, bon. Mais j'aurai besoin de plus de tirages des photos d'Eve. Elles ont été utiles à Seattle, mais j'en ai donné la plupart.

— Ce sera fait pour demain après-midi, même si Smiley doit rester debout toute la nuit pour les imprimer. De toute façon, il habite juste au-dessus de son magasin de photos.

— Je prévois de travailler sur ma fresque demain, je pourrai récupérer les tirages dès qu'ils seront prêts. »

Avant que je me lève de table, Long m'a donné un pistolet, un petit semi-automatique bien net, et une boîte de cartouches.

« C'est un Browning 1910, le plus petit modèle. Il tient dans la poche d'une veste ou, à la rigueur, sous la ceinture. J'en ai porté un tout au long de la guerre, en dernier recours. À l'époque, c'était ironique : c'est le modèle exact de l'arme qui a tué l'archiduc François-Ferdinand, ce qui a déclenché toute cette folie meurtrière. Ce n'est pas celui que je portais, bien sûr, alors ne t'inquiète pas de sa valeur sentimentale. J'en ai une douzaine. »

J'ai répondu que je ne prévoyais pas d'avoir besoin d'un pistolet.

« Naturellement que tu n'en as pas l'intention. Prends-le quand même. »

En retournant à mon cabanon, j'ai croisé Faro. Il a regardé l'arme dans ma main et m'a dit : « Ce n'est pas que je le sache par expérience, mais j'ai toujours entendu dire que les tireurs ne regardent pas la main de leur adversaire. Ils regardent ses yeux.

— Je m'en souviendrai la prochaine fois que je me battrai au pistolet.

— Tu t'es assez renseigné sur cet ex-mari pour savoir s'il lui ferait du mal ? Je veux dire, Dieu sait que des maris et des femmes s'entretuent tous les jours.

— Je ne suis toujours pas sûr qu'il soit en vie, mais c'est en partie pour le savoir que je me rends en Floride.

— Bien », a conclu Faro.

III

ROUILLE ET CHARTREUSE

Au moment où je traversais le hall du Brown Palace pour aller prendre mon vol au départ de Denver, un groom m'a rejoint.

« Monsieur Welch ? »

Il m'a tendu une feuille de papier de l'hôtel, pliée : « Appeler Long ». C'était souligné trois fois.

Je l'ai apportée à la réception et j'ai commencé à noter le nom et le numéro de Long au bas de la page, mais l'employé m'a arrêté d'un geste en disant : « Ce n'est pas la peine. M. et Mme Long sont des clients réguliers. Ça ne devrait prendre que quelques minutes. Si vous voulez bien attendre près du comptoir, je vous préviendrai. »

Dix minutes plus tard, il s'est approché pour m'indiquer la troisième cabine.

Long a demandé : « Tu as un crayon et du papier ?

— Oui.

— Voilà tout ce que j'ai pu trouver comme adresse : chez les Orson, sud-ouest du comté d'Estafa, près de la rivière Withla Cochee, Floride. »

J'ai répondu : « Planète Terre, système solaire, galaxie de la Voie lactée, univers.

— C'est digne de la troisième année d'école primaire, a dit Long.

— À peu près, oui.

— Je suis encore en train de passer des coups de fil. Si je trouve quelque chose de plus précis, je te le transmettrai. »

Depuis l'est on vole à basse altitude vers Tampa, comme si on allait atterrir sur Main Street. Mais ensuite on bifurque vers le sud pour traverser une étendue d'eau en direction d'un long banc de sable pâle, la pointe d'une île. La piste commence dès que l'eau s'arrête. Au bout, il n'y a rien, que la baie de Tampa. Ça ne laisse pas beaucoup de marge d'erreur.

Comme presque tous les humains du monde, je n'avais jamais pris l'avion auparavant, et ces moments de survol de la ville, puis de l'océan, m'ont fait l'effet de l'antichambre de la mort. Lorsque les roues ont touché le sol et que les freins se sont enclenchés pour ramener l'appareil à une vitesse non fatale, plusieurs passagers ont applaudi à tout rompre et un homme a crié : « Ah, enfin ! » Quand la porte s'est ouverte, j'ai trébuché jusqu'en bas de l'échelle métallique, sentant la sueur d'une journée et d'une nuit d'effroi et de proximité avec dix-huit autres personnes, dont la plupart avaient vomi dans les bols métalliques opportunément situés sous chaque siège. Les vols étaient tous complets. Avec les arrêts de ravitaillement, il y avait eu plus de décollages et d'atterrissages terrifiants que je ne pouvais en compter. J'avais supporté tous les bruits et toutes les odeurs des passagers, y compris la mienne, et je n'en pouvais plus.

Nous nous sommes agglutinés près de la soute à bagages, tremblants et hébétés. Les ailes projetaient une bande d'ombre dans laquelle nous restions blottis. Depuis le ventre de l'avion, un type a remis des bagages à un autre, les passagers les ont réclamés et, comme dans une gare, des porteurs les ont fait rouler sur des chariots. Les passagers marchaient derrière, perdus et tremblants d'avoir été malmenés par des violents trous d'air à près de dix mille pieds d'altitude. Tout le monde est parti, et mon sac n'est jamais apparu. Après le Wyoming, l'air paraissait trop chaud, trop épais et trop humide pour être respiré, pire encore que Norfolk en juillet.

Le bagagiste est descendu de la soute et m'a regardé comme si j'allais lui sauter dessus et voler l'avion.

J'ai dit : « Il manque mon sac, un petit Gladstone. Cuir marron éraflé. »

— J'ai déchargé tous les bagages à bord. Mais si vous ne me croyez pas, n'hésitez pas à vérifier par vous-même. »

J'ai grimpé par l'écoutille dans le ventre de l'avion et rampé dans la faible lumière métallique jusqu'à ce que je trouve mon petit sac caché derrière un élément de structure, un peu comme un chevron, ou peut-être une côte si l'avion avait été un dinosaure. J'ai fouillé dans le sac : tout y était, y compris le pistolet de Long. Lorsque je suis descendu et que j'ai brandi le Gladstone, le bagagiste a haussé les épaules et s'est éloigné en direction du bâtiment principal.

L'aéroport de Tampa était un projet de la Works Progress Administration, récemment inauguré, un bâtiment couleur sable destiné à donner une impression de fonctionnalité et de vigueur géométrique modernes. Il avait déjà l'air de faire partie du paysage et se dressait fermement entre l'eau et le ciel bleu humide. La ville basse, en briques, s'élevait à quelques kilomètres à l'est. À l'intérieur, le bâtiment sentait encore le neuf, le calcaire et le pin. Dans quelques années, des dizaines de milliers d'entre nous remplaceraient ce parfum vivifiant par notre puanteur animale, comme l'intérieur de la chaussure de quelqu'un d'autre, ainsi qu'on peut le constater en traversant n'importe quelle gare de New York ou de Washington.

Mon sac sous le bras, j'ai levé la main pour arrêter un taxi. Lorsque j'ai ouvert la portière du passager avant au lieu de l'arrière, le chauffeur a eu l'air surpris et a dû balayer du bras une demi-douzaine de magazines bon marché éparpillés sur le siège avec un sandwich emballé dans du papier ciré.

Il était un peu plus jeune que moi, la vingtaine. Lorsque je lui ai donné le nom de mon hôtel, il a sifflé.

« Quoi ? ai-je dit.

— Chic. Et il y a un peu de route. C'est à Saint Petersburg.

— C'est trop loin ?

— Pas du tout. Sauf que nous devrons soit monter et contourner la baie et redescendre, soit traverser le pont Gandy. Le péage sur le Gandy est très élevé. Cinquante-cinq cents, plus dix cents par passager. Mais ça permet d'économiser beaucoup de kilomètres, et c'est une expérience de traverser la baie directement au-dessus de l'eau. »

Pensant à ma pile de factures pour Long, j'ai tranché : « Passons par Gandy. »

En chemin, je lui ai raconté que le lendemain matin, je devais me rendre dans le comté d'Estafa pour revenir avant la fin de la journée. Je lui ai demandé quelle était la meilleure façon de procéder. D'après lui, le bus était le moins cher, mais il prenait beaucoup de temps. Il valait mieux prévoir deux jours.

« Qu'est-ce qui est le plus rapide ? ai-je demandé.

— Une voiture.

— Je peux arranger ça à l'hôtel ?

— Oui, mais ici aussi. Je peux vous conduire et vous ramener. Et pour la journée entière, je vous ferai un prix.

— Je m'appelle Val, ai-je dit en lui tendant la main.

— Raúl. »

Nous nous sommes serré la main.

Long avait insisté pour que je dorme au Don Cesar, même si ce n'était pas pratique puisque je devais partir vers le nord dès le matin pour me rendre dans le comté d'Estafa. L'hôtel s'élevait directement sur la plage, vestige somptueux et un peu triste des Années folles, un reste étonnant comme de croiser une célèbre star du cinéma muet, presque oubliée, dans une station-service et se faire offrir un endroit où passer la nuit.

J'ai jeté mon sac dans la chambre et j'ai pris une douche pour me débarrasser de la crasse et de l'agitation du voyage en avion. Puis je suis sorti, je me suis installé à une table en admirant le golfe, j'ai ouvert un livre et respiré un l'air qui n'avait pas été filtré par dix-huit autres poumons avant d'arriver jusqu'à moi.

Optimiste, j'avais emporté un ou deux romans récents en pensant que j'aurais le temps de lire pendant mes différents vols, mais je n'avais pu me concentrer que sur le vrombissement des moteurs et des hélices et sur l'inconfort d'être ballotté dans tous les sens. J'ai donc commencé à lire *Le facteur sonne toujours deux fois,* et la première phrase m'a semblé être la meilleure de l'histoire de la littérature.

Un serveur, beaucoup mieux vêtu que moi, est venu me voir. J'ai commandé un gin tonic, un double, et lui ai donné mon numéro de chambre. Lorsqu'il m'a demandé si je voulais une demi-douzaine d'huîtres, j'ai dit : « Absolument ! » Je lui ai tendu deux billets d'un dollar en guise de pourboire et il m'a remercié en s'étonnant sincèrement de ma générosité de seconde main.

Long m'avait prévenu : « Dans un endroit comme le Don Cesar, il faut avoir les poches pleines de billets et donner un dollar à tous ceux qui font quelque chose pour toi, de façon qu'ils se souviennent de toi. »

Dans la plupart des autres situations que j'ai connues, dix centimes auraient été un pourboire raisonnable. Peut-être vingt-cinq au bar du Cavalier à Virginia Beach ou du Jefferson à Richmond, pour que le barman vous apprécie ou pour impressionner une fille. Mais Long insistait sur le fait qu'il fallait un dollar pour tout le monde, alors je doublais la somme au hasard, juste pour voir les réactions.

J'ai lu, j'ai bu, j'ai avalé des huîtres arrosées de Tabasco et j'ai laissé les biscuits salés sur l'assiette. Les huîtres avaient un goût différent de celles de Chesapeake, mais elles étaient bonnes, la saveur des eaux locales.

La lumière du jour diminuait. Un dirigeable dérivait silencieusement, comme une grande baleine grise dans le ciel laiteux. Il flottait au-dessus du golfe, puis il tourna très lentement vers le sud et suivit la côte jusqu'à disparaître de ma vue. Un couple aisé d'âge moyen passa bras dessus, bras dessous, comme deux fantômes de la décennie précédente. Lui portait un costume gris tourterelle et un chapeau de paille avec une bande de soie rose, et elle un costume paille avec un chapeau couleur jambon en forme de seau retourné. Leurs tenues semblaient coordonnées, mais peut-être étaient-ils tellement synchronisés que ce genre de choses se produisait naturellement. Le coucher de soleil s'étendait sur l'eau dans un inimaginable dégradé de roses, de oranges et de rouges.

J'ai lu encore quelques pages, mais je n'arrivais pas mieux à me concentrer que chahuté dans l'avion. J'ai regardé la progression tranquille du coucher de soleil. Lorsque les couleurs sont passées au gris et au bleu, j'ai pensé à Long qui semblait m'apprécier et qui me confiait des informations que je n'avais pas besoin de connaître. Si l'entrée prudente de Long dans la politique se concrétisait, le fait que quelqu'un connaisse les détails de son mariage complexe aurait pu poser un problème. Et pourtant, il m'en parlait. Il devait donc déjà me considérer comme une sorte d'aide de camp. Je ne pouvais pas imaginer précisément quelles fonctions utiles un artiste pourrait remplir auprès d'un sénateur américain, mais Long aurait besoin de quelqu'un qui pourrait faire certaines choses en restant discret. Être un bon boy-scout. Loyal, digne de confiance, serviable, courageux, net et respectueux. Pour moi, ça ressemblait un peu à une direction à suivre.

À la nuit tombée, je suis rentré m'installer au bar et j'ai commandé une bière dans un long verre Pilsner élégant et un sandwich au jambon grillé, à ajouter à la note de ma chambre. J'ai glissé deux billets au barman.

Plus tard, assis au bord de mon lit, j'ai étudié les nouveaux tirages des photos d'Eve en essayant de trouver un indice sur ses pensées, un message exprimé par l'image seule, mais elle a refusé de communiquer en retour. Je me suis donc plongé dans les symétries et les asymétries de ses traits, la lumière sur ses pommettes, jusqu'à ce que, découragé, je m'écroule sur le lit et m'endorme.

À 7 heures, on a frappé à ma porte comme je l'avais demandé à la réception, mais avec l'énergie d'une descente de police. J'ai entrouvert, annoncé que j'étais réveillé et tendu deux dollars au groom.

Raúl devait venir me chercher à 9 heures. Je me suis douché et rasé avant de descendre prendre un petit-déjeuner hors de prix. Un groom m'a apporté un télégramme de Long : *RFD 2 WCOOCHIE ROAD SOUTHWEST ESTAFA STOP PAS PU FAIRE MIEUX REGRETS*

Je savais à peu près ou du moins devinais ce qu'il voulait dire. La seule information nouvelle était le nom de la route et le numéro de l'adresse postale desservie par Rural Free Delivery. Long avait économisé moins d'argent grâce à son style télégraphique qu'il n'en dépensait en généreux pourboires. Ainsi, en sortant pour retrouver Raúl après le petit-déjeuner, j'ai distribué des billets neufs d'un dollar à tous ceux que je rencontrais, y compris à un client de l'hôtel tout étonné, attendant son taxi devant la porte d'entrée. J'avais passé douze heures dans cet hôtel opulent et j'aurais préféré que Long me donne un défraiement *per diem* à la place. J'aurais logé dans un chalet pour touristes à trois pâtés de maisons du golfe et j'aurais gardé la monnaie.

Nous avons roulé deux bonnes heures vers le nord, traversant de longues étendues de prairies désertes, de buissons, de pins et de palmiers, d'orangeraies et de marécages d'eau sombre. L'air qui entrait par les fenêtres devenait de plus en plus humide au fur et à mesure que la matinée avançait.

Raúl a pris la parole : « Ce pays, cette courbe de la côte du golfe du Mexique jusqu'à la Nouvelle-Orléans et Houston, c'était la frontière avant que les Blancs arrivent à dépasser le fleuve Mississippi. Des cow-boys, des chevaux et des troupeaux de bétail. Des hors-la-loi. À cette époque, la région avait la réputation d'être sans lois, et ça n'a pas beaucoup changé. Ils traitent les touristes comme les bandits de grand chemin traitaient les passagers des diligences. Puisqu'on ne va jamais les revoir, pourquoi ne pas vider leurs portefeuilles avant qu'ils remontent vers le nord ? »

Raúl parlait avec un accent. Quand je lui ai demandé d'où il venait, il m'a répondu qu'il était né et avait grandi à Tampa. Sa famille était venue de Cuba, mais il n'y avait passé que quelques étés lorsqu'il était enfant, pour rendre visite à l'*abuela* quand elle était encore en vie. Enfant, à Tampa, il avait appris en même temps l'espagnol et l'anglais, mais à La Havane, les gens avaient du mal à comprendre son accent. Il n'était pas toujours capable de se rappeler quel mot appartenait à quelle langue. Il travaillait dans le quartier d'Ybor City à Tampa, chez Cuesta-Rey. « La meilleure fabrique de cigares au monde », a-t-il précisé fièrement. Il avait commencé là lorsque son âge ne tenait encore qu'en un seul chiffre. Au fil du temps, il avait occupé tous les postes, du balayage des sols à l'écôtage des feuilles, avant de devenir *bonchero*, puis de sélectionner les feuilles de cape. Ensuite, il est devenu le plus jeune *tabaquero* de mémoire d'homme, chargé de l'ultime et plus noble part de la fabrication, enrouler le cigare dans la feuille de cape et le terminer. Ce poste s'accompagnait d'un avantage non négligeable. On pouvait rapporter trois cigares chez soi chaque jour et être quelqu'un d'important.

« J'avais dix-sept ans, et je me baladais dans le quartier en distribuant des cigares Cuesta-Rey identiques à ceux que fumait le roi d'Espagne », m'a-t-il dit.

Pendant que nous roulions vers Estafa, Raúl m'a expliqué qu'il ne conduisait que deux jours par semaine pour gagner un peu plus d'argent, car il envisageait d'abandonner la fabrication des cigares pour poursuivre des études. Il n'arrivait pas à choisir entre enseignant ou avocat. Il a sorti une photo de sous le pare-soleil : lui, en costume sombre, à côté d'une jeune femme petite, vêtue d'une grande robe blanche. Elle semblait très sérieuse. La photo lui donnait l'air d'avoir des cernes sous les yeux. Raúl a tenu à préciser : « Je sais qu'on dirait que ça aurait pu être sa *quinceañera,* mais Alicia a presque mon âge. »

Il s'était gardé d'exprimer la moindre opinion jusqu'à ce qu'il se rende compte que nous en partagions beaucoup, mais ensuite il s'est lâché. Il m'a avoué qu'il avait des rêves pour l'avenir, au-delà de la fabrication de cigares, et qu'il était certain que ces rêves étaient sacrés ici, aux États-Unis. Le travail acharné et l'égalité des chances. En l'écoutant, j'ai craint qu'il ne croie à l'idéal plutôt qu'à la réalité, à tous les discours du type « Donne-moi tes pauvres, tes exténués, tes masses innombrables », ou encore, « Allons, du nerf ! » et aux conseils de Hutch sur l'éducation et l'effort qui sont le plus sûr chemin vers une vie meilleure, et si chaque génération aidait la suivante à s'élever d'un seul cran, qui sait où nous finirions. J'avais essayé de croire à tout ça moi aussi, mais j'avais à côté de moi quelqu'un qui rencontrait plus d'obstacles sur son chemin que je n'en avais jamais connus. Pourtant il continuait à garder espoir. Ça m'a inquiété.

J'ai commencé à le mettre en garde, en lui disant qu'à New York et dans les autres centres de richesse de la nation, ces rêves servaient de base commode pour écraser les classes inférieures et bâtir des fortunes personnelles. Ils se tapent sur les genoux en riant de la naïveté des pauvres, ils se torchent avec la confiance et l'ignorance. Selon les riches, si nous laissons ces rêves devenir réalité, nous aboutirons à un cauchemar d'égalitarisme qui entraînerait la poignée de personnes à la tête du pays vers un niveau effrayant de médiocrité, ce qui n'est pas ce que, selon eux, nos pères fondateurs dans leurs perruques grises avaient à l'esprit. Dernièrement, les vieux juges reptiliens de la Cour suprême avaient défendu les derniers remparts de leur citadelle contre le New Deal et les pauvres écrasés par la Dépression au point de déclarer qu'une industrie aussi étendue, au niveau géographique et économique, que le charbon, dont les tentacules s'étendaient à presque toutes les villes du pays, ne pouvait pas entrer dans la catégorie des échanges commerciaux inter-États. Une décision à peu près aussi éloignée de la réalité que s'ils avaient déclaré que l'air n'existait pas. Ainsi, selon eux, le gouvernement fédéral n'avait aucun pouvoir sur l'industrie du charbon et ne pouvait pas réglementer les conditions de travail, la sécurité ou le salaire des mineurs. Apparemment, du moins selon la Cour suprême, le commerce inter-étatique n'existait pas. En réponse à de tels arrêts, Roosevelt avait essayé de nommer à la Cour des juges supplémentaires pour contrebalancer les anciens juges corrompus, mais le Sénat avait récemment rejeté ce projet. Et aussi, disais-je, le plus étrange dans la Constitution, c'est qu'apparemment les pères fondateurs voulaient qu'un tiers du gouvernement ne soit pas élu, mais nommé à vie, et donc corrompu de manière irrémédiable. S'agissant de la nature humaine et de ses tendances primaires à ne rechercher que l'intérêt personnel brut, les pères fondateurs n'étaient peut-être que de doux rêveurs.

J'ai enfin repris mon souffle et Raúl s'est tourné vers moi, l'air à la fois inquiet et triste.

J'ai interrompu ma tirade. Une partie de moi voulait continuer, le remettre sur le droit chemin à propos de son pays de rêves, mais l'autre partie de moi s'y opposait. Après tout, la grande et belle force de la nation avait toujours été de rêver, à l'opposé de la brutalité et de la laideur de la réalité, de la violence dans le cœur de l'animal humain, la gloutonnerie et la cupidité.

Finalement, j'ai conclu : « Je pense que ce que je veux dire, c'est qu'il faut faire attention à ne pas te lancer trop tôt. Ce pourrait être un moment très difficile pour quitter un bon emploi. »

Raúl a attendu une longue minute avant de dire enfin : « Pour des gens comme moi et ma famille, c'est à peu près toujours un mauvais moment pour quitter un bon emploi. Tu crois que je ne sais pas ce que signifie travailler dur et bénéficier de l'égalité des chances ? Cela veut dire que je dois travailler deux fois plus dur et que cela ne suffira peut-être même pas. On dirait que tu le comprends déjà. Je sais contre quoi je me bats, et je vais te donner un exemple. Les gens disent que le Klan dirige tout Tampa

– la police, les pompiers et les fonctionnaires municipaux, tous les membres. L'hiver dernier, ils ont organisé une grande cérémonie dans un parc de la ville. Quatre cents personnes en cagoule et en robe ont fait prêter serment à une centaine de nouveaux membres. Selon les journaux, la croix qu'ils ont brûlée mesurait vingt-cinq pieds de haut. Ce n'est qu'une partie de ce à quoi je suis confronté, mais je ne vais pas abandonner pour autant.

— Mon vieux, je suis désolé. Je n'aurais sans doute pas dû...

— Sans doute pas », a conclu Raúl.

Dans la rue principale d'une bourgade qui portait le nom d'un conquistador, le vendeur d'une épicerie station-service à une seule pompe à essence nous a guidés : « Faites environ huit kilomètres vers le nord et traversez la Withlacoochee par le petit pont de bois. Il y a un camping pour les pêcheurs sur l'autre rive. Environ cinquante mètres plus loin, tournez à gauche sur une petite route sablée. Après, je ne sais pas quoi vous dire. Cette route suit la rivière et traverse la moitié du comté. Il faudra vous renseigner. »

Raúl était obligé de conduire lentement pour éviter les nids-de-poule, les bosses et les ornières. La plupart du temps, nous n'allions pas plus vite qu'à pied. La mousse espagnole pendait de chênes dont les troncs devaient faire deux mètres d'épaisseur. Les branches inférieures, larges comme des arbres normaux, s'étiraient presque à l'horizontale, et un épais tapis de feuilles mortes coriaces recouvrait la terre en dessous. De temps en temps, nous apercevions la rivière, opaque et noire, coulant trop lentement pour que l'on puisse dire dans quelle direction, à moins de s'asseoir un moment à côté et d'étudier les objets qui dérivaient en flottant. Parfois, nous apercevions un alligator sombre et immobile, allongé sur un banc de sable, en train d'absorber le soleil.

Peu de gens se promenaient sur la route de Withlacoochee, et les rares qui répondaient à mes questions ne me disaient pas quelle était la distance jusqu'à la maison Orson, ni combien de virages ou de repères significatifs il fallait guetter, en me souhaitant une bonne journée. Tous sans exception me signifiaient, vocalement ou autrement, un message simple : « Qu'est-ce que ça peut bien vous foutre de savoir où vivent les gens d'ici ? »

Nous avons quand même continué à avancer. Bientôt, nous sommes tombés sur deux hommes, trempés de sang jusqu'aux coudes, occupés à dépecer un alligator. Quand je leur ai demandé si nous étions loin de l'endroit où se trouvaient les Orson, ils ont levé les yeux ensemble et nous ont regardés sans ciller jusqu'à ce que nous redémarrions. Du haut d'une branche, un pygargue à tête blanche nous fixait de ses yeux jaunes. Un peu plus loin, nous nous sommes arrêtés pour regarder un très gros congo à tête plate traverser la chaussée en faisant beaucoup d'efforts. Il avait manifestement avalé quelque chose de grand, et son corps était étiré et gonflé, un lourd cylindre foncé prêt à s'ouvrir après la tête cunéiforme, avec sa queue comique en forme de brindille. Il se déplaçait lentement et mollement, comme s'il avait besoin de grogner chaque fois qu'il avançait de quelques centimètres. Nous l'avons regardé traverser la route avec dégoût et fascination, conscients que s'il était complètement chargé de venin, il pourrait nous tuer tous les deux.

Raúl a dit : « C'est un État de malades. C'est pour ça que je n'aime pas trop m'éloigner de Ybor City. Mais comme je suis floridien depuis toujours, je ne sais pas vraiment à quoi ressemblerait la vie dans un État normal. Je n'ai pas de point de comparaison. »

Enfin, un ou deux kilomètres plus loin, un homme portant une canne à pêche en bandoulière et un pistolet sur la hanche nous a enfin répondu : « Les Orson ?

— Oui.

— Dans environ cinq kilomètres. Lorsque la route commence à se dégrader vraiment, cherchez une maison du côté de la rivière.

— Commence ? » a ironisé Raúl.

Je ne savais pas comment appeler cet endroit. En Virginie, même une petite ferme de subsistance aurait eu des pâturages pour un cheval de labour et quelques bovins. La maison se dressait le long de la rivière noire, surélevée sur pilotis d'environ six pieds au-dessus du sol sablonneux. Si elle avait jamais été peinte, la couleur avait disparu depuis longtemps pour laisser place à un gris minéral. On voyait quelques éléments d'une ferme, mais peu de traces d'animaux ou de plantes comestibles en dehors de trois ou quatre poulets bruns picorant dans le sable et d'un potager envahi de mauvaises herbes d'où sortaient des pieds de tomates noirs et flétris. Deux porcheries en rondins vides et une petite grange tellement inclinée vers la rivière que la prochaine tempête tropicale pourrait l'y faire basculer. Plutôt que d'une ferme, il s'agissait d'une maison et d'un lopin de terre indéterminé en pleine campagne.

Je suis restée assis dans la voiture pendant plusieurs minutes jusqu'à ce que Raúl demande : « Tu vas entrer ?

— Oui.

— Je vais attendre ici. »

J'ai sorti le petit pistolet de Long de la poche de ma veste et je l'ai rangé sous le siège passager. L'air était si chaud et humide que mon dos collait au siège lorsque je suis sorti de la voiture.

J'ai avancé lentement vers la maison en appelant plusieurs fois avant de monter les marches du porche. Une masse violette de bougainvilliers poussait en treillis entre le sol et les planches, la porte moustiquaire était rouillée et embrumée d'algues vert pâle, d'une nuance proche de la chartreuse. C'étaient les seules touches de couleur qui n'étaient pas des variantes terreuses de gris, de vert, de brun ou de noir. À l'intérieur, la pièce était sombre, mais je voyais une porte arrière lumineuse donnant sur la rivière. J'ai frappé, et bientôt la forme vague d'une femme dans une robe pâle est sortie de l'obscurité pour s'arrêter à quelques mètres de la porte.

« J'ai un fusil de chasse chargé à portée de main, avec de la grenaille dans un canon et de la chevrotine dans l'autre. La première est pour te faire courir avec le cul en feu et la seconde pour te couper en deux. Je peux tirer avant que tu ouvres. De si près, le second canon ferait des dégâts.

— Ça vous ferait beaucoup de saleté à nettoyer. Vous devriez ramasser des morceaux et passer la serpillière pour le reste de la journée, pas vrai ? »

La femme s'est mise à rire en tirant une bouffée de sa cigarette. Ses yeux avaient presque la couleur de la maison.

« Vous êtes Mme Orson ? »

Elle a agité sa cigarette en guise de réponse, un message sans mot pour me dire de poursuivre.

« Je m'appelle Valentine Welch, et j'espère que vous pourrez m'aider. Je suis à la recherche d'une femme disparue ou, du moins, d'informations qui pourraient nous mener à elle.

— De nos jours, de nombreuses personnes ont de la famille dont elles sont sans nouvelles depuis longtemps. Qu'est-ce qu'on peut faire d'autre que d'espérer le meilleur et d'attendre ? Parfois, les filles ont l'intelligence de s'enfuir et de disparaître. Si vous avez un mauvais petit ami ou un mauvais mari, une nouvelle vie, c'est un bon rêve.

— C'est vrai, mais vous connaissez peut-être la femme que je cherche. Il est possible qu'elle soit venue avec votre fils Jake.

— Je connais son nom. Pas besoin de me le dire. »

Mme Orson a fait quelques pas vers une table et a écrasé sa cigarette dans un cendrier, puis elle s'est approchée, a soulevé le crochet de l'œillet pour ouvrir la moustiquaire et m'a fait signe d'entrer.

Je me suis arrêté à quelques pas de la porte. L'endroit sentait la moisissure, le bois humide, les cendriers pleins, la graisse de porc. Par la porte arrière, la rivière aurait aussi bien pu être un lac étroit, et son odeur de feuilles pourries, de terre noire mouillée et de reptiles flottait dans la maison. Mme Orson a allumé une autre cigarette et l'a posée entre son majeur et son annulaire, assez haut pour qu'elle n'ait pas à exercer de pression pour l'empêcher de tomber. La cigarette pouvait se consumer entièrement dans la main détendue que la femme abandonnait mollement, se souvenant parfois de tirer une bouffée.

À ce moment-là de mon existence, il m'arrivait rarement de parler à une femme qui n'était pas du tout maquillée. Mme Orson ne semblait pas avoir connu plus qu'un coup de houppette sur les joues dans sa vie. La couleur de sa peau se plaçait entre le miel et le lait. Il y avait en elle un magnétisme que je n'arrivais pas à cerner.

Elle a annoncé en plissant les yeux : « Je viens de me rappeler que mon mari n'est pas à la maison. Il faut que nous sortions au grand jour.

— Bien sûr.

— Allons-nous asseoir sur les marches du porche pour que ceux qui passent sur la route puissent nous voir ; je vais chercher un verre d'eau. »

Elle s'est fondue dans l'obscurité brune avec une telle aisance qu'elle paraissait flotter.

À travers les feuilles de palmier, les branches de chêne et la mousse, je distinguais à peine Raúl, affalé dans la voiture, sans doute en train de lire un *Black Mask* ou un *Dime Detective*.

L'eau apportée par Mme Orson n'était pas très claire. Elle avait un goût de soufre et de rouille, un peu comme si l'on suçait un doigt coupé. Elle s'est assise à un mètre de moi en regardant la route.

À l'intérieur, elle paraissait étonnamment trop jeune pour avoir un fils de l'âge de Jake, mais de près, à la lumière du jour, on voyait qu'elle devait avoir une quarantaine d'années. Sa peau était sèche, flétrie, assoiffée ; je distinguais les crevasses de ses lèvres et les creux de ses joues, que j'attribuais au fait qu'elle tirait sur ses Chesterfield deux douzaines de fois par jour depuis qu'elle avait environ quatorze ans. Autour de ses yeux, la peau se creusait finement en éventails délicats au-dessus des pommettes hautes.

« Qu'est-ce qu'il y a dans la voiture ?

— Il s'appelle Raúl, madame Orson. J'ai pris un vol de Denver à Tampa. Il me conduit ici pour que je puisse vous parler, puis il retourne à Tampa.

— Il n'y a plus que des Cubains là-bas. Et appelez-moi April. »

Elle s'est arrêtée et a dit : « Pris un vol ? Ça veut dire rouler très vite ? Ou battre des bras ? »

Elle m'a touché le genou pour s'assurer que je comprenais qu'elle plaisantait.

« L'avion, ai-je répondu. Un voyage difficile, ou du moins c'est ce qu'il m'a semblé. Je ne l'avais jamais pris auparavant.

— Et tout ça juste pour venir ici ?

— Oui, pour vous parler.

— À propos d'une fille que Jake aurait pu connaître ?

— Elle s'appelle Eve.

— Et qu'est-ce qu'il lui arrive à cette jolie petite salope ?

— C'est elle qui a disparu.

— Ah merde. Dès qu'elle a mis les pieds ici, on voyait bien qu'elle n'allait apporter que des ennuis. »

Sa voix avait le frémissement d'un carburateur engorgé qui manque d'air.

Il a fallu à Mme Orson trois allumettes en papier flapies pour allumer une autre cigarette, puis elle s'est mise à parler tout en fumant, s'arrêtant pour inspirer, parlant en expirant, de sorte que ses mots émergeaient, visibles dans les filets et les spirales de fumée qui s'élevaient à peine dans l'air lourd.

« Par ici, a-t-elle dit, il y a deux sortes de terres. Les terres sablonneuses qui se drainent bien, où ne poussent que des pins, des palmiers et des chênes, et les terres noires, riches, mais qui ne se drainent pas et se transforment en marécages en un clin d'œil. Tout ce que vous plantez pousse vite, mais le mildiou, la moisissure, la cochenille et toutes sortes d'insectes et d'escargots poussent plus vite qu'un pied de tomate. En trois jours au plus, de belles tomates mûrissent, du vert acide jusqu'au rouge d'un steak saignant lorsqu'on les tranche. Et puis des vers gros comme le pouce, verts eux aussi, les dévorent d'un côté à l'autre pendant la nuit. Ils laissent un trou brun comme le cul d'un chien. »

Elle a tiré une autre bouffée de Chesterfield avant de remarquer : « Mais tu n'es pas venu ici pour des conseils de jardinage.

— Comme je l'ai dit, je voudrais vous poser des questions sur votre fils et sur Eve.

— De nos jours, les gens disparaissent tout le temps. Qui sait où ils vont ? Le monde va mal. Tout est en miettes et pas près de se recoller. À ta place, je ne ferais pas grand cas d'une personne égarée.

— Même si je suis d'accord, je ne peux pas dire ça au mari d'Eve.

— Pour autant que je sache, Jake est son mari. Et s'il n'est pas inquiet, je ne le suis pas non plus. »

April essayait de faire comme si ce que j'avais dit ne la concernait pas, mais elle semblait perplexe.

J'ai tout fait pour rester de marbre ; je ne voulais pas laisser paraître que sa confusion m'avait surpris.

« Et comment savez-vous qu'il n'est pas inquiet ?

— Je le sais, c'est tout.

— Parce que vous lui avez parlé récemment ? »

April est restée silencieuse, a tiré sur sa cigarette en réfléchissant. L'air, la rivière et la terre étaient si silencieux que je l'entendais aspirer l'air à travers la cigarette ; je percevais même le grésillement des feuilles de tabac qui s'enflammaient. J'ai changé de sujet.

« Vous avez mentionné qu'Eve est venue ici. Vous vous souvenez d'elle ?

— Je me souviens qu'elle laissait la salle d'eau propre. Et qu'elle savait chanter. Elle s'asseyait au bord de la rivière pour fredonner les chansons qu'on entend à la radio, et c'était exactement comme à la radio. C'est tout. Je ne la reconnaîtrais peut-être même pas si elle arrivait de la route en ce moment. A-t-elle toujours des cheveux châtain terne, comme une souris ?

— Blonds, ai-je dit.

— Bien sûr. »

J'ai sorti une des photos d'Eve de ma poche et je la lui ai tendue. Elle n'y a pas touché, mais elle a jeté un bref coup d'œil et a rétorqué : « Maquillé comme ça à la truelle, presque tout le monde a l'air bien. »

J'ai posé la photo entre nous sur la marche et lui ai demandé si elle savait où Jake et Eve s'étaient mariés. Elle a marmonné pendant un certain temps sur la façon dont la vie de Jake était partie en vrille avec l'arrivée d'Eve. À la fin, elle a émis la supposition qu'ils s'étaient mariés dans l'une des villes qu'ils traversaient de la fin de l'hiver à l'automne pour cueillir des fruits, ce qui aurait pu être n'importe où entre la Floride et le nord de l'État de New York. Mais elle estimait que le mariage avait dû être célébré dans un État qui ne se souciait guère de savoir qui épousait qui et qui ne s'attendait pas à ce que l'on accorde à l'acte de mariage plus qu'un instant de réflexion.

« Première hypothèse, a dit April, la Caroline du Sud. Ou ici, en Floride, surtout s'ils avaient quelques billets à glisser dans la poche d'un juge ou d'un pasteur. Nous sommes connus ici pour notre facilité à nous marier ou à nous démarier. »

Elle parlait de Jake comme si elle décrivait un rêve ou une vision, un souvenir réincarné au-delà de la réalité et pourtant finalement décevant. Jake était censé être sa principale contribution à la vie. Le chef-d'œuvre qu'elle avait donné au monde. Il avait été l'enfant le plus intelligent de l'école, ce qui, April l'admettait, ne voulait pas dire grand-chose dans le comté d'Estafa, mais elle en était fière quand même. Il était parti quand les temps étaient devenus difficiles, puis s'était perdu sur la route. Il avait disparu de la vie de sa mère. De temps en temps, il envoyait une lettre avec un peu d'argent, en restant toujours vague sur ce qu'il faisait. La seule véritable information était le cachet de la poste sur l'enveloppe. Mais lorsqu'une lettre arrivait, elle pensait qu'il avait quitté depuis longtemps la ville indiquée par le cachet.

« C'était quand, la dernière fois ? D'où la lettre a-t-elle été postée ?

— Il y a un bon moment. Je ne me souviens pas exactement.

— Vous pourriez la chercher, cette lettre ? Vous l'avez sûrement gardée ?

— Je l'ai jetée dans la cheminée. Elle m'a rendue furieuse.

— Pourquoi furieuse ?

— À cause du gâchis qu'il a fait de sa vie.

— Il parlait d'Eve dans la lettre ?

— Écoute, je ne peux suivre cette fille à la trace, je ne veux pas, et je n'ai pas à le faire. C'est dans la Bible. On ne peut pas s'inquiéter pour chaque moineau qui tombe. Tu peux vérifier. D'ailleurs, peut-être qu'elle a bien fait de s'enfuir, ou peut-être qu'elle est morte et que c'est mieux comme ça. Il y a pire que la mort. Qui sait ?

— Elle n'était pas morte il y a quelques semaines. J'ai dîné avec elle chez son mari. »

Elle a eu l'air perdue à nouveau.

« Chez Jake ? »

Je n'ai pas vu de moyen clair d'éviter une question aussi directe, alors j'ai répondu : « Non, chez son mari actuel. Ce que je dois savoir, c'est si elle et Jake se sont vraiment mariés, et si c'est le cas, où il se trouve, pour pouvoir déterminer s'ils ont divorcé ou non. Le problème, c'est qu'Eve a donné l'impression qu'il était mort. »

J'aurais dû garder pour moi cette dernière information. April a eu l'air d'avoir reçu une gifle. Elle n'a pas parlé pendant un moment, se contentant de regarder la route.

« Je n'y crois pas, a-t-elle dit enfin. Je le sentirais s'il était mort. Cette petite pute ment avec une idée derrière la tête. C'est ce que tu devrais vérifier. Je doute qu'elle se lève le matin si elle n'en tire pas un bénéfice.

— Je suis navré de vous avoir fait de la peine, mais je ne peux pas croire qu'elle m'ait menti à ce sujet. »

April s'est redressée : « Alors, comme ça, tu te la fais aussi ?

— Non madame. »

C'était sorti tout seul.

April a ri.

« Je ne sentirai même pas insultée si tu me parles comme à une prof ou à ta grand-mère. D'ailleurs, si tu avais couché avec elle, elle t'aurait déjà rongé jusqu'aux genoux. »

Je voulais revenir au sujet, alors j'ai dit : « J'essaie seulement de découvrir la vérité.

— La vérité ? Dieu te bénisse, mais tu mourras en la cherchant. Tu peux me prouver que Jake est mort ? Non. Ni qu'ils se sont mariés. Ni qu'ils ont divorcé ou qu'ils ne l'ont pas fait. Tu ferais mieux de rentrer chez toi et d'arrêter de me pourrir la journée.

— Madame Orson...

— April.

— Je ne sais pas ce qui se passe. J'ai parcouru des milliers de kilomètres pour faire mon travail, essayer de retrouver

Eve à la demande de son mari. D'abord à Seattle, puis ici. Je ne suis pas venu pour vous pourrir la vie. L'homme qui me paie aime Eve et veut la retrouver, mais il a aussi besoin de réponses sur le mariage d'Eve avec Jake.

— Seattle ? Je croyais que tu avais dit Denver.

— Je suis allé à Seattle en premier. Ce n'est pas la question. »

Maintenant April avait l'air épuisée. Son visage d'un gris poussiéreux paraissait lavé par la douleur. Elle a répondu : « Peut-être que le richard qui te paie devrait agiter un tas d'argent en l'air, suspendu à une ficelle, pour l'appâter. Ça l'attirerait.

— Je suis sûr qu'il serait prêt à essayer.

— J'ai tout de suite vu clair dans le jeu de cette petite grue, mais elle a bien trompé Jake. J'en ai connu beaucoup comme elle, bien avant sa naissance, prêtes à échanger leur petit cul contre ce qu'elles désirent. Parfois, il s'agit simplement d'un peu d'argent, mais pas toujours. Elle était de ce deuxième type. Difficile à cerner. Ils se sont arrêtés ici une semaine, entre la cueillette des fraises près de Plant City et celle d'autres fruits plus au nord. Des pêches en Géorgie, peut-être. »

Elle a tapoté du doigt la photo qui nous séparait.

« Regarde le visage de cette fille, on voit bien qu'elle a de gros besoins qui ne peuvent être satisfaits facilement nulle part. Et sûrement pas par ici. »

April a levé les yeux vers le soleil qui baissait, disque brumeux, et a observé : « Presque une demi-lune ce soir. » Puis elle a fait valser son mégot dans la cour sablonneuse en contemplant les chênes verts. Leurs feuilles tombées et leur ombre avaient détruit toute autre végétation à l'intérieur d'un cercle correspondant à la verticale de la ramure.

« Vous savez où ils se sont rencontrés ? ai-je demandé.

— Peut-être dans un wagon de marchandises, ou alors en ramassant des citrouilles dans un champ. Dans un verger de pêchers ou un champ de fraises. Et je ne suis pas en train de les dénigrer. La plupart de ces enfants ont pris la route en partie pour leur famille, afin de se frayer un chemin dans la vie et d'alléger le fardeau des leurs. Jake n'est pas parti avec l'intention de devenir un clochard. Il est parti pour trouver du travail et, comme je te l'ai dit, de temps en temps, il envoyait de l'argent pour nous aider. Moins souvent ces derniers temps, cependant. Quelqu'un comme toi ne sait rien de ces huit dernières années, de la difficulté à tenir le coup.

— J'en sais quelque chose, si.

— Des moments difficiles à l'université ? Un professeur a été méchant ? »

Elle a fait une pause, puis a demandé : « J'ai une question. Comment tu as su où nous trouver ?

— Par un ami de Jake et Eve.

— Tiens, tiens... »

Elle a fait tomber la dernière cigarette du paquet de Chesterfield, l'a allumée, a mis en boule le papier et la cellophane pour les lancer vers un tronc de palmier tout proche. La boule a touché le sable à mi-chemin et a commencé à se défaire lentement comme une créature blessée à mort. Nous l'avons regardée tous les deux jusqu'au bout.

Du bruit en provenance de la route, une porte de voiture qui claque, des hommes qui crient. De ce qui se passait de l'autre côté de la voiture où attendait Raúl, je ne distinguais, à travers les deux portières, que de vagues formes qui gesticulaient. Des têtes s'agitaient au-dessus du toit.

Je me suis levé précipitamment en m'éloignant des marches pour me diriger vers la voiture. La vue d'un homme et d'un adolescent qui se dirigeaient vers la maison m'a stoppé net. Le garçon poussait Raúl dans le dos avec un fusil de chasse, et l'homme fulminait avec le volume et le rythme d'un prédicateur qui s'apprête à demander de l'argent.

L'homme a crié à April : « Ce type était installé sur la route pour chercher comment nous voler. Et aussi nous tuer, sans doute. Il avait un pistolet sous son siège de voiture. »

Il a présenté le pistolet de Long comme preuve.

Le garçon, seize ans peut-être, a de nouveau poussé Raúl avec le canon en ajoutant : « Un putain de Cubain de Tampa. Je ne sais pas pourquoi on les laisse entrer. Je remercie Dieu de n'avoir jamais foutu les pieds à Tampa. Même si on me payait, j'irais pas à Tampa. Ça m'étonne de pas avoir trouvé de rasoir sur lui. C'est comme ça qu'ils font les choses là-bas. »

Le garçon était blond, torse nu au-dessus d'un pantalon kaki. Sa peau était d'une étrange couleur mate, comme de la poussière de charbon de bois soufflée sur de la craie.

Il n'y avait aucune graisse sur son torse et ses bras, seulement des muscles contractés, denses et soudés, les côtes visibles comme sur un dessin d'anatomie. Son pantalon était suspendu par une étroite ceinture sur ses hanches osseuses. Un crâne rectangulaire et des yeux gris pâle soupçonneux.

L'homme et le garçon ont remarqué ma présence en même temps. Ils se sont arrêtés et l'homme a tiré la glissière du Browning vers l'arrière. Le garçon ne savait pas qui, de Raúl ou de moi, il devait viser avec le fusil, alors il est resté à piétiner et nous a regardés l'un et l'autre comme s'il essayait de déterminer lequel d'entre nous devait être abattu en premier.

Je suis intervenu : « Holà, holà. Personne ne cherche de problèmes ici. Il est avec moi. Il s'appelle Raúl. Je l'ai engagé pour me conduire ici depuis Tampa. »

L'homme a gardé le pistolet de Long dirigé sur moi.

« Ça n'est pas une lettre de recommandation de dire qu'il est avec toi. Et tu es qui pour me dire "Holà" sur mon propre terrain ? Je ne te connais pas, mais tu es là assis sur mon perron avec ma femme comme si tu étais le propriétaire des lieux. »

April était assise, le coude droit dans la paume de la main gauche, tenant sa cigarette à quelques centimètres de sa bouche de façon à parler sans l'éloigner. Ses maigres membres étaient placés en position de défense, et sa main avec la cigarette devant son visage lui offrait une possibilité de nier quelque chose, puisque Orson ne pouvait pas voir sa bouche prononcer les mots. C'était soit ça, soit une protection contre une gifle.

« Ce type-là est plein de questions, a expliqué April à son mari. Il cherche Jake. Le Cubain est resté dans la voiture tout le temps. C'est la première fois que je le vois. »

Puis elle a ajouté : « Timmy, baisse ce fusil avant de blesser quelqu'un. »

Le garçon a baissé le canon de quelques centimètres.

Orson a réfléchi à la situation et s'est adressé à Raúl : « Si je te laissais partir, est-ce que tu filerais prendre ta voiture, tracerais la route jusqu'à Tampa sans demander ton reste, en jurant de ne jamais revenir pour que je te tire dessus ? Parce que c'est ce que je ferais. »

Timmy a ajouté : « Mon pote, si j'étais toi, j'accepterais le marché.

— D'accord, j'accepte, a répondu Raúl. »

Orson a indiqué de la main la route. Raúl n'a pas couru, mais il a marché d'un bon pas. Personne n'a prononcé un mot jusqu'à ce que la voiture démarre et s'éloigne.

April m'a regardé avec tristesse et m'a dit : « Je crois que ta bagnole est partie. »

Orson a rangé le pistolet sous sa ceinture et a décidé que nous allions poursuivre la discussion dans la maison.

J'ai écouté la voiture de Raúl qui s'éloignait sur la route. J'étais abandonné, naufragé, à pied. J'ai regardé April.

« Vous avez un téléphone ?

— C'est malheureux mais vrai, non, nous n'en avons pas. »

April m'a fait signe d'entrer dans le salon. La première chose que j'ai remarquée, c'était un grand tapis de chiffon tressé, une spirale ovale, un vortex, chaque brin de sa structure éblouissante couleur de terre, d'écorce ou de fourrure. Le sol et les murs étaient en vieux pin, aussi sombre que du miel de mauvaise qualité. April a tourné l'interrupteur pour allumer une ampoule au plafond, mais sa lumière crue n'a fait qu'intensifier la couleur brune. Elle s'est assise sur le canapé et m'a fait signe de venir à côté d'elle.

Orson a saisi une bouteille d'alcool ambré assez pleine qui attendait sur le manteau de bois de la cheminée, puis s'est frotté le front du poignet jusqu'à ce que son chapeau se fixe en arrière, révélant un centimètre de peau couleur ventre de poisson sous la racine des cheveux. Il a bu une gorgée à la bouteille, a fait une pause avant d'en prendre une autre. Il s'est assis dans un fauteuil et a posé le pistolet sur l'accoudoir, en m'observant.

J'attendais qu'Orson prenne la parole, mais il semblait satisfait de me faire patienter.

Devant la cheminée sombre, un chien brun pâle, au poitrail massif, à la tête en forme de citrouille et aux oreilles déchiquetées, était étendu sur l'âtre en pierre calcaire. Il surveillait chaque mouvement de ses yeux jaunes, tout en restant d'une immobilité minérale. Timmy s'est assis à côté de lui. Le chien a grogné sur une note ondulatoire plus grave que la plus grosse corde d'une contrebasse, peut-être même que le plus gros tuyau d'un orgue, un son souterrain.

« T'en fais pas pour Timmy. Il est inoffensif » », a dit April.

J'ai eu l'air confus, et le garçon a expliqué : « Le chien a été nommé en mon honneur.

— Alors, c'est Timmy le chien et Timmy le garçon ?

— Putain, t'es con », a dit Timmy le garçon.

Le garçon et le chien, assis ensemble sur l'âtre en pierre, m'ont regardé fixement.

« T'es de la police ? a demandé le garçon.

— Non.

— Si c'est le cas, tu dois me le dire. C'est la loi.

— J'ai déjà dit que je ne l'étais pas.

— Je crois pas un mot de ce que tu racontes. »

April m'a regardé et a hoché la tête très lentement, comme chargée d'un poids trop lourd. Quand elle a fermé les yeux, ses paupières étaient si fines que j'ai cru qu'elle distinguait des formes à travers, comme un film sous-exposé, ou des figures dans un rêve.

« Deux garçons, c'est tout ce que j'avais, a-t-elle dit. Et Jake est parti. Il était celui qui me ressemblait le plus, et qui sait s'il reviendra un jour. »

Puis April s'est levée et a proposé : « Que diriez-vous d'une tasse de café, monsieur Valentine ?

— C'est très aimable. Noir, s'il vous plaît.

— Je ne sais pas comment on peut le boire sans beaucoup de crème et de sucre.

— Eh bien, faites comme si vous le faisiez pour vous-même, et je suis sûr que ce sera parfait. »

Orson a dit : « Personne se soucie de la façon dont je veux le mien ?

— Je sais comment tu veux le tien, a remarqué April. Ça fait vingt ans que je le fais comme tu le veux.

— Bientôt vingt-cinq », a précisé Orson.

Lorsqu'elle est sortie de la pièce, Orson a posé la main sur le pistolet de Long et m'a ordonné : « Raconte-moi tout ce que tu lui as dit sur la raison de ta présence ici, et n'oublie rien. »

Je l'ai fait, j'ai tout déballé comme Long me l'avait demandé. Quand j'ai eu fini, Orson a conclu : « Y'a pas de mot pour décrire ce niveau de connerie. Si tu y crois, que Dieu te vienne en aide, mais moi je suis pas payé par ce putain de richard.

— Écoutez, c'est simple, et il s'agit surtout d'un problème juridique que le mari actuel d'Eve m'a demandé d'éclaircir. Je n'essaie pas d'attirer des ennuis à votre fils ou de dire qu'il a fait quelque chose d'illégal. J'essaie juste de trouver Jake, s'il est vivant. S'il l'est, j'ai besoin de savoir si Eve et lui ont été légalement mariés et, si oui, s'ils ont légalement divorcé. Et puis, peut-être qu'il l'a vue ou qu'il a eu des nouvelles d'elle. Elle a disparu depuis plus d'un mois.

— Mettons les morts de côté une minute. Comment tu sais qu'elle n'est plus avec Jake ?

— Elle est mariée à son mari actuel depuis plus d'un an et elle lui a annoncé la mort de Jake.

— Alors toi, tu crois tout ce que te dit une fille ?

— Vous savez quelque chose d'autre ?

— M'interroge pas dans ma propre maison. C'est moi qui pose les questions. Tu ne sembles pas en savoir beaucoup sur cette fille. Tu connais au moins son vrai nom, avant qu'elle épouse Jake puis son propriétaire de ranch ?

— Il s'agit peut-être d'Eve Miles.

— Peut-être. Mais tu peux pas le prouver. On ne peut même pas prouver son prénom, Eve. Elle s'appelait comme ça quand elle était ici, mais qui sait ? Tu aurais peut-être dû commencer par répondre à cette question-là avant de venir ici embêter ma femme et raconter que mon fils est mort. Je sais rien de cette fille. Elle était jolie, elle est restée quelques jours, puis elle est partie. Son vrai nom aurait pu être Greta Garbo pour ce que j'en sais. Ton riche éleveur aurait pu se procurer les documents et le nom dont il avait besoin pour se marier s'il était si pressé. Ici, à Estafa, avec vingt dollars, j'obtiendrais un certificat de naissance disant que je m'appelle J. Edgar Hoover[1]. »

April a apporté des tasses de café avec deux gaufrettes à la vanille un peu molles sur chaque soucoupe, et nous sommes restés assis quelques minutes à les savourer. La radio diffusait l'émission de Jack Benny, mais le son était trop faible pour qu'on puisse vraiment apprécier les commentaires.

Timmy, le garçon, a dit brusquement : « Quand la nouvelle est tombée que la guerre était perdue, notre gouverneur a annoncé à la législature qu'il ne voulait pas vivre sous la domination des Yankees. Quelques jours plus tard, fidèle à sa parole, il s'est tiré une balle dans la tête. Ça, c'est un homme. Et c'est le genre d'État que nous sommes. La Floride. Nous avons notre honneur. »

---

1. John Edgar Hoover (1895-1972) est une figure historique du FBI qu'il a dirigé pendant trente-sept ans, jusqu'à sa mort. *(N.d.T.)*

Je n'ai pas pris la peine de répondre.

Après le café, Orson a commencé à partager une liqueur brune, nous versant à tous deux des verres. Je n'ai pas reconnu l'étiquette et j'ai trouvé qu'elle avait un léger goût de poisson.

Passablement ivre, Orson a pointé le pistolet de Long sur April et a demandé : « Tout le monde devrait être obligé de dire quel a été son premier baiser avec la langue. Tu commences.

April a répondu : « Toi, mon chéri, qui d'autre ? »

Orson a désigné Timmy, qui a déclaré : « Je crois que c'était une pute à Lee City. »

Quand Orson m'a montré du doigt, j'ai souri et demandé : « Qu'est-ce que vous voulez dire par un baiser avec la langue, exactement ? »

April a ri, ce qui était mon intention, et Orson a explosé.

« Crois pas que je te tirerai pas dessus juste parce que ma femme te trouve mignon, espèce de petite merde. »

Il a posé le pistolet sur le bras du fauteuil, ce qui semblait indiquer que le jeu était terminé.

J'ai repris : « C'est votre jeu, mais vous n'avez pas répondu.

— Va te faire foutre », a répliqué Orson.

Après une pause, gêné, il a finalement répondu : « April ».

Les trois Orson n'ont pratiquement pas bougé, contents de rester assis dans un silence total pendant de longues minutes, entre deux brèves séances de questions. Le temps s'écoulait à contrecœur. À la radio, Duke Ellington jouait « Caravan » à travers un voile de parasites. Je suis allé à la fenêtre pour regarder la rivière en essayant d'organiser mes pensées. La lumière avait baissé dans les chênes, étouffée par la mousse. Vénus apparaissait au-dessus de la cime des arbres, jaune vif et immense. J'ai demandé à aller aux toilettes. À l'intérieur, un murmure provenait de derrière le rideau de douche moisi. Je l'ai écarté de quelques centimètres et j'ai vu une dinde blessée qui gisait à moitié morte dans la baignoire, respirant à peine.

Une patte s'était cassée à un mauvais angle et une aile aussi. De retour dans le salon, j'ai posé des questions sur la bête.

Orson a dit : « Il fait chaud. Je n'ai pas besoin qu'elle soit morte avant demain, et elles peuvent être difficiles à attraper. »

Timmy étudiait un petit tatouage fait maison sur la bande de peau entre son pouce et son index, une araignée gris-bleu floue ou un serpent enroulé ou peut-être les initiales d'une fille, en deux lettres rondes. Il l'a léché pour le rendre plus sombre et plus brillant, puis il l'a regardé s'estomper jusqu'à redevenir aussi mat que sa peau.

La nuit était si calme que l'on pouvait entendre les grenouilles et les hiboux. Nous avons écouté le bruit d'un moteur au loin sans bouger. Orson a dit à Timmy : « On dirait le camion de Ricky. Va le voir, fais-toi emmener en ville et appelle le numéro que Jake nous a donné. Va dans la cuisine. Le numéro est dans le tiroir avec la monnaie. Prends-en une poignée, ça pourrait coûter cher. Dépêche-toi. »

Timmy a répondu : « Je propose qu'on lui prenne la monnaie, à lui. C'est de sa faute si on doit appeler si loin. Tu gardes son pistolet sur lui, et je vais fouiller dans ses poches. »

Timmy a semblé un peu déçu lorsque je les ai vidées et que j'ai sorti un billet de cinq dollars que Long m'avait donné.

J'ai demandé où ils allaient appeler.

La réponse d'Orson fut claire : « Toi, tu fermes ta gueule. »

Timmy a pris le billet de cinq et a regardé le recto et le verso comme s'il n'avait pas manipulé beaucoup de billets de cette taille.

« Je me demande ce qu'il a d'autre sur lui s'il sort des billets de cinq dollars pour un appel téléphonique. »

April a répondu : « Nous ne sommes pas des voleurs, Timmy. »

Sa voix était lasse, d'une lassitude qui devait dater d'un choix qu'elle avait fait à dix-sept ans.

Orson, sa voix s'élevant à nouveau vers des hauteurs et des intensités de prédicateur, a repris : « Non, nous ne sommes pas des voleurs, mais voyons ce que dit Jake, si on peut le trouver. Si quelqu'un vient chez nous pour nous voler ou nous escroquer, c'est une autre histoire. Je le dépouillerai de tout ce qu'il possède et le jetterai dans la rivière.

— Nous ne sommes pas des meurtriers non plus, a remarqué April, du même ton épuisé.

— Je n'ai encore jamais été poussé à bout, mais si vous vous en prenez à ma famille, cela pourrait très mal tourner pour vous.

— Je ne m'en prendrai jamais à aucun d'entre vous. Et je n'ai jamais dit non plus que Jake était mort, j'ai dit qu'Eve a raconté à son mari que Jake était mort. J'essaie de savoir ce qui est vrai, et j'essaie de trouver Eve. Ce n'est pas compliqué. »

Le bruit du camion s'est intensifié, Timmy a fait signe de la main et s'est précipité dehors pour descendre les marches. Le camion s'est arrêté puis a redémarré.

Timmy le chien a levé la tête à un centimètre des pierres de l'âtre et a regardé Orson, puis moi. Sa tête semblait si grosse et si lourde qu'il économisait son énergie en la remuant peu, sans relâcher un instant l'attention électrique qu'il portait aux occupants du salon.

D'une voix plus calme, Orson a demandé : « Alors ce mari a besoin de savoir s'il peut faire table rase du passé ?

— Sauf que Val n'aurait pas pris l'avion depuis Denver pour venir nous parler si le mari ne pensait pas qu'il y a de fortes chances qu'Eve mente, a déclaré April.

— C'est une façon de voir les choses, madame Orson. Mais la dernière chose qu'il m'a dite, sans détour, c'est qu'il l'aime, qu'il veut que je la retrouve et que je la ramène.

— Sous la menace d'une arme ? a remarqué April.

— Bien sûr que non », ai-je dit.

Maintenant que nous étions seuls en compagnie d'April, Orson faisait tout un spectacle en vérifiant pour la troisième ou quatrième fois le nombre de cartouches contenues dans le chargeur du Browning de Long et en actionnant la glissière, comme si le mécanisme très simple l'avait arrêté par le passé mais qu'il le maîtrisait désormais. Une fois sa démonstration terminée, il a reposé le pistolet sur ses genoux. La radio murmurait des airs confus tandis que dehors, la nature bruissait.

D'un air accablé, April a soupiré : « Ce n'est même pas une route nationale par ici. C'est une départementale.

— Nom de Dieu, tu remets ça sur le tapis au moins une fois par mois », a répliqué Orson.

Peut-être une heure ou deux plus tard, Timmy est revenu avec deux policiers.

« Jake n'a pas répondu au téléphone, a-t-il dit. Mais regardez sur qui je suis tombé. »

Orson s'est levé pour serrer la main du shérif.

« C'est gentil d'être venu, mais ça m'ennuie de vous déranger. Il n'y a rien ici que je ne peux pas gérer tout seul. »

Il a vaguement agité le Browning dans ma direction.

Le shérif, à peine plus âgé que moi, était assez petit pour que le pistolet dans son étui, qui allait de la hanche au genou, paraisse énorme. L'homme plus âgé qui l'accompagnait ne portait pas d'arme et son uniforme se résumait à un pantalon et une chemise kaki, avec un badge d'adjoint épinglé sur le rabat de la poche de chemise. Il tenait un long gourdin ballant près de sa jambe droite. J'étais sur le canapé et l'adjoint est venu se poster à côté de moi. Le shérif et Orson parlaient à voix basse près de la cheminée.

Au bout d'une minute, l'adjoint a levé le bout de la matraque d'un centimètre et, tout doucement, presque en chuchotant, m'a soufflé : « Fiston, j'espère que tu n'as pas l'intention de me mettre à l'épreuve.

— Non, pas du tout.

— C'est une bonne chose. Donnez le bon bâton à un enfant de cinq ans bien solide, ou à un singe intelligent, et il pourra faire mal avec.

— Je le crois.

— Après les dents et les griffes, le bâton est la première arme. Celui-ci a un cœur en métal plus épais qu'un crayon de menuisier. Je vous le tendrais bien pour que vous en sentiez le poids, mais c'est peut-être un peu tôt. C'est assez drôle de voir quelqu'un qui a un pistolet penser qu'il a le dessus, mais tout à coup, se retrouver avec le poignet cassé et son pistolet par terre. Ce que j'ai observé d'amusant, c'est que les gars n'attrapent jamais l'arme avec l'autre main. Ils saisissent leur poignet. Une matraque peut aussi faire pas mal de dégâts sur un genou. Ou bien casser une tête comme un œuf, mais ce geste-là est assez moche. Embêtant.

— Ça arrive souvent ?

— Deux fois en trente ans. Mais t'inquiète, je peux déjà dire qu'on va bien s'entendre tous les deux. »

Orson et le shérif se sont approchés et j'ai repris une version laconique et franche de mon histoire. J'ai ressorti le gentleman aisé du ranch de l'Ouest et la jeune mariée en fuite. J'ai évité la possibilité de la bigamie, dont je commençais à penser qu'il s'agissait d'une invention de Long, liée à sa jalousie, mais j'ai mentionné les liens avec Cheyenne.

Orson et le shérif ont demandé en même temps : « Qu'est-ce que c'est que ça, Cheyenne ? »

Avant que j'aie pu répondre, April a dit au shérif : « Il avait une photo de la fille que Jake avait ramenée ici un jour. Je n'arrive toujours pas à croire que Jake ait eu affaire à une fille comme ça. »

Son ton était parfaitement neutre.

Elle a ramassé la photo d'Eve sur la table basse, le pouce et l'index ne touchant qu'un coin, comme si elle risquait d'être salie.

Le shérif l'a prise et a demandé : « Est-ce que c'est de la femme de Jake que nous parlons ?

— La fois où il l'a amenée ici, ils ont prétendu qu'ils étaient mariés, a dit Orson.

— Quand était-ce ? a demandé le shérif.

— Il y a quelques années. »

April a ajouté : « Peut-être plus longtemps. Parfois, j'ai l'impression que ça fait cent ans, et parfois que c'était hier. »

J'ai pensé un instant à citer Donal sur la fluidité du temps, mais ça ne me semblait pas être le bon public. Je n'ai pas bougé, mais j'ai essayé de reconstruire de tête les dates du mariage d'Eve avec Long, de sorte qu'Eve aurait pu se trouver ici, en Floride, seulement deux ans auparavant avec Jake Orson. Je n'arrivais pas à faire le calcul. D'après ses récits, il me semblait que sa vie de clocharde avait pris fin plusieurs années auparavant, avant qu'elle se lance dans le show-business et qu'elle épouse Long. C'était peut-être l'un des domaines mentionnés par Long où le manque de rigueur était une caractéristique, et non un défaut.

J'ai demandé : « Vous êtes sûr de vos dates, monsieur Orson ? »

Tout le monde m'a regardé. Le shérif a dit : « Toi, tu poses pas de questions. »

Le vieux au bâton a fait un bruit de succion entre ses dents et a susurré : « Ça, c'est ta première erreur. »

Le petit shérif a continué : « Je n'aime pas beaucoup qu'on vienne ici déranger des gens qui ne le méritent pas. Et tu n'as rien d'autre que ton histoire à dormir debout et une photo qui ressemble à celle qu'on offre avec un portefeuille bon marché. Ça et ta parole, qui ne vaut rien. Tu sais ce que je pense ? Je pense que tu cherches à monter une sorte d'arnaque. Tu vas dire que Jake a disparu et proposer de le retrouver par l'intermédiaire de cette fille, moyennant finances. Elle est sans doute dans un hôtel miteux de Crystal Springs en train d'attendre. Puis tu l'amènes ici, elle raconte une triste histoire où Jake a de gros ennuis et a besoin d'argent pour s'en sortir et rentrer chez lui. Et quand Orson vous donne l'argent, vous et cette fille conduisez toute la nuit pour quitter l'État, aller en Géorgie ou en Alabama. Seulement à moi, on ne la fait pas. »

Il a fait une pause théâtrale avant d'ajouter : « L'adresse de ces gens à qui tu viens raconter tes conneries, tu l'as trouvée où ?

— Comme je l'ai dit à Mme Orson, un ami de Jake m'a dit de me rendre ici si je voulais de l'aide pour trouver Eve. »

J'étais resté là en me moquant intérieurement de ces péquenauds à grande gueule, mais j'ai compris qu'en fait j'avais très peu d'éléments pour étayer mon histoire, et que le pouvoir monétaire et politique que Long possédait à deux mille kilomètres de là ne signifiait rien ici. Peut-être que le fond boueux de la rivière Withlacoochee était vraiment recouvert de corps parce que des gens comme les Orson et le shérif étaient assez énervés pour faire disparaître quelqu'un.

J'ai regardé April, mais elle n'a pas voulu croiser mon regard.

J'ai dit : « Nous pourrions appeler mon employeur dans le Wyoming. Il me soutiendra.

— Bien sûr, a dit le shérif. Comme si j'étais né de la dernière pluie. Tu me donnes un numéro de téléphone, je l'appelle et j'entends une voix qui m'annonce que tout ce que tu dis est vrai. »

Orson a ajouté : « Putain, évidemment ! »

Timmy a pris la parole.

« Le type avec qui il était et qui s'est enfui était un Cubain. »

Le shérif m'a regardé avec un sourire.

« Un Cubain ? Dans ce comté, si votre peau est plus foncée que la pelure d'une pomme de terre irlandaise, vous feriez mieux de ne pas être à Estafa après la tombée de la nuit.

— Il est parti avant le coucher du soleil, ai-je dit. Et de toute façon, il a un bon travail et une famille. Il fait des études. »

Dès que ces mots sont sortis de ma bouche, je me suis senti idiot.

« Ça, ça ne veut rien dire », a repris le shérif.

J'ai alors commis l'erreur de vouloir me lever pour argumenter.

Avant que j'aie pu dire un mot, l'adjoint m'a frappé au bas des reins avec son bâton plombé. Je n'ai pas eu mal tout de suite, mais mes genoux se sont pliés. Un truc nerveux, comme si on éteignait un interrupteur. Je me suis affalé, les coudes posés sur le coussin du canapé pour me maintenir, au lieu de me mettre en boule sur le sol comme j'en avais désespérément envie. J'avais l'impression que mes jambes étaient mortes, puis elles ont commencé à me faire mal comme si la matraque avait été un fer rouge.

L'adjoint s'est assis sur le canapé à côté de moi, m'a touché l'épaule et m'a dit : « J'espère que tu comprends bien que je n'avais pas l'intention de te faire vraiment mal. Comme nous sommes amis, je n'ai pas donné un grand coup et j'ai visé la viande de ton cul pour ne pas toucher d'os. Dans dix minutes, la sensation reviendra et tu marcheras à nouveau. Tu boiteras demain, mais dans une semaine, tout ira bien. Ne t'étonne pas si tu as des bleus gros comme des soucoupes. »

April a alors pris la parole : « Rien de tout ça n'est nécessaire. Il n'a pas parlé d'argent depuis qu'il est arrivé ici, et n'a pas accusé Jake de quoi que ce soit. Je crois qu'il dit la vérité. Il essaie de trouver cette fille pour un homme qui a plus d'argent que de bon sens. Il n'y avait aucune raison de faire intervenir la loi. »

Le shérif a répondu : « Ce n'est pas parce que vous pensez qu'il n'a pas commis de crime que je ne peux pas le garder en cellule pendant quelques jours pour m'en assurer.

— C'est vrai, ça, a dit Orson.

— Moi, j'en ai assez, a ajouté April. Vous n'avez qu'à rentrer en ville pour faire ce que vous faites d'habitude au milieu de la nuit.

— Au moins, on peut le ramener avec nous et lui faire comprendre qu'il ne doit jamais revenir dans le comté d'Estafa, a déclaré le shérif.

— Je sais ce que ça signifie », a dit April.

J'ai répondu que je pouvais jurer sur la Sainte Bible que je ne reviendrais jamais. L'adjoint m'a tapé sur l'épaule comme pour me dire : « C'est bien. » April a regardé Orson très attentivement. D'un air maussade, il a dit au shérif : « Nous le remettrons sur sa route à l'aube. »

Timmy, enfoncé dans une chaise dans un coin, a relevé la tête.

« S'il revient se pointer ici, je crois que l'heure de ce petit con aura sonné. On lui ouvre la tête et on le flanque dans la rivière. La semaine prochaine, il sera plus qu'une merde d'alligator graisseuse qui se déposera au fond de la Withlacoochee. »

Le shérif a ri en se dirigeant vers la porte.

« Oui, on pourrait faire ça. »

April m'a regardé et a levé les mains. Je n'arrivais pas à savoir si l'un d'entre eux, elle comprise, bluffait ou non. Je n'avais aucune envie de rester là jusqu'à l'aube, mais je n'arrivais pas à inventer un moyen de sortir sans qu'Orson ou Timmy n'en profitent pour me tirer dessus, là, dans le salon.

Peu après, j'ai réussi à me relever et à m'asseoir sur le canapé. Mes jambes me faisaient mal mais je tenais bon. Timmy a émis un claquement rapide du coin de la bouche, et le chien a filé vers moi sans bruit, très vite. Il a mordu le mollet de ma jambe droite au milieu du muscle, en donnant une secousse juste assez forte pour suggérer ce qu'il pourrait faire s'il se mettait en colère. April a claqué des doigts. Le chien a lâché prise et a reculé jusqu'au centre du tapis de chiffons, puis il est resté immobile en me regardant fixement.

J'ai relevé le revers de mon pantalon, pensant trouver du sang, mais la morsure soigneusement calibrée n'avait laissé que des marques de dents écarlates de part et d'autre de mon mollet. Je me suis dit que j'aurais un beau bleu à cet endroit, en plus des deux sur les reins.

À minuit passé, Orson dormait dans un fauteuil, le Browning de Long à la main, et April somnolait par intermittence sur le canapé à côté de moi. Une heure plus tôt, Timmy le garçon, apparemment fatigué par sa vibrante agression, avait annoncé : « Bon, et puis merde, je vais me coucher », et s'était éloigné.

Timmy le chien restait allongé auprès de l'âtre froid, la tête entre ses pattes avant, détendu, mais me fixant à chaque seconde de ses yeux jaunes. La radio diffusait une musique qui aurait pu être celle de l'orchestre de Paul Whiteman, puis celle de Bix Beiderbecke.

J'ai pensé tout haut : « Pourquoi attendre le matin ? Je m'en vais. »

April m'a entendu et s'est levée, puis s'est approchée d'Orson. Elle lui a retiré le pistolet des mains et s'est rassise en le glissant sous sa cuisse. Elle m'a chuchoté : « Je viens peut-être de te sauver la vie. »

Elle s'est penchée très près. Dans la lumière du feu, elle avait l'air jeune et âgée en même temps, et sa voix m'a ensorcelé comme une drogue. Elle a à peine effleuré le dos de mon poignet du bout des doigts. Ses lèvres ont presque touché ma joue quand elle a murmuré : « Si tu es gentil, je vais te dire un secret. C'est quelque chose que tu veux vraiment savoir, mais je ne sais pas si je dois te le dire. »

La seule chose que j'ai trouvé à répondre, c'est que je ne pouvais pas imaginer être autre chose que gentil avec elle.

Ce moment, où April s'est penchée vers moi, m'a fait l'effet d'être sur une chaise de barbier, le ruban de papier serré autour du cou, la mousse blanche grésillant faiblement à mes oreilles, le barbier penché avec la lame en acier bleu du rasoir fraîchement passée sur le cuir, puis commençant à tracer des bandes nettes, des traces lisses des pommettes à la nuque, des lignes d'une grande précision parce qu'une erreur d'appréciation supérieure à l'épaisseur d'une feuille de papier pour aérogramme ferait couler le sang. Le genre de moment qui ne diffère que par l'intention des secondes qui précèdent une exécution.

April a respiré les mots qui ont suivi plus qu'elle ne les a murmurés. Elle aurait pu être seule dans une pièce à composer une chanson d'amour.

« Je veux que cette petite salope en toc sorte de ma vie et de la vie de Jake. Je ne veux pas qu'il ait des ennuis à cause d'elle. Elle est du genre à vous flanquer par terre et à s'en aller en fredonnant un air tout joyeux, sans un regard en arrière.

— Vous pouvez me dire où elle se trouve ?

— Je ne devrais pas, mais si ça nous peut aider à nous en débarrasser pour de bon, je le ferai. Et puis tu es gentil. Il y a un mois ou deux, Jake partait vers l'Oregon pour un travail au noir près de Portland. Il construisait quelque chose. Mais c'est tout. Ne m'en demande pas plus. Il faut y aller maintenant. »

Elle s'est levée, m'a attiré vers elle et a glissé le pistolet sous ma ceinture. Elle a porté deux doigts à ses lèvres et a effleuré ma joue en chuchotant : « Au revoir. »

Orson s'est réveillé, ivre mort, et s'est mis aussitôt à rugir. Il a cherché le pistolet, s'est emparé d'une bûche dans la cheminée et a hurlé : « Touche pas à ma femme ! »

Il s'est précipité, chancelant et luttant encore contre la pesanteur de son sommeil d'ivrogne, mais il était rapide quand même. Comme je sortais sur le porche, il m'a frappé trois fois sur le côté de la tête. J'ai dévalé les marches et plongé dans le noir.

Une nuit noire, sans lune encore, la moitié du ciel nuageuse. Boitant et essuyant le sang qui coulait de mon oreille, j'ai marché sur la route le long de la rivière en essayant de deviner les points cardinaux, comme si la rotation de la planète, le grand mouvement d'est en ouest, pouvait être discernable si l'on restait assez aux aguets. L'obscurité était si épaisse qu'on ne savait pas toujours où se trouvait la route, si ce n'est qu'en marchant dans les feuilles et les aiguilles de pin pendant quelques pas, on sentait qu'on avait quitté le chemin. Insectes et reptiles bruissaient tout autour. Peu après, la lune qu'April avait prédite, pas tout à fait à son dernier quartier, a commencé à se lever comme à travers une couche de gaze, laiteuse et vague derrière la mousse fantôme. Une fois l'est et l'ouest repérés, le nord et le sud devenaient faciles à suivre ; je pouvais me diriger plus ou moins vers l'ouest.

Au loin dans la jungle, un bruit évoquait celui de chiens croquant des os de poulet. L'air chaud et détrempé sentait le linge aigre et agissait comme une lentille grossissant la lune au-delà des proportions raisonnables. L'humidité s'épaississait au fur et à mesure que je marchais, comme si l'air allait se transformer en gélatine. Un énorme hibou pâle était posé sur un poteau de clôture, immobile. Seule sa tête pivotait très lentement pour observer mon passage.

Je marchais sur le chemin de terre en pensant aux champs magnétiques et à la gravité qui nous attirent et nous bousculent, aux forces aveugles dont nous aimons croire qu'elles ont un sens et que nous appelons parfois le destin, comme ces joueurs de poker persuadés que la distribution aléatoire des cartes possède une signification personnelle, un jugement sur la valeur du joueur, qu'elle est la manifestation d'une déesse appelé chance. Mais plus j'avançais dans l'obscurité, plus j'en voulais à Long de ne pas faire lui-même le sale boulot, alors qu'aucun de nous n'avait envisagé ce voyage comme tel quand nous l'avions organisé. De toute évidence, j'avais été bien naïf de croire tout comme Long que la lueur dorée de sa sphère d'influence me protégerait.

Peu avant l'aube, alors qu'il n'y avait pas encore la moindre lueur à l'est, un coq a chanté. C'était plus un bâillement sonore qu'une stridence. Un véhicule est arrivé par-derrière, et j'ai reculé sur le bord du chemin pour le laisser passer, mais il m'a suivi, avec ses deux faisceaux de lumière jaune. C'était une voiture de police qui s'est arrêtée à côté de moi. L'homme en uniforme assis à l'intérieur m'a étudié en silence. Il était encore plus jeune que le shérif. Finalement, il m'a dit : « Je ne vous connais pas et cela me rend méfiant. Je connais tout le monde ici.

— Je suis allé voir les Orson, et mon chauffeur est reparti sans moi.

— Comment vous connaissez les Orson ?

— Je ne les connaissais pas. Je cherchais leur fils Jake. »

L'adjoint a réfléchi et a fini par demander : « Vous avez trouvé ce que vous cherchiez ?

— Pas vraiment, non. Ils disent qu'ils ne l'ont pas vu depuis un moment.

— Juste un conseil : si vous le trouvez, vous pourriez le regretter.

— Pourquoi ?

— Il n'est peut-être pas exactement votre genre. Quoi qu'il en soit, il n'est pas dans le coin. Et je mets un point d'honneur à savoir quand il est dans les parages, ce sale petit bâtard. »

Il est parti sans proposer de me raccompagner.

J'ai continué à marcher et, au bout d'une demi-heure, j'ai traversé ce qui ressemblait à une ville fantôme. Des immeubles en bois espacés par des chênes verts et des palmiers. Quelques maisons, une église, deux bâtiments pour l'expédition d'agrumes fermés pour la saison. Aucune lumière aux fenêtres, personne en vue.

Enfin, le soleil a commencé à se lever, une vague luminosité pointant dans le ciel lourd. La rivière était aussi lisse que du verre, sa surface boueuse éclairée par la lumière de l'aube comme un ruban noir entre la route de terre pâle et les troncs de cyprès coniques sur la rive opposée.

Derrière moi, un camion à plate-forme a surgi, m'a dépassé et s'est arrêté en travers de la route, comme pour me bloquer. Le chauffeur, le coude posé sur le rebord de la fenêtre, me fixait d'un regard sans expression. Ses cheveux gris opossum coupés à deux centimètres du crâne se hérissaient en pointes grasses. Son nez ressemblait à une grosse boule rose de chewing-gum mâché.

Il a fini par me demander : « Je peux vous aider ?

— Je suis un peu perdu.

— Ouais, ça se voit.

— J'essaie de me rendre à l'aéroport de Tampa. »

Il a eu un seul éclat de rire qui sonnait comme un aboiement.

« Je ne vais pas avaler ça. »

Je me suis repris et j'ai demandé s'il y avait une gare routière à proximité. « Je dois me rendre à Saint Petersburg, ai-je expliqué. »

L'homme a réfléchi à sa réponse, calculant quel profit tirer de la situation.

Finalement, il s'est décidé.

« Il faut aller jusqu'à Lee City. Et ensuite, qui sait quand le prochain bus pour Tampa partira. Il s'arrêtera dans le moindre trou à rats. Vous seriez peut-être à Tampa vers minuit. »

J'ai regardé le ciel, encore baigné de la lumière de l'aube. Dans vingt-quatre heures, je devais être prêt à affronter les rigueurs d'une longue journée de vol pour retourner à Denver.

« Oubliez Lee City, ai-je dit. Combien prendriez-vous pour me conduire jusqu'à Tampa ?

— C'est à plus de cent cinquante kilomètres. »

Il a pris son temps pour faire le calcul avant d'annoncer : « Trois cents kilomètres aller-retour. Sept heures de route. Il faudrait compter sept dollars.

— Si vous me conduisez là-bas avant midi, je vous donnerai vingt dollars. »

Le chauffeur m'a fait signe de monter en disant : « Appelle-moi Huey. »

Nous avons roulé dans un silence plaisant pendant près d'un kilomètre, puis il a dit : « Ce Roosevelt, je n'arrive pas à croire qu'il dirige le pays. C'est vrai, écoute-le parler comme une mauviette et fumer ses cigarettes dans un porte-cigarettes de luxe. Et sa femme communiste pense qu'elle dirige le pays. Tout ce qu'ils veulent, c'est tout donner aux nègres – il a prononcé ce mot avec beaucoup de sarcasme –, à eux et à tous ceux qui sont trop fainéants pour travailler, sauf à bénéficier de l'aide publique.

— Vous parlez des gens qui construisent des aéroports et des gares ? Des gratte-ciel, des ponts et des bureaux de poste ?

— Je parle des gens qui touchent des allocations de l'État, celles qui viennent de ma poche. »

Je n'ai pas répondu. Nous avons traversé une ville avec quelques maisons, une station-service et trois magasins. Entre les frondaisons de palmiers, la lumière fragile reflétait le bleu argenté d'un lac immobile.

Il a fini par demander : « Et toi, tu gagnes ta vie comment ?

— Je suis artiste peintre. En ce moment, mon travail consiste à peindre une fresque dans un nouveau bureau de poste.

— Bon Dieu ! Tu touches des allocs à faire de la peinture aux doigts pendant que je me tue à la tâche tous les jours ?

— Il y a peut-être différents types de travail ? Et vous, comment vous gagnez votre vie ? En ce moment, vous me conduisez dans un camion et je vous paie beaucoup plus que le tarif en vigueur.

— Par ici, nous ne comptons pas pour rien, ma famille et moi. Nous possédons plus de cent vingt hectares et nous avons vendu les droits d'extraction du phosphate de notre sous-sol. Et on va creuser un canal pour les barges tout le long de la Floride, de l'Atlantique au Golfe. Ça évitera que les marchandises destinées à Mobile, à la Nouvelle-Orléans ou à Houston passent par les Keys et remontent. Le canal coupera la Floride en deux, ce qui n'est pas une mauvaise idée compte tenu de la situation de la moitié sud. Il traversera le comté d'Estafa, et mes voisins et moi-même nous pourrons vendre une partie de nos terres à un bon prix. On va mener la grande vie. L'année prochaine, je serai peut-être à la retraite.

— Et qui signera ce gros chèque ? Le gouvernement ? Alors c'est bon pour vous, mais pas pour moi ? »

Il a freiné brutalement et le camion s'est arrêté net.

« Dehors. Je ne vous conduirai nulle part. Et je veux mes vingt dollars. »

Je suis sorti du camion et j'ai refermé la porte. Par la fenêtre ouverte, j'ai dit : « Nous avons fait quinze kilomètres. Je vous donne cinquante cents. »

J'ai fouillé dans ma poche, sorti deux pièces de vingt-cinq cents et les ai frottées entre le pouce et l'index.

Il s'est penché presque horizontalement et a pris les pièces, puis il a sorti un revolver de sous le siège et l'a pointé sur moi.

« Regarde autour de toi, crétin. Je pourrais te refroidir sur cette route maintenant, et ne pas passer un seul jour en taule. »

Il a essayé de me cracher dessus par la fenêtre, mais n'y est pas parvenu. Enclenchant le levier de vitesse en première, il a fait grincer l'embrayage pour démarrer en trombe.

Je me suis remis à boiter sur la route. En marchant, je me suis dit que la Floride était un État épuisant. Et le comté d'Estafa devait être la tête de file de toute la péninsule. Si la Grande Dépression ne devait jamais prendre fin, si tout continuait à s'effondrer, à s'effriter comme les pyramides se dissolvaient grain à grain dans les ondulations lisses des dunes, Estafa avait sans doute déjà fait un pas de plus vers l'avenir que la plupart d'entre nous. L'idée était peut-être de montrer à quel point nous avions été ineptes de consacrer tant d'efforts au travail et aux plaisantes idées sur la construction de la nation, autant de sueur, de science, de poésie et de philosophie retournant à la poussière et à la boue. Estafa regardait le reste du pays comme si Dieu jugeait nos meilleures œuvres, les déclarait insuffisantes et effaçait le tout d'un revers de main.

J'avais encore marché plus d'un kilomètre lorsque Raúl est arrivé en voiture. Il s'est penché à la portière pour me poser des questions. Il m'a dit à quel point il se sentait coupable de m'avoir abandonné, et m'a demandé qui m'avait tabassé.

« Ça va aller. On ne sait pas ce que ces salauds t'auraient fait si tu étais resté.

— J'ai parcouru toutes ces routes le long du fleuve à ta recherche. J'ai un peu dormi dans la voiture.

— Je n'ai jamais été aussi heureux de voir quelqu'un de ma vie. »

J'ai fait le tour de la voiture jusqu'à la portière du passager et je suis monté en déclarant : « On fout le camp d'ici en vitesse. »

Le golfe s'est éloigné et l'avion a tangué, grincé et cliqueté. Une fois en vitesse de croisière, l'hôtesse de l'air a longé l'allée d'un pas vacillant, m'a regardé et s'est écriée : « Oh là là ! Vous vous sentez bien ? »

J'ai tapoté le côté de mon visage, là où Orson m'avait frappé, pour savoir s'il avait continué à gonfler. Au toucher, le lobe de l'oreille avait la consistance d'une tomate pourrie.

« Accident de chemin de fer dans le comté d'Estafa, en Floride, ai-je répondu.

— Je n'en ai pas entendu parler. Ça a dû être terrible. Dans mon travail, on ne peut pas suivre les nouvelles.

— Je vais m'en sortir. »

Elle s'est penchée pour chuchoter à voix assez haute pour couvrir le bruit de l'hélice : « Nous n'avons pas le droit de vendre de l'alcool, mais si un verre peut vous faire du bien, il y a du gin dans le cockpit. »

De près, elle sentait une odeur inconnue de shampoing, d'air pur de haute altitude avec un léger relent de vomi.

« Oui, s'il vous plaît. Du gin, beaucoup de gin. »

Elle a ri en me donnant une petite tape sur l'épaule.

« Ne vous en faites pas, les pilotes ne s'apercevront de rien s'il manque moins d'un litre, et en plus, ils ne savent pas que nous avons une autre bouteille.

— Je m'appelle Val. Et vous ?

— Lulu. Et je suis infirmière diplômée. Cela réconforte pas mal de passagers de le savoir. »

Encore étourdi par le gin que j'avais bu dans l'avion, je suis arrivé au Brown Palace au milieu de la nuit. J'ai regardé l'horloge sur le mur, et elle m'a paru déréglée. Ma perception du temps était floue, et pas seulement à cause des changements de fuseaux horaires. Les lumières du hall étaient éteintes, et lorsque j'ai levé les yeux vers le vide vertigineux de l'étonnante architecture, j'ai eu le mal de mer.

Inclinant le bord de mon chapeau vers le bas pour masquer le côté abîmé de mon visage, j'ai donné mon nom à la réception et précisé que j'avais une réservation. Le concierge a regardé ses papiers.

« Bienvenue au Brown, monsieur Welch. J'espère que vous avez apprécié votre voyage en Floride.

— Pas le moins du monde. »

J'ai soulevé mon chapeau pour laisser voir mon visage meurtri avant de me retourner pour lui révéler l'oreille. Je l'ai entendu retenir son souffle.

« J'ai besoin d'appeler au Wyoming, ai-je annoncé en griffonnant les numéros sur le bloc-notes de l'hôtel.

— Il est très tard. Ou devrais-je dire tôt ?

— C'est vrai. Mais je suis sûr qu'il prendra l'appel.

— Les réseaux ne sont pas occupés à cette heure-ci, cela devrait passer rapidement. Allez-y et installez-vous dans la cabine 3. »

Le téléphone a sonné à peine quelques minutes après. Long n'avait pas l'air endormi, et il n'a même pas dit bonjour. Il a juste demandé : « Qu'est-ce qui ne va pas ? »

J'ai laissé éclater ma colère.

« Je ne sais pas ce qui se passe entre vous, Eve et son mari, et l'abominable famille de Jake en Floride, ni quelles sont vos ambitions, mais je n'avais pas signé pour ça. J'ai été tabassé par les Orson et par la police du comté d'Estafa, et je suis épuisé. Presque tous les gens que j'ai rencontrés ont proposé de m'assassiner et de me jeter dans leurs saloperies de marécages pleins de vase. J'en ai marre. Je viens chercher ma voiture et ma paye, je mets les dernières touches de peinture sur le mur du bureau de poste, et c'est terminé. Vous n'avez qu'à retrouver Eve, comprendre pourquoi elle s'est enfuie et tout ce que vous avez besoin de savoir sur son mari et sa famille de criminels par vous-même. Il me semble que vous n'avez pas la moindre idée de ce dont il s'agit. »

Un long silence s'est installé. Je m'attendais à une explosion de menaces, mais Long a répondu calmement.

« Respire, Val, et prends de l'aspirine. Dors un peu, autant que tu le peux. Ne t'inquiète pas de l'heure à laquelle tu rentreras demain. Ton cabanon sera prêt quand tu arriveras. Et n'oublie pas, j'ai besoin de ce que tu fais pour moi, et je suppose qu'Eve aussi. Ne t'en fais pas non plus pour les derniers travaux sur la fresque pour l'instant. J'ai reparlé à Hutch et je lui ai dit que tu m'aidais à retrouver un Renoir volé, mais que tu allais revenir très rapidement pour terminer ton œuvre. Et j'ai aussi accepté de financer un de ses projets favoris. »

La ligne a été coupée.

J'avais tellement dormi pendant le vol que je savais qu'il me faudrait un certain temps pour retrouver le sommeil. J'ai pris une douche pour me débarrasser de la crasse du voyage et, encore nu, j'ai jeté un coup d'œil au miroir par-dessus mon épaule. J'avais deux ecchymoses violacées sur les fesses, comme l'avait prédit l'adjoint ; le mollet de ma jambe droite était bleu et jaune comme une flamme de propane. J'ai avalé trois aspirines et me suis assis dans mon lit avec mon carnet de croquis. Je prenais des notes rapides sur le voyage, la plupart du temps par écrit, mais en faisant aussi quelques croquis. J'ai noté le commentaire de Raúl selon lequel la Floride était la première frontière. Maintenant que la fresque était presque terminée, j'étais retourné aux origines de l'Ouest pour apprendre quelque chose d'essentiel à son sujet : un noyau d'anarchie s'étendait sur tout le continent, du Golfe au Pacifique. Dans mon état d'esprit ce soir-là, je voyais l'histoire américaine dans son ensemble comme l'assaut de la Floride contre la civilisation. Si Raúl avait raison et qu'Estafa était bien le Far West, peindre ce que je ressentais à ce moment-là, tenaillé par des douleurs lancinantes, ne ferait pas une fresque d'un optimisme à toute épreuve pour le bureau de poste. Mais c'était ce que je voulais réaliser.

J'ai noté ce que j'avais appris en Floride : « Jake vivant, peut-être à Portland, statut matrimonial incertain, rejeton d'une famille de cinglés violents. »

Il me semblait que malgré tout ce que je savais, Eve continuait à s'éloigner de moi, s'estompait dans une perspective toujours plus vague. Je n'arrivais pas à garder une image claire d'elle dans mon esprit, pas assez longtemps pour la dessiner, et encore moins pour comprendre les chemins de ses errances, comment elle avait croisé les Orson, que ce soit pour une courte période ou jusqu'à récemment. J'ai essayé de dessiner une carte de tous ses voyages dans le pays, vagabonde des chemins de fer et chanteuse cow-girl, mais je me suis rendu compte que je n'en connaissais qu'une partie. Elle ne se souvenait sans doute pas de tout non plus. Un soir, elle m'avait dit : « Je ne pense pas beaucoup au passé. J'essaie de prendre chaque jour comme il se présente et de laisser le sommeil l'emporter avant le prochain lever de soleil. »

Jusqu'à son mariage avec Long, elle avait surtout vécu sur la route, peut-être pendant cinq longues années. J'avais déjà traversé le continent en diagonale, de Seattle à la Floride, pour essayer de la retrouver, de la suivre dans son passé. Je me suis dit que je devrais peut-être aller jeter un coup d'œil à San Diego et à Bangor, puis tracer des lignes convergentes à partir des quatre coins du pays et la chercher quelque part près de l'intersection indiquée par un X. Omaha, Wichita, Dodge City.

Je voulais la comprendre, la retrouver, savoir pourquoi elle s'était enfuie de chez Long. J'avais vécu à quinze mètres de leurs fenêtres pendant près de deux mois et je pouvais affirmer sous serment que je n'avais jamais entendu une seule dispute. Même si j'étais en colère contre Long, je me disais qu'on pouvait trouver un million de maris pires que lui. Jake Orson semblait en être le parfait exemple. Pourtant, quelque chose l'avait poussée à fuir toutes les formes de sécurité que l'argent peut acheter, en plein milieu d'une période difficile qui durait depuis des années et dont on ne voyait pas la fin. Je voulais savoir ce que c'était.

L'aube commençait à se répandre dans le ciel. J'ai regardé tout ce que j'avais écrit, et ça m'a semblé évident. Il fallait que j'arrête de croire que les intérêts de Long et les miens étaient les mêmes. Ce n'était pas possible. Les siens étaient compliqués et les miens étaient simples.

Dernière chose avant de m'endormir, j'ai écrit dans mon carnet de croquis : « April a dit qu'Eve s'asseyait au bord de la rivière et chantait des chansons. Je ne l'ai jamais entendue chanter une seule note au ranch. »

En fin d'après-midi, j'ai pris le virage vers le ranch Long Shot, prêt à en découdre. Pendant la majeure partie du trajet depuis Denver, j'avais imaginé comment tirer parti de mon appel du Brown Palace. Je voulais partir, et partir furieux. Après tout, ce n'était pas comme si j'avais besoin d'une lettre de recommandation de Long. Une bonne photographie Kodachrome des *Traqueurs*, une fois que j'aurai enfin pu terminer mon travail, c'était ce sur quoi j'allais m'appuyer, et pas sur l'opinion de Long sur moi et sur ma peinture. J'avais envisagé de poursuivre Eve par moi-même, mais je n'étais pas sûr de pouvoir le faire sans le financement de son mari.

Je n'avais même pas extrait mon sac de la voiture que Long est sorti pour me souhaiter la bienvenue, s'inquiéter de mes blessures et me remercier de ce que je faisais pour lui et pour Eve. Je lui ai dit ce que j'avais prévu de dire. Sauf que j'étais peut-être moins en colère et plus triste. Plus que tout, je me sentais flancher.

« Je comprends ce que tu ressens, Val, a dit Long. Mais Julia se met en quatre pour cuisiner ce bœuf bourguignon que tu aimes tant. Alors, parlons autour d'un dîner. Viens à l'heure habituelle. Faro aussi sera là. »

Puis il est rentré dans la maison.

Après la Floride, un État qui ferait l'effet d'une serviette trempée dans le bain de quelqu'un d'autre qu'on vous balance à la figure, le Wyoming sentait le propre et le sec, avec sa lumière fragile comme un éclat de mica, son air d'altitude assez raréfié pour être mesuré dans les poumons et apprécié dans sa légèreté, son manque de substance.

Lorsque j'ai porté mon sac de la voiture d'Eve jusqu'au cabanon à porte bleue, les cow-boys, en particulier Wiltson et Faro, m'ont trouvé hilarant en me voyant marcher à petits pas sur mes jambes recouvertes d'ecchymoses, avec mes reins en feu, un côté du visage gonflé offrant toutes les nuances du violet. C'est le lobe de l'oreille qui les a le plus amusés, un gros raisin noir sur le point d'éclater.

Lors d'une pause dans leurs plaisanteries, j'ai lancé : « Wiltson, tu avais l'air plus mal en point quand Faro en a eu fini avec toi.

— On ne va pas comparer, a dit Faro. Tes blessures, c'est du travail d'amateur. Je sais choisir entre donner une leçon et faire des dégâts. Wiltson a reçu une leçon. Je savais qu'il y avait un cow-boy en lui, et je voulais juste le faire sortir.

— Bon sang, a dit Wiltson. Il m'a fallu un mois pour guérir. Jusqu'où ça aurait été si tu avais été sérieux ?

— Jusqu'où c'est grave d'être mort ? »

Tous les cow-boys ont ri, Wiltson aussi, et moi aussi.

« Qu'est-ce qui s'est passé avec le petit Browning ? a demandé Faro.

— À peu près comme je m'y attendais, il n'a pas été très utile. Il est dans mon sac. On me l'a enlevé, mais je l'ai récupéré.

— Tu as dû tirer sur le type pour le récupérer ?

— C'était une femme. Son mari s'est endormi avec l'arme à la main, elle la lui a enlevée et l'a glissée dans ma ceinture. »

Les cow-boys m'ont applaudi à tout rompre, ce qui était mon intention.

« C'est la meilleure façon de récupérer un pistolet que j'aie jamais entendue », a dit Faro.

Wiltson a demandé : « Elle était assez belle pour peindre son portrait ?

— J'ai bien l'intention de le faire un jour, oui.

— Whoo ! Je veux le voir. J'espère qu'elle sera à poil. »

Faro a déclaré : « Wiltson, chaque fois que tu ouvres la bouche, c'est comme si tu étais en compétition avec toi-même pour dire quelque chose de plus débile qu'hier. Et tu gagnes toujours.

— Merci, monsieur, a répondu Wiltson. Je le note sur mon calendrier. Un jour à entourer en rouge. Faro a dit que je suis spécial. »

Lorsque je suis entré dans la salle à manger un peu plus tard, Long et Faro m'attendaient, trois bouteilles de très bon bourgogne déjà ouvertes et respirant sur la table.

La première chose que j'ai dite en m'asseyant, c'est que je comprenais pourquoi Long ne voulait pas soumettre un avis de disparition au shérif.

« Celui d'Estafa m'a ouvert les yeux. Il était aussi corrompu qu'il est possible de l'être.

— Le shérif d'ici connaît mes opinions politiques et je connais les siennes. Il ne rechercherait pas Eve, il chercherait quelque chose qu'il pourrait utiliser contre moi. Chaque détail serait dans le journal local dans une semaine, et à Cheyenne la semaine suivante. Ce n'est pas bon pour elle, et surtout pas bon pour moi.

— Oui, a ajouté Faro. Notre shérif est un phénomène.

— Il vaudrait mieux engager un enquêteur professionnel, ai-je suggéré.

— Bien sûr, dit Long. Mais beaucoup d'entre eux sont aussi des criminels. Les Pinkerton ne valent guère mieux qu'une armée privée que j'engagerais pour travailler à mes côtés. On leur dit qui vous cause des ennuis et ils s'en occuperont. Parfois en tuant. J'ai beau être en colère contre Eve, je ne confierai pas cette affaire à des gens comme les Pinkerton.

— Le problème, ai-je repris, c'est que je commence à craindre que nous nous soyons trompés d'affaire depuis le début. La famille de Jake a agi comme si elle avait rarement eu des nouvelles de lui au cours des dernières années, et s'est montrée étonnée qu'il ne soit plus avec Eve. Ils ne l'ont rencontrée qu'une fois. Quoi qu'il se soit passé entre elle et Jake, je ne pense pas qu'il ait voulu le dire à ses parents. Tout ce que j'ai, c'est que sa mère m'a dit qu'il pourrait être à Portland pour travailler à la WPA. Quelque chose ne colle pas, cependant, et je n'arrive pas à savoir quoi.

— Quand il s'agit de retrouver Eve et de répondre à toutes ces questions, a dit Long, je te fais plus confiance qu'au shérif ou aux Pinkerton. Tu ne sais pas vraiment ce que tu fais, mais je vois bien que tu gardes les intérêts d'Eve en tête. Et les miens aussi, je crois. J'essaie encore de croire que mes intérêts et les siens se recoupent largement. Je veux qu'elle soit ici plutôt qu'ailleurs, alors je ne peux pas laisser tomber et lui dire : "Va au diable !"

— C'est pour ça que je me demande si vous ne feriez pas mieux de la chercher vous-même, ou au moins de venir avec moi. »

Long a levé la main et a fait un vague geste circulaire.

« Elle s'est enfuie loin de moi et de tout ça, et elle a volé mon tableau préféré, mais pas le plus précieux. Il y a un message là-dedans. Elle a pris le Renoir pour me faire du mal, et elle a réussi. Je suis blessé. Ce tableau représente une partie importante de ma vie, la fin de l'horrible guerre, une époque où je ne pouvais pas imaginer que la mort et la violence puissent exister à nouveau. Mais c'est aussi la beauté de Paris, de l'art et de la culture qui a survécu. Ce petit tableau résume tout cela pour moi, et dans mon esprit, la valeur financière et l'œuvre d'art ne sont pas du tout équivalentes. Eve le sait aussi. Mais il me reste un peu de fierté, alors je ne vais pas courir après elle dans tout le pays. »

Frustré, endolori et fatigué, j'ai répliqué : « Vous préférez continuer à me payer pour le faire ?

— Tant que tu continues à me laisser te payer », a conclu Long.

Faro a pris la bouteille pour se verser un doigt de vin, puis Long a rempli son verre presque à ras bord. Faro a soulevé le sien, respiré profondément et a déclaré : « Rien que ça, ça suffit à nous emmener bien loin d'ici. »

Long et moi avons approuvé.

« On pourrait chercher longtemps les raisons pour lesquelles les pièces ne s'emboîtent pas, a-t-il poursuivi, mais c'est peut-être plus simple qu'on ne le pense. Jusqu'à présent, on a supposé que si le mari d'Eve était vivant, elle s'était peut-être enfuie pour le retrouver. Il se peut qu'elle vienne d'apprendre qu'il est vivant et qu'elle soit partie pour divorcer. Mais qu'est-ce qui se passe si elle l'a retrouvé et que rien ne marche comme prévu ? J'ai connu une femme à Tulsa qui s'est mariée et a divorcé du même homme deux ou trois fois. Elle divorçait, épousait quelqu'un d'autre et, quelques années plus tard, elle revenait vers son premier mari, qui l'accueillait et l'épousait à nouveau. Il ne pouvait pas s'en empêcher. Leurs deux folies s'accordaient parfaitement.

— Ça fait beaucoup de spéculations, ai-je dit. Ce que j'essaie de vous dire à tous les deux, c'est que je ne pense pas que la fuite d'Eve ait quelque chose à voir avec le mari. Je ne peux pas prouver le contraire, mais je n'ai pas non plus la moindre preuve suggérant que c'est à cause de lui qu'elle est partie.

— Écoute, a repris Long, j'en ai plus qu'assez de ses secrets et de ses dérobades. Ce que tu ne sais peut-être pas encore, Val, c'est qu'elle ment quand ça l'arrange. J'ai entendu une douzaine d'histoires contradictoires sur leur mariage. Et si je la poussais à admettre que Jake ne s'est jamais noyé dans cette rivière, je suppose qu'elle pourrait inventer autant d'histoires sur leur prétendu divorce. Une minute, elle dit qu'il était l'homme le plus doux du monde, et la suivante, qu'il a essayé de la prostituer à Houston ou à Albuquerque. Elle raconte l'histoire qui lui convient au moment qui lui convient. Je ne sais pas si elle se convainc que c'est la vérité ou non.

— Il y a autre chose que nous avons laissé de côté, ai-je continué. Tous vos projets politiques. Ça peut entrer en ligne de compte. La nuit où ces gars du gaz étaient ici, elle était vraiment énervée. Elle a dit qu'elle en avait marre d'être utilisée pour vous permettre d'obtenir ce que vous désiriez.

— Val, cite-moi un mariage qui n'implique pas qu'on utilise l'autre. Je n'en ai jamais vu. Le fait est que mes chances d'être nommé au Sénat, ou même de gagner une élection, sont assez bonnes. Mais pas si je suis marié à une bigame.

— Cela ne ferait pas de toi un bigame aussi ? a demandé Faro.

— Je ne suis pas plus juriste que toi, mais je suis certain que cela ne compte pas si elle m'a menti et que je n'étais pas au courant.

— Et tu n'en savais rien ? Tu as consulté un avocat pour savoir ce qu'il en était ?

— Bien sûr que oui. Si elle m'avait dit la vérité sur Jake dès le début, avant notre mariage, j'aurais pu faire le nécessaire. Maintenant, c'est beaucoup plus difficile. Le fait est que si les soupçons ne comptent pas beaucoup en droit, ils déteignent sur vous en politique. »

Cela m'exaspérait que Long soit toujours plus préoccupé par une menace présumée sur ses ambitions politiques que par l'endroit où se trouvait Eve, ou par la question de savoir si elle était en sécurité. J'ai jeté un coup d'œil à Faro, et son visage a changé comme dans la grange, lorsqu'il avait trouvé Eve en train de me présenter aux chevaux, une réaction qui n'était pas de la colère mais quelque chose de plus complexe. C'était comme si quelque chose montait de l'intérieur, un poisson prédateur se matérialisant gueule ouverte dans une mare d'eau trouble pour avaler une grenouille à la surface, un mouvement aussi facile que de prendre une gorgée d'eau.

Long n'a pas semblé remarquer la brève transformation de Faro.

« C'est simple, a-t-il dit. D'après ce que j'ai compris, si vous épousez quelqu'un qui n'a jamais divorcé d'un mariage précédent, votre union avec cette personne est invalide en raison des lois sur la bigamie, qui considèrent l'antériorité. Si vous ne savez pas que votre femme est bigame, alors votre propre intention prend toute son importance. Mais si le premier conjoint de votre femme meurt ou tout simplement disparaît, vous devez soit prouver le décès, soit attendre sept ans avant qu'il puisse être légalement présumé mort. »

Long a fait une pause en tripotant le pied de son verre de vin.

Faro a déclaré : « Je ne suis rien d'autre qu'un vieux vacher, mais ce que j'entends, c'est que, comme on dit, la mort guérit tout. »

Un long silence s'ensuivit.

« Les gens disent ça, non ? La mort guérit toutes les blessures, a repris Faro.

— C'est le temps, je crois, a répondu Long. Le temps guérit toutes les blessures.

— C'est du pareil au même, a conclu Faro. On raconte toutes sortes de choses stupides sur la mort. Les gens font comme si la mort d'un enfant n'était pas naturelle, mais mourir trop jeune, ça ne veut rien dire. Il n'y a qu'à aller se promener dans un cimetière pour regarder les dates sur les pierres tombales. »

Nous sommes restés assis quelques minutes de plus à réfléchir.

« Je n'invente rien, a repris Faro. Je dis juste que c'est assez clair. Si ce Jake n'est plus en vie, rien de ce dont nous parlons n'a d'importance. »

Long a marqué une pause avant de répondre : « Oui, bien sûr. C'est la réalité. »

Il m'a ensuite souri sans aucune joie en demandant : « Tu vois maintenant les différences entre tes compétences et celles de Faro ? »

Un verre de vin plus tard, Long a remarqué : « Ces Orson, à Estafa, ils devaient être très différents de ce à quoi Eve s'est habituée ici. »

Je m'attendais presque à le voir écarter les doigts, les mains et les bras dans un grand geste circulaire comme un roi suggérant l'étendue de ses possessions.

« Ils ressemblent plus à des bêtes fauves. Presque tous sont prêts à exploser de rage à la moindre provocation. J'ai pris la morsure de chien et les coups de matraque dans les reins dans leur salon. La blessure à l'oreille est arrivée sous la véranda. M. Orson s'est réveillé et a cru que j'embrassais sa femme, alors il m'a assommé avec un bâton pendant que je filais dehors.

— Vous vous embrassiez ? a demandé Faro.

— Pas exactement, non. Mais elle s'était un peu rapprochée. »

J'ai raconté à Long ce que m'avait dit le jeune policier qui parcourait les routes des marais, à savoir que Jake était au moins aussi dangereux que sa famille, peut-être plus.

« Tu le crois ?

— C'est possible. Ce policier semblait mettre beaucoup de force dans ses propos. Le mari d'Eve et lui doivent avoir à peu près le même âge, il est donc possible que de vieilles rancunes aient pourri entre eux.

— J'aimerais bien que vous arrêtiez tous les deux de l'appeler "le mari", a précisé Long.

— "Le premier mari" apaiserait tes sentiments ? a demandé Faro.

— Appelez-le comme vous voulez. Tout ce que je souhaite, c'est qu'il sorte de ma vie.

— La mère de Jake disait la même chose d'Eve. »

Long et Faro sont restés silencieux.

J'ai fini par demander quelle serait la prochaine étape.

« Réfléchissons-y pendant un jour ou deux, le temps que tu guérisses », a dit Long.

Cette nuit-là, je suis resté éveillé tard dans l'obscurité du cabanon. Le dortoir était sombre lui aussi ; la seule lueur provenait d'une fenêtre éclairée dans la grande maison. Je me suis dirigé vers la grange pour voir la jument Pálida. Elle était à moitié endormie, mais elle s'est réveillée tout de suite quand j'ai prononcé son nom. Elle a senti la pomme que j'avais apportée de la cuisine et a étiré le cou par-dessus la porte de la stalle pour la manger. J'ai tendu une main pour écarter le toupet devant ses yeux et lui gratter doucement le chanfrein. Il était aussi dur que de l'ébène. J'ai essayé d'imaginer le mouvement de l'énergie à Long Shot comme quelque chose de comparable aux lignes électriques qui couraient d'un poteau à l'autre. Parfois, le courant passait directement entre Long et Eve, et parfois il s'emmêlait entre Eve, Long et Faro. Je m'étais moi aussi retrouvé pris dans les lignes de force qui traversaient ces prairies, ce qui expliquait peut-être comment Long avait réussi à me calmer et à me relancer sur la piste.

Le lendemain, après ma journée de travail, je me suis assis sous le porche du cabanon pour lire. Long s'est approché et m'a dit : « Puisque tu n'es pas occupé, allons-nous balader. Une petite sortie. Les chevaux sont en train d'être sellés, alors habille-toi. J'ai calibré la lunette de mon vieux fusil, j'y suis presque. Nous ferons un tour, histoire de tirer quelques balles pour le tester, puis nous reviendrons. Deux heures, tout au plus. Je sais que ton cul ne supportera pas plus de temps en selle. »

Nous nous sommes dirigés vers le sud. Sur notre droite, les collines et la chaîne des Winds, où, même sur les plus hauts sommets, la neige avait fondu dans la chaleur du mois d'août. Entité à part entière, le fusil de sniper reposait dans sa gaine de cuir sur le flanc de la monture de Long. Ce dernier ne parlait que des affaires du ranch, de la rotation des troupeaux pour maintenir la croissance de l'herbe, du problème de l'euphorbe qui allait envahir les prairies à mesure que le bétail l'éviterait en la laissant se propager. « Heureusement, disait-il, la plupart des bêtes savent qu'il s'agit d'un poison et n'en mangeraient pas une dose mortelle. Les chevaux aussi le savent, mais on ne peut pas toujours compter sur eux pour ne pas faire quelque chose de stupide ou même de fatal quand ils s'ennuient.

On peut essayer de brûler l'euphorbe, a poursuivi Long, mais un an ou deux plus tard, elle repousse. Les racines sont profondes. Seules les chèvres la mangent, et je n'ai aucun intérêt à devenir éleveur de chèvres. Mais dis-moi, Val, je ne t'ai pas vu attraper le pommeau de la selle une seule fois jusqu'à présent. C'est un progrès.

— Oh, et moi qui pensais que ça ne servait qu'à ça, pourtant. »

Nous sommes arrivés au sommet d'une colline d'où l'on avait une vue panoramique. À l'est et à l'ouest, deux troupeaux très espacés se déplaçaient comme des ombres de nuages. Même de loin, maintenant que j'avais appris à les chercher, je pouvais voir des taches jaunes et vertes d'euphorbe ici et là, comme des fleurs d'algues dans l'eau d'une baie. Nous sommes descendus dans une vallée pour nous arrêter devant un massif broussailleux de pins.

Long a dit : « Nous allons laisser les chevaux ici, à l'ombre. »

Il a sorti le fusil de son fourreau et m'a tendu une paire de jumelles. Nous avons descendu la colline jusqu'au filet d'eau qui coulait en bas, et nous nous sommes arrêtés sur l'herbe à un endroit à peu près plat. Long a indiqué la pente opposée et m'a déclaré : « C'est toi qui vas repérer. »

Avec les jumelles, j'ai regardé dans la direction qu'il montrait et j'ai découvert une colonie de marmottes sur l'autre versant. À l'œil nu, on pouvait à peine identifier un signe de vie animale, mais avec des jumelles, les terriers et les animaux eux-mêmes, qui couraient, se baissaient et se redressaient pour scruter les environs, devenaient vivants, une communauté. Long a fixé le fusil sur son support et s'est étendu au sol pour s'installer.

« Le recul m'empêche de voir mes propres tirs, a-t-il expliqué, donc ton travail consiste à me dire si j'ai atteint la cible ou non, et si je la rate, à voir dans quelle direction je me suis trompé. »

Mais il ne l'a pas ratée. À travers les jumelles, les marmottes se sont dématérialisées dans d'évanescentes bouffées rouges, comme par un tour de magie.

J'ai eu un grand-père que j'aimais profondément et qui est mort à un âge avancé, et j'aurais aimé qu'il puisse partir en un instant lui aussi, au lieu de ces trois mauvaises années de médecins et d'hôpitaux, de confusion et de douleur jusqu'à ce qu'il ne sache même plus qui il était et où il se trouvait, excepté qu'il voulait désespérément être ailleurs.

Long a tiré une demi-douzaine de fois, puis il a sorti un minuscule tournevis comme celui que l'on utilise pour les charnières de lunettes, il a fait un réglage minutieux et a tiré trois autres balles, toutes au but.

« Pas trop mal. J'ai terminé. »

Après une pause, il m'a demandé : « Tu veux essayer ? Mais je te préviens : il y a un recul. »

J'ai expliqué que j'avais l'habitude de chasser les oiseaux en Virginie avec le calibre 12 Parker Brothers de mon grand-père, que je possédais toujours mais que je ne l'avais pas utilisé depuis près de cinq ans.

« C'est comparable », a dit Long.

Il m'a remis le fusil et a pris les jumelles. Je me suis allongé à terre, j'ai regardé à travers la lunette, et sans rien attendre de précis, j'ai tiré. Il y a bien eu un recul, mais moins qu'avec le Parker. Je n'ai pas touché de petit mammifère de l'autre côté de la vallée mais Long a semblé satisfait. Il a précisé : « Trop bas et trop à droite, de cinquante bons centimètres. »

Sur le chemin du retour, Long est resté silencieux. J'ai essayé d'imaginer un but plus profond à notre sortie, un lien avec une émotion ou une expérience essentielle pour lui. En m'en tenant aux quelques faits que je connaissais et aux histoires qu'il m'avait racontées, seules les sombres années de guerre et l'éclat de Paris immédiatement après me paraissaient représenter le mouvement central de sa vie. Il n'avait jamais parlé d'un amour de jeunesse condamné qui aurait consumé et assombri sa vie pour toujours. Il avait hérité du ranch, il n'avait pas construit sa richesse avec sa seule intelligence et son travail acharné. Pour lui, il n'y avait donc eu que la Grande Guerre et, depuis, des jours confortables.

Il m'a semblé que Long était plus obnubilé par l'élégant présent et le passé marquant de sa vie que ne l'était Eve. Leurs souvenirs, les horreurs dont ils avaient été témoins, devaient se faire mutuellement écho, mais ils y réagissaient très différemment. Long semblait vivre surtout dans l'espace entre le présent et le passé, tandis qu'Eve avait envie d'aller de l'avant tout de suite, en gardant le moins possible de son passé.

Nous étions presque de retour au ranch quand Long a déclaré : « Au cours de cette guerre européenne insensée, j'ai dû tuer au moins deux douzaines de personnes meilleures que n'importe lequel de mes frères et sœurs. Prendre une inspiration, la retenir, appuyer sur la gâchette, mon observateur regardant à travers des jumelles une vie s'écrouler, se désagréger, se désintégrer. Un imbécile optimiste a dit un jour que cette guerre-là mettrait fin à toutes les autres. Comme si c'était possible... En ce moment même, ces cinglés à l'étranger nous poussent toujours plus près d'un nouveau conflit. J'espère me tromper. »

Il a marqué une pause avant d'ajouter : « Statistiquement, certains des types que j'ai tués là-bas devaient être des gens honorables, en tout cas plus que mes frères. Si l'un d'entre eux avait un peu d'honneur. »

J'avais l'impression que Long avait plus à dire, qu'il retenait quelque chose. Je n'ai rien répondu, mais je me suis souvenu du dilemme qu'il avait évoqué à table, lors de ma première semaine à Dawes. Est-ce que j'appuierais sur la gâchette s'il fallait faire disparaître quelqu'un d'entièrement mauvais, et si j'étais appelé à prendre cette décision ? Le bien d'un seul l'emporte-t-il sur celui du plus grand nombre ? Je ne lui avais jamais répondu, et il n'avait pas reposé la question. Je me suis alors rendu compte que Long avait apparemment souvent réfléchi à cette idée, à savoir qui méritait de vivre ou de mourir dans une situation donnée, et qui devait être l'arbitre. Il m'est apparu aussi que d'une certaine manière, après la fuite d'Eve, Long s'était retranché dans le ranch comme un tireur d'élite, restant à distance, caché, gardant les mains propres.

À l'écurie, il a confié les rênes de son cheval à l'un des cow-boys et est entré dans la maison sans un mot. Je me suis à nouveau demandé pourquoi il m'avait invité à rejouer la guerre à une échelle minuscule, si ses pensées au sujet de Jake avaient commencé à s'orienter vers la solution simple de Faro.

Fatigué d'attendre que Long décide de l'étape suivante, j'ai suggéré d'appeler Donal pour voir s'il pouvait éclaircir la situation. J'ai appelé du bureau de Long. L'opératrice m'a dit que le réseau téléphonique était très encombré et qu'il ne fallait pas m'inquiéter si l'appel mettait du temps à aboutir. Peut-être une demi-heure, peut-être plus. Elle a parlé du réseau comme de la météo, comme d'une chose incertaine et hors de portée des mortels.

Long a attendu avec moi jusqu'à ce que l'ennui le pousse à partir.

Lorsque nous avons été connectés et que j'ai dit à Donal qui j'étais, il s'est exclamé : « Bon sang, mec, tu ne peux pas m'appeler ici.

— Mais c'est toi qui m'as donné ce numéro.

— Ah, oui ! J'avais oublié.

— Je cherche toujours Eve. Je suis allé en Floride, où les parents de Jake ont failli m'assassiner. Tout ce que j'ai appris, c'est qu'il est vivant et qu'il pourrait être à Portland. On dirait que tu m'as envoyé à la chasse aux ombres, alors tu veux peut-être reprendre ce que tu m'avais dit ? »

Donal est resté silencieux un moment avant de dire : « Bon, merde, je n'aurais pas dû t'envoyer là-bas. Maintenant, ça me retombe dessus moi aussi. La famille de Jake lui a dit qu'un ami d'Eve à Seattle t'avait envoyé en Floride pour les interroger. Ils ont parlé à Jake du riche mari d'Eve, quelle idiotie de ta part, et Jake est venu ici me menacer pour obtenir des informations que je n'ai pas, mais il ne me croit pas et il pense qu'il peut m'en faire baver jusqu'à ce que j'avoue. Il n'arrête pas de menacer de me taillader. Il m'a déjà tellement explosé la lèvre que j'aurai sûrement besoin de points de suture.

— Jake est là ? Peut-être que je me présenterai à ta porte dans quelques jours pour parler de tout ça.

— Non, ne fais pas ça. Vu son état d'esprit, j'ai peur de lui. Tout ce que je peux te dire, c'est que quand Eve est partie d'ici, elle était en route pour trouver une place de chanteuse dans une boîte de nuit ou un bar à San Francisco, ou peut-être à Sausalito. Je ne te l'ai pas dit avant parce que je ne voulais pas qu'elle t'ait sur le dos. Mais là, je n'ai jamais vu Jake dans un état pareil. Il hurle que dès qu'il aura un peu d'argent, il ira la chercher et il lui fera son affaire. Et à toi et au type riche aussi.

— Tu lui as dit où elle était ?

— Je ne pouvais pas savoir jusqu'où il était prêt à aller avec moi. Je l'ai déjà vu aller trop loin. J'ai eu peur. Mais je n'ai rien fait d'autre que de lui indiquer la région de la baie de San Francisco. C'est une indication très vague, parce qu'il y a là-bas environ un million de bars et de clubs.

— Et c'est la vérité ?

— Je le jure. Tu ne peux pas le voir au téléphone, mais je porte la main à mon cœur comme si je chantais l'hymne national lors d'un match de football. Je dis donc l'absolue vérité.

— C'est ça, va te faire voir, Donal.

— C'est toi qui as dit à ses parents qu'il y avait de l'argent à se faire. Maintenant, il est furieux et désorienté ; il n'a pas de projet, mais il sent qu'il y a un gros paquet à la clé. Mauvais cocktail.

— Qu'est-ce qu'il veut dire par "lui faire son affaire" ?
— Merde », a dit Donal, et la ligne a été coupée.

Long est revenu dans le bureau et je lui ai raconté ce que Donal m'avait dit. J'étais inquiet et, à vrai dire, un peu effrayé par ce dans quoi je m'étais embarqué.

Mais Long, très calme, a remarqué : « Je ne comprends pas la confiance que tu accordes à ce Donal. Il n'a pas une seule fois apporté une réelle clarté à la situation.

— Je pense qu'il vient de le faire. Je n'ai jamais cru tout ce que Donal racontait, mais une partie s'est révélée être la vérité. Je le crois quand il dit que Jake a l'intention de s'en prendre à Eve et qu'il pourrait être dangereux. Donal connaît Jake depuis aussi longtemps qu'Eve, et il a l'air secoué. Il ne sait peut-être pas exactement où se trouve Eve, mais il m'a dit que c'était quelque part autour de San Francisco. Pour chanter dans des bars. Écoutez, Jake est à la recherche d'un paquet d'argent. Il est tellement fauché que je parie qu'il n'en faudrait pas beaucoup pour l'impressionner. Je veux dire, si ça permet à Eve d'être en sécurité et à ce type de vous lâcher... ?

— Je ne céderai pas à un maître chanteur, a dit Long. Surtout pas avant d'en savoir plus. Par exemple, toi, ce clown à Seattle, Jake et Eve pourriez travailler ensemble. »

J'ai commencé à protester, mais il a levé la main et déclaré : « Ce n'est qu'une hypothèse de travail. Je suis certain de pouvoir t'exclure de ce qui se trame, mais je n'en suis pas sûr pour les trois autres.

— Il n'y a aucune certitude dans tout cela, si ce n'est que vous ne savez pas où se trouve Eve ni si elle est en danger. Dans votre position, moi, je voudrais le savoir. »

Long a soupiré : « Alors va la chercher et trouve aussi des réponses. Je vais faire une réservation au Clift. C'est central et pratique. Si tu tombes sur Jake, essaie d'obtenir son avis sur la question de savoir s'il est toujours marié à ma femme ou non. C'est assez simple. Mais je ne le paierai pas. Ni pour des informations, ni pour son silence, ni pour quoi que ce soit. Comme diraient les cow-boys, je ne lui dois rien.

— Je partirai à la première heure, ai-je conclu. »

J'ai mis mon sac dans la voiture et suis allé me coucher, prévoyant de me réveiller avant l'aube, de prendre la route, de rouler à fond et d'être à San Francisco dans trente-six heures. Mais cette nuit-là, je n'ai pas réussi à m'endormir. Les avertissements de Donal et ma conversation avec Long m'avaient troublé. Il avait surtout l'air ennuyé, comme si la menace qui pesait sur Eve ne lui avait pas fait grande impression.

Mon esprit tournait sans cesse. Et après, et après ? Retrouver Eve, lui demander quoi faire de Jake, savoir si elle voulait même rentrer chez elle. Mais après cela, que faire ? J'aurais dû terminer la fresque des semaines plus tôt et passer à autre chose. Mais à quoi ? Retourner à ma cabane sur la plage et vivre comme Sam et Randolph à Seattle, mais complètement seul ?

À vingt ans, j'avais cru que ma voie dans le monde était toute tracée. Aller dans une bonne école d'art, rencontrer des gens intéressants et utiles. Hutch avait été plus que cela et le serait encore, mais des centaines de personnes comme moi le sollicitaient pour obtenir une commande. Je ne savais pas d'où viendrait mon prochain salaire régulier, alors je me suis dit que je devais mettre de côté l'argent que Long me versait, le faire durer, parce que sa générosité pouvait s'arrêter à tout moment. Ou pas. S'il considérait que j'avais réussi à répondre à ses questions sur Eve et Jake, si je la ramenais au ranch heureuse et stable, il pourrait continuer à se montrer généreux. Surtout si le vieux sénateur disparaissait opportunément. Mais que signifierait pour moi le fait de davantage m'impliquer dans sa vie ? Quel en serait le coût ?

J'ai écrit un mot à Long pour lui dire que j'étais parti plus tôt, et j'ai quitté le ranch en voiture pour me rendre à Dawes.

Minuit, la porte d'entrée du bureau de poste n'était pas verrouillée, comme Don Ray l'avait dit. Seules quelques faibles lumières étaient allumées. Je me suis assis par terre, jambes croisées, et j'ai regardé mon travail, ce qui était fait et le peu qu'il restait à faire. À ce moment-là, j'ai eu l'impression d'avoir raté la cible que j'avais visée, mais je ne savais pas exactement comment. Hutch et ses collaborateurs n'auraient pas approuvé le plan s'ils ne l'avaient pas trouvé prometteur, et je ne m'en étais pas vraiment écarté. Dans un travail créatif, le doute et la déception sont inévitables. Si vous avez des ambitions, la chose que vous créez sera toujours en deçà de ce que vous vouliez faire. Le bureau de poste de Dawes, dans le Wyoming, n'était pas le plafond de la chapelle Sixtine, mais ça n'empêchait rien ; il fallait quand même ajouter quelque chose.

Je me suis levé et j'ai pris la direction de l'ouest.

IV

CINABRE ET AZUR

Je me suis installé dans un coin sombre du fond avec un Gimlet, mais le jus de citron vert avait tourné. Le goût du vinaigre écrasait celui du gin. Il n'y avait pas de scène, donc pas d'éclairage. Une ampoule sous un abat-jour métallique plat planait au-dessus du bar en projetant un faible cercle jaune. J'ai approché mon verre de l'ampoule et le Gimlet m'est apparu brunâtre.

Eve et deux hommes en costume noir froissé, un pianiste voûté et un contrebassiste qui touchait les cordes d'un instrument hors d'âge avec autant de douceur et de précaution que si elles avaient été brûlantes, interprétaient une version très lente et assoupie d'une chanson de Cole Porter tirée d'un film que j'avais vu mais dont je ne me souvenais pas, mis à part cette chanson en particulier, « All Through the Night ». Eve portait une robe de cocktail noire et tenait une cigarette comme un accessoire de scène faisant partie du spectacle. Parfois, elle s'arrêtait et regardait la fumée s'enrouler dans la lumière. Elle interprétait la chanson presque comme une berceuse, assez lentement pour pouvoir fumer sans interruption ou presque, et si doucement qu'on pouvait entendre les callosités des doigts du contrebassiste frotter les grosses cordes. Elle avait l'air fatiguée, elle était belle. Je ne l'avais jamais entendue chanter, et encore moins en public, mais ce concert somnolent de fin de soirée ne ressemblait en rien aux spectacles endiablés à l'époque où elle chantait dans un groupe de cow-boys.

Au total, une quarantaine de personnes étaient éparpillées dans la salle, occupées à boire et à écouter ; des couples autour de minuscules tables rondes et des hommes seuls au bar. Eve ne semblait jamais regarder le public, si bien que je n'étais pas sûr qu'elle savait que j'étais là. Pendant un long moment, alors que le piano et la contrebasse improvisaient des sons magnifiques, trop rêveurs pour être qualifiés de chansons, Eve s'est assise et a bu quelques gorgées d'un verre de Martini. Sa robe paraissait élégante dans la pénombre, mais je devinais qu'à la lumière du jour, elle serait miteuse. Ils ont continué à rêvasser avec « All Through the Night » pendant près de vingt minutes. C'était une ambiance plus qu'une chanson, et tout le monde dans la salle la partageait. Quand j'ai incliné ma montre-bracelet vers la lumière, elle indiquait deux heures et demie. Lorsqu'ils se sont arrêtés, une douzaine d'entre nous avons applaudi.

Eve a dit : « Merci beaucoup. Nous faisons une petite pause et nous revenons tout de suite. »

Elle s'est dirigée directement vers ma table et s'est placée presque derrière moi, de sorte que j'ai dû me retourner sur ma chaise pour lui parler.

« Je me demandais quand tu allais arriver », a-t-elle commencé.

J'ai levé les bras au ciel en disant : « Tu t'es enfuie sans un mot. Nous nous sommes inquiétés.

— Nous ?

— Long, bien sûr. Et nous tous. Tu aurais pu être kidnappée ou bien monter dans le bus avec un groupe de cow-boys ou quelque chose comme ça. D'abord, Faro et moi avons suivi des groupes de musiciens dans trois États pour te trouver.

— Bah ! Il t'a sans doute fallu moins de deux jours pour écarter l'hypothèse d'un enlèvement par des pirates ou par un groupe de cow-boys et mettre mon départ sur le compte de "quelque chose". Donal m'a révélé que John te payait pour fouiner autour de moi.

— Tu veux bien t'asseoir une minute ? »

Elle a réfléchi un instant, mais elle a fini par s'asseoir et une serveuse s'est immédiatement approchée : « Un verre pour la dame ? »

Eve lui a fait signe de s'éloigner, mais j'ai brandi mon Gimlet altéré et j'ai demandé : « Pourriez-vous m'apporter seulement du gin et une tranche de citron vert ?

— Il n'y a pas de citron vert aujourd'hui.

— Alors, un gin Martini ? »

Eve a levé deux doigts vers la serveuse, puis s'est retournée et m'a demandé :

« Dites-moi, inspecteur, comment m'avez-vous retrouvée ?

— J'ai parlé à Donal. Il m'a dit que tu chantais peut-être autour de San Francisco. J'ai passé la majeure partie de la semaine à chercher dans des bars et des boîtes de nuit. Ce soir, c'est le jackpot.

— Vous devez être épuisé, inspecteur. Tout ce dur labeur. Mais je suis sûr que l'argent de John a contribué à rendre la tâche au moins un peu plus agréable.

— Tu es restée en contact avec Donal depuis que tu as quitté Seattle ?

Elle a détourné le regard, agacée.

— Oui. Il m'a dit que tout ce bordel était au sujet de Jake. Que John t'avait envoyé à Seattle, puis en Floride et maintenant ici. Donal m'a parlé de tes voyages. Ma première année sur la route, j'ai voyagé aussi loin, peut-être plus. C'est usant, pas vrai, Val ? Sauf que je me déplaçais dans des wagons à bestiaux ou en auto-stop et que je dormais par terre, pas dans des hôtels de luxe où j'aurais pu prendre des bains chauds. Et je n'avais jamais pris l'avion. Je sais donc que le chemin est sacrément long de Seattle à la Floride, à travers tout un continent. Ce que je ne sais pas, c'est pourquoi John et toi êtes si intéressés par Jake. »

Je n'ai rien dit. Elle était en colère, comme si elle pensait que je lui avais fait du tort pour le plaisir.

« Je suis sérieuse. Pourquoi ?

— Long a trouvé une carte postale envoyée de Seattle qui faisait référence au bon vieux temps ou à quelque chose du genre, alors il a commencé à relier les points, à se demander si Jake était encore vivant, à essayer de comprendre ce que cela pouvait signifier pour lui, ai-je dit, un peu gêné.

— Si cette carte postale avait été un grand secret, je l'aurais découpée en mille morceaux et brûlée. Parle franchement, Val.

— Il a pensé que tu t'étais enfuie pour le retrouver. Peut-être parce que vous n'étiez pas divorcés. Que vous étiez toujours amoureux ou quelque chose comme ça.

Eve a hoché la tête avec lassitude.

— Quels imbéciles !

— Donal ne t'a rien dit de tout ça ?

— Bien sûr que si, en partie. Mais je voulais te l'entendre dire.

— C'était une théorie.

— Non, c'était le Soleil au centre du système que John et toi avez inventé de toutes pièces. Tout ce que je peux vous dire, inspecteur Welch, c'est que vous vous êtes trompé d'affaire si vous pensez que je courais retrouver Jake pour une raison quelconque. Pas parce qu'il serait mon grand amour. Ou parce que John pourrait être embarrassé par mon premier mariage s'il s'enfonce encore plus profondément dans la fosse des chiottes publiques qu'est la politique d'État. Et cette carte postale, au fait, était de Donal. »

Je me suis senti stupide de ne pas avoir insisté davantage auprès de Donal sur ce point, de l'avoir cru sur parole. J'avais accordé trop de crédit à la théorie de Long pendant trop longtemps, je l'avais laissée réduire mon champ d'action comme un cheval qui porte des œillères. Finalement, je me suis lancé.

« Si nous étions sur la mauvaise piste, alors quelle était la bonne ?

— Oh, va te faire foutre. Je ne te le dirai pas. Je pensais que tu étais un ami, mais John te paie pour essayer de me ramener au ranch.

— Je n'essaie pas de te pousser à faire quoi que ce soit, et Long ne m'a pas engagé pour ça. S'il l'avait fait, je serais parti. Et j'aurais aimé que tu ne penses pas ça de moi.

— Oh, le pauvre, je l'ai froissé, a dit Eve en me tendant les deux mains, doigts écartés. Je ne passe pas beaucoup de temps à me préoccuper des sentiments. Ils ne valent pas grand-chose, y compris les miens.

— Oui, bon. »

Nos boissons sont arrivées et nous avons bu en silence. Le pianiste et le contrebassiste nous observaient depuis le bar, et j'ai levé un doigt en signe de reconnaissance.

Eve a expliqué : « Ils ne comprennent pas ce qui se passe. Ils n'ont pas l'habitude de me voir parler plus d'une minute avec les clients. Ou peut-être qu'ils se demandent s'ils ont le temps de prendre un autre verre avant qu'on reprenne.

— Écoute, ai-je dit, j'ai besoin de savoir quand tu as parlé à Donal pour la dernière fois. Jake lui a rendu visite.

— Je sais. Je l'ai appelé il y a quelques jours pour lui dire que j'avais trouvé un travail, et il m'a dit que je devais faire attention à Jake, et à toi. Il m'a dit que tu avais informé les parents de Jake de la fortune de mon nouveau mari, et que Jake voulait une grosse part du gâteau.

— Donal avait l'air effrayé quand je lui ai parlé. Il a raconté que Jake l'avait frappé et qu'il avait l'intention de venir te régler ton compte. J'avais peur qu'il te trouve avant moi.

— Le pauvre Donal a toujours été si sensible. Jake l'a trop secoué par le col de sa chemise, c'est tout. Et pour info, Val, je n'ai pas besoin que tu me sauves.

— J'ai bien compris, oui. Tu penses au moins que Donal a raison, que Jake cherche à gagner de l'argent ?

— Bien sûr qu'il le cherche. Tout le monde le cherche. Et à qui la faute s'il sait qu'il y a de l'argent à gagner ?

— De toute façon, Long m'a dit qu'il ne céderait jamais à un chantage. Je n'ai pas pu le convaincre du contraire avant de partir.

— Ça blesserait trop sa fierté. »

Elle a regardé au loin pendant un moment avant de reprendre : « John m'a dit combien le petit Renoir pouvait valoir. Peut-être encore plus, maintenant que les riches dépensent autant pour des tableaux plus grands. Je pourrais le vendre et rembourser Jake de cette façon. C'est simple.

— Ce n'est pas forcément aussi simple, ai-je répliqué.

— Oh, je suis sûre que John veut récupérer son petit tableau. Le perdre serait trop douloureux.

— Tout ce qu'il a dit à propos du tableau, c'est que si tu l'avais vendu, je devais m'arranger pour qu'il puisse le racheter.

— Oui, c'est ça. Acheter. Ça a toujours marché comme ça pour lui.

— Eve, je ne sais pas grand-chose de l'intimité de ton mariage ou de celui de n'importe qui. Ce que je peux te dire, c'est qu'il m'a envoyé ici pour te retrouver et savoir si tu es toujours mariée à Jake. À ses yeux, tu as fait ta valise, emporté un tableau de valeur et pris la route sans un mot. Il veut savoir si c'est parce qu'il y a quelque chose dans ton passé qui lui serait néfaste, voire fatal, si le gouverneur le nomme un jour au Sénat. Il veut éviter de tomber dans un scandale public et de passer pour un imbécile. C'est pour ce genre de questions qu'il me paie afin d'obtenir des réponses, pas pour te forcer à rentrer.

— Je me fous de tout ça. J'ai fait ma part pour l'aider à obtenir ce qu'il veut tant. Il devra se débrouiller tout seul pour le reste. Si nous avions un partenariat, mais il ne sait pas ce que c'est, les choses pourraient être différentes. Ce Sénat de malheur. J'aimerais que nous soyons comme ces couples qui se disputent pour l'achat d'une nouvelle voiture ou parce qu'il y a trop souvent du pain de viande au dîner. »

Elle s'est levée et a vidé le reste de son verre.

« Je dois retourner sur scène. »

Pendant une demi-heure environ, le trio a interprété deux autres chansons rêveuses devant un public de moins en moins nombreux. Puis Eve a chuchoté à l'oreille du pianiste, qui a effleuré quelques touches presque au hasard avant de commencer une version lente de « St. James Infirmary », qui s'est vite transformée en une longue improvisation en solo. Pendant qu'il brodait une nouvelle musique sur l'ancienne en soupirant de temps en temps sous l'effort, Eve est revenue s'asseoir.

« J'ai pensé à quelque chose, a-t-elle dit. Où habites-tu ?

— À l'hôtel Clift.

— Au-dessus d'Union Square ? Je parie que John t'y a trouvé une belle chambre.

— Oui.

— Il y a un canapé ou un grand fauteuil ?

— Les deux.

— Là où je loge, c'est une chambre meublée miteuse sur l'Embarcadero, deux colocataires, une salle d'eau graisseuse et puante au bout du couloir. À peine mieux qu'un asile de nuit. Ce n'est pas un super endroit, et encore moins maintenant que Jake essaie de me retrouver.

— J'ai trouvé ce club en quelques jours grâce à un vague conseil de Donal. Il prétend avoir dit à Jake que tu allais vers la baie. Rien de plus précis, mais qui sait. C'était il y a une semaine, alors il peut se pointer ici n'importe quand.

— Le club, c'est différent de ma chambre. Ici, j'ai Art, un très bon videur, et il m'aime bien. Si je lui avais donné un signal, tu te serais vite retrouvé la tête la première sur le trottoir. Et ça me fait du bien de me produire à nouveau. Je ne veux pas encore arrêter. Jake n'a pas à décider de ça.

— Alors qu'est-ce que tu veux de moi ?

— Ce serait pour quelques jours, le temps de trouver assez d'argent pour que Jake sorte à nouveau de ma vie. Tu as un canapé, ça me permettrait de quitter ma piaule et de rester planquée toute la journée. Quand je finis de chanter au club, la plupart des gens sont sur le point de se réveiller ou commencent à penser au petit-déjeuner et au travail. Je garde un petit sac à l'arrière avec des vêtements de rechange, et je suis sûre qu'Art m'emmènera à l'hôtel si je le lui demande. Il aide à faire le ménage, donc le soleil sera levé avant que nous partions d'ici. J'arrive à ton hôtel, je prends un long bain chaud dans ta grande baignoire et je m'endors. Tu te promèneras en ville, tu réfléchiras au monde, tu regarderas des œuvres d'art et tu déjeuneras. Tu feras ce qui te plaît. Je peux te conseiller quelques bons restaurants pas chers à Chinatown ou te dire où aller manger des fruits de mer au bord de l'eau. Je ne commence pas vraiment à travailler avant 22 heures, mais je peux venir traîner au club dès l'ouverture à 20 heures. Donc, à part peut-être pour m'emmener dîner et me déposer ici, tu ne verras même pas que je suis là. Et nous ne sommes même pas obligés de dîner ensemble. On fera comme tu veux. »

J'ai essayé de mesurer ma réaction à certains de ses propos : « Bain chaud » « On fera comme tu veux ».

« Une autre solution, ai-je repris, ce serait de téléphoner à Long. Qu'il sache que je t'ai trouvée, que tu es en sécurité, qu'il faudra un peu de temps pour régler le problème de Jake avant qu'il ne nous retrouve. Tu as donc besoin de ta propre chambre au Clift. »

Eve a pouffé de rire, presque en toussant.

« Quel putain d'Eagle Scout !

— Je ne veux pas que Long se fasse de fausses idées. Et au fait, je n'étais pas un Eagle Scout. J'étais un Star Scout, juste en dessous d'Eagle à l'époque.

— Alors, quitter les scouts un cran en dessous du sommet, ça fait de toi un rebelle sauvage ? Tu te comportes comme si ça allait faire la une des journaux, le fait que je dorme sur ton canapé pendant quelques heures dans la journée. Un grand scandale. Regarde autour de toi, Val, on est à San Francisco. »

Eve a fini son verre avant d'ajouter : « Je suis sérieuse. Tu peux faire ça pour moi sans me poser de questions ? Et sans appeler John pour lui dire : "Hé, ta femme veut passer la semaine avec moi dans la chambre d'hôtel que tu paies, ça te va ?" Val, s'il te plaît, interviens et aide-moi. J'ai besoin de cette faveur. J'ai peur et il me faut du temps. »

Eve semblait vraiment perdue. Elle ne jouait pas la comédie. J'ai acquiescé : « D'accord. Tout ce dont tu as besoin. » Elle a hoché la tête en tirant sur sa cigarette, et j'ai fini mon Gin Martini. À ce moment-là, il restait à peine une douzaine de personnes éparpillées aux différentes tables. Le pianiste et le contrebassiste étaient de retour au bar, mais cette fois ils ne nous surveillaient plus.

Peu de temps après, la serveuse est arrivée sans prévenir avec une autre tournée. Levant son verre d'un centimètre, Eve a demandé : « Alors, tu as rencontré April ?

— Elle a été le seul point positif de mon voyage en Floride. À l'exception des quelques heures passées sur la plage de l'hôtel Don Cesar à faire cuire mes blessures et mes bleus au soleil.

— Elle t'a dragué ?

— Dragué ?

— Tu n'es pas si stupide.

— Non, elle ne l'a pas fait. Elle était charmante, un peu triste, intelligente et gentille. Rien à voir avec le reste des Orson, ni avec ceux que j'ai rencontrés dans le comté d'Estafa. J'ai eu pitié d'elle, coincée dans cet endroit horrible.

— Tu étais bien stupide. Tout ce que je peux dire d'elle, c'est qu'elle a mieux supporté le fait de devenir une Orson que je ne l'aurais fait. Je parie qu'elle t'a beaucoup parlé de moi.

— Plus ou moins.

— Et que sais-tu de Jake après tous ces voyages de luxe ?

— Pas grand-chose. April m'a dit qu'il était en vie, qu'il était peut-être à Portland en train de travailler pour la WPA. Et puis il y a ce que tu as dit de lui, que c'est un gentil, ce qui ne correspond pas du tout à ce qu'a dit Donal.

— Donal embellit toujours.

— À Estafa, je n'ai pas eu du tout l'impression que Jake soit un gentil. J'ai été tabassé et harcelé par Orson, les deux Timmy et le shérif du comté. Tous, à l'exception d'April et du chien, ont menacé de me tuer. Je marchais sur la route qui s'éloignait de la maison d'Orson, au milieu de la nuit, dans le noir complet, quand un jeune adjoint s'est arrêté et m'a averti que si je trouvais Jake Orson, je pourrais le regretter. Pas qu'il me menaçait, mais on aurait dit qu'il connaissait Jake depuis longtemps et qu'il me mettait en garde, en essayant de m'empêcher d'être blessé plus gravement que je ne l'étais déjà. »

Eve est restée immobile un moment. Elle a fini par dire : « Ce que j'ai dit de Jake il y a longtemps n'a plus d'importance aujourd'hui. Je suis désolée qu'ils t'aient battu, et un jour je te raconterai peut-être la véritable histoire. Mais ce qui compte maintenant, c'est ce que nous faisons de l'histoire que John a inventée, celle dont tu as suivi le fil jusqu'ici. J'avais presque oublié Jake, et il m'avait sans doute oubliée aussi. L'année, ou les deux années que nous avons passées ensemble, envolées dans le passé. Et puis il a fallu que John et toi alliez tout déterrer. Tu es allé en Floride et tu as dit à sa famille que j'étais mariée à un type qui avait de l'argent. Avec les Orson, c'est comme jeter de la viande saignante dans l'eau des requins. Qu'est-ce qui t'a pris ?

— Je suppose que Long s'accrochait à la moindre planche de salut. Et pour l'anecdote, je lui ai dit que ce serait une mauvaise idée de parler de son argent aux Orson, mais il a insisté.

— Bien sûr qu'il a insisté. Et toi, tu as suivi les ordres. Écoute, votre travail était de retrouver ma piste, et maintenant tu m'as trouvée. Donc, nouvelle mission : tu vas réparer les dégâts que John t'a payé pour faire. Mais cette fois, c'est moi le patron.

— Et combien vous payez, patron ?

— C'est un poste bénévole. »

Après une longue pause, j'ai déclaré : « Changeons de sujet. Cet hôtel où je loge est un établissement sérieux.

— Donc tu ne veux pas que je le saccage, Star Scout ?

J'ai respiré et je me suis lancé :

— Ce que je veux dire, c'est que ça pourrait poser un problème que tu entres et sortes à n'importe quelle heure du jour et de la nuit. Long paie directement les factures. Tu ne veux pas qu'il sache que je t'ai trouvée, alors il vaut mieux qu'il ne se doute de rien. Je vais devoir dire quelque chose au concierge. Que tu es mon assistante. Ou alors une cousine qui a emménagé ici l'année dernière.

— Bien sûr. Je parie que mentir est l'un de tes plus grands talents. Tu dois avoir la médaille dans ton tiroir, chez toi, en Virginie. Et au fait, je pense aussi que Timmy est vraiment effrayant. »

Elle s'est levée en indiquant de l'index une dernière chanson, et elle s'est dirigée lentement vers le micro. À près de 4 heures du matin, installé là en compagnie d'une poignée d'autres clients ivres de sommeil pour écouter Eve chanter des berceuses dans un rond de lumière au milieu du bar plongé dans l'obscurité, je me suis senti faire exactement ce que beaucoup avaient fait avant moi. Succomber.

Le premier jour où Eve s'est installée sur le canapé, ce qui signifiait qu'elle allait grimper sur mon lit dès que je serais parti, j'ai demandé où se trouvait le Renoir. Elle m'a assuré qu'il était en lieu sûr, mais j'ai insisté. Agacée, elle m'a finalement donné l'adresse de sa chambre meublée sur l'Embarcadero.

« C'est sous le lit, mais n'y va pas tout de suite. Les filles dorment jusqu'à midi, au moins. »

Pour tuer le temps, j'ai acheté un plan de la ville plus détaillé que celui que j'avais et j'ai marché pendant des heures. J'avais repéré l'essentiel en cherchant Eve, je connaissais les noms des rues principales et des lieux importants, mais je voulais être capable de me réorienter si je m'égarais. Il me fallait une meilleure image, plus précise, de la ville, le genre de connaissance qui ne vient qu'en marchant des kilomètres et en restant attentif aux points cardinaux. San Francisco semblait au premier abord une ville assez facile à connaître, avec tous ses points de repère et ses angles de vue sur la baie pour réinitialiser votre boussole interne. Mais ensuite, le brouillard s'installe et vous êtes perdu.

Après avoir erré un moment, je me suis assis sur un banc au bord de l'eau pour contempler le tout nouveau Golden Gate Bridge et la nouvelle configuration du paysage qu'il inventait. En comptant à rebours, j'ai estimé qu'il avait été ouvert à la circulation à peine trois mois plus tôt. Il semblait déjà intemporel, une construction que notre époque pourrait mettre en concurrence avec l'Acropole sans avoir à en rougir. Une géométrie de poutrelles d'acier et d'énormes câbles qui, d'une certaine manière, transmettaient à la fois légèreté et force. Il se détachait du paysage, de la ville, des collines ouvertes et de la barrière de la baie s'élargissant vers l'océan, et il les reliait par des lignes et des courbes, par la géométrie de sa construction, la force de l'art et de l'imagination. Au sens large, j'ai dû être l'une des premières personnes à m'asseoir à cet endroit et à être sous le charme de cette brillante réalisation.

Ma première pensée a été : « Quelle tristesse s'il avait été peint en noir ou en gris au lieu de cette couleur choisie dans la gamme du cinabre ! » La beauté et la force aérienne du nouveau pont m'inspiraient un immense et étrange sentiment d'espoir. C'était un contrepoids lumineux à l'obscurité que la Grande Dépression avait jetée sur le pays pendant tant d'années. Long m'avait dit un jour que la bibliothèque Laurentienne de Michel-Ange à Florence, l'ensemble de son architecture, l'espace capturé dans les formes de pierre créaient un puissant champ d'énergie, un peu comme de l'électricité, mais sans courant. Il l'avait senti immédiatement en montant l'escalier, avant même d'entrer. Je n'étais jamais allé en Europe, ni pour faire la guerre, ni pour admirer de vieux chefs-d'œuvre aux frais de mon père. Mais le fait d'être assis devant le Golden Gate m'a fait penser que si nous, c'est-à-dire notre culture, étions capables de réaliser ce pont en ce moment précis, au fond du gouffre et fauchés comme nous l'étions, alors nous serions capables de faire presque n'importe quoi, et de le faire avec grâce, puissance, beauté et de manière fonctionnelle. L'espoir peut être triste, ou tellement peu dans l'air du temps que c'en est embarrassant, mais je n'ai pas pu m'en empêcher. En regardant ce pont, j'ai ressenti l'espoir sous une forme simple et puissante.

Dans un magasin voisin, j'ai acheté deux exemplaires d'une carte postale en papier chiffon avec une image du pont cinabre sur un ciel d'azur brillant. Sur la première, j'ai noté à l'intention de Hutch : « C'est peut-être notre Acropole. Vous devriez venir le voir un jour. Massif et aérien à la fois, une incarnation de tout ce grand projet dont nous faisons partie, y compris un petit bureau de poste à Dawes. »

Sur la deuxième carte postale, j'ai écrit mon premier gros mensonge à Long : « Recherche dans tous les clubs où il y a une chanteuse. Beaucoup de terrain à couvrir. Je vous contacterai si/quand il y a des nouvelles. »

En début d'après-midi, je me suis arrêté à la chambre d'Eve sur l'Embarcadero. Devant l'immeuble, deux débardeurs et deux filles, peut-être des prostituées, fumaient en riant sur les marches de l'entrée. Au troisième étage, en frappant à une porte, j'ai réveillé l'une des colocataires d'Eve, les cheveux décolorés coupés court, endormie, vêtue d'un pyjama d'homme dont le pantalon et les manches étaient retroussés.

« Je suis un ami d'Eve. Elle m'a envoyé chercher quelques affaires. »

Elle m'a regardé de haut en bas et m'a laissé entrer sans poser de questions. J'ai été très vite heureux qu'Eve m'ait convaincu de la laisser rester à l'hôtel.

La chambre était tout ce à quoi on pouvait s'attendre : trois lits simples à armature métallique avec des matelas affaissés, un évier dans le coin et une salle de bains au bout du couloir, des vêtements posés partout puisqu'il n'y avait ni placard ni armoire. J'ai demandé si quelqu'un était venu demander Eve, et la fille a répondu : « Personne d'autre que toi. »

Je lui ai dit qu'Eve voulait que je prenne sa valise et ses vêtements. Elle a sorti une valise de sous un lit et a fouillé dans les tas de fripes éparpillées pour faire une pile de vêtements froissés.

« Je crois que tout ça est à elle. »

Lorsque j'ai ouvert la valise, j'y ai découvert le petit Renoir, enroulé dans une serviette.

De retour à l'hôtel Clift, j'ai trouvé Eve installée dans le fauteuil près de la fenêtre, un miroir à la main, appliquant de la poudre sur son nez et son front.

« C'était une super bonne cachette pour le Renoir. Juste glissé dans la valise... »

Elle a levé la tête.

« Où est-ce que j'étais censé le mettre ?

— Je ne sais pas. Tu aurais pu au moins faire une fente dans la doublure pour l'y glisser ?

— Oh, bien sûr. Cela aurait trompé n'importe qui. D'ailleurs, quel voleur de chambres de bonne aurait su qu'il valait quelque chose ? Ce n'est pas comme s'il y avait une étiquette de prix dessus. J'ai dit aux filles qu'il venait de la ferme de ma grand-mère et qu'il avait une valeur sentimentale. J'ai raconté que c'était ma tante préférée, à moitié aveugle, qui l'avait peint. »

Elle m'a dit de ne pas me préoccuper de cacher le tableau, mais j'ai insisté pour que nous trouvions une petite boîte dans laquelle l'emballer avant de le mettre dans le coffre de l'hôtel, et elle a cédé.

Je me suis assis sur le coin le plus éloigné du lit, ne sachant pas trop où regarder. Eve tenait en équilibre sur ses genoux un petit étui avec quelque chose de noir et de pâteux à l'intérieur. On aurait dit du cirage. Elle a frotté une minuscule brosse dans l'étui, puis a ouvert la bouche en forme de O et a brossé ses cils en noir.

Sans s'arrêter, elle a demandé : « Tu vas me regarder longtemps comme ça ?

— Désolé. Je n'ai jamais vu une femme faire ça auparavant. Même mon ex-fiancée refusait que je la voie sans maquillage. »

Eve a détourné la tête pour me regarder en répétant : « Fiancée ? »

— Ex. Je pensais l'avoir mentionnée à un moment donné. Elle s'est enfuie avec quelqu'un d'autre trois jours avant notre mariage. Mais avant que tu penses que je suis un pauvre type, sache que c'était la meilleure chose qu'elle pouvait faire pour moi. Embarrassant au début, mais finalement mieux que si elle s'était mariée avec moi.

— Tu es plein de surprises, Valentine. »

J'ai invité Eve à dîner avant de la conduire au club, et j'ai essayé maladroitement d'exprimer ce que j'avais ressenti ce matin-là en regardant le Golden Gate Bridge, d'expliquer le genre d'espoir qui avait conduit certains de mes amis à penser que le communisme avait une valeur morale supérieure au capitalisme parce qu'il était fondé sur des idées supérieures à la cupidité et à l'intérêt personnel.

Elle a répondu : « Je ne sais pas, il faudrait que j'y réfléchisse. Il semble que tous les systèmes que nous avons imaginés ont assez de failles pour que la cupidité et l'intérêt personnel s'infiltrent et se répandent partout comme de la mauvaise herbe. Ce que je sais, c'est que les gens savent ce qu'ils veulent, et qu'ils n'aiment pas attendre. Ce serait bien s'ils n'attendaient pas. Du moins, pas tout le temps. Prends Jake, par exemple. Il veut la même chose que tout le monde : de l'argent. Maintenant qu'il sait que Long en a beaucoup, il en veut une partie pour lui. Pour l'instant, il ne sait pas combien il veut parce qu'il ne connaît pas la taille de la cagnotte. Mais je pense que ce que je peux obtenir en vendant le petit tableau de John sera suffisant. »

Je voulais absolument éviter de l'aider à vendre des œuvres d'art volées, alors j'ai proposé : « Il y a encore une option, qui pourrait être plus facile. Dis tout à Long et peut-être qu'il changera d'avis. Il pourrait payer Jake pour qu'il s'en aille, et récupérer son tableau. Affaire classée. Et si Jake ne veut pas que l'affaire soit close, je soupçonne que la prochaine fois, c'est à Faro, et non à moi, qu'il aura affaire.

— Peu importe que John change d'avis. L'affaire n'est pas close en ce qui me concerne. J'ai besoin d'essayer de cette façon d'abord, donc arrête de me dire d'appeler John.

— D'accord. On va essayer comme ça, alors.

— Je ne sais même pas pourquoi j'ai pris le tableau, dit Eve. Je ne l'aime pas. Cette fille est du genre à ne pas survivre une journée sur la route. Une petite fleur délicate. Je n'avais pas l'intention de le voler au début. Je m'apprêtais à sortir et je l'ai remarqué. Je n'avais pas bu beaucoup de vin ce soir-là, mais toi et John étiez restés tard à table. Je sais combien ces bouteilles ont coûté. Une bonne partie de ce que j'aurais gagné en plusieurs mois sur la route a été engloutie cette nuit-là. J'avais prévu de laisser la décapotable en ville et de prendre le moins possible de biens de John jusqu'à ce que je sois sûre de ce que je faisais, mais le petit Renoir a attiré mon attention. Je savais qu'il valait quelque chose, et je savais que j'aurais besoin d'argent à un moment ou à un autre si je ne voulais pas retourner dans les wagons à bestiaux. Pour être honnête, je l'ai aussi pris parce que je savais qu'il représentait quelque chose pour lui, et je me suis dit que le perdre lui ferait plus de mal que de me perdre, moi. Et puis, j'ai pensé que si je le vendais, il pourrait sans doute le racheter. Son malheur ne serait même pas permanent.

— On dirait que tu voulais le vendre pour qu'il soit obligé de le racheter.

— Peut-être. Je n'avais pas prévu de faire ça comme ça quand je l'ai pris, mais oui.

— On dirait presque que c'est vrai.

— Ça l'est. J'ai dit tellement de mensonges à John. Il aimait ça quand je lui racontais comment Jake et moi vivions à la dure, comment nous avions voyagé ensemble et pris soin l'un de l'autre du début du printemps à la fin de l'automne. L'hiver approchait. À ce moment-là, il était logique de se marier. C'était plus facile d'obtenir une chambre bon marché ou de rester ensemble dans un refuge. Cette partie était vraie, mais John aimait tellement l'innocence de la chose que j'ai commencé à lui raconter des conneries, comme si Jake et moi étions Hansel et Gretel, perdus dans les bois sombres et dangereux. Ce qui n'était peut-être pas un mensonge complet, mais en grande partie. Et puis après ça, il y a eu le clou du spectacle, l'histoire de la grande inondation où Jake s'est noyé. Tu as entendu cette histoire.

— Après ton départ, Long a mentionné que tu avais seulement dit avoir perdu Jake dans l'inondation, jamais qu'il était mort. Le soupçon a aiguisé son attention.

— Je ne suis même pas sûre que le choix du mot ait été intentionnel. Quoi qu'il en soit, cette histoire était presque entièrement vraie, sauf que, bien sûr, Jake ne s'est pas noyé. Il s'est échoué sur la rive opposée et il est revenu à ce qui restait du camp quelques jours plus tard. Il a affirmé qu'il était sorti de l'eau au milieu de la nuit avec la certitude qu'il devait continuer seul. Il a dit qu'il avait failli partir directement pour Chicago dans l'idée de commencer une nouvelle et meilleure vie, mais qu'il avait voulu vérifier si j'avais survécu à cette mauvaise nuit. Ce n'était pas comme s'il avait eu une révélation de Dieu. C'était juste la meilleure chose à faire. Se montrer et me dire : "Eve, je suis vivant. Et toi aussi, et maintenant je pars. Au revoir, à plus tard, bonne chance." C'est exactement ce qu'il a fait. J'ai été blessée, bien sûr, mais pas gravement. À un moment donné, je n'ai pas eu d'autre choix que de continuer à avancer, à aller de l'avant, parce qu'il le fallait. La vie est comme un film. Tout se déroule dans un seul sens. »

Le lendemain matin, à l'aube, Eve est entrée dans la chambre avec la clé que j'avais demandé à la réception de garder pour mon assistante. Elle s'est allongée à côté de moi sur le lit, et je me suis levé pour aller sur le canapé. Somnolente et engourdie, elle m'a dit : « Ah, Star Scout, tu n'aurais pas survécu dans une tente bourrée d'adolescents crados dans la jungle des chemins de fer, par une nuit glaciale. Je parie qu'il n'y a pas d'insigne de mérite pour ça. »

Je suis resté allongé en essayant de me convaincre que je devais arrêter de tomber amoureux d'elle. Puis je me suis rendu compte que je l'étais déjà depuis des mois, avant même sa fuite.

« Tu as décidé de retourner avec Long ? Fawn a dit que tu n'étais pas sûre de savoir quoi faire.

— Oh, tu as rencontré Fawn. Une fille adorable. Mais je ne sais pas encore. Peut-être. C'est possible. Quand je suis partie, je pensais rentrer au bout de quelques semaines, mais d'une manière ou d'une autre, je continue à reculer. »

Elle s'est retournée et a fermé les yeux. C'était la fin de la conversation. Je suis resté sur le canapé une heure de plus, essayant de reconstituer tout ce qu'elle ne me disait pas, ce qu'il fallait faire pour aller de l'avant. Eve avait balayé les craintes de Donal concernant la violence de Jake, mais même si elle avait raison sur ce point, l'élément de chantage demeurait, et je ne savais pas trop comment procéder. Je suis sorti marcher, espérant trouver un autre moyen de payer Jake, mais tout ce que j'ai réussi à faire, c'est me convaincre qu'Eve avait peut-être raison, que la vente du Renoir ne serait pas nécessairement définitive. Je me sentais coincé, pris entre deux feux, Long refusant d'envoyer de l'argent, Eve refusant de lui demander de l'aide, et sans un moyen clair de les satisfaire tous les deux.

En début d'après-midi, de retour à l'hôtel, j'ai dit à Eve que je voulais l'emmener à la Coit Tower pour voir les nouvelles fresques. Je les avais déjà admirées lors de mon deuxième jour à San Francisco. C'est ce que j'appelais faire une pause dans mes recherches.

J'étais d'abord allé voir une fresque de Rivera à la San Francisco Art Association, près de North Beach, à quelques pâtés de maisons de l'océan. S'élevant haut sur un mur au bout d'une longue salle, c'était une troublante image dans l'image intitulée *La Réalisation d'une fresque*. Rivera s'était lui-même représenté pinceau en main, dos au spectateur, son large postérieur, au centre, suspendu à une plate-forme d'échafaudage. L'image entière est un mélange d'arrière-plan et de premier plan entre les sujets de la peinture et ceux qui l'ont réalisée. Au sommet de l'ensemble, le visage géant et soucieux d'un ouvrier en bleu de travail, un sourcil levé avec lassitude et peut-être scepticisme.

De là, j'avais marché jusqu'à la Coit Tower, ma première source d'inspiration. Mon oreille blessée était déjà presque guérie, mais elle palpitait encore quand j'ai fait l'ascension de Telegraph Hill. À l'intérieur, j'ai vite compris que les centaines de mètres carrés de peintures murales étaient trop vastes pour être admirées d'un seul coup. J'ai donc envoyé immédiatement une carte postale à Hutch. Au recto, une image de la tour blanche, et au verso, une note que j'avais griffonnée, le souffle coupé : « Cher Hutch, fresque de Rivera troublante, mais habile. Peintures murales de la Coit impressionnantes, vertigineuses. Je pourrais y retourner cent fois sans en épuiser la force. Rêves hantés par la masse de visages des scènes industrielles de J. L. Howard. Hâte de retourner à Dawes pour terminer. »

Maintenant que je l'avais retrouvée, j'avais hâte de montrer à Eve une vision plus large de ce qu'une fresque pouvait être, pour qu'elle voie que le petit mur de Dawes était lié à un mouvement national et que je faisais partie de quelque chose d'important. Je ne lui ai pas fait une visite guidée en lui expliquant l'influence de Rivera et de Thomas Hart Benton sur presque tous les peintres, ou en lui racontant l'histoire des fresques depuis les grottes préhistoriques. Je n'ai presque rien dit, voulant simplement qu'elle s'imprègne des couleurs et des images. Elle a été impressionnée par les ouvriers musclés massés épaule contre épaule, par les visages monotones répétés en sépia, oniriques, puissants et effrayants, et par la façon dont les portes et les fenêtres profondes de la tour avaient été intégrées dans les images. Il y avait aussi des ouvriers agricoles en jeans et chemises écossaises, et un cow-boy bien en vue, avec un chapeau et des chaps, un pistolet et un lasso, qui n'aurait pas fait tache au milieu du bétail.

Nous nous sommes engagés dans l'escalier en colimaçon, raide et étroit, à peine assez large pour que deux personnes puissent passer. Eve s'est arrêtée et m'a regardé par-dessus son épaule, encadrée par le paysage urbain tortueux de Powell Street, des foules de passants, des visages partout, des voitures et des bus, des bâtiments superposés dans les collines. « J'ai presque l'impression d'être dans le hall d'entrée du ranch, mais il n'y a pas d'espace entre les images. »

Elle s'est retournée vers l'escalier mais a fait une nouvelle pause pour remarquer : « Je peux te dire à quel moment tu as succombé au pouvoir de l'argent de John.

— Je ne suis pas d'accord avec ça, ai-je répondu. Je n'ai pas succombé au pouvoir de son argent. Retournons la situation : et toi, quand es-tu tombée dans le panneau ? La date du mariage pourrait être un indice.

— Connard, a dit Eve en riant à moitié.

— Alors, c'était quand ? »

Eve a grimpé encore quelques marches dans le tourbillon resserré de la fresque, entourée de couleurs et de lumière. Sans se retourner, elle a dit : « Toi, tu as succombé avant de le rencontrer, dès que tu es entré dans le hall de Long Shot et que tu as vu tous ces tableaux, la maison et tous les autres signes de richesse.

— Toi incluse ?

— Bien sûr, si tu as besoin d'être insultant. Tu as vu que j'avais pris un billet de première classe dans le train de la prospérité. Peut-être que toi et moi, nous l'avons vu tous les deux. John a quelque chose à donner, ou nous à prendre. La différence, c'est que je l'ai aimé, et que tu n'as qu'un béguin pour lui. Il a tout ce que tu aimerais avoir : l'art, l'argent et le goût. Et l'expérience. Tout ce que tu pensais avoir là, à ta portée, presque assez près pour le toucher avant le krach.

— Et toi tu l'aimes tellement que tu as fait ta valise et que tu t'es enfuie, ai-je répliqué.

— Tu m'as suivie sur des milliers et des milliers de kilomètres, et tu ne sais toujours rien de la raison pour laquelle je suis partie. »

Sans réfléchir, j'ai demandé : « Et ça a un rapport avec la Pacific Acceptance Company à Seattle ? »

Eve s'est arrêtée net, s'est retournée et m'a regardé avec quelque chose de nouveau dans les yeux, pas de la panique ou de la peur, autre chose. Elle a répété : « Tu ne sais rien. » Mais cette fois, elle l'a dit avec incertitude.

Quatre personnes sont arrivées derrière nous et se sont pressées dans l'espace restreint.

« Il faut que je sorte d'ici », a dit Eve.

Elle a grimpé très vite le dernier virage serré de l'escalier et s'est écriée : « Où est ce putain d'ascenseur ?

— C'est par là. Mais nous devrions monter les escaliers jusqu'au sommet pour voir la vue.

Eve est allée droit vers les portes étroites.

— Je ne peux pas respirer ici. C'est comme si j'étais enterrée dans les œuvres d'art. »

Lorsque le liftier a fermé la porte grillagée, elle m'a pris la main et l'a tenue fermement. Je me suis rendu compte que c'était la première fois qu'elle se mettait en position de dépendance vis-à-vis de moi. Elle haletait presque à chaque inspiration. Le seul mot qu'elle a prononcé est le nom gravé sur le seuil métallique de l'ascenseur, « Otis ». Lorsque nous sommes arrivés en bas, elle a franchi la porte et s'est précipitée à l'extérieur.

Nous nous sommes assis sur un banc pour regarder la ville et la baie. Eve a fermé les yeux et pris des respirations de plus en plus longues, profondes et lentes. Le ciel n'était ni bleu ni nuageux, mais brillant et lumineux comme de la nacre. Au-delà du Golden Gate, au bord du Pacifique, un mur de brouillard sombre se dressait, menaçant comme une tempête à l'approche.

Quand elle s'est calmée, Eve a demandé : « Qu'est-ce que tu sais de l'Acceptance Company ? Ne sois pas cachottier. Dis-moi.

— Si tu fais de même. »

Elle m'a touché la main en me précisant : « Je ne peux pas encore te le promettre. » Je n'ai rien promis non plus, mais je lui ai dit ce que je savais. À Seattle, j'avais trouvé dans la maison squattée par Donal une carte de visite qui portait ce qui semblait être son écriture à elle, au dos. Donal avait dit qu'il ne savait rien, qu'il était payé pour distribuer toutes sortes de cartes de visite à Seattle. J'en avais supposé qu'elle cherchait un prêt, peut-être pour une voiture. Je lui ai parlé de la bizarrerie du bureau de la compagnie d'assurances et des menaces que j'y avais reçues. C'était tout ce que je savais. Je n'avais que des questions sans réponse. Donal n'avait été d'aucune aide.

Eve a remarqué : « C'est Donal. On peut toujours lui faire confiance, la moitié du temps.

— Exactement. Je l'aime bien, sauf quand il a un pistolet pointé sur moi.

— Il ne faut pas le prendre personnellement. Il est comme ça avec tout le monde, il s'excite et agit de façon stupide.

— C'était quoi ce bureau ? »

Elle a réfléchi une minute avant d'ajouter : « Écoute, après avoir quitté Dawes et être allée jusqu'à Seattle, je suis restée avec Donal et Fawn une semaine environ. J'avais quelque chose à faire et je l'ai fait, puis je suis partie. Ce bureau n'est pas important. Ce qui est important, c'est que John et toi avez décidé que je suis partie à la recherche de Jake, et puis quoi ? Je serais accidentellement retombée amoureuse parce que je me sentais plus à l'aise avec mon mari clochard ? Parce que je suis grossière et pas éduquée, que je ne maîtrise pas ce code secret que toi et John partagez avec les gens dans votre genre ?

— Non, Eve. Je ne crois pas que Long te trouve grossière ou quoi que ce soit de ce genre, et moi non plus. Ce qui lui importe, c'est que tu sois mariée à deux personnes en même temps. En partie parce qu'il y a une loi qui l'interdit.

— Tu peux dire le mot. Je le connais. »

Je n'ai rien dit.

« C'était plus compliqué que ça, a-t-elle ajouté.

— Je m'en doute un peu.

— Tu veux entendre ce que j'ai à dire ou juste jouer les connards ? Ça me va dans les deux cas. »

J'ai tourné mes paumes vers le haut en disant : « Allez, vas-y.

— En y réfléchissant bien, je ne crois pas que je le ferai. »

Voulant faire amende honorable, j'ai expliqué : « Écoute, Long a trouvé quelque chose qui avait du sens pour lui et il s'y est tenu. Mais moi, plus je te suivais, plus j'ai soupçonné que tu avais eu une tout autre raison de t'enfuir. En particulier, je me suis interrogé sur ce dernier dîner avec les gars du gaz. À quel point tu étais bouleversée. Tu m'as embrassé ce soir-là, et une semaine plus tard, tu étais partie.

— Tu te souviens de ça ?

— Oui, je m'en souviens. »

Elle m'a encore effleuré la main.

« Évidemment, tu t'en souviens. J'avais pris un Nembutal et du vin, puis le whisky que je t'avais demandé d'apporter de la cuisine. Et puis j'avais vraiment envie de t'embrasser. C'est ce que j'ai fait. En ce qui concerne cette nuit-là et aussi maintenant, tout ce que je dirai, c'est que la première chose que l'on apprend en tant que vagabond c'est de ne jamais regarder plus loin que la route. Il faut prendre un problème à la fois. Rester simple. Le premier à résoudre est celui de Jake. J'expliquerai pourquoi je suis fâchée avec John plus tard, si je décide de retourner au ranch. »

Eve ne disait pas toujours l'entière vérité, ni même peut-être la moitié, mais je n'arrivais pas à comprendre pourquoi.

Le lendemain matin, j'ai appelé Donal depuis une cabine dans le hall de l'hôtel. Lorsqu'il s'est rendu compte que c'était moi, il m'a dit : « Bon sang, pourquoi est-ce que je décroche toujours pour ce fils de pute ? J'aimerais bien que la compagnie de téléphone coupe la ligne, mais elle continue à fonctionner.

— Il s'avère que c'est toi qui as envoyé cette carte postale à Eve, ai-je répliqué. Elle me l'a raconté. Alors maintenant j'ai une question, et ne mens pas. Tu sais que je le découvrirai si tu essaies. J'ai besoin de savoir pourquoi Eve avait besoin d'aide. La carte postale disait que tu pouvais l'aider.

— Ah mais c'est difficile à dire. C'était il y a quoi, deux ou trois mois maintenant ? Peut-être l'hiver dernier ?

— Allez, Donal. Réfléchis.

— Merde, mec. Il fait pas bon de faire ta connaissance.

— Ne complique pas les choses. Quand elle a pris contact, est-ce qu'elle disait précisément pourquoi elle avait besoin d'aide ? Est-ce que ça avait un rapport avec Jake, ou était-ce quelque chose d'entièrement différent ? »

La ligne a crachoté quelques secondes, puis Donal a répondu : « Euh, tu sais, il faut parfois poser une question de la bonne façon pour obtenir la réponse dont on a besoin. Bouddha aurait pu dire ça. Ou Jésus, sans doute. En y repensant, la venue d'Eve n'avait rien à voir avec Jake. C'est toi qui faisais le lien, et j'ai continué pour que tu laisses Eve tranquille. Je te l'ai déjà dit, mais tu ne me crois jamais. Quant à savoir pourquoi elle avait besoin d'aide, je ne m'en souviens pas exactement. Mais tu es là avec elle, pourquoi tu ne lui demandes pas toi-même ? Directement à la source.

— J'ai demandé, mais elle ne répond pas vraiment, ai-je dit.

— Alors ce n'est peut-être pas à moi ni à toi de spéculer si elle ne veut pas clarifier les choses elle-même. Parfois, il faut faire avec, mais ce n'est sans doute pas ton style. Je suppose que je pourrais chercher la lettre d'Eve, mais cet endroit est un sacré bordel. J'avais passé un marché avec Fawn pour qu'elle mette un peu d'ordre de temps en temps en échange d'un toit.

Mais elle dort ou elle joue du piano. Nous nous en sortons bien. Nous vendons des objets de la maison pour acheter des provisions, et il en reste encore beaucoup. Pas d'inquiétude à avoir. Nous n'en sommes même pas à la moitié du vin et de l'alcool.

— Gardez-moi un peu de ce champagne que nous avons bu quand j'étais là-bas.

— Oui, je vais le faire. Une caisse à ton nom. Viens me voir, d'accord ?

— Peut-être un jour, ai-je dit.

— Oh, au fait, aucun signe de Jake ?

— Non.

— Hum. J'aurais parié qu'il serait très pressé. »

Je me suis attardé un moment dans la cabine après avoir raccroché. J'avais l'impression que Donal avait une certaine sagesse dans ses réflexions sur les raisons qui avaient poussé Eve à la fuite. Après tout, la pagaille avec Jake avait été provoquée par la théorie erronée de Long. Eve avait semblé très près de s'expliquer près de la Coit Tower, mais j'avais trop insisté et elle s'était refermée. Je me suis dit qu'il fallait prendre du recul, me mettre en retrait pour qu'Eve puisse mener la partie un moment. Arrêter de jouer à l'inspecteur Welch.

C'est arrivé comme des bruits de pas derrière vous dans l'obscurité, le sentiment d'être observé.

Le troisième jour, avec Eve, nous avons pris un taxi au lieu de sa voiture pour aller d'un restaurant au club. Je m'étais senti troublé et tendu toute la journée, et j'avais envie de m'épuiser à marcher tout le long du chemin du retour depuis le club de North Beach jusqu'à l'hôtel en passant par Chinatown, Union Square et Geary.

Je me suis endormi sur les couvertures, tout habillé, avec la radio qui diffusait des voix nocturnes et de la musique calme.

Un coup sec frappé à la porte m'a réveillé, et immédiatement une voix a annoncé : « Télégramme pour M. Welch ».

J'ai ouvert la porte et un homme m'a poussé violemment en arrière. Il tenait un couteau dans sa main. Il m'a ordonné : « Va t'allonger sur le canapé tout de suite. »

J'ai reculé jusqu'au canapé, je me suis assis et je l'ai regardé. Il était un peu épais au niveau du front et de l'arête du nez, comme les deux Timmy.

« Jake Orson ? Il y a un air de famille.

— Je t'ai dit de te coucher.

— Quand j'étais à Estafa, ton père et ton petit frère n'arrêtaient pas de me dire de faire ci et ça, sinon ils me jetteraient dans la rivière avec les alligators. »

Jake a laissé tomber l'idée de m'obliger à me coucher. Il s'est assis dans le fauteuil, a posé son couteau sur l'accoudoir et m'a étudié.

« J'ai du mal à le croire. Tu es tombé dans le plus vieux piège du monde. Dieu que c'est idiot : télégramme pour M. Welch.

— Tu ne ressembles pas du tout à ta mère, ai-je remarqué.

— Quoi, ma mère ? Me parle pas de ma putain de mère. J'ai entendu dire que tu lui avais fait des avances, mais il se pourrait qu'elle t'ait fait des avances et que tu en aies pas profité, que tu aies agi comme un putain de gentleman débile. Donc je te donne un point pour ne pas avoir fait d'avances à ma mère.

Il a levé un index pour illustrer sa générosité.

— Bon alors passons au chantage, maintenant.

— D'accord, oui. On peut appeler ça du chantage, du vol, de l'escroquerie, ce que tu veux. On peut aussi parler d'une vente normale d'un élément d'information pour une certaine somme d'argent. Comment tu appelles ta façon de soutirer de l'argent à Long ? En quoi ta méthode est différente de la mienne ? Ou de celle d'Eve ? Vous travaillez ensemble ou vous jouez l'un contre l'autre ? »

Je n'ai pas répondu.

Jake a continué : « Tu sais ce que je pense de toi ?

— Ce que tu penses de moi n'a aucune d'importance.

— Ça va venir, mon pote, ça va venir. Pour l'instant, tu brasses de l'air, mais il arrivera un moment où la seule chose qui comptera, ce sera ce que je pense de toi. Imagine-toi en train de me lécher le cul. Mauvaise journée, hein ? Alors imagine-moi en train de vous emmener tous les deux, toi et Eve, en balade dans le désert. Il y a des endroits où personne n'est jamais allé. Des endroits très utiles. Et si tu comptes sur mes vieux sentiments envers Eve pour que j'y aille mollo, eh bien, ça n'arrivera pas. Ni pour l'un ni pour l'autre si vous vous mettez en travers de mon chemin. Je passe facilement à autre chose, et Eve m'a facilité la tâche une fois dans la rue à Gallup, en faisant quelque chose de stupide devant une foule avant un spectacle. Je ne pardonne jamais à quelqu'un qui m'a fait honte.

— Alors, tu passes facilement à autre chose ou tu ne lâches jamais prise ?

Jake a eu l'air confus pendant un instant.

— On ne peut jamais savoir, mon pote. C'est ce que je veux dire. »

Il est resté assis un moment, les yeux baissés et le couteau levé.

« Eve est très douée pour aller de l'avant. Je ne sais pas si elle est née avec ce talent ou si elle l'a appris. Les sentiments que j'ai éprouvés pour elle ont été très forts, mais j'ai failli mourir dans une inondation une fois, et quand j'ai rampé hors de l'eau, j'étais sûr qu'elle allait me laisser tomber un jour et que je devais la quitter en premier.

— Ce sont de vieux griefs. Qu'est-ce que tu veux maintenant ?

— Tu veux dire ce qu'il faut que tu fasses pour pouvoir continuer ta petite arnaque sans moi ?

— La plupart des gens considéreraient ce que je fais pour Long comme un travail. Je suis rémunéré pour ça.

— Oui. Je n'ai pas beaucoup d'expérience avec les vrais boulots, mais j'ai entendu dire que la plupart d'entre eux incluent de baiser la femme du patron. On te paie les heures supp' quand elle passe la nuit avec toi ? »

Je voulais le démonter comme Faro avait démonté Wiltson. Au lieu de ça, j'ai essayé de lui faire baisser les yeux, sans succès. Il ne présentait que le visage vide d'un prédateur, sans raisonnement, sans possibilité de négociation, juste une agressivité pure. J'ai compris qu'il nous observait depuis des jours, qu'il connaissait nos habitudes.

« Eve était facile à trouver, a-t-il repris, mais c'était difficile de la voir seule sans faire une scène, alors j'ai pris l'autre possibilité et avec toi ça a été bêtement facile. Tu te promènes beaucoup. Ce soir, je t'ai suivi dans tout Chinatown. Je n'étais pas à vingt pas derrière toi et tu n'as pas regardé autour de toi une seule fois, tu ne t'es même pas gratté la nuque pour montrer que tu avais senti que je te suivais. »

Je l'avais senti pourtant. Toute la journée, peut-être. Mais je n'avais pas su ce que je ressentais.

« Et tu as l'intention d'en venir au fait ? ai-je demandé.

— Bien sûr. Grâce à toi et à mon vieux copain Donal, je sais que l'autre mari d'Eve a de l'argent, et j'en veux une partie, tout comme vous deux. Je peux lui pourrir la vie de différentes façons, et j'ai pas mal d'histoires à raconter, certaines sont même vraies. Je pourrais être très divertissant. Demande à Eve.

— D'après ce que j'ai entendu, vous vous êtes mariés à la hâte sur la route. Sans doute sans documents. Donc tout ça n'est certainement pas légal.

— Ce n'est pas comme ça que je me souviens de ce mariage. Et même si les documents n'étaient pas parfaits, et qui peut dire qu'ils ne l'étaient pas, ça ferait toujours mauvais effet imprimé dans les journaux. Beaucoup de questions restent en suspens. Je pense qu'elles me permettront d'obtenir une place à la table. Je vous laisserai vous débrouiller avec le patron jusqu'à ce que je me lasse d'attendre, et ensuite j'encaisserai l'argent. Dis-le à Eve. »

Il a plié son couteau et il est sorti.

Eve est arrivée à la chambre de bonne heure, à l'aube naissante. Elle a frappé deux coups comme d'habitude, puis a utilisé sa clé. Elle avait à peine refermé la porte qu'elle a annoncé, toute joyeuse : « Salle bondée aujourd'hui. Beaucoup de pourboires. La foule est restée éveillée plus tard que d'habitude. J'aurais aimé que tu voies ça. »

Elle est allée directement dans la salle de bains. Par la porte ouverte, elle a dit : « J'ai besoin d'un bain brûlant. Je me sens sale. »

Un lever de soleil brumeux filtrait à travers les rideaux.

Finalement, je lui ai révélé que Jake était passé pour une visite. Jake et son couteau. Eve n'a rien répondu.

« Il veut de l'argent, bien sûr. Il faut donc s'atteler sérieusement à la vente de ce tableau, si c'est ce que tu souhaites faire. On dirait qu'il t'en veut pour quelque chose que tu aurais fait au Nouveau-Mexique. »

Tout ce qu'elle a trouvé à dire, c'est : « Merde. »

Elle continuait à se préparer pour son bain. Un air lourd et humide pénétrait dans la pièce par la porte ouverte. Je me suis allongé sur le canapé et Eve s'est installée dans la baignoire. Je ne voyais que la couronne de ses cheveux mouillés au-dessus du rebord de porcelaine incurvé.

Elle a respiré profondément avant de se mettre à parler.

« Je ne l'ai revu qu'une fois après sa disparition au bord de cette rivière en crue. Peu de temps avant ma rencontre avec John. Je n'ai jamais raconté cette histoire à personne. Gallup, Nouveau-Mexique, un samedi soir d'été. La route 66 traverse la ville en trombe, les voitures sont pare-chocs contre pare-chocs dans les deux sens, et les trottoirs fourmillent de cow-boys, de Navajos et de touristes. Si on jouait là un samedi et que le groupe était bon, les soirées dansantes étaient épiques. Des spectacles comme ceux-là, c'est quelque chose. Un millier de personnes en couples qui se déplacent ensemble comme une grande volée d'oiseaux au rythme de la musique que vous jouez. Quand je chantais, je n'avais qu'à faire un pas vers l'avant de la scène et regarder d'un côté ou de l'autre ou étendre le bras dans un sens, et les danseurs se déplaçaient dans cette direction comme une vague. C'est une impression qui ne ressemble à aucune autre.

Ce jour-là, juste avant l'un de ces grands concerts, notre groupe descendait de la navette de l'hôtel et les gens s'agglutinaient sur le trottoir pour nous voir débarquer. Cela n'arrivait pas souvent. Lorsque je suis descendue dans ma tenue de cow-girl rose et blanche à franges et avec mon maquillage de scène, je me suis sentie comme une star de cinéma. Des adolescentes me demandaient de signer leurs carnets d'autographes. Je n'ai pas repéré Jake dans la foule, je ne le cherchais pas. Il ne s'est pas précipité sur moi, ravi de me reconnaître. Il a juste levé un doigt pour attirer mon regard, comme pour dire : "Je suis là." Il avait l'air abattu. Je me suis approchée, je l'ai pris dans mes bras et je l'ai embrassé sur la joue comme un vieil ami, en laissant une grosse trace de rouge à lèvres sur sa joue. Quelques adolescents ont applaudi. Puis j'ai fait la bêtise de fouiller dans mon petit sac à main à franges, d'en sortir un billet de vingt et de le lui tendre. J'étais sans doute un peu troublée par les boissons et le trac avant un grand spectacle. Il a balayé le billet du revers de la main et m'a répondu : "Glisser deux billets d'un dollar ou peut-être même de cinq serait une aide précieuse de la part d'un vieil ami, parce que les choses sont difficiles en ce moment. Mais vingt ? Va te faire foutre, Eve. Je ne demande pas à être ta pute. J'aurais dû m'en aller et te laisser mourir dans le désert cette fois-là. Tu te souviens en Arizona, quand tu étais malade et qu'un taureau nous a poussés hors du train ? Trente-cinq bornes jusqu'à la ville suivante par quarante degrés ? Tout ce que j'avais à faire, c'était de m'en aller, et j'en aurais eu fini avec toi pour toujours." Il a laissé sa phrase faire son impression, et puis il m'a tourné le dos pour disparaître dans la foule. »

Eve est sortie de la baignoire dans des bruits d'éclaboussures. Elle est entrée dans la pièce enveloppée dans des serviettes, une pour son corps et une pour ses cheveux. Elle s'est arrêtée à côté du canapé et m'a regardé. Sa peau était rose et elle sentait le savon à la lavande.

« Une partie de moi savait ce que je faisais devant cette foule, a-t-elle déclaré. C'est donc en partie de ma faute, et je revendique ma part de responsabilité. Mais ça n'aurait pas été une raison suffisante pour me traquer si John ne t'avait pas envoyé sur les traces de Jake. »

Elle s'est dirigée vers le lit, a tiré les couvertures et s'y est installée.

« Va faire un tour pendant quelques heures, Val, fais ce que tu fais d'habitude. Puis reviens, emmène-moi déjeuner et nous pourrons faire des projets. Ou alors, retourne te coucher. »

Je suis resté là où j'étais.

Quelques minutes plus tard, elle m'a dit : « J'ai une idée. Je vais peut-être retourner vers John, mais pas tout de suite. Jusqu'à ce que je me décide, faisons comme si j'étais ton amoureuse. Sauf que ce sera réel. Ce ne sera pas difficile pour moi de tomber un peu amoureuse de toi, et tu es déjà amoureux de moi. Mais si c'est une histoire d'amour, alors ce sera une histoire d'amour très courte. Toute histoire d'amour a une fin. Et quand la nôtre sera terminée, quand nous aurons vendu le tableau et donné à Jake ce qu'il veut, il est très possible que je te demande d'envoyer à John un télégramme urgent pour lui dire que tu m'as trouvée, que je suis vraiment désolée et que je veux rentrer à la maison. Que j'ai eu peur de ne pas être assez bien pour être sa femme s'il devenait un jour sénateur. Tu sais, le trac. Mais que s'il me reprend avec lui, je ferai de mon mieux. Et ce n'est pas un mensonge complet. Donc il faut savoir dès maintenant que notre histoire sera de courte durée. Si je décide de retourner à Long Shot, c'est fini et on redevient amis. Tu veux essayer ça ? »

C'était une très mauvaise idée, mais bien sûr j'étais d'accord. Je me suis levé du canapé et je suis allé vers elle.

À midi, quand nous sommes redevenus présentables, j'ai sorti le tableau emballé du coffre-fort de l'hôtel, puis nous nous sommes installés sur un petit canapé dans le hall pour étudier un annuaire téléphonique. Sur le papier à lettres de l'hôtel, Eve a écrit les noms et les adresses des galeries de son écriture soignée, et j'ai marqué les lieux sur mon plan de la ville. Son idée consistait à se rendre à chaque adresse et à demander : « Combien me donneriez-vous pour ce tableau de grande valeur ? » Au bout de quelques jours, nous nous retrouverions au bar de l'hôtel avec une liasse de billets pour fêter la meilleure offre, la plus élevée.

Elle voyait San Francisco comme une grande ville, mais j'ai essayé de la convaincre que le monde de l'art ressemblait davantage à un village. Les bruits circulent vite. Si nous allions de galerie en galerie, en quelques jours, tout le monde serait au courant qu'un Renoir mineur d'origine peu claire faisait le tour des marchands d'art. Nous devions être prudents, commencer par une liste restreinte, évaluer l'intérêt ou la suspicion. De plus, pour éviter d'avoir à traiter avec une banque, ce qui impliquerait de fournir des documents d'identité, nous devrions trouver un marchand assez marginal pour conclure une transaction au comptant.

« La seule pièce d'identité que j'aie est un permis de conduire, et ça renvoie directement à John. C'est donc une transaction en liquide qu'il nous faut.

— Le problème suivant, si l'on ne veut pas vendre au prix le plus bas, est celui de l'*originis*.

— Je ne connais pas ce mot-là, mais j'ai suivi pendant une année des cours de latin au lycée – on me l'avait proposé lorsque j'ai dit que je voulais aller à l'université. C'était le premier jour de la première année, avant que j'apprenne à faire attention à ce qu'il convient de partager avec les gens. J'aurais tout aussi bien pu dire que je voulais posséder un yacht ou devenir président des États-Unis. Mais pas de regrets, je préférais le latin à la dactylographie, ça avait un sens pour moi, un peu comme un code secret que, à ma grande surprise, je connaissais déjà en partie. Je peux donc deviner que ton mot ressemble à une question : "D'où ?" C'est la première question que posent les flics quand ils entrent et qu'il y a une demi-douzaine de pastèques mûres ou quelques poulets qui rôtissent sur le feu ou peut-être un cageot avec dedans des clés à molette, des marteaux et des tournevis rouillés provenant du garage de quelqu'un. Le fait est que je suis douée pour inventer ce genre de choses à la volée. "Le tableau appartenait à mon cher mari décédé qui me manque tellement ; c'est pour cette raison que je souhaite le vendre."

— Pas mal, ai-je répondu. Il faudra peut-être travailler un peu la sincérité.

— Noté. »

Je lui ai rappelé que si la peinture était vendue correctement, la somme, convertie en espèces, suffirait à acheter un appartement de deux chambres ou à créer une entreprise, comme une petite épicerie de quartier, un salon de beauté ou une boulangerie.

« Tu crois que Jake a l'intention d'ouvrir un salon de beauté avec cet argent ?

— Je voulais plutôt illustrer ce que cela pourrait représenter pour toi. Si tu prenais l'argent pour commencer une nouvelle vie. »

Je ne savais pas trop pourquoi j'avais dit ça. Eve m'a expliqué, comme si elle parlait à un enfant, qu'elle ne voulait pas acheter une maison ni ouvrir un magasin. Elle m'a dit que ce genre de choix vous enferme.

« Et l'université, alors ? Tu voulais y aller quand tu étais plus jeune. Tu es assez intelligente pour suivre des cours, et tu aurais l'argent. »

J'ai voulu retirer ces mots immédiatement.

Eve a regardé ailleurs pendant une longue minute, puis elle a dit : « J'ai connu un tas de gens qui sont allés à l'université, et certains d'entre eux se sont retrouvés sur la route aussi mal en point que n'importe qui. Je n'accorde donc pas beaucoup d'importance à l'université et à son rôle de marqueur de l'intelligence et de la valeur de chacun. John est allé à Princeton et il n'arrive toujours pas à s'en remettre. Il dit que c'est un endroit magique, mais si on lui enlève tout ce dont il n'a pas hérité, qu'est-ce qui lui reste ? Pas grand-chose. Les gens qui ont fait fortune pour lui sont tous morts. Lorsque je suis avec lui et la plupart des gens que j'ai connus qui sont allés à l'université, je ne me sens pas du tout plus bête. Beaucoup de gens intelligents n'ont pas pu ou n'ont pas voulu aller à l'université, même avant le krach. C'est surtout une putain de loterie, et j'ai vu les gagnants et les perdants. Alors, Val, je n'ai pas besoin que tu me dises que je suis assez intelligente pour aller à l'université. Je n'ai pas besoin de ton soutien. D'accord ? »

J'ai acquiescé.

« Une nuit avec moi et tu prépares mon avenir. Ça ne fait pas partie du marché, Star Scout. Ne commence pas à embrouiller les choses. Allons vendre cette jolie petite peinture. »

Humilié, je l'ai suivie dans le hall et jusqu'à la voiture, le Renoir sous le bras, en essayant de ne pas imaginer toutes les façons dont l'après-midi pourrait mal se passer.

Ce que je savais de l'achat et de la vente d'œuvres d'art était en grande partie théorique. Les seules œuvres que j'avais vendues étaient les miennes, à des prix qui permettaient peut-être de payer deux semaines de loyer. Et les quelques œuvres que j'avais achetées lorsque j'étais en fonds avaient été peintes par des amis qui avaient besoin d'argent pour payer leur loyer, à condition que je leur revende leurs œuvres s'ils le demandaient. En réalité, mon expérience du commerce de l'art était plus proche de mettre une montre au clou que de mener une véritable activité commerciale. En outre, j'avais entendu dire que la vente d'œuvres avait radicalement changé au cours des années qui avaient suivi le krach, comme tout le reste, à l'exception des phases de la Lune et de l'alternance des saisons.

Sous un ciel dégagé, la capote du roadster d'Eve baissée, nous nous sommes dirigés vers la première galerie de notre liste. J'étais sur les nerfs, mais Eve parlait de stratégie pendant que j'évitais les embouteillages. Elle voulait entrer avec moi dans toutes les galeries. Je lui ai dit que je savais parler d'art.
« Laisse-moi faire. Attends dans la voiture. Ne t'inquiète pas.

— Pas question.

— Écoute, nous prenons un risque en faisant ça. J'ai peur que tu dises quelque chose qui pourrait provoquer un appel au poste de police, et si Long a déclaré le tableau volé depuis que j'ai quitté Dawes, nous aurons de gros problèmes. Vol qualifié. Prison ferme. »

Eve a protesté. Elle refusait de croire que Long l'aurait fait jeter en prison, car elle était convaincue, sans aucune preuve, qu'il l'aimait et ne lui ferait jamais de mal, même s'il était très en colère.

Je n'approuvais pas entièrement sa logique, mais tout ce que j'ai dit, c'est qu'il n'hésiterait pas à m'y faire jeter, moi.

Eve a fait un mouvement de pesée, paumes en l'air, et elle s'est penchée pour m'embrasser sur la joue en souriant.

Nous nous sommes garés devant la première galerie et nous sommes entrés. Eve a posé de vagues questions sur Renoir, j'ai dit quelques mots banals sur les impressionnistes, et nous avons tous les deux feint une grande ignorance du marché. Tout s'est passé comme je m'y attendais.

De retour dans la voiture, Eve fulminait.

« Des références, a-t-elle lancé. Ils veulent voir mes références ? Peut-être que je veux voir leurs références, moi aussi ! »

J'ai essayé de lui dire que c'était plus compliqué que d'acheter ou de vendre une voiture d'occasion.

« Et en quoi ? Il n'arrêtait pas de dire qu'il ne pouvait pas en offrir grand-chose. C'est exactement comme quand mon père vendait une voiture d'occasion, sauf que ce vendeur portait un meilleur costume et utilisait une autre marque de brillantine.

— C'est plus que cela. Un Renoir dont on ne peut pas prouver l'authenticité, et encore moins que tu en es bien propriétaire, c'est tout à fait différent.

— Tu es tellement crédule. Tu te promènes dans la vie, si facile à berner. »

Tout l'après-midi, comme je l'avais prédit, les marchands de quatre autres galeries nous ont demandé qui nous étions, où nous habitions et quelles références, de préférence locales, nous pouvions présenter. Sur la base de notre description du tableau et de l'histoire de sa provenance racontée par Eve, deux marchands se sont montrés intéressés, mais seulement s'ils avaient le temps de faire les choses soigneusement, et ils nous ont précisé que cela pourrait prendre des mois pour trouver le bon acheteur. Les responsables des deux autres galeries ont tout de suite senti les problèmes et nous ont mis à la porte, en nous suggérant de nous adresser plutôt à une maison de vente aux enchères.

En début de soirée, alors que, déjà épuisés, nous n'en étions qu'à la moitié de notre liste, Eve a dit : « C'est tout pour moi aujourd'hui. Tu oublies que je dois travailler toute la nuit.

— Tu n'es pas obligée de continuer.

— Non, mais je veux le faire. Trouvons un café. »

De retour au Clift, Eve s'est préparée en bavardant.

« Demain, c'est dimanche. Toutes les galeries seront fermées et nous pourrons dormir aussi tard que nous voulons, rester couchés ici une bonne partie de la journée. Tu veux venir avec moi ce soir ?

— Bien sûr, ai-je répondu. J'aimerais beaucoup t'entendre chanter à nouveau. »

Au club, je me suis assis dans le coin sombre que je connaissais déjà pour siroter un gin. Le pianiste et le contrebassiste m'ont reconnu et ont fait des clins d'œil à Eve en inclinant le menton vers moi, ce à quoi j'ai répondu en levant mon verre et en hochant la tête.

Lundi matin, brouillard à travers les rideaux de la chambre d'hôtel. Eve et moi étions au lit quand j'ai abordé le sujet.

Je lui ai avoué que j'avais essayé d'adopter l'attitude qu'elle m'avait prescrite vis-à-vis de notre accord. Que c'était comme un jeu avec une limite de temps, sans conséquences. Et pourtant, je me sentais à la fois coupable et jaloux. Je savais que je n'étais pas en position d'être jaloux quand elle parlait de retourner avec Long, mais je l'étais quand même. Et je me sentais également coupable vis-à-vis de Long. Après tout, je couchais avec sa femme.

« Coupable ? C'est un mot bien lourd, a répondu Eve. Et jaloux, c'est lourd et stupide aussi. La raison pour laquelle tu me cours après n'est-elle pas que je ne suis sans doute pas mariée ? Ou du moins pas légalement et officiellement mariée à John ? Toi et John, vous ne pouvez pas avoir le beurre et l'argent du beurre. »

Je me suis retourné et j'ai enfoncé mon visage dans l'oreiller.

Eve m'a tapoté l'arrière du crâne en chuchotant : « Pauvre petit Star Scout. Ça doit être tellement dur. »

Une heure plus tard, nous nous promenions au milieu de collections de petits vases français et italiens criards, de jarres chinoises de deux mètres de haut, de grandes et mauvaises peintures du siècle dernier dans leurs lourds cadres dorés et de tables encombrées de couverts en argent, de plateaux et de plats de service. J'ai demandé à une vendeuse qui passait par là quelle était la fonction de deux douzaines de petits ustensiles de table à l'aspect très particulier.

« Ce sont des fourchettes à asperges en argent repoussé, naturellement », a-t-elle répondu.

Pendant que la vendeuse s'éloignait, Eve a lancé d'une voix très forte : « Je suis choquée que tu ne le saches pas, Valentine.

— Dans ma famille on ne prenait peut-être pas les asperges assez au sérieux. »

Finalement, un vieux marchand méfiant, coiffé comme un moine et vêtu d'un costume gris de bonne coupe très usé, s'est approché pour voir ce que nous voulions. Son tour de taille devait être au moins égal à sa hauteur. Il a tout de suite flairé un soupçon d'irrégularité dans la façon dont nous avons posé des questions sur le marché local des impressionnistes et il nous a demandé très brusquement : « Qu'est-ce que vous essayez de vendre ? »

Avant que je puisse lui faire signe de se taire, Eve a répondu : « Un Renoir. »

Elle a fait un geste de la main de long en large et de haut en bas pour donner une idée de sa taille et a ajouté : « Le cadre est joli aussi. »

L'homme a souri d'un air gêné.

« Chère amie, je vous mettrais à la porte ou j'appellerais les flics sans un mot de plus si vous n'étiez pas aussi charmante et naïve. Mais vous l'êtes, alors je n'en ferai rien. Je ne toucherai pas non plus à ce tableau que vous pensez être un Renoir. Je ne veux pas le voir, je ne veux pas savoir comment vous l'avez obtenu. Aucun de vous n'a l'air d'un criminel, mais de nos jours, qui sait ? »

Eve et moi avons objecté en même temps : « Mais... »

L'homme a levé une paume épaisse de la couleur d'un jambon cuit pour nous arrêter.

« J'entends toutes les alarmes qui sonnent, là. Renoir est en vogue cet été. Je parie que vous êtes au courant. »

Eve est passée à la vitesse supérieure, se préparant à raconter l'histoire du tableau. Très douce et vulnérable, elle s'est lancée :

« Nous ne sommes pas des criminels, et le tableau est vraiment un Renoir qui m'appartient. Mon mari est mort il y a un an et j'en ai hérité. Mais cela me rend malheureuse d'être dans la même pièce que ce tableau depuis sa mort. La jeune fille a l'air si triste, avec ses grands yeux baissés. Le problème, c'est que je vais voyager pendant un certain temps et que je ne reviendrai peut-être pas ici de sitôt, alors je n'ai pas beaucoup de temps. Il y a sûrement un moyen de s'arranger.

L'homme, qui ressemblait décidément à un moine, m'a regardé.

— Je pourrais l'écouter parler toute la journée, mais ce que j'entends, c'est une alarme qui fait ding-ding-ding. Vous l'entendez aussi ? Maintenant, allons faire un tour dehors. »

Une fois dehors, nous avons évoqué, de manière très vague et détournée, les noms de quelques galeries susceptibles de mieux répondre à nos besoins. Ce n'était qu'un bavardage amical, mais j'en ai retiré l'impression qu'une galerie appelée H. Gareth Windsor n'était pas très méticuleuse pour établir la propriété et l'authenticité des marchandises. Et pourtant, rien de ce que disait le moine ne présentait une spécificité qui tiendrait la route devant un tribunal. Son langage était truffé de qualificatifs et de subjonctifs.

Gêné par chaque aspect de cet échange, j'ai essayé de conclure : « Merci pour vos conseils, monsieur. »

Trop bas pour qu'Eve l'entende, il a précisé : « Attention. Vous le savez peut-être déjà, mais vous êtes complètement dépassé par les événements. »

Il a tourné le dos et a disparu dans la pénombre de sa salle des ventes encombrée.

Eve a continué à marcher sans un mot jusqu'à la voiture. À l'intérieur, elle a explosé : « Qu'il aille se faire foutre, ce vieux trou du cul !

— Il essayait de nous aider. Il a mentionné le nom d'une autre galerie.

— Quel idiot ! »

Je ne savais pas si elle parlait de moi ou du moine qui avait essayé de nous éviter des ennuis, me démontrant dans la foulée que je ne savais rien sur la manière de vendre des œuvres d'art volées. Eve avait peut-être raison de penser que Long ne considérerait pas son escapade avec la jeune fille dans son champ de fleurs comme un véritable vol, mais si vous ajoutiez l'amour, le désaveu et les possibles représailles à tout ça, qui sait comment quelqu'un pouvait réagir ? Peut-être la moitié des meurtres conjugaux ont-ils pour origine quelque chose qui s'appelle l'amour ou au moins la passion ? Au début, j'étais persuadé que Long aimait Eve d'une manière ou d'une autre, mais au cours de mes pérégrinations à travers le pays, je comprenais de moins en moins les sentiments qu'il éprouvait pour elle. Et les deux derniers jours passés avec elle avaient rendu les choses beaucoup plus floues, c'est le moins qu'on puisse dire, quant aux sentiments d'Eve pour Long. Le moine avait raison, j'étais totalement dépassé, mais je n'avais aucune visibilité sur la manière de m'en sortir, si ce n'était de continuer à avancer.

Après moult recherches cet après-midi-là, nous avons fini par trouver la galerie H. Gareth Windsor. C'était le genre d'endroit dont il fallait connaître l'existence pour le trouver. L'enseigne était petite et ne donnait aucune information sur la nature des activités exercées à l'intérieur. Le bâtiment était haut, vertical et blanc, donnant sur une rue étroite qui descendait en pente raide vers la baie. On pouvait apercevoir un coin du nouveau Bay Bridge. Le brouillard du matin s'était dissipé pour laisser place à un après-midi très ensoleillé. Les gens de l'Est semblent croire que San Francisco est toujours grise et brumeuse, mais la lumière du milieu de l'après-midi était bleue, vive et cassante.

Nous sommes restés là une minute à admirer la vue, puis j'ai regardé Eve, son foulard de soie noué en bonnet derrière la tête, ses lunettes rondes à verres fumés, ses lèvres dessinées en rouge vif. Elle portait des variantes de la même tenue depuis des jours, un pull noir et pantalon de lin large à taille haute, et n'enfilait une robe que pour chanter au club. Depuis que je l'avais retrouvée, elle ne s'était pas habillée une seule fois comme une cow-girl, ou comme l'épouse d'un riche politicien en devenir.

« Tu as l'air d'une star de cinéma », ai-je remarqué.

Eve a légèrement relevé un coin de la bouche et m'a regardé par-dessus ses lunettes, puis elle s'est concentrée sur la vue. Elle a dit que les angles, les élévations, tout ce mélange de nature et d'artifice, les bâtiments, la baie, les collines, et surtout ce pont fou comme une illusion d'optique flottant au-dessus de l'eau, tout ça lui donnait un peu le vertige. Elle s'est appuyée sur mon épaule pour se stabiliser. J'ai posé mon menton sur le sommet de sa tête pendant un moment, puis j'ai remonté la capote de la voiture et verrouillé les portes. Eve et moi sommes entrés dans la galerie, laissant le tableau enveloppé dans une serviette et caché derrière la roue de secours dans le coffre du roadster.

À l'intérieur, il y avait quelques petits impressionnistes sur les murs, et quelques peintres qui se vendaient dans les mêmes cercles que Benton et Rivera. J'aurais été heureux, ravi même, d'en emporter un chez moi.

Un homme mince s'est approché et s'est présenté comme le propriétaire de la galerie. Il portait un costume trois-pièces bleu marine impeccable et une chemise jaune crème avec un nœud papillon rose un peu relâché. Il me semblait bien jeune pour être aussi chauve et mou, mais c'est peut-être que je m'étais habitué à Faro et aux cow-boys ces derniers mois.

Eve a demandé : « Monsieur Windsor ?

— Je suis le Dr Horowitz. Si je peux vous communiquer des informations sur l'un des tableaux ou sur la galerie en général, je serai ravi de le faire.

— M. Windsor est-il ici ?

— M. Windsor *non est*.

— Mort ? a demandé Eve. Ou sorti déjeuner ? »

Puis elle m'a regardé et m'a glissé : « Imagine, une chance de parler latin deux fois dans la même semaine. »

Horowitz a souri et a repris : « Ma chère madame, M. Windsor est le fruit de mon imagination. »

J'ai dit quelque chose d'élogieux sur sa galerie en ajoutant : « Nous nous intéressons surtout aux impressionnistes. Et dans ce groupe, nous nous intéressons en particulier à Renoir.

— Vous vous intéressez dans quel sens ?

— Pour regarder, acheter, vendre.

— C'est précis, a ironisé Horowitz. Mais je n'ai pas de Renoir dans ma galerie. Alors montrez-moi ce que vous avez à vendre. »

Il a réprimé un léger sourire à l'idée qu'il avait marqué un point.

Je suis allé à la voiture et j'ai rapporté le tableau. Horowitz l'a posé sur une étagère et nous l'avons tous les trois regardé. Une lueur d'espoir est passée sur son visage, vite étouffée. Il avait compris qu'il s'agissait d'une œuvre authentique.

« Je ne peux prendre qu'un nombre limité d'affaires à la fois, a-t-il dit. C'est épuisant. Je vais faire du thé, nous allons nous asseoir et nous poser. Respirer et parler un peu. Il n'y a pas d'urgence. Alors, comment le prenez-vous ?

— De quoi ? a demandé Eve.

— Le thé. J'ai de l'Earl Grey et du Oolong.

— Comment le prenez-vous vous-même ?

— Earl Grey avec beaucoup de crème, mais sans sucre, a-t-il précisé.

— Je prendrai les deux, a dit Eve.

— C'est-à-dire avec beaucoup de crème et beaucoup de sucre et très peu de thé ?

— Exactement. »

J'ai ajouté : « Du thé pur, l'un ou l'autre. »

Lorsque Horowitz est revenu, nous avons bu notre thé à petites gorgées devant le tableau, respirant calmement. Finalement, Dr Horowitz a demandé : « Vous ne voyez pas d'inconvénient à ce que je vous demande comment vous avez découvert cette jolie petite chose ?

— Il faisait partie de la succession de mon défunt mari. Il était plus âgé et il est décédé il y a un an.

— Il est compréhensible qu'il soit temps de laisser partir certaines choses, a continué Horowitz. »

Eve a improvisé.

« Il y a un Matisse dont je ne me débarrasserai jamais, à moins de mourir de faim.

— Celui-là ne vous parle donc pas de la même manière ?

— C'est ça, oui, a répondu Eve.

— Et comment votre défunt mari avait-il acquis ce tableau ?

— Il l'avait acheté à Paris, juste après la Grande Guerre.

— Mmm... À l'époque, beaucoup de gens avaient besoin de vendre leurs œuvres d'art. »

Il a pris une gorgée de thé, puis il s'est levé, s'est approché très près du tableau et l'a étudié. Lorsqu'il s'est rassis, il s'est adressé à Eve : « Vous vous rendez compte qu'il y a d'autres façons de le vendre, qui rapporteraient plus ? »

Eve m'a jeté un regard interrogateur et j'ai répondu : « Nous prévoyons de quitter le pays pour un certain temps. Peut-être un an ou plus.

— La vente est donc plus une question de commodité que de nécessité ?

— De commodité, oui », a acquiescé Eve.

Elle m'a jeté un coup d'œil comme si elle s'amusait.

Il y a eu une pause, puis Eve a demandé : « Au fait, Dr Horowitz, quel genre de médecin êtes-vous ?

— Je suis titulaire d'un doctorat en histoire, plus particulièrement de la civilisation méditerranéenne. De Berkeley.

— Vous n'êtes donc pas le genre de docteur qui aide les gens, a plaisanté Eve.

— Absolument pas, ma chère.

— C'était une blague. »

Le Dr Horowitz a gloussé, mais n'a pas semblé savoir pourquoi. Il a fini par dire : « Je sais qu'il peut être difficile de croire qu'il y a encore assez d'argent pour que les gens achètent des tableaux, mais c'est le cas pour certains.

— Je le crois. Mon défunt mari en était un exemple.

— À quel genre de chiffre pensiez-vous ?

— Prenons le problème dans un autre sens, répliqua Eve.

— Dans ce cas, je dirais que si nous avions un peu de temps, disons deux semaines pour travailler sur ce sujet, vous obtiendriez sans doute au moins le double de ce que vous gagneriez en précipitant une vente. »

Il a mentionné un chiffre comme objectif et un chiffre comme minimum. Plusieurs milliers de dollars séparaient les deux.

« Avant ou après la commission ? ai-je demandé.

— Avant, bien sûr. »

Eve m'a jeté un regard rapide et a décidé de ne pas poser sa question.

« Je vais devoir réfléchir à tout ça, a repris Eve. Quelles sont vos heures d'ouverture ?

— Nous ouvrons en semaine à 10 heures. Pour être sûr, disons dix heures et demie. Nous fermons à 16 heures, à peu près. Il va sans dire que nous sommes fermés le week-end.

— Horaires de travail faciles, a dit Eve en souriant. Nous allons en parler et peut-être revenir vous voir dans quelques jours. »

Le Dr Horowitz a consulté sa montre.

« Bonté divine, bientôt trois heures et demie. Autant fermer pour la journée après toute cette agitation. »

Dehors, devant la voiture, j'ai dit : « Tu as bien fait de préciser "mon défunt mari" et pas "mon mari décédé".

— Merci de l'avoir remarqué. J'aime bien ce type, le docteur. Il est juste assez louche pour qu'on lui fasse confiance. En fait, je ne vois aucune raison de ne pas aller de l'avant et de ne pas conclure un accord maintenant.

— Il vaudrait peut-être mieux laisser passer la nuit ?

— Non, je suis prête, maintenant. »

De retour dans la galerie, et bien qu'Horowitz ait paru las de nous, nous avons réussi à conclure un arrangement pour qu'il trouve un acheteur pour le tableau. Eve et Horowitz ont signé quelques papiers, et Eve l'a convaincu de lui verser un acompte de bonne foi, soit cinq pour cent du prix fixé.

« Je pense pouvoir trouver une solution d'ici deux semaines, a indiqué le galeriste.

— Deux semaines ? a repris Eve.

— Oui. À moins que vous ne vouliez le donner.

— Pas de problème », ai-je conclu.

Eve a conduit lentement, les deux mains sur le volant, regardant droit devant elle, silencieuse. Je ne savais pas trop comment procéder pour tenir Jake et Long en haleine deux semaines pendant qu'Horowitz travaillait pour nous.

« Je n'ai pas eu de contact avec Long depuis cinq jours, ai-je dit. J'ai envoyé une carte postale disant que je ne t'avais pas encore trouvée mais que je vérifiais tous les clubs. Je sens qu'il est temps d'envoyer un télégramme, peut-être pour dire que je t'ai retrouvée.

— Je ne sais pas.

— Quelque chose d'assez vague, comme "Trouvé le club d'Eve, des nouvelles dès que je lui aurai parlé." Ça pourrait nous faire gagner quelques jours.

— Pas encore », a répondu Eve.

Cette nuit-là, j'ai commencé à me sentir désespéré. Je n'étais pas sûr de ce que je faisais. Je m'inquiétais sans cesse des représailles que Long pourrait exercer contre l'un d'entre nous ou contre nous deux, surtout s'il nous soupçonnait d'avoir eu une liaison.

« Pas la peine de se morfondre, a suggéré Eve. Ce qui est fait est fait. Tu m'emmènes dîner à Chinatown sur la route du club ? Il y a un endroit où je veux aller manger pour des raisons sentimentales. Je faisais la manche un après-midi près de ce restaurant, il y a peut-être cinq ans. Un homme plus âgé que John m'a donné une boîte de restes au lieu de monnaie. Il m'a souhaité bonne chance et est reparti. Il n'a pas essayé de me draguer. La boîte était encore chaude, du riz, un tas de légumes, de la sauce brune et des morceaux de bœuf. Je me suis cachée au coin d'une ruelle et j'ai mangé avec les doigts, et à ce moment-là, j'ai pensé que c'était le meilleur repas que j'avais pris de ma vie. Allons manger là-bas.

— D'accord. »

À la fin du repas, notre table étant encombrée d'assiettes, de petits et de grands bols de service, j'étais prêt à sortir mon portefeuille et à payer. Mais Eve a appelé le serveur et lui a demandé : « Apportez-moi encore une petite chose. Peu importe, une boulette ou quelque chose comme ça. » Elle s'est tournée vers moi et m'a précisé : « Je n'ai pas tout à fait fini.

— Tu penses à la ruelle ?

— Oui.

— Tu peux me dire ce que tu as ressenti ce jour-là ? Je n'arrive pas à l'imaginer.

— Bien sûr que non. Je t'ai déjà dit ce que je ressentais. Je faisais la manche, et c'était le meilleur repas de ma vie. Tout le reste, les émotions ou quoi que ce soit d'autre, c'est à moi de les trier pour les garder ou de les laisser derrière moi. »

La nuit était claire, la lune dépassait à peine son premier quartier, et nous avions du temps avant qu'Eve ne doive se rendre au club. Elle voulait descendre près du Ferry Building, marcher sur la jetée, profiter de la vue sur Sausalito et voir Treasure Island, la toute nouvelle masse de terre construite avec de la pierre, du sable et de la boue pompés au fond de la baie pour accueillir un aéroport et une Exposition universelle d'ici quelques années.

Nous sommes restés là, moi dans le rôle du petit ami, et elle m'a dit : « J'ai l'impression d'être avec mon amoureux du lycée. » Elle m'a demandé mes souvenirs du lycée de Norfolk, et j'ai raconté les bals et les balades en voiture jusqu'à la plage. Je lui ai tendu la main.

« Et toi ? À quoi ressemblait le lycée pour toi ?

— J'ai quitté la maison vers la fin de ma première année. Je ne voulais pas. J'ai toujours aimé l'école. Je me souviens que j'aimais beaucoup la chimie, le grand tableau coloré des éléments qui se déroulait sur le mur et qui avait tellement de sens. La géométrie était mon cours préféré, celui où je n'avais que des A. J'aimais les instruments, le rapporteur et le compas, surtout leur côté concret… Des carrés, des cercles et des triangles, une simple ligne droite, une chose si importante.

Tout au long de cette année, ma mère n'a cessé de me répéter que nous étions dans la misère, que mes petits frères et sœurs étaient à deux doigts de mourir de faim, elle écartait son pouce et son index d'un centimètre pour me montrer ça de plus près. Il fallait que je contribue, que je trouve un travail.

Arrêter l'école était la première étape. J'ai cherché, mais je n'ai trouvé que des petits boulots qui me permettaient de gagner une pièce ou deux par-ci, par-là. Au début du printemps, j'ai donc pris la route avec une amie qui se trouvait à peu près dans la même situation. Notre plan était de ramasser des fruits pendant les mois allant de la récolte des fraises à celle des pommes. Nous allions veiller l'une sur l'autre, voir du pays. Mais elle a rencontré un homme dans un champ de tomates au début du mois d'août et elle est partie avec lui. J'ai continué à avancer, à me débrouiller seule.

Je ne suis retournée chez moi qu'une fois, environ un an après mon départ, et j'ai vu que ma présence les inquiétait, alors je suis repartie. Ce n'est pas plaisant de se rendre compte qu'à l'endroit d'où l'on vient, personne ne veut vraiment de vous. Après ça, j'ai écrit plusieurs fois à ma mère pour lui dire que j'allais bien. J'allais de migration en migration comme un oiseau. Mais en réalité, je me souciais peu de ma maison et de ma famille. Les temps étaient durs, mais tout le monde n'abandonnait pas ses filles comme des chiots indésirables sur le bord de la route.

— Je suis désolé. »

Elle s'est appuyée contre moi et j'ai passé un bras autour de son épaule. Nous sommes restés ainsi un moment, silencieux, à regarder l'eau.

En retournant vers la voiture, nous avons entendu un homme s'approcher par-derrière pour chuchoter : « Hé, mais regardez qui profitent de la soirée. »

Nous nous sommes tournés vers la voix. Jake a ouvert un rasoir droit et l'a tenu avec la lame et le manche de nacre à un angle obtus. Il a tendu la lame vers le lampadaire le plus proche pour que nous puissions voir le reflet.

Il a saisi Eve par les cheveux, en les rassemblant dans son poing gauche.

Eve s'est figée.

« Soyez pas stupide, monsieur Welch. Ou je peux t'appeler Val ? Je pense que oui. Reste là et écoute, d'accord ? Vous ne m'avez pas pris au sérieux tous les deux. »

D'un coup de lame, il a effleuré le lobe de l'oreille d'Eve, comme on trace une ligne fine au crayon. Le sang n'a pas jailli, ni coulé. Il n'a formé qu'une goutte ; ce n'était guère plus qu'une égratignure de ronce.

« Regarde ça, a-t-il continué. C'est pas un travail de grande qualité ? Et c'est très rapide. C'est ça, le contrôle. Appelez ça un avertissement, sauf qu'il me semblait vous avoir déjà avertis. Mais vous m'avez ignoré. »

Jake a poussé Eve vers moi. Elle a trébuché et je me suis penché pour la rattraper. Jake a alors passé le rasoir le long de mon col. Je n'ai rien senti jusqu'à ce qu'un filet de sang commence à couler le long de mon cou.

Eve n'a pas crié, mais elle l'a insulté, folle de rage.

« Fils de pute ! »

J'ai porté une main à mon cou.

« T'es pas gravement blessé. La leçon à tirer est simple. Je veux mon argent ou vous serez tous les deux gravement blessés. Et très bientôt. »

Il a regardé Eve et lui a dit : « Ramène-le à l'hôtel, mets-lui un pansement et baise-le bien, comme ça il sera en pleine forme pour commencer à rassembler mon argent juste après le petit-déjeuner. Un conseil : appelez le riche mari.

— Et comment on ferait pour te dire que nous avons l'argent ?

— Ce n'est pas comment tu le ferais, ma puce, c'est comment tu le feras. Et tu me contactes pas. Quand je serai impatient, je te contacterai. Comme ce soir, mais si tu n'as pas d'argent pour moi, je serai plus ferme. »

Jake a fait quelques pas pour s'arrêter sous un réverbère. Il a regardé sa montre, puis, par-dessus son épaule, la tour de l'horloge du Ferry Building. Il a mis sa montre à l'heure.

« Tu n'as pas dit combien tu voulais ? » a demandé Eve.

Jake s'est mis à rire. « Je pense que dix mille, ça ira. » Il s'est retourné et s'est éloigné.

La nuit était claire. De l'autre côté de la baie, les collines se découpaient sur la mer, une gerbe de lumières glissait sur l'eau noire de Sausalito, une légère odeur de café provenait des grands torréfacteurs près de Fisherman's Wharf. Eve et moi avons regardé Jake s'évanouir dans l'obscurité.

Nous avons tâté nos blessures et regardé nos doigts. Il n'y avait pas autant de sang que prévu. Presque pas. Des traces. Encore sonnés, ébranlés, nous ne trouvions rien à dire. Quand j'ai essayé de toucher l'oreille d'Eve, elle a reculé d'un coup en protestant : « Ce n'est rien. »

Elle a sorti mon mouchoir de ma poche, a éloigné mon col de la coupure et a pressé le mouchoir sur ma peau. Nous n'étions pas vraiment blessés, mais Jake avait fait valoir son point de vue. Un quart de pouce plus profond aurait fait une grande différence.

Eve a repris : « Je ne sais pas ce qu'il est capable de faire.

— Donc Donal n'enjolivait pas, après tout, finalement ?

— Apparemment non. C'est juste que je n'ai jamais vu Jake agir comme ça.

— Tu ne vas pas monter sur scène ce soir.

— Non, bien sûr. »

Nous sommes allés vers la voiture et j'ai dit à Eve qu'il était temps de changer nos plans, parce que je n'étais pas prêt à me faire tuer par un de ces maniaques d'Orson.

« Mec, il faut que tu arrêtes avec cette histoire.

— Donal, c'est important.

— Oui, tout ce qui concerne les conneries des autres est censé être plus important que tout ce qui concerne les miennes.

— Tu as laissé entendre que Jake aurait pu tuer quelqu'un. C'était vrai ?

— Pourquoi ?

— Donal, pas de conneries maintenant. Il a menacé Eve. Menacé de la tuer. J'ai besoin de savoir exactement à quel point je dois avoir peur. J'ai besoin de savoir s'il bluffe ou si on doit quitter la ville tout de suite. »

Donal a fait une pause assez longue pour que je pense qu'il avait raccroché.

« Donal ? Tu es encore là ? Je t'ai dit qu'il avait menacé de tuer Eve.

— J'ai tout compris. Et je parierais qu'il a aussi menacé de te tuer.

— Oui.

— À quel point était-il ivre ?

— Jake ?

— Continue, mec. Je n'ai pas le temps de faire nos deux boulots.

— J'ai eu l'impression qu'il n'était pas très ivre. »

Une autre pause, puis Donal a continué : « Il est possible qu'il veuille vraiment faire ce qu'il dit. Si vous racontez cette histoire à quelqu'un d'autre, je nierai l'avoir jamais dite et je prétendrai ne rien savoir à ce sujet. Je regrette déjà d'avoir pris cet appel. Mais j'ai peut-être vu Jake tuer un homme. Dans le Nebraska, on essayait d'aller à Denver. On avait fait du stop depuis Omaha. Le conducteur a tenté de tripoter Jake, de le caresser. J'étais allongé sur le siège arrière et j'essayais de dormir. Il devait être un peu plus de minuit, il n'y avait plus une seule voiture sur la route. Une nuit froide et claire, pas de lune, un million d'étoiles. Jake et le chauffeur se sont battus sur le siège avant jusqu'à ce que la voiture quitte la route. Puis ils sont sortis et se sont encore battus devant les phares jusqu'à ce que le conducteur sorte un petit pistolet et que Jake le lui prenne. Tout ce que Jake avait à faire, c'était de monter dans la voiture avec le pistolet et de s'en aller, laissant l'homme en plan, debout sur le bord de la route, à regarder les feux arrière disparaître. Nous aurions pu aller à l'ouest pendant un certain temps, laisser la voiture à l'extérieur de North Platte, marcher jusqu'à la ville et prendre un train. C'est exactement ce que nous avons fait, sauf que Jake a d'abord tiré sur l'homme. Le type se tenait là, les mains en l'air, il était totalement résigné. Jake a tiré trois fois, mec. C'était un pistolet de petit calibre, mais quand même, trois fois. Le type a peut-être survécu. Je n'ai pas vu où il avait été touché.

— Merde. C'est vrai ?

— La vérité est la première chose que les gens intelligents nient. J'enfreins ma règle. J'ai essayé de t'avertir depuis qu'il est venu me tabasser ici, mais tu n'as pas écouté. Depuis deux ou trois ans, quand il vient, j'essaie de le calmer et de le faire repartir le plus vite possible. Il est devenu effrayant, en permanence. Alors oui, toi et Eve seriez tous les deux bien inspirés de prendre le large en vitesse.

— D'accord. Nous serons partis demain. Toi aussi, tu devrais garder l'œil ouvert.

— Pour quoi faire ?

— Au cas où il perdrait notre trace et reviendrait à Seattle à la recherche d'un coupable.

— Bon sang.

Je ne savais pas si nous avions terminé ou s'il avait d'autres vérités à me communiquer. Finalement, Donal a repris :

— Bon, quand tout ça sera terminé, tu devrais passer nous voir. Tu nous manques, à Fawn et à moi.

— Si vous continuez à le demander, je vais peut-être accepter. »

Je n'avais pas chargé le petit Browning semi-automatique de Long depuis la Floride, mais je l'ai fait après mon appel à Donal. J'ai essayé de le glisser sous ma veste, dans le bas de mon dos, à moitié sous ma ceinture. Mais il était difficile et lent à en extraire. Je suis sûr que Faro et les cow-boys se seraient bien marrés en me regardant m'entraîner dans le miroir de la salle de bains.

Eve faisait les cent pas entre la fenêtre et la porte de la salle de bains.

« L'équation a changé du tout au tout, ai-je remarqué.

— Tu viens seulement de t'en apercevoir ?

— Ce que je dis, c'est qu'il nous observe et qu'il s'énerve de plus en plus.

— Je sais. Faisons nos valises et prenons la route à la première heure. Nous reviendrons dans quelques semaines pour voir comment Horowitz s'est débrouillé avec le Renoir.

— Très bien. Une chose à la fois. »

Nous nous sommes réveillés à l'aube, prêts à partir, mais Eve a commencé à s'inquiéter du fait que si Jake nous surveillait, changer notre programme habituel éveillerait ses soupçons ; alors nous avons prévu de partir vers l'heure du déjeuner. Décontractés. En prenant notre temps.

Tout d'abord, comme d'habitude, j'ai quitté l'hôtel et j'ai fait une promenade, mais plus courte que la plupart des jours et plus proche de l'hôtel. À chaque pas, je me méfiais. Peu après midi, Eve a pris la voiture et a parcouru quelques rues, guettant tout ce qui pouvait la suivre. J'ai attendu avec nos deux petits sacs à l'arrière de l'hôtel. Elle est passée, j'ai jeté les sacs sur la banquette arrière et nous avons pris la route.

Au sud de San Francisco, le long de la côte, l'autoroute 1. Nous avons pris la fuite, terrifiés. Eve a remarqué : « On pourrait continuer. La route n'a jamais de fin. C'est du moins ce que certains d'entre nous disaient toujours. »

Je l'ai mal pris.

« Si, elle a une fin. Elle est absolument finie, merde. Toutes ces histoires, c'est de la sagesse de clochard illuminé, de marchand de biens véreux ou de politicien marron. Lorsque les gens traversent le continent et aperçoivent le Pacifique, ils savent généralement que la route est terminée, peut-être d'une manière qu'ils n'avaient pas prévue, mais que ce rêve ou ce fantasme de fuir à jamais ses problèmes, c'est terminé. On ne peut pas continuer à courir vers l'ouest indéfiniment. Quel que soit le but de la fuite, depuis Tidewater, Plymouth Rock ou la Colonie perdue, ils savent que leur rêve de s'enfuir à jamais vers l'ouest prend fin lorsque la route s'arrête devant eux et qu'il n'y a rien d'autre que des milliers de kilomètres d'océan.

— Val, tu t'égares. Je ne parlais pas de chaussées à deux voies.

— Ce n'est pas non plus de ça que je parlais. »

Pendant la majeure partie du trajet jusqu'à Half Moon Bay, le brouillard s'est installé entre l'océan et l'autoroute comme un banc de fumée sombre provenant d'un vaste incendie de forêt. Nous avons fait le plein, échangé nos places, et une fois sur la route, Eve a dit : « Garde un œil derrière nous. J'ai l'impression qu'on nous suit.

J'ai essayé de la taquiner.

— Encore ta vieille sagesse de clochard : ne regarde pas en arrière.

— Pas drôle, connard. Tu n'as pas le droit de plaisanter avec ça.

— Oui, je suis désolé. »

Eve n'a rien dit pendant des kilomètres avant de remarquer à voix basse : « Je n'ai jamais ramassé des artichauts, mais j'ai connu beaucoup de gens qui le faisaient. La plupart viennent de quelque part par ici. »

Arrivés à Santa Cruz, nous nous sommes arrêtés pour un déjeuner tardif dans un petit restaurant de poissons près de l'eau. Eve a insisté pour avoir une table d'où elle pouvait surveiller la rue et le parking. Au loin, nous pouvions voir la promenade du bord de mer avec ses hauts rouleaux blancs, vertigineux même de loin. Nerveuse, Eve picorait par à-coups.

Je l'ai poussée légèrement de l'épaule : « On ne peut pas en être sûrs, mais on a pu le tromper ce matin. Il ne se rend peut-être même pas compte que nous sommes partis.

— Impossible de le savoir. Il est doué pour nous suivre. Ce n'est pas le moment d'être optimistes. »

Après le déjeuner, nous avons parcouru encore un peu de route, et nous nous sommes arrêtés pour guetter. Je commençais à me sentir coincé moi aussi. J'avais aperçu plusieurs fois un coupé gris tourterelle depuis que nous avions quitté Santa Cruz, mais je n'en avais pas encore parlé à Eve.

« Il faut continuer à avancer », a-t-elle déclaré.

Une fois descendus en dessous de Carmel, non loin du pont de Bixby, une autre des nouvelles merveilles du pays éparpillées comme des diamants au milieu de la pauvreté et des privations, Eve est devenue encore plus nerveuse.

« D'après la carte, il semble que s'il nous suit, nous serons coincés sur cette route absurde pendant des kilomètres.

— Regarde s'il n'y a pas d'autres options, une autre voie à prendre si les choses se gâtent. »

Elle a étudié la carte.

« C'est ce que je fais. Plus au sud, la route n'est même pas terminée, mais jusqu'à ce qu'elle s'interrompe, elle ressemble à ce que nous avons déjà vu : une chaussée au bord de l'océan, parfois suspendue au-dessus. À gauche, il y a surtout des montagnes. Et à droite, une longue descente vers les rochers et les vagues. »

J'ai dit que Long payait cher pour la vue, alors il fallait en profiter.

« Ce n'est pas drôle, Val. J'ai l'impression que quelque chose ne va pas. Et si je suis restée en vie sur la route, c'est en partie parce que j'ai appris à faire attention à ces intuitions-là. Il semble que plus on avance, moins on a d'options si on essaie d'échapper à quelqu'un qui nous suit. »

Elle examinait toujours la carte.

« Attends, on dirait que l'ancienne piste est toujours là. Elle se dirige aussi vers le sud, mais plus loin de la côte. Une fine ligne sinueuse. Tourne à gauche juste avant le pont Bixby, et peut-être que nous pourrons au moins voir si quelqu'un arrive derrière nous. »

Au virage, j'ai regardé dans le rétroviseur pour voir le coupé gris, mais il y avait plusieurs voitures derrière nous et la route était trop sinueuse pour que je puisse être sûr de quoi que ce soit. Le chemin de terre pâle était assez large pour permettre à deux voitures de passer. Il tournait tout de suite autour d'une colline basse, puis commençait à monter en s'éloignant de l'océan. Nous avons suivi les lacets jusqu'aux crêtes herbeuses. Je me suis arrêté à un endroit d'où l'on pouvait voir le chemin parcouru. Vu d'en haut, le pont était impressionnant, la travée entière s'étirant en une arche élégante à travers le profond ravin verdoyant de Bixby Creek. Le soleil était bas sur l'horizon et le Pacifique s'étendait en un bleu brumeux à l'infini vers l'ouest. Il n'était pas nécessaire de connaître la géographie ou les cartes pour regarder l'espace qui s'ouvrait et savoir au plus profond de soi que cet océan était bien plus vaste que l'Atlantique.

On pouvait sentir la masse d'eau et l'air, rien de mystique, juste un effet de la gravité. Si c'était quelque chose de physique, je devrais pouvoir le transférer sur la toile. Peut-être.

« Restons ici et observons, a ordonné Eve. Si quelqu'un nous suit, nous pourrons voir s'il s'engage sur cette route.

— Et tous ceux qui prennent le virage pour des raisons qui leur sont propres.

— Bien sûr, mais je cherche surtout une voiture grise.

— Tu l'as donc vue toi aussi.

— Trois fois depuis Santa Cruz, a dit Eve.

— Qu'est-ce qu'on fait si une voiture comme celle-là s'arrête ?

— On fonce comme des diables. Et on cherche les petites routes secondaires. La carte en indique quelques-unes, mais elles ne vont pas très loin. »

Quelques minutes plus tard, le coupé gris tourterelle s'est engagé sur le chemin de terre. Il s'est rangé sur le côté et s'est arrêté. Nous nous sommes tous les deux figés.

Au loin, une silhouette, sans doute celle d'un homme, est sortie, s'est accroupie, s'est redressée, a fait quelques pas sur la route, puis est remontée dans la voiture. Quand il est reparti, j'ai mis le moteur en marche et j'ai enclenché la vitesse.

« Comment Jake a-t-il pu mettre la main sur une si belle voiture ?

— Avec un tournevis. Pas difficile à faire. »

Nous avons dépassé la crête, et la piste est devenue un chemin à une seule voie qui descendait vers un ruisseau avant de grimper vers des criques bordées de séquoias. J'essayais de trouver la juste vitesse pour ne pas nous laisser rattraper, ni glisser en percutant de plein fouet un arbre ou un talus.

« Bon sang, mais va plus vite, a sifflé Eve. Tu veux t'arrêter et me laisser conduire ? »

Nous étions dans une situation telle que je n'ai pas réfléchi.

« Bien sûr, pourquoi pas ? Je suis juste là pour la balade et pour me faire tabasser par toute cette famille Orson de cinglés.

Alors maintenant, tu peux t'en prendre à moi, pourquoi pas. C'est toi qui as choisi de te lier à cette bande de criminels jusqu'à ce que la mort ou l'intérêt vous sépare. »

Eve a reculé sur son siège et m'a frappé. Pas une gifle ou un léger coup, mais un poing dur et serré, directement dans mon orbite droite. Elle m'a frappé comme si j'étais un violeur de wagon, l'un des loups prêts à la mettre en pièces.

J'ai freiné à mort et la voiture a dérapé sur le côté avant de s'arrêter de justesse. J'ai touché mon œil, mon nez et mes lèvres avant de regarder le bout de mes doigts. Je n'avais jamais autant vérifié si je saignais que depuis que j'avais rencontré Long, Eve et les maudits Orson.

Eve s'est redressée en regardant droit devant elle et en respirant fort. Puis elle a crié : « Allez, allez, fonce ! »

Le coupé restait loin derrière nous, à trois virages au moins, de sorte qu'on ne savait pas qu'il était encore là avant que la route s'ouvre et que la vue porte à un quart de mile. Et là, on l'apercevait. S'il avait été plus proche de la couleur de l'argile, il se serait fondu dans la chaussée. Il ne s'est jamais rapproché, ne s'est jamais éloigné. Il savait que nous savions qu'il était là.

Nous avons roulé aussi vite que possible sur la route à une voie, mais pas à une vitesse folle. Gardant les yeux sur la carte, Eve a fini par dire : « Un demi-mile. Il devrait y avoir une petite route sur la gauche. On dirait qu'elle monte dans les collines sur quelques kilomètres et qu'il y a quelques embranchements. Rien ne va très loin, mais il devrait y avoir des endroits où nous pourrions nous mettre à l'abri. »

J'ai continué. Le soleil se couchait et les bois s'assombrissaient. Je me suis dit qu'il valait mieux se cacher que de rouler avec nos phares allumés. Nous avons trouvé un endroit propice et nous nous sommes arrêtés loin de la route, derrière un bouquet d'arbres et de rochers, la voiture orientée vers l'avant pour que nous puissions surveiller les phares de notre poursuivant. Nous avons baissé les vitres à moitié pour entendre si quelqu'un approchait. L'air était frais et humide.

Eve a touché mon visage avec précaution à l'endroit où elle m'avait frappé. Elle a dit : « Je ne voulais pas faire ça. » Puis elle m'a embrassé comme si elle en avait vraiment envie et a murmuré : « Désolée. »

Elle s'est penchée vers moi, s'est glissée sous mon bras et a essayé de s'installer. Elle donnait l'impression d'être ce qu'elle était, une boule de muscles crispés. Quelque temps après la tombée de la nuit, elle a commencé à parler d'un ami, un garçon nommé Bobby, du temps où elle était clocharde. Après quelques phrases, elle s'est détendue. C'était une histoire à dormir debout, sa voix était rêveuse et lente. Elle et Bobby passaient beaucoup de temps à voyager ensemble, elle n'a pas dit combien. Elle a dit que Bobby ne s'était jamais imposé à elle. Il n'aimait pas les femmes de cette façon. Il n'aimait pas non plus les hommes, mais peut-être qu'il n'avait pas encore compris tous les aspects de la situation.

« Nous pouvions nous serrer fort toute la nuit dans un train de marchandises glacial qui partait vers l'ouest depuis Denver en grimpant dans les montagnes, en plein mois de novembre. C'était doux et chaud mais aucun de nous n'avait à s'inquiéter de voir l'autre essayer de glisser la main sous ses vêtements. Nous sentions tous les deux l'odeur de la route, une odeur qui n'était pas entièrement désagréable. Ça sentait aussi la liberté, le réel. Dans la jungle des clochards, Bobby pouvait être aussi coriace que n'importe qui. Je l'ai vu réduire en bouillie un grand gaillard qui avait essayé de tripoter un garçon pâle d'une douzaine d'années. Le môme avait des cheveux blancs et voyageait seul. Bobby avait un corps maigre comme s'il était fait d'un seul fil de fer tendu, mais cet homme, le lendemain, à la lumière, avait le visage tailladé et enflé comme s'il avait été écrasé par un camion sur une route de gravier. Puis, une nuit, en grimpant les échelons pour atteindre le sommet d'un wagon fermé, Bobby est tombé sur les rails. Le train roulait à vive allure. C'était quelque part dans la prairie. L'ouest du Nebraska ou du Kansas, l'est du Wyoming ou du Colorado. Il n'a pas fait de bruit en tombant et personne ne l'a jamais revu. Les roues l'ont sans doute découpé en morceaux et les loups, les coyotes et les oiseaux auront dispersé ses restes. Beaucoup d'enfants sont morts de cette façon dans tout le pays, et il n'y aura jamais aucune trace de leur passage. Pas de marque, disparu pour de bon. »

Je me souvenais qu'elle avait raconté une version plus courte de cette histoire à Long Shot. Pas d'enterrement pour un enfant tué en tombant d'un train. Je l'ai attirée près de moi pour l'écouter tout en tendant l'oreille vers la route, mais il n'y avait aucun signe d'une autre voiture depuis que nous nous étions arrêtés.

« J'essaie surtout de me souvenir de Bobby dans une situation précise, a poursuivi Eve. Nous avions passé le mois de février ensemble à camper dans les dunes près du parc de la Fontaine de Jouvence, en Floride. Le temps n'était pas aussi chaud qu'annoncé. C'était encore une arnaque, comme presque tout ce qu'on trouve en Floride. Les nuits étaient glaciales, la fontaine de Jouvence n'en était pas une et l'eau avait un goût de soufre. Mais nous avons bien mangé, des petits poissons et des crevettes que nous pêchions dans les marigots avec un morceau de filet échoué sur la plage. Nous les avons cuisinés sur des feux de bois flotté qui brûlaient dans des couleurs inhabituelles. L'océan grondait toute la nuit. »

Au fur et à mesure que le récit d'Eve se poursuivait, les pauses entre les phrases s'allongeaient, comme si elle chantait à nouveau au club, prolongeant une ballade de trois minutes en une quinzaine de minutes rêveuses. Je me suis affalé contre la portière du conducteur, la tête d'Eve reposant sur ma poitrine, mon bras autour de son épaule. Nous nous sommes à moitié endormis. Nous étions dans une voiture, dans l'obscurité, sur un chemin de terre isolé, aux confins du continent.

En écoutant ses vieux souvenirs de plage, j'ai commencé à inventer les miens. Échapper à Jake, prendre la route ensemble, une vie toute nouvelle. Nous pourrions prendre notre temps pour traverser le pays, en route vers ma cabane de plage. Je ne pouvais m'empêcher de le murmurer à Eve, comme une histoire à raconter au passé, un souvenir partagé. Les noms des villes où nous avions séjourné, ce troupeau de moutons au Nouveau-Mexique qui avait bloqué la route pendant une heure, l'orage près d'Amarillo quand nous n'arrivions pas à remonter la capote de la voiture, cette petite cabane à touristes juste au bord de l'eau d'un grand lac de l'Arkansas. Puis je lui racontais la manière dont nous avions vécu sur la plage comme les survivants d'un naufrage pendant une longue période de beau temps, les livres que nous avions lus en regardant les balbuzards chasser au coucher du soleil.

Eve m'a demandé : « Tu te souviens de cette éclipse de lune ? Le ciel était si clair que nous nous sommes assis dans les dunes et nous l'avons regardée du début à la fin. »

Au bout d'un long moment, nous nous sommes endormis tous les deux, emmêlés l'un à l'autre.

Dans l'obscurité, une voix d'homme a retenti : « Si vous êtes armés, ne jouez pas les idiots et ne commencez pas à tirer. »

Instantanément, nous nous sommes réveillés, le souffle coupé. Les premières lueurs de l'aube n'apparaîtraient pas avant des heures. Je ne voyais pas le cadran de ma montre, mais je devinais qu'il devait être 1 ou 2 heures du matin. Nous nous sommes figés, attendant. Pas un bruit, pas une lumière. Sous les séquoias, avec un brin de lune apparaissant dans l'air brumeux, nous ne pouvions même pas voir la forme d'une personne.

Eve a sorti lentement le pistolet du tableau de bord.

« On se calme, les enfants », a dit la voix.

Eve a baissé la vitre entièrement et a demandé : « Faro ? »

Silence.

« Si c'est toi, dis-le. Sinon, au prochain bruit, je te tire dessus. »

Il y a eu un petit rire dans l'obscurité, puis Faro a répondu : « Merde, Eve, tire-moi dessus. Nous avons besoin d'une petite conversation. Remettez-vous, habillez-vous, enfin tout ce que vous voulez. Je vais faire un feu avec le tas de bois que j'ai ramassé. Je pensais vous avoir réveillés en rassemblant les branches. »

Nous nous sommes rajustés dans la voiture en chuchotant : « Qu'est-ce que c'est que ce bordel ? »

Faro, accroupi, a enflammé son petit bois et alimenté son feu bien construit avec des branches mortes.

Nous nous sommes approchés et Eve a demandé : « Alors c'est toi qui nous as suivis toute la journée ?

— Toute la journée d'aujourd'hui et d'hier. Et peut-être un peu plus. Mais pour être précis, deux personnes vous ont suivis séparément pendant un certain temps. Et puis à un moment donné, hier soir, nous avons en quelque sorte fusionné.

— Tu es avec Jake maintenant ? Quoi ? Il a pris contact avec John, John t'a envoyé ici, et maintenant toi, Jake et John, vous vous êtes ligués contre moi ? »

Je n'imaginais pas les choses de cette façon, même si je ne voyais pas ce que « fusionner » pouvait signifier d'autre.

Levant la main droite, Faro a ordonné : « Val, toi et Eve, asseyez-vous et écoutez-moi quelques minutes. »

À la lumière du feu, on voyait que Faro avait une ecchymose et une coupure de boxeur sous un œil, et sur son avant-bras droit, dépassant de la manche de sa veste, une longue bande de gaze. Si j'avais fait le test de la tache d'encre, j'aurais dit que les traces de sang séché dont elle était imprégnée évoquaient un perroquet de profil.

« Ce qui s'est passé, a repris Faro, c'est que John a reçu un coup de fil de cet autre mari une nuit, tard. Jake a dit quelque chose comme : "J'ai vu notre femme à San Francisco en train de chanter dans un bar de merde. Son nouveau petit ami a l'air sympa. Mais pour l'instant, on a des choses à régler, toi, moi et Eve. Si tu veux que je débarrasse le plancher, il te faudra dix mille dollars. D'après ce que j'ai entendu, tu as sans doute cette somme dans ton tiroir à chaussettes." Jake a raccroché dès que John s'est mis à parler. John est venu frapper à la porte de mon cabanon et m'a annoncé : "Bon, il faut que tu ailles voir ce qui se passe. Je te conduirai à Denver ce soir, et tu prendras l'avion à la première heure. Quand tu arriveras à San Francisco, achète une voiture. Si tu vois un nouveau coupé Buick, achète-le. J'en voulais un de toute façon. Ne laisse pas Eve et Val savoir ce que tu fais tant que tu ne sais pas ce qu'ils font eux-mêmes. Et cet escroc de mari qui veut que les choses soient réglées, eh bien, la première chose qu'il doit apprendre, c'est que c'est nous qui réglons les choses. Il ne décide de rien." »

Faro a fait une pause avant de conclure : « Alors me voilà. Le vol était terrible. Je ne le referai pas. »

Eve a hoché la tête.

« Il t'a fait acheter une nouvelle voiture ?

— Ç'aurait été trop long de faire le trajet autrement, et l'achat d'une voiture ne prend pas beaucoup de temps quand on arrive de l'aéroport avec un gros rouleau de billets de cent dollars.

— Et tu nous suis depuis combien de jours au total ? a demandé Eve. Deux ?

— Un peu plus.

— Donc trois ?

— Oui, a dit Faro.

— Comment tu nous as trouvés sur cette route ? ai-je demandé.

— C'est simple. À San Francisco, j'ai fait une entaille à l'une des bandes de roulement de la voiture d'Eve au cas où vous feriez exactement ce que vous avez fait, filer en voiture, tourner sur un petit chemin de terre. Comme, pour suivre un cheval, on fait une entaille sous un sabot. Je suis sorti et j'ai cherché vos traces et bien sûr, elles étaient là. Je n'ai jamais traqué quelqu'un d'aussi facile à rattraper.

— Tu aurais pu venir me voir d'abord, a répliqué Eve. Je pensais que nous étions amis.

— Et s'il ne tenait qu'à moi, j'aurais fait confiance à ta parole, mais John avait besoin de plus. Il voulait que je vérifie les choses. Il est ton mari après tout, ou du moins il espère qu'il l'est toujours. »

Faro a fait une pause et m'a regardé, puis a regardé Eve à nouveau.

« Et ce qui se passe entre vous deux, ça ne me regarde pas. John a des soupçons à cause de ce que Jake a raconté au téléphone, mais je lui ai répété jusqu'à Denver qu'il devait tenir compte de la source. De toute façon, John sait ce que je pense de la morale. Je ne vais pas le croire, ni lui ni personne, quand il s'agit de savoir si quelqu'un est coupable ou non. La seule fois où j'ai été juré d'assises, j'ai dû retirer son pistolet au porte-parole du jury. Il a même fallu lui casser le nez. Il pensait pouvoir m'intimider pour que je sois d'accord avec les onze autres. »

Le brouillard de l'océan montait sur les collines. Au début, il filtrait la lumière de la lune et des étoiles de manière étrange, puis il a entièrement masqué le ciel. Dans cet air dense et humide, le feu projetait un dôme de lumière ambrée au-dessus de nous.

« Le brouillard devient si épais qu'il va être difficile de dire ce qui est en haut ou en bas », ai-je remarqué.

Faro s'est penché pour ramasser un caillou aussi gros qu'un œuf de poule. Il l'a tenu à bout de bras avant de le laisser tomber, sans commentaire.

« Mystère résolu. »

Faro a jeté quelques autres branches de la taille d'un avant-bras sur le feu.

« Je vais vous raconter une histoire de feu de camp qui illustre ma façon de faire lorsqu'il s'agit de lois ou des questions de bien et de mal. Tout ça pour dire que j'essaie de trouver une solution pour Jake. Je ne vois pas de direction claire. Ça remonte à loin. J'avais dix-huit ou vingt ans et j'avais été engagé pour faire respecter la loi. J'étais le plus jeune adjoint d'un shérif de comté dans les montagnes de l'Arkansas. Pas vraiment des montagnes comparées à celles du Wyoming. J'avais déjà appris qu'on nageait à contre-courant si l'on cherchait à imposer la justice dans un monde où elle n'est pas naturelle. Parfois, il faut inventer les choses au fur et à mesure.

C'était entre Noël et l'Épiphanie, le nouveau et l'ancien Noël, pendant les douze jours qu'on fêtait encore à l'époque dans les Appalaches, et j'étais parti à la recherche d'un homme, un vétéran de la première des guerres indiennes. Son frère avait signalé sa disparition. Sa ferme se trouvait à une journée de cheval à l'ouest du chef-lieu du comté, j'ai donc passé une nuit dans une taverne sur le chemin et je me suis rendu à la maison peu après l'aube, par un matin frais, espérant trouver le disparu assis à la table de la cuisine en train de prendre son petit-déjeuner. Un énorme chien m'a accueilli dans l'allée, en aboyant jusqu'à ce qu'il se tienne les pattes écartées et la tête baissée, sifflant et respirant difficilement. Sa race, s'il en avait une, n'était pas claire, il avait été tondu – seules sa tête et sa queue avaient encore des poils.

Une femme ronde et belle, mouchetée comme un œuf d'oie de Guinée, avec des taches de rousseur sur les joues et le nez, et à peu près de mon âge, est venue sous le porche et s'est tenue debout, les bras croisés sous ses seins, de sorte qu'ils remontaient au-dessus de son corsage décolleté en deux dômes lisses.

J'ai crié : "Qu'est-ce qu'il a, ce chien ?

— Je réparais un trou dans un mur et j'avais besoin de poils pour faire gonfler le plâtre", a-t-elle expliqué.

J'ai dit à la femme que mon affaire concernait son mari disparu, et elle a répondu qu'elle ne l'avait pas vu récemment.

"Il s'en va souvent ?

— Assez."

J'ai arrêté mon cheval pour réfléchir.

Pour combler le silence, la femme a émis l'opinion que son mari avait pu partir acheter du whisky pour célébrer l'anniversaire de la naissance du Christ et qu'il était peut-être tombé d'une falaise ou dans une rivière.

"Oui, la gravité et tout ça", ai-je dit.

Voulant entrer dans la maison pour y jeter un coup d'œil, j'ai demandé à la femme si elle pouvait m'offrir une tasse de café, et lorsqu'elle a accepté, je suis descendu de cheval et je suis entré pour regarder un peu l'endroit sans laisser paraître que je cherchais le mari. Rien d'intéressant, à l'exception d'un morceau de plâtre neuf dans le mur du salon.

J'ai franchi la porte de derrière et suis passé sous le porche. Ce que j'ai découvert sur le sol gelé, à peu près à la distance à laquelle on lance du maïs pour les poulets, c'était la tête entière d'un homme. Elle reposait le cou en l'air, tournée vers l'extérieur. Il avait été roux.

Bien sûr, la réaction naturelle devant ce spectacle, c'est de tirer son pistolet du holster. Une fois que je l'ai eu sorti, je ne savais pas trop quoi en faire. Peut-être faire sortir la femme au bout du canon et l'enfermer dans le fumoir jusqu'à ce que je comprenne ce qui s'était passé dans cet endroit.

La femme est entrée sous le porche et a vu la tête.

D'une manière presque amicale, elle s'est exclamée : "Mais d'où ça sort, ce truc ?"

J'ai abaissé le chien du pistolet et je l'ai remis dans son étui.

La femme et moi sommes rentrés, nous nous sommes assis à la table de la cuisine et nous avons bu du café noir ensemble. J'ai appris que son mari, avant de se battre avec les Indiens, avait été un homme doux et aimant, mais qu'il était revenu des plaines complètement changé, fou enragé. Elle en tenait notamment les généraux Miles et Sherman pour responsables.

"Ces deux-là étaient ses dieux. Mais j'ai décidé que dans ce cas, y'en a peut-être même pas un seul, en réalité, de dieu."

Pendant toute une année, son mari avait surtout vécu plus haut dans les montagnes, dans une grotte selon lui, mais il se pourrait qu'il ait eu une autre femme. Il ne venait à la ferme que quelques jours pour se procurer de la nourriture, faire valoir ses droits conjugaux auprès d'elle et la fouetter au sang avec une vieille courroie pour les chevaux de trait. Il ne parlait guère, si ce n'est pour menacer de la tuer dans son sommeil et pour la maudire lorsqu'il était sur elle. Il gardait son fusil de chasse près du lit et le lui montrait souvent en disant : "Tu vois ça, là ? J'ai de la chevrotine dans un canon et une balle dans l'autre." Il passait le plus clair de son temps à empiler des broussailles sur la route, essayant de cacher son abri au reste du monde et aux esprits des gens qu'il avait contribué à tuer dans les plaines, des hommes, des femmes et des enfants. Ceux qui lui restaient le plus en tête étaient les vieux qui ne pouvaient même pas s'enfuir, juste se traîner. Sa femme lui répétait sans cesse qu'aucun de ceux qui lui voulaient du mal, surtout les fantômes, ne serait arrêté par un simple tas de broussailles. Pourtant, au moindre bruit, il braquait le canon de son fusil sur sa tête et menaçait de l'abattre si elle appelait ses ennemis à la rescousse. Elle en était arrivée au point où, même lorsqu'il était reparti dans les montagnes, elle ne pouvait dormir que par petites siestes rapides, un couteau de boucher à la main.

Un soir, n'en pouvant plus, elle l'a frappé à la tête avec une bûche de bois de chauffage au moment où il franchissait la porte. Une fois qu'il était à terre, elle lui a planté le couteau jusqu'au manche sous la cage thoracique, en enfonçant bien la lame. Ça a eu raison de sa combativité et, après sa mort, elle lui a tranché la tête avec une pioche et l'a démembré à l'aide d'une scie à archet. Elle a mis la tête dans un grand seau d'eau grise où elle avait fait tremper un jambon pour en extraire le sel, et elle l'a posée sur le porche à l'arrière de la maison. Elle avait essayé de brûler les autres morceaux dans la cheminée, mais ils étaient trop humides pour se consumer. Elle avait donc passé plusieurs jours à essayer de cacher les morceaux carbonisés dans les murs et sous le plancher de la maison, dans des gommiers creux et dans des grottes peu profondes.

Quant à la tête qui se trouvait maintenant dans sa cour, la seule façon dont elle avait pu expliquer sa présence est que la nuit du meurtre, le temps était devenu très froid et que le seau avait gelé sur le porche. Comme elle était déboussolée depuis quelques jours, elle l'avait oubliée. Tous les morceaux du corps avaient été cachés. Lorsqu'elle a eu besoin du seau pour une autre corvée, elle a cassé le bloc de glace et jeté la tête dans la cour. On n'aurait jamais découvert qu'elle était l'assassin si ce n'est que la nuit précédant mon arrivée, les cerfs avaient dû être attirés par le sel de l'eau et l'avaient léché jusqu'à ce qu'ils aient fait fondre la glace.

"Quelle partie de lui se cache derrière ce nouveau plâtre ? ai-je demandé.

— Une de ses cuisses, c'est tout."

J'ai réfléchi à la façon dont les choses pourraient se dérouler. Arracher le plâtre plein de poils de chien. Emprunter le chien de chasse d'un voisin pour localiser les restes. Chercher dans les gommiers creux et en tirer les bras, comme pour serrer la main qui n'y était plus. Les pieds brûlés étaient enterrés sous les lattes de bois brut qui formaient le sol. Puis, il faudrait retourner en ville, les morceaux pourris de l'homme pêle-mêle dans des sacs de chanvre, suspendus par paires à la croupe du cheval que la femme allait chevaucher. Ses poignets seraient attachés au pommeau de la selle, ses chevilles liées avec une corde sous le ventre du cheval, de sorte que si elle essayait de sauter, elle traînerait sur le sol. Ensuite, un simulacre de procès avec un seul verdict possible.

Certains hommes sont satisfaits de leur travail de juriste. Ils se voient en train de rétablir l'ordre violé des choses. Le plus souvent, je trouvais ça triste. Après tout, quel ordre ? J'avais l'impression que cet homme l'avait bien cherché. S'il avait essayé de me faire subir ce qu'elle décrivait, j'aurais été beaucoup moins patient. Mais elle aurait certainement été pendue de toute façon.

Je lui ai demandé : "Vous me jurez de ne plus jamais faire ce genre de choses ?" Ce n'était pas une question très réfléchie, mais il me semblait important de la poser.

"Seigneur non, a-t-elle assuré. Jamais de la vie.

— Dès que le sol sera dégelé, pouvez-vous vous rappeler d'enterrer cette tête bien profond dans les bois ?

— Oh là là, oui.

— Prenez une pelle et la tête, marchez jusqu'à ce que vous ayez l'impression d'avoir parcouru un kilomètre, puis creusez un trou d'au moins soixante centimètres de profondeur. Répétez-le.

— Un kilomètre, soixante centimètres de profondeur.

— Alors je maintiendrai l'avis, même sous serment, que votre mari s'est rendu au Texas pour profiter de la liberté personnelle illimitée qui y est offerte.

— Nombreux sont ceux qui y sont allés avant lui pour cette raison précise, a-t-elle déclaré.

— Regardez-moi dans les yeux et dites-le-moi.

— Parti pour le Texas", a conclu la femme. »

Eve et moi sommes restés silencieux. Faro ranimait le feu avec un bâton. Des étincelles orangées s'élevaient en gerbes et s'éteignaient rapidement dans l'air humide.

« Depuis cinquante ans, j'aurais pu me rassurer en me répétant que j'avais respecté la loi à la lettre, pour ne pas me sentir coupable d'avoir laissé cette femme se faire pendre. Ce que j'ai fait m'a semblé à peu près la bonne chose à l'époque, et c'est toujours le cas. Je ne me suis jamais senti coupable d'avoir laissé cette femme en liberté. Ce que je veux dire, c'est que Long sait que je fonctionne de cette façon. Il sait donc que je ne ferai pas tout ce qu'il me dira de faire. S'il me pousse à faire quelque chose de mal, je lui dirai d'aller voir ailleurs. Et s'il n'aime pas ça, il me virera, si je ne démissionne pas avant.

Cela revient à dire que nous nous empêchons mutuellement de commettre des erreurs. Il peut me virer, ou alors je peux démissionner furieux, ce qui n'est pas beau à voir. »

Au-dessus des cimes des séquoias, une lumière noire et crayeuse s'était répandue. Au sol, des ténèbres teintées de vert.

Faro a encore continué : « Il faut que je vous montre quelque chose. C'est arrivé comme ça, et j'essaie de savoir ce qu'il faut faire. Je ne sais pas quelle décision prendre. J'ai besoin de conseils. »

Nous l'avons accompagné jusqu'à sa voiture. La Buick était toute en courbes, et le coffre incliné semblait prendre la moitié de la longueur de la voiture. Faro a ouvert la portière et rabattu le dossier du siège avant. Il s'est penché pour en sortir un ballot de laine grise. Il en a sorti le Renoir, et a allumé son briquet une seconde pour nous le montrer.

Eve et moi nous sommes regardés.

« Ce docteur était heureux de se débarrasser de l'affaire. Le rachat de ses intérêts, le dépôt qu'il vous a donné et un mince pourboire n'ont pratiquement rien coûté. Je lui ai rendu visite environ une heure après que vous ayez conclu votre marché, et il semblait soulagé de faire un profit et de se débarrasser de toute cette affaire. »

Faro a replacé le tableau dans la couverture, fait le tour du coffre, mis la clé dans la serrure et ouvert le coffre. L'espace était vaste comme une caverne. Un corps ne suffisait pas à le remplir. Celui-là reposait, à moitié couvert d'une couverture de laine grise grossière identique à celle qui enveloppait le tableau.

D'instinct, Eve et moi avons fait un pas en arrière, mais Faro nous a fait avancer. Il a de nouveau appuyé du pouce sur son briquet et a tenu la flamme de manière que nous puissions voir que le corps était celui de Jake.

Eve a murmuré : « Dieu Tout-Puissant, Faro. Qu'est-ce que tu as fait ? »

Faro a approché la flamme du visage de Jake pendant une seconde. Jake a gémi et s'est balancé d'un côté à l'autre. Ses yeux sont restés fermés. Faro a refermé le capuchon du briquet et a déclaré d'un ton vif : « Il n'est pas encore mort. Il ressuscitera au lever du soleil. »

Jake a été soulevé de nausées qui venaient du creux de son estomac. Faro l'a extrait du coffre et l'a poussé chancelant jusqu'aux bosquets pour qu'il vomisse, avant de l'accompagner et de l'installer sur une bûche près du feu. Jake a inspiré plusieurs fois à grandes goulées, puis il s'est penché vers l'avant, la tête tombante, les yeux vers les flammes. Il avait les mains liées devant lui et portait des chaussettes sales, mais pas de chaussures. Faro lui a drapé la couverture autour des épaules.

Le brouillard s'enchevêtrait dans la première strate de troncs et de branches. Au-dessus, la perception s'estompait. Faro préparait le café près du feu. Il avait un percolateur bon marché, flambant neuf, et des tasses en fer-blanc. Jake était assis à quarante-cinq degrés, la couverture enroulée autour de ses épaules restait exactement comme Faro l'avait disposée. Même dans la lumière jaune du feu, le visage de Jake était pâle comme du saindoux, à l'exception de demi-lunes couleur aubergine sous et sur les yeux. J'avais l'impression d'être dans un rêve particulièrement intense, mais Eve et Faro faisaient comme s'il s'agissait de la vie normale.

« Il va falloir que tu nous racontes », a dit Eve.

Faro a repris la parole : « La nuit dernière, les événements se sont un peu précipités. Vous deux, avec votre routine, vous étiez si faciles à suivre. Si je vous perdais, je vous retrouvais rapidement à l'hôtel ou au bar. Alors, pendant deux heures de temps à autre, c'est lui que je suivais, en essayant de comprendre ses habitudes, de savoir à quoi il jouait. Il dormait le plus souvent dans des voitures volées, il n'était pas facile à localiser. Il ne m'a pas fallu longtemps pour me rendre compte que je pouvais vous suivre en le suivant. Mon erreur a été de croire qu'il était trop stupide pour savoir que je le surveillais. Hier soir, je l'ai pisté pendant qu'il vous suivait lors de votre petit rendez-vous. Et puis il s'en est pris à vous. J'avais mon pistolet en main, prêt à me précipiter hors de l'ombre pour sauver vos fesses, mais très vite, il est apparu qu'il ne vous avait pas fait trop de mal. Tout le monde était encore en état de se parler. Après son départ, vous avez fini de lécher vos blessures mutuelles et vous avez levé le camp, et moi j'ai pris Jake en filature dans la rue. Il marchait dans la même direction que celle où j'avais garé le coupé. Si j'avais réfléchi, cela aurait dû me mettre en alerte, mais j'avais été distrait par le fait que je m'occupais de vous deux, bande d'idiots. Pour faire court, il s'est caché et m'a sauté dessus alors que je déverrouillais la voiture. Je n'avais pas été aussi stupide depuis mes vingt ans. Il a brandi son couteau et m'a demandé pourquoi je le suivais. John Long m'avait-il envoyé pour le tuer, ou n'étais-je qu'un escroc de plus essayant de s'approprier l'argent de Long ? Il avait des idées bien arrêtées sur le fait de ne pas partager le pot. Pas avec vous et certainement pas avec moi. Il était pas mal défoncé, et je voyais bien qu'il cherchait une raison de me planter ce couteau dans le ventre si je le laissais s'approcher assez. Je l'ai convaincu de changer d'avis. Ce que j'ai fait sans le ménager. Et maintenant, nous en sommes là. »

Eve a regardé Jake. Il avait les yeux fermés et sa tête oscillait lentement.

« Qu'est-ce que tu lui as fait ?

— Eh bien, autrefois, l'opium faisait partie du quotidien. La plupart du temps, les gens se soignaient eux-mêmes, alors on apprenait à connaître les doses. Il va se remettre, sauf que c'est une petite frappe vicieuse, et la quantité que je lui ai donnée n'est qu'un remède temporaire pour ça. Je vais continuer à le calmer pendant un moment. J'ai apporté des seringues de la grange. Je peux faire des piqûres dans le muscle et dans la veine. Ce sont des compétences de base à l'écurie, mais c'est aussi pratique ailleurs. »

Eve s'est approchée de Jake et s'est accroupie à un peu plus d'une longueur de bras de lui. Il avait les yeux à moitié ouverts, mais il ne semblait pas la reconnaître. Elle lui a dit : « J'aimerais que les choses se soient passées autrement. Il fut un temps où je pensais que tu étais meilleur. Peut-être que tu étais différent à l'époque. Peut-être que nous l'étions tous les deux, mais peut-être pas. Tu aurais dû partir, vivre ta vie. »

Jake l'a regardée un instant comme s'il la reconnaissait, et il s'est rendormi debout.

« Si tu envisages de raconter tout ça à Long, je ne suis pas sûr que ce soit le bon angle », ai-je déclaré.

Faro a étouffé un rire. Eve nous a regardés tour à tour : « Les deux tiers des imbéciles qui pensaient que je m'étais enfuie pour rejoindre un amour perdu sont ici, ainsi que celui que vous pensiez tous les deux que j'allais rejoindre. »

Elle a levé les mains en l'air avant de poursuivre.

« Non mais vraiment ! Je n'arrive pas à croire le gâchis que je vais être obligée de réparer. En vous regardant tous les trois, je me dis que j'aurais mieux fait de vendre le tableau rapidement, de garder l'argent pour moi et de foutre le camp.

— La question du tableau est réglée, a déclaré Faro. Il revient à John. Le reste de l'argent qu'il m'a confié est toujours en suspens. Je dispose d'une bonne somme pour faire avancer les choses et j'ai toute latitude pour décider de mes méthodes. Ce que je veux dire, c'est qu'il y a des moyens de faire le ménage sans que ce soit toi qui t'en occupes, Eve. »

Elle n'a rien répondu. Mon cou me démangeait et je l'ai touché sans réfléchir. Mes ongles ont gratté la croûte, et aussitôt une goutte de sang a chatouillé la ligne de mon col. Quand Faro a saisi la cafetière, une fine traînée rouge a coulé sous son bandage. Eve nous a regardés tous les deux, s'est touché le lobe de l'oreille. Elle avait du sang au bout du doigt.

La tête de Jake s'est renversée en arrière, comme s'il regardait le ciel et la pleine lune, mais il n'y avait rien d'autre à voir que du brouillard. Lentement et avec beaucoup d'efforts, il a relevé la tête et s'est penché vers le feu, les yeux fixés sur Eve. Elle lui rendait son regard. Il était difficile de savoir si Jake était lucide. Il est resté silencieux un moment, groggy. Puis, assez clairement, s'efforçant d'énoncer chaque mot, il a dit : « Je te tuerai un jour, salope. »

Faro s'est levé.

« Ça suffit ! »

Il a mis Jake sur ses pieds en le tirant par le devant de sa chemise. De sa main libre, il a fouillé dans la poche de sa veste et en a sorti une grosse seringue en métal et en verre.

Il a approché le cylindre de la seringue des yeux de Jake en lui annonçant : « Tu vois comme c'est plein ? Si je la vidais, tu ne menacerais plus jamais personne. » Il a remis la seringue dans sa poche et a poussé Jake vers la voiture.

J'ai regardé Eve, son profil beau et triste dans la lumière du feu. J'ai dit : « Je suis désolé. »

Nous avons entendu des pas traînants, puis le bruit du coffre qui se refermait.

Eve a répondu : « Très bien. Tu es désolé, mais tu ne sais même pas de quoi tu dois être désolé. »

Faro est entré dans le cercle de lumière. Il a regardé Eve, puis il a baissé les yeux.

« Vous deux, vous voulez savoir ce que vous n'avez pas compris ? Toutes les façons dont vous vous êtes trompés ? En suivant la mauvaise piste ? En enquêtant sur le mauvais problème ? » a demandé Eve.

Faro a rempli les trois tasses à café et s'est assis.

« Tu sais que je ne ferais jamais rien contre toi intentionnellement. Jamais.

— Peut-être. Je ne pensais pas que tu le ferais. »

Les premiers signes de l'aube pointaient entre les arbres. Les lueurs dans le brouillard. Un bon lit de braises respirait au moindre souffle d'air sous les bûches en damier, laissant s'élever une odeur de pin.

« Moi aussi, je veux bien raconter une histoire de feu de camp, a repris Eve, mais sans fantômes ni ours géant à abattre. Pas de belles filles aux gros lolos que de jeunes shérifs adjoints vigoureux vont sauver. Mon histoire fait désordre. John a fait semblant d'être choqué quand je lui ai annoncé que je ne voulais pas d'enfant, que je n'étais pas prête maintenant. Il avait attendu tout ce temps, alors pourquoi se précipiter alors que nous nous étions mariés vite, et pas depuis longtemps ? Il fallait nous installer tous les deux et être sûrs de nous avant d'ajouter une troisième personne à notre famille. Mais sa hâte était évidente. Il ne s'était jamais soucié de savoir s'il allait avoir des enfants en général ou si lui et moi allions en avoir en particulier, jusqu'à ce qu'il prenne au sérieux ce projet d'un siège au Sénat. Être sénateur américain, à côté de ses médailles de guerre, ce serait une réussite qu'il pourrait faire miroiter devant ce qui lui sert de famille, en éclipsant tous les membres de sa génération de pique-assiettes et celle qui l'a précédée. En plus, je soupçonne qu'il a eu un avant-goût du genre de fortune que pouvait rapporter la vente foncière au gouvernement, et qu'il s'est dit qu'il pourrait obtenir encore plus en travaillant des deux côtés. C'est ce qu'il veut vraiment, et il considère la paternité comme un grand avantage pour son image. Avoir une femme plus jeune, soit en cloque, soit avec un bébé tout neuf, pouvait lui être très utile. Imaginez les photos dans le journal. Si le gouverneur et le corps législatif de l'État, qui doivent donner leur accord à sa nomination, et si les journaux et les gens ordinaires ont quelques réserves à son sujet, il pense manifestement que je peux régler le problème par ma seule présence.

Je ne sais pas ce que les gens de Dawes et de Cheyenne pensaient de John avant mon arrivée, a-t-elle continué. Célibataire endurci, play-boy, loser incapable de garder une femme. Le fait qu'il n'ait jamais été marié, qu'il n'ait pas eu d'enfants faisait jaser, jusqu'à ce que, tout d'un coup, j'arrive, assez parfaite pour le rôle. Je n'étais ni snob ni de la côte Est, ce à quoi beaucoup de gens se seraient attendus. Plus rude, mais pas mal fichue, avec quelques paillettes du show-business derrière moi. Bien mieux pour ce public-là qu'une belle fille riche et snob. Le fait que beaucoup d'entre eux ont assisté à mes spectacles ou m'ont entendue à la radio avant ma rencontre avec John était un autre argument de vente.

En fin de compte, les gens pensaient que j'étais authentique et que lui ne l'était pas. À Cheyenne, lorsque la femme d'un politicien était assez ivre lors d'une soirée chez le gouverneur pour demander à John pourquoi il était resté si longtemps célibataire sans enfant, il répondait : "Vous avez raison, je n'ai pas d'enfant... Enfin, pas que je sache..." Ce clin d'œil viril, cette pause lourde qui se veut comique et mondaine. Parfois, pour couronner le tout, il me regardait en ajoutant : "Mais nous y travaillons sans arrêt." Et il attendait les rires. Je déteste que des amateurs se lancent dans le show-business, et John n'est pas du tout fait pour ça. Il a du mal à être grossier. Mais au moins, il s'excuse généralement plus tard de s'être abaissé au niveau de la salle. À l'époque où je faisais partie des Ronnie's Rangers, j'interprétais une petite comédie à double sens sur scène avec le chef du groupe, Ronnie lui-même. Ça ne me dérangeait pas tellement parce que ça faisait partie du spectacle et que tout le monde était dans le coup. C'était beaucoup plus propre que de jouer avec John et les politiciens.

En réalité, je ne sais pas vraiment pourquoi John a attendu si longtemps pour se marier. Peut-être qu'il s'amusait trop à être célibataire dans les Années folles.

— Ou peut-être attendait-il la bonne personne ? ai-je dit, pas tout à fait sérieusement.

— Bien sûr, ce doit être ça. Il se morfondait en attendant que j'arrive et que je complète sa vie. Après une pause, elle a ajouté : Tu traînes un billet de cent dollars le long de la route 66, de Chicago à Los Angeles, et tu en verras des milliers et des milliers de filles comme moi.

— Tu sais que ce n'est pas vrai », ai-je répliqué.

Faro a hoché la tête et a déclaré : « Val, bon Dieu, on n'interrompt pas une histoire de feu de camp.

— Merci, Faro, a dit Eve. Ce que je veux dire, c'est que dès que j'ai su que j'étais enceinte, dès le tout premier instant, j'ai compris que je n'avais pas envie d'être le vaisseau, le véhicule, ou la brouette qui porterait l'ambition de John. Pas maintenant, peut-être jamais. Flirter quelques minutes avec l'actuel gouverneur ou avec des législateurs pourris, c'était déjà humiliant, mais avoir un bébé dont je ne voulais pas juste pour que John puisse prouver aux électeurs à quel point il est un homme puissant, c'était autre chose. J'ai connu trop de femmes qui ont renoncé à leurs rêves ou à leur vie réelle, c'est-à-dire qu'elles sont mortes, parce qu'elles sont tombées enceintes au mauvais moment. Et d'autres qui voulaient un bébé mais ne pouvaient pas nourrir ceux qu'elles avaient déjà. C'est dur d'être sur la route sans argent. Être sur la route sans argent avec un bébé, c'est terrible, et ça peut vous tuer. Une situation fatale. »

Troublé, j'ai bêtement affirmé : « Mais quand tu l'as découvert, tu n'étais pas sur la route. Au moins jusqu'à ce que tu quittes Dawes. »

Faro m'a montré du doigt.

« Ferme-la et écoute.

— Je savais que John utiliserait le bébé pour faire de la politique, a repris Eve. Et je ne voulais pas participer à ça. Cela m'a amenée à me poser des questions que je ne voulais pas me poser : était-ce pour ça qu'il m'avait épousée, au départ ? Pour faire de l'élevage ? J'avais l'impression de n'être rien qu'une étape nécessaire dans un plan. Comme une reine de l'ancien temps, que l'on ne garde que si elle produit des héritiers pour le roi. Ou toutes ces femmes italiennes, allemandes et soviétiques à qui on dit qu'il est de leur devoir patriotique de faire plus de fils, de remplir un quota. J'ai lu ça dans un magazine il y a quelques semaines. »

Nous sommes restés un moment silencieux, Eve regardant au loin dans les arbres, perdue dans ses pensées. Puis elle a continué.

« Quand nous sommes tous les deux, John n'aime pas parler de ma vie dans les groupes de musiciens. Mais il en parle beaucoup à Cheyenne. Il considère comme un avantage le fait que beaucoup de ces politiciens qui m'ont vu jouer semblent se souvenir des pensées qu'ils ont eues en me regardant. Ce qui ne veut rien dire pour moi. Lorsque vous vous mettez sous les projecteurs, vous arrêtez de vous préoccuper des pensées des autres à votre sujet. Si vous n'y arrivez pas, ça vous ronge. Ce sont les lumières qui ont attiré John, même s'il veut penser le contraire. Il voulait ce qu'il voyait sur scène, mais une fois qu'il l'avait obtenu, il voulait faire comme si ces deux années de ma vie n'avaient jamais existé. C'est la première chose que j'ai faite après avoir quitté ma maison du Tennessee, la première qui m'a semblé juste et qui m'a semblé mienne, me tenir là, à chanter devant une foule, qu'il s'agisse de deux mille personnes dans un grand bal ou de trente-cinq ivrognes éparpillés dans un bar à bières pour cow-boys. Les autres moments de ma vie ont tous été des moments d'attente, des moments où l'on tue le temps. J'ai même appris à aimer les longs trajets en bus parce qu'ils m'emmenaient là où je voulais être, pour gagner ma vie en faisant quelque chose que j'aimais. Et John veut que je fasse comme si tout ça n'était jamais arrivé ou, du moins, comme si ça n'arrivera plus jamais. À l'exception des fois où ça lui permet d'obtenir ce qu'il veut. J'avais du talent. Je ne sais pas à quel point, mais j'en avais. Peut-être que j'en ai encore, même si certains jours, ce qu'il en reste ressemble à une lune décroissante. Les soirées à San Francisco m'ont fait du bien, mais pas autant qu'avant. Quelque chose a changé.

— J'ai passé deux heures à t'écouter dans cette boîte de nuit, ai-je rappelé.

— C'était un bar.

— Ce que je veux dire, c'est que je voulais continuer à regarder et à écouter. Si j'avais débarqué de la rue sans te connaître, j'aurais ressenti la même chose.

— Entracte », a conclu Faro.

Il s'est levé pour s'étirer. Ses articulations craquaient, on entendait le frottement des os et des cartilages. Il a marché jusqu'à la lisière des arbres. Il est revenu s'occuper du café pendant une minute, et il a repris la parole : « Bien, tu es enceinte, mais tu ne veux pas l'être. Ce n'est pas la première fois que je rencontre cette situation. Qu'est-ce qu'on fait maintenant ? »

Eve a hoché la tête et m'a regardé en disant : « Tu te souviens du bureau où tu es allé à Seattle ? The Acceptance Company ?

— Bien sûr.

— Le nom complet est Pacific Medical Acceptance Company, mais il n'est pas mentionné sur les cartes de visite, ni sur le panneau dans le hall d'entrée. Ce que tu as vu, c'est la première étape. Le filtrage. S'ils ne t'avaient pas éliminée avant que tu passes ton nez par la porte, et si tu n'étais pas un homme, tu aurais pu chuchoter à la réceptionniste que tu souffrais d'une maladie qui perturbe ton cycle menstruel. Puis vous auriez parlé d'argent : besoin d'un prêt ou capable de payer en liquide ? Si tu avais de l'argent, tu signais un formulaire et une infirmière t'aurait examinée en t'assurant que ton cycle normal pouvait être rétabli par une simple intervention. Les médecins et les femmes de tout le pays utilisent la même formulation. La seule différence avec la Pacific Medical Acceptance Company est qu'elle dispose d'une chaîne de bureaux allant de San Diego à Seattle. »

Quand j'ai eu compris ce qu'elle nous révélait, j'ai demandé : « Et ça va ?

— Mieux que quand j'ai quitté Dawes.

— Nous étions tellement loin du compte.

— Sans déconner. C'est bien de l'admettre. La semaine dernière, tu m'as demandé pourquoi j'étais si bouleversée après le dîner avec les gars de la compagnie de gaz. C'était la première fois que John me demandait de m'exhiber, de me produire dans notre propre maison. Sachant ce que je savais, ce dîner a scellé la situation, et j'ai décidé d'accepter l'offre de Donal de m'aider. Enfin, l'offre de Fawn. C'est elle qui savait où se trouvait ce bureau, comment parler à la dame grincheuse à la porte pour qu'elle me laisse entrer, comment répondre aux questions de l'infirmière dans la salle d'examen. Fawn a aidé beaucoup de filles et de femmes à se rendre dans ce cabinet, et maintenant, elle a aussi l'aide de Donal. Je vois que vous êtes troublés tous les deux, vous vous demandez peut-être pourquoi je ne suis pas plus triste et si je ne suis pas en train de m'effondrer. Mais laissez-moi vous dire ce qui est triste. Un enfant imaginaire qui grandit sans être désiré, dont la vie entière est un sujet de dispute pour ses parents. Je ne voulais pas apporter ce genre de ressentiment dans le monde. Le fait d'avoir été chassée de chez moi à l'adolescence était une situation différente, mais ça m'a donné un avant-goût de ce qu'on ressent lorsqu'on est un fardeau pour sa famille, une charge trop lourde pour ce que vous valez. Je considère la décision que j'ai prise comme de la bonté, pour cet enfant imaginaire et pour moi. Et maintenant, j'ai fini de m'expliquer. Si vous avez des questions ou des opinions, tant pis. Nous passons à autre chose. Changement de sujet. »

J'ai acquiescé. Je n'ai pas osé dire un mot, mais j'ai regardé Faro. J'ai vu son visage changer, ce regard froid, cette minuscule inclinaison de la tête que j'avais vue quelquefois au ranch. Primal et un peu effrayant.

Il s'est raclé la gorge d'un coup sec.

« Pour moi, Eve, personne d'autre que toi ne peut décider de ce qui va se passer. Tout ce que j'ai à faire pour John, c'est de régler le problème de Jake d'une manière ou d'une autre. Il est resté assez vague sur la méthode. Qu'il disparaisse. Je pense savoir ce que John préfère. Quant à moi, quand j'avais une vingtaine d'années, nous aurions abattu un type dans son genre et nous serions partis sans une pensée pour lui. Il m'a attaqué à San Francisco avec l'intention de me tuer. Il pensait que ce serait facile de poignarder un vieil homme et de s'en sortir indemne. Seulement, surprise, il n'est pas du tout indemne. Je lui dois que dalle. J'aurais dû le tuer dans la rue quand j'étais en état de légitime défense. Mais c'est une autre époque, du moins à ce qu'on me dit. »

Il a ranimé le feu et a déclaré : « Eve, je ferai ce que tu voudras. »

Il m'a regardé mais ne m'a rien demandé.

« Pareil pour moi, Eve. C'est à toi de décider et nous te soutiendrons, ai-je ajouté.

— Ce que nous faisons ici ou ce que je vous ai dit ne regarde pas John ? » a demandé Eve.

Faro et moi avons acquiescé. Faro a ajouté : « Et personne d'autre non plus.

— Bien, dit Eve. Sois donc ce jeune adjoint du shérif qui règle le problème et n'y pense plus. »

Une heure plus tard, la lumière est tombée à travers les arbres, nacrée comme une huître. Faro et moi avons marché loin dans les séquoias en soutenant Jake qui titubait entre nous. Passer entre les colonnes des troncs et les branches voûtées, c'était comme entrer dans une cathédrale. Jake était assez réveillé pour nous reconnaître et nous invectiver un peu, mais il ne pouvait pas résister. Nous l'avons fait asseoir près d'un énorme tronc d'arbre, et Faro a sorti sa grosse seringue pour lui donner un peu plus d'opium.

« À midi au plus tôt, dit Faro, il aura alors un moment de réflexion. Il devra comprendre où il se trouve et pourquoi. »

Les jambes écartées de Jake avec ses pieds en chaussettes noires de terre formaient un V devant lui.

Faro a sorti de la poche de sa veste un petit sac de banque en toile à cordon. Il n'était pas lourd et gonflé comme un magot de pirate en or et argent. Dix mille dollars en papier-monnaie, c'est léger comme l'air, en comparaison. Il l'a placé entre les jambes de Jake et a sorti un petit bloc-notes et un crayon pour y noter un message qu'il m'a ensuite montré : « Ne reviens pas pour en avoir plus. Jamais. C'est tout. La prochaine fois, il n'y aura pas de sortie hors de ces bois. »

Faro ne m'a pas demandé ce que j'en pensais et je n'ai rien suggéré.

Nous nous sommes éloignés pour retourner vers le feu de camp. À mi-chemin, le feu était déjà visible, jaune à travers les arbres, Faro a tapoté ses poches en disant : « Oh, merde. J'ai oublié quelque chose. Va t'assurer qu'Eve va bien, et je serai de retour avant que tu t'en aperçoives. »

Quand je suis arrivé près d'elle, Eve a levé les yeux et la lumière des flammes a illuminé son visage. J'ai su que je n'aurais jamais ni le talent ni le savoir-faire pour la peindre et réussir son portrait, restituer les cent questions dans ses yeux.

Lorsque Faro nous a rejoints, nous avons bu du café et mangé les beignets rassis de la veille qu'il avait laissés dans leur boîte sur la banquette de la Buick, jusqu'à ce que nous soyons tous gorgés de sucre et de caféine.

La voix d'Eve s'est élevée doucement : « Je pense qu'à partir d'ici, Faro et moi nous allons retourner à Dawes. Et Val, tu auras peut-être quelque chose de vraiment important à faire ici pendant une ou deux semaines. Laisse le temps aux choses de se mettre en place avant de revenir. Que tout le monde ait une meilleure idée de ce qui se passe réellement. »

J'ai regardé Eve, elle a baissé les yeux avant de les relever vers moi. C'était un instant charnière dans le temps. Je n'ai rien dit. Il n'y avait rien à dire. Les questions avaient disparu.

Faro a acquiescé : « Oui, je pense qu'Eve a raison. »

Après un long silence, Eve a poursuivi : « Envoie un télégramme à John pour lui dire que je suis prête à rentrer à la maison. Dis-lui que Faro nous a retrouvés, que lui et moi sommes sur le chemin du retour. Dis-lui que tu es en train de régler des détails et que tu le rejoindras bientôt avec ma voiture. D'accord ?

— D'accord.

— Tu nous rejoindras bientôt ?

— Oui. »

En milieu de matinée, le soleil comme un disque brillant et flou dans un ciel de perle, Faro et Eve sont montés dans la Buick et ont pris la direction du Wyoming. J'avais envie de retourner voir Jake dans les séquoias. Mais si un jour je devais témoigner, je voulais pouvoir dire la vérité. La dernière fois que je l'ai vu, il était vivant.

J'ai passé un temps, qui m'a semblé durer des mois mais qui s'est en fait étiré sur deux semaines, à parcourir la bande côtière entre Big Sur et Half Moon Bay. Si vous devez vous balader en ne ressentant plus rien, vous ne pourrez pas trouver plus bel endroit pour le faire. Il y a juste assez d'œuvres humaines, voitures, routes et motels, pour offrir un soulagement bienvenu à cet océan et à cette nature sauvage, cette lumière et cet espace vide, toutes ces formes, couleurs et distances.

Les trois premiers jours, j'ai noté sur une carte routière des États de l'ouest les endroits où Eve et Faro se trouvaient le long de leur trajet de mille kilomètres. Au cours de cette première semaine, j'ai dormi dans un endroit appelé Tassajara Hot Springs Hotel. Les employés me disaient que le nom venait des premiers habitants de la région et qu'il signifiait « endroit où la viande est suspendue pour sécher ». Ce qui me semblait être exactement l'endroit où j'avais besoin d'être, pour aussi longtemps que je pourrais me le permettre, c'est-à-dire deux nuits. Pendu pour sécher.

À Carmel, j'ai acheté du papier et des aquarelles et je suis retourné dans les collines par des chemins de terre, assis dans la voiture avec le toit baissé pour regarder la lumière sur le Pacifique ou les ombres dans les séquoias pendant des heures. Je peignais des taches de couleur sans intérêt. À Half

Moon Bay, j'ai habité une chambre au troisième étage sous les combles d'une grande pension de famille, et à Monterey, j'ai trouvé un endroit trop minable et minuscule pour être qualifié de bungalow et pas assez charmant pour être une cabane. C'était une remise entourée de murs avec l'eau courante dans la cuisine, mais seulement des toilettes extérieures. J'essayais de faire des croquis de mémoire pour les portraits d'Eve, de Faro et de Long. Jake devrait attendre. J'ai peint à l'aquarelle de petits paysages de collines claires et de criques assombries par les séquoias, des abstractions bicolores fluides inspirées par les formes des ailes de voitures, des *cowcatchers* géométriques de locomotives et des courbes lisses de crosses de fusils et de poignées de pistolets. Rien de ce que je peignais ne me convenait. J'avais besoin de temps pour réécrire mes souvenirs.

Eve était partout dans mes pensées. Et Long aussi. Et ces questions : pourquoi Eve avait-elle décidé de retourner à Long Shot ? Comment expliquerait-elle son absence, en particulier les deux dernières semaines, lorsque Long le lui demanderait ?

La nuit, je me promenais dans les séquoias de Tassajara, les rues de Monterey et le long du vide océanique de Half Moon Bay. J'observais le ciel, les étoiles et la lune croissante, Jupiter et Mars tout proches. Mais rien ne semblait juste. Les motifs des constellations paraissaient déformés, comme si une force aussi vaste que la précession des équinoxes avait accéléré et déplacé même les étoiles dans le ciel.

V

NOIR INEFFAÇABLE

Traverser le hall d'entrée de Long Shot, c'était marcher sur des charbons ardents. Je ne savais rien. Ni la position d'Eve et de Long après deux semaines, ni ce que Faro avait pu dire à Long. Je ne savais pas comment ils avaient comblé mon silence et surtout pas comment ils avaient expliqué le contenu le plus accablant du bref appel téléphonique de Jake. Impossible de savoir avant mon retour toutes les façons dont nos mensonges pourraient ne pas se recouper. Faro n'avait pas le téléphone dans son cabanon, bien sûr. Et appeler Eve dans la grande maison était impossible. Comment savoir qui allait décrocher, parler à l'opérateur longue distance et se demander pourquoi j'appelais ? Tout ce que j'ai pu faire, c'était envoyer un télégramme depuis Salt Lake City en disant que je serais à Dawes jeudi ou vendredi.

Alors vendredi, en arrivant au coucher du soleil, après avoir fait traîner les choses aussi longtemps que possible, j'ai franchi le porche en pin ponderosa pour me lancer dans le vide. J'ai frappé à la grande porte, sans résultat, puis je suis entré. Le hall était le même, rien n'y avait été déplacé, y compris le Renoir et le fusil de sniper 30-06 que j'avais utilisé. J'ai compté sur mes doigts le nombre de semaines écoulées depuis le massacre des marmottes et j'ai été surpris de constater que cela faisait à peine un mois que j'étais parti.

J'ai appelé, en essayant d'avoir l'air joyeux et innocent : « Hé, il y a quelqu'un à la maison ? »

Long est sorti de son bureau en souriant. Il m'a donné une poignée de main politique et chaleureuse, comme si j'étais un de ses électeurs : « Bon retour parmi nous. Quels longs voyages tu as faits pour ramener ma femme à la maison ! Eve et moi t'en sommes reconnaissants. Je veux tout savoir sur la Californie, mais nous aurons tout le temps demain. J'ai prévu un pique-nique. Il faut fêter les dernières belles journées de l'année. C'est à peu près maintenant, dans les deux prochaines semaines, que le temps va changer radicalement. Nous ferons une balade à cheval. Tout sera prêt pour nous, et je pense que Faro viendra aussi.

— Faro et Eve vous ont sûrement parlé de nos aventures en Californie ?

— Ils m'ont raconté deux ou trois choses. Ne t'en fais pas. »

Il a fait une pause avant d'ajouter : « Quoi qu'il en soit, tu dois être fatigué par cette longue route. Le cabanon à porte bleue est prêt, comme toujours, et Julia va bientôt préparer le dîner. »

J'ai tenté une accroche : « Le Renoir est beau, à sa place. »

Long l'a regardé comme s'il était légèrement surpris.

« Oui. Je t'en remercie. Faro m'a dit que tu as empêché qu'il soit vendu à San Francisco. »

Je n'ai fait qu'acquiescer.

J'ai porté mon sac jusqu'au cabanon. Au coucher du soleil, Wiltson était encore en train de pelleter du fumier dans l'enclos, il avait donc dû énerver Faro une fois de plus.

Quand Wiltson m'a vu, il s'est écrié : « Regardez qui est enfin de retour ! Faro a dit que tu avais merdé en Californie. Il a dit que tu avais été presque aussi mauvais que moi.

— Faro a une imagination débordante, pas vrai ?

— Si tu veux dire que ça lui arrive d'inventer des conneries et de vouloir nous faire croire que c'est la vérité, alors oui. Comme tout le monde.

Dans le cabanon à porte bleue, j'ai vidé mes bagages et fait un peu de toilette avant de ressortir pour me diriger vers la cuisine. Un sac en papier brun posé sur le comptoir contenait mon repas, mais Julia m'a regardé et s'est exclamée : « Tu as une mine épouvantable. Tu es si maigre ! Qu'est-ce que tu as mangé pendant tout ce temps ? Il te faut plus qu'un sandwich ce soir. »

Elle m'a fait asseoir à la table de la cuisine, a mis le sac en papier dans la glacière, a chauffé une poêle en fer à feu vif et a saisi un beefsteak d'aloyau qui devait peser une livre. En même temps, dans la même poêle, elle a réchauffé une pomme de terre au four coupée en deux, dans laquelle elle avait écrasé un quart de livre de beurre. Elle a versé le tout dans une assiette qu'elle a placée devant moi : « Ça et environ dix heures de sommeil, ça te fera du bien. »

Ensuite, j'ai réussi à rester éveillé une heure pour réfléchir au lendemain, essayer de discerner ce qui aiderait ou nuirait à Eve en fonction de ce qui s'était passé ou aurait pu se passer depuis la clairière dans les séquoias de Big Sur. J'avais confiance dans le fait que Faro protégerait Eve, mais c'était la seule chose à laquelle je me fiais.

Le lendemain matin, aucun signe d'Eve. Alors que je prenais mon petit-déjeuner dans la cuisine, Long est entré et a rempli sa tasse de café à la hâte, en faisant un geste de la main pour signifier qu'il était trop occupé pour parler.

À la mi-journée, Faro longeait un nouveau hongre dans la carrière. Le temps n'avait pas changé, mais la lumière était différente. Elle diffusait une tristesse légère et cassante, le sentiment d'une fin. Je suis resté près de la clôture jusqu'à ce que Faro atteigne le point d'arrêt qu'il cherchait et s'approche.

J'ai demandé : « Je suis dans le noir. Que dois-je savoir ? »

Faro a regardé le sable de la carrière en réfléchissant. Il a fini par dire : « Haute tension, si tu vois ce que je veux dire. Il y a eu des discussions bruyantes pendant quelques jours, puis le silence. Ce n'est pas bon. »

Deux cow-boys sont sortis de la grange en se dirigeant vers nous, et Faro a précisé : « C'est un mauvais endroit pour parler. Cet après-midi, essaie de suivre le mouvement. »

J'ai répondu : « Merci de m'avoir attribué le mérite d'avoir sauvé le tableau. » Il a haussé les épaules et est retourné à son cheval.

En début d'après-midi, nous nous sommes tous enfoncés dans la propriété pendant une heure jusqu'à une haute colline d'où l'on pouvait admirer le coucher de soleil sur les montagnes. Eve parlait à peine, elle a seulement dit qu'elle espérait que ma route avait été agréable. Pas d'émotion, juste un léger intérêt. Une femme qui demande à l'un des employés de son mari comment s'est passé son week-end. Je comprenais pourquoi, mais son aisance à jouer le rôle me faisait mal.

Long avait envoyé deux cow-boys à l'avance piétiner un espace dans l'herbe haute de la taille d'un court de tennis. L'herbe haute s'élevait parfois jusqu'à un mètre cinquante, un mètre soixante, un mètre quatre-vingts. Ils avaient creusé une fosse à feu peu profonde, allumé une flambée et entassé une pile de bois de chauffage suffisante pour durer tout l'après-midi et la nuit. Quatre fauteuils pliants en toile rayée rouge doux, bleu et crème, étaient disposés autour du feu, aux points cardinaux. Au pied de chaque fauteuil était posée une lourde couverture Pendleton. Il y avait aussi une table, recouverte d'une nappe blanche, chargée d'argenterie et de piles d'assiettes en porcelaine. Un plateau contenant une grande quantité de tranches de roast-beef saignant et un panier des petits pains au levain de Julia, plusieurs sortes de fromage, assez de salade de pommes de terre pour toute une équipe de football, divers légumes marinés, du raifort et de la sauce dans de petits bols blancs, trois tartes dont la garniture brune à la cannelle et à la pomme suintait par les fentes de la croûte supérieure. Et une caisse de gigondas avec un tire-bouchon et huit verres à pied. La moitié des bouteilles, déjà ouvertes, respiraient largement l'air des Rocheuses.

« Il faut que nous mangions et buvions tout ça à quatre ? a demandé Faro.

— Nous n'y sommes pas obligés, a déclaré Long. Première règle de l'hospitalité : l'excès est toujours préférable à la pénurie. »

Faro a fait une pause après ces paroles de sagesse, puis il a dit : « Vous voyez ce petit oiseau brun sur une tige d'herbe ? C'est un Bruant sauterelle. Au printemps, lorsqu'elle a un nid et des oisillons, la femelle attrape une sauterelle et la secoue jusqu'à ce que les pattes tombent, avant de la leur donner. Elle vole à peine mieux qu'une poule. Elle court surtout au sol. En général, on les voit s'asseoir sur le fil de fer le plus bas de la clôture. »

Personne n'a répondu.

Depuis la clairière, la vue s'étendait vers l'ouest, en direction des Winds. Presque toute la neige avait fondu pendant l'été et n'était pas encore reconstituée, de sorte que les montagnes bleu gris se distinguaient à peine du ciel.

Faro s'est occupé du feu, révisant la géométrie du bois jusqu'à ce qu'elle lui convienne, tandis que le reste d'entre nous s'installait dans les fauteuils. Long s'est assis au nord, Eve à l'est, moi au sud et Faro à l'ouest. Long a déplié sa couverture pour la draper sur ses pieds et le bas de ses jambes, et nous avons fait de même. Nous avons bu du vin et le silence s'est installé autour de nous.

Finalement, pour apaiser l'atmosphère tendue, Faro a raconté une histoire inspirée par la saison et l'endroit. Les hautes plaines en septembre, à la lisière des Rocheuses, plus précisément la chaîne de Wind River et les Absarokas.

« C'est arrivé il y a longtemps. J'ai parcouru toutes ces montagnes et ces hautes plaines, du Mexique au Canada. En voyageant à ce rythme, on apprend à connaître un endroit de près.

C'est une terre d'extrêmes. Cela a toujours été le cas, et ça l'est encore. Si ce n'est pas de la poussière, c'est de la boue, ou bien de la neige et de la glace, ou encore du sable, ou un sol dur comme du béton. Pendant quelques mois, lorsque le ciel est bleu, sec et sans nuages, on souffre de la beauté et de la dureté du soleil sur la terre, les arbres et les montagnes. Mais en septembre, on peut passer d'une journée chaude à une tempête de neige en moins de vingt-quatre heures.

Imaginez, au nord-ouest du Montana, à cette époque de l'année, quatorze chariots éparpillés sur deux hectares de broussailles, près du dernier fort de la frontière, à la limite ultime de ce que nous prétendions alors être une partie des États-Unis. Un groupe de colons déterminés s'est enlisé sur la route de l'Ouest. Depuis ce fort jusqu'à la trace la plus proche de notre civilisation, soit on opérait un demi-tour et on perdait plusieurs jours d'avancée, soit on traversait des centaines de kilomètres de hautes montagnes en direction d'une ville de la côte Pacifique, où ces gens, sans doute originaires de l'Illinois ou de ce genre d'endroit perdu, essayaient de se rendre avec leurs chariots, leurs enfants et le rocking-chair de leur grand-mère. Sauf qu'ils se sont retrouvés à court de nourriture dans le Montana à la fin de l'été, un mauvais moment et un mauvais endroit pour ça. Ils ont cru qu'en pleine nature, quelqu'un d'autre qu'eux-mêmes les sauverait, c'est-à-dire l'armée du fort. Mais l'armée n'avait plus grand-chose à manger non plus, car elle avait chassé sur tout le territoire environnant et mal géré ses denrées de base, ses poulets et ses porcs. Autant dire qu'il y a eu beaucoup d'erreurs commises dans cette histoire. En fait, tout le monde dans le fort et dans le convoi de chariots risquait de mourir de faim en février. Vous avez déjà entendu parler de l'expédition Donner, ces pionniers dont la plupart sont morts de faim et de maladie ? Il s'écoule beaucoup de temps entre Noël et Pâques.

Pendant ce temps, j'étais dans le Sud-Est du Wyoming, engagé pour m'occuper des chevaux à Fort Laramie. Je n'étais pas un soldat, je le précise, mais un contractuel indépendant parmi tant d'autres. Il y avait aussi un jeune officier qui s'appelait Blevins. Je ne me souviens pas de son grade exact. Il avait à peu près mon âge et on l'avait chargé d'une mission de réapprovisionnement de cet avant-poste du Montana. Le temps était encore estival quand Blevins a décidé que notre petit train de ravitaillement prendrait tout son temps pour arriver à destination. Les scouts chassaient et apportaient de la viande fraîche tous les jours, nous faisions des barbecues et nous campions parfois deux ou trois nuits au même endroit s'il y avait de l'eau et du gibier en abondance.

Au milieu du mois, le mauvais temps s'est invité dans la partie. Après une journée de pluie qui a tout trempé, y compris les chevaux et la toile des chariots, le vent du nord-ouest s'est levé et la température a chuté de près de vingt degrés en quelques heures. La neige s'est mise à tomber et les hommes qui conduisaient les chariots ne voyaient plus les chevaux devant eux, ne savaient plus s'ils allaient tout droit ou s'ils tournaient en rond. J'avais l'impression de me heurter à un mur gris à un mètre du nez de mon cheval. Nous avons monté le camp du mieux que nous pouvions, mais le vent ne permettait pas d'allumer un feu. Le mercure est encore tombé toute la nuit et le lendemain matin, les chevaux avaient des stalactites accrochées à leur dos. L'eau gelait dans les tonneaux.

Blevins ne savait pas où il se trouvait : il avait perdu la boussole principale et celle de secours pendant la nuit. De plus, la position du soleil restait incertaine. Et là, au lieu d'attendre quelques jours que le ciel s'éclaircisse et que la situation s'améliore, Blevins s'est précipité et a donné l'ordre de partir. Nous avons donc erré plus ou moins vers l'est, exactement dans la mauvaise direction, jusqu'à ce que les hommes et les chevaux soient épuisés. J'en ai parlé à Blevins, mais il m'a ordonné de me taire.

Par la suite, j'ai suivi notre trajet du mieux que j'ai pu. J'ai essayé de sentir quand nous allions dans une direction ou dans une autre, quand nous nous éloignions d'un ruisseau ou quand nous en descendions un, et quand nous traversions un cours d'eau, je notais dans quel sens il coulait. En d'autres termes, j'étais attentif, ce qui constitue une grande partie de ce que l'on appelle un bon sens de l'orientation. Mais il est également vrai que certaines personnes ont le sens des directions cardinales. Le nord les attire comme l'aiguille d'une boussole.

J'ai donc laissé Blevins vaquer à ses occupations, mais chaque fois que j'en avais l'occasion, j'ai essayé de nous ramener dans la direction où nous devions aller, c'est-à-dire vers le nord-ouest. Blevins, laissé à lui-même, aurait tourné en rond dans un cercle d'environ huit kilomètres de diamètre.

Lorsque le blizzard s'est dissipé et que le soleil est réapparu, il n'y avait plus que du blanc à perte de vue. Pendant quelques jours, la température est restée basse, puis elle s'est réchauffée, avec des journées et des nuits qui restaient malgré tout fraîches. La neige a vite fondu et, après quelques semaines, nous avons finalement atteint le fort. Nous avions perdu trois chevaux, mais nous avons livré toutes les provisions pour les idiots affamés du Montana. Blevins avait perdu un ou deux orteils. S'il est encore en vie, je suppose qu'il marche bizarrement depuis cet épisode. Avant que je retourne dans le Wyoming, il est venu me voir et m'a dit : "Vous saviez où nous étions pendant tout ce temps."

J'ai répondu que je n'étais pas le patron, et qu'il n'avait cessé de me le rappeler. S'il avait ordonné quelque chose qui nous aurait tous tués, j'aurais fait quelque chose de radical.

Et croyez-le ou non, il ne m'a pas remercié. Il m'a traité de connard. »

Long a ri, puis a demandé sérieusement : « Où cette parabole nous mène-t-elle, Faro ? Quelle leçon tirer de cette expérience ? Peut-être es-tu devenu cynique ou bien as-tu appris l'importance de la foi ? »

Faro a souri.

« Une leçon ? Tu me connais mieux que ça. Je n'ai pas tiré une once de sagesse de ce voyage misérable. Sauf que j'aurais peut-être dû partir dès que j'ai reconnu Blevins pour l'imbécile qu'il était. On ne peut pas se soumettre à ce genre de personnes et garder son amour-propre. J'aurais dû me lever après le café du matin, le deuxième jour de Laramie, et annoncer : "Messieurs, je m'en vais. Bonne chance et adieu." »

Long a objecté : « On ne peut pas avoir une armée si tout le monde pense comme ça.

— Exactement, a répliqué Faro. Il faut convaincre les gens d'accepter les ordres, qu'ils viennent d'un génie ou d'un idiot. N'est-ce pas, patron ?

— Vu la façon dont tu as formulé la question, si je réponds oui, je m'inculperai moi-même », a dit Long en riant encore.

Faro a levé les mains en s'écriant : « Qui suis-je pour le dire ? »

Le soleil planait au-dessus des sommets déchiquetés. Faro a ajouté du bois jusqu'à ce que les flammes atteignent sa taille. Nous avions tous mangé des sandwichs au roast-beef, de la salade de pommes de terre et de la tarte, et nous avions déjà épuisé la plupart des bouteilles de vin ouvertes, Long buvant presque autant que nous tous réunis.

Long a pris la parole : « Une chose que je ne comprends pas, c'est... Eh bien, il y a beaucoup de choses que je ne comprends pas. »

Il a perdu le fil de sa pensée et s'est arrêté avant de reprendre, finalement : « Je ne comprends pas bien la chronologie. Val, tu es arrivé à San Francisco et as commencé à chercher Eve, et il t'a fallu combien de temps pour la trouver ? »

J'ai essayé de ne pas regarder Eve.

« Une semaine, à peu près.

— Donc entre quatre jours et plus de deux semaines ?

— Quelque chose entre les deux.

— D'accord, disons environ une semaine.

— C'est ce que je disais. La chronologie était confuse pour moi aussi. Quand les choses ont commencé à bouger, tout est allé très vite. »

Long a riposté : « Pas si vite que ça. »

Il s'est tourné vers Eve.

« Tu as chanté dans ce bouge pendant combien de temps avant qu'il te retrouve ?

— Je ne me souviens pas exactement. Le loyer de l'endroit où je logeais était payable chaque semaine, à l'avance. Je crois que j'ai payé quatre fois, mais je ne peux pas le jurer. John, on en a déjà parlé.

— J'espérais que Val pourrait t'aider à retrouver la mémoire puisque toi et Faro ne semblez pas vous souvenir de grand-chose. Je me demande par exemple, au cours de toutes ces fugues et recherches, quand chacun d'entre vous a eu son premier contact avec Jake ? Val, as-tu eu des contacts avec lui avant de retrouver Eve à San Francisco ?

— Non. Et j'aurais préféré n'avoir jamais rencontré aucun des Orson. Ils n'ont apporté que des ennuis, et Jake était le pire d'entre eux. »

Long a continué : « Eve, à toi de jouer.

— John, c'est fini. J'ai répondu à tes questions pendant trois semaines et c'est fini. Tu penses que si tu continues à poser des questions, je vais donner de nouvelles réponses ?

— Des réponses plus complètes, Eve. Parce que parfois, tes histoires manquent de détails et de cohérence. La chronologie n'est pas fluide. Il faut qu'elle soit fluide.

— Si tu parles de quelque chose que j'ai dit à trois heures du matin après que nous nous sommes disputés pendant des heures, alors peut-être que j'ai été incohérente. Je ne sais pas ce que… »

Faro a pris la parole.

« Je l'ai rencontré pour la première fois lorsqu'il s'est approché de moi dans l'obscurité et m'a forcé à lui arracher un couteau assez violemment. S'il avait su comment se battre, j'aurais perdu parce qu'il était plus fort. Par perdu, je veux dire qu'il m'aurait certainement tué. C'était ce genre de combat. À la fin, je saignais et j'ai dû me contrôler pour ne pas l'achever avec son propre couteau. C'était peut-être une erreur de ne pas le faire dans la rue et de m'en aller. Mais je l'ai déjà dit. »

Long a regardé le feu.

« Je devrais peut-être laisser tomber. Ce serait le mieux. Sauf que des questions ne cessent de tourner dans mon esprit. Par exemple, si ce Jake était si inquiétant, effrayant et menaçant, pourquoi n'êtes-vous pas tous rentrés directement à la maison ? Je veux dire, nous avons un ranch plein de cow-boys armés. Et pourquoi n'êtes-vous pas restés en contact avec moi pour me dire ce qui se passait ? Et vraiment, Eve, pourquoi as-tu épousé ce criminel en premier lieu ?

— Ce n'est pas la question. Je ne veux plus parler de ça. Je croyais que ta grande question était de savoir si j'étais toujours légalement mariée avec lui. Ce n'est pas ta principale préoccupation ?

— C'en est une.

— Je te le répète encore une fois. Nous étions peut-être légalement mariés, peut-être pas. Dans une petite ville, nous avons demandé où nous marier. Nous sommes allés chez un vieil homme et lui avons versé quelques dollars. Sa femme était le témoin. Je n'ai pas vérifié ses références. Je suppose qu'il était prédicateur. Je ne me souviens pas d'être allée dans un palais de justice. Je ne sais pas si les documents ont été déposés correctement. C'était le cadet de mes soucis. Ce n'était pas une grande cérémonie. Quant au divorce, après l'inondation, j'ai cru que Jake était mort. Aucun moyen de le prouver, cependant. J'aurais continué à le penser si tu n'avais pas mis le feu aux poudres. Quand je suis partie, ce n'était pas pour retrouver Jake. J'ai paniqué. J'ai commencé à penser que je n'étais pas la bonne personne pour être la femme d'un sénateur. Tu pourrais résumer comme ça : je me suis enfuie parce que je ne voulais pas être celle qui foutrait le bordel dans tes rêves. »

Lorsqu'elle avait parlé de l'inondation, elle m'avait jeté un rapide coup d'œil, et je devinais qu'elle regrettait de m'avoir raconté l'autre histoire à San Francisco.

Aucun de nous n'a parlé jusqu'à ce que Faro dise : « Le soleil s'approche de la ligne de crête. On rentre dans le noir ?

— De toute façon, j'en ai assez de ce pique-nique », a déclaré Long.

Il s'est levé, s'est dirigé vers son cheval qu'il a monté lentement, ivre et maladroit. Nous l'avons tous suivi et sommes rentrés dans l'obscurité, aucun de nous n'osant parler.

La première semaine de septembre avait été incontestablement estivale. Puis un front froid a poussé sur les montagnes depuis le nord-ouest, mais il était loin d'être aussi prononcé que dans l'histoire de Faro. Quelques jours gris et venteux avec des températures en baisse, puis un ciel clair d'un bleu vif et brillant, et d'un coup c'était l'automne ; sur les pentes basses des montagnes, les peupliers commençaient tous à jaunir en même temps.

J'allais souvent en ville pour travailler ou pour faire semblant. Les jours où je ne pouvais pas concentrer mes pensées sur la fresque, je passais de longs moments assis au bar à siroter un café et à réfléchir. Enfin, réfléchir est peut-être un trop grand mot. En fait, je m'asseyais, je m'apitoyais sur mon sort et je m'inquiétais pour Eve, mais je ne savais pas quoi faire pour l'aider. Au fil des jours, les tensions autour du ranch semblaient s'être un peu apaisées et, un matin du week-end, Long a proposé une autre sortie, une promenade ensemble, tous les trois. Deux ou trois heures dans l'après-midi, un cercle irrégulier dans les collines au sud, puis des méandres vers l'ouest en amont de la rivière, et retour vers le nord. Nous serions à la maison à temps pour nous préparer pour le dîner. Long avait tout prévu.

Mais lorsque nous nous sommes retrouvés à la grange, Long avait un problème : « Le gouverneur veut me parler dans une trentaine de minutes. Sa secrétaire a appelé et a précisé que c'était important. Il pense que tout est important, mais je suis curieux de savoir ce qu'il a à dire. Ses appels sont toujours brefs, mais aussi toujours en retard. Parfois très en retard. »

Il s'est penché et a embrassé Eve maladroitement sur la joue.

« Désolé. Je ne veux pas que tu manques ce bel après-midi. Je ne t'ai jamais emmenée là-bas, mais tu ne peux pas te perdre. Allez vers le sud sur le chemin de ferme pendant environ une demi-heure jusqu'à ce que vous atteigniez Elk Creek, puis suivez-le en amont, c'est-à-dire à peu près à l'ouest. Ne perdez jamais le ruisseau de vue. Environ une heure plus tard, le soleil aura baissé, tournez à droite sur un autre chemin de ferme, celui que les cow-boys appellent Rocky Road, même s'il n'est pas rocheux. Il se dirige vers le nord et vous ramène ici. Si je n'ai pas pris un raccourci pour vous rattraper quelque part le long du ruisseau, je descendrai Rocky Road pour vous rejoindre. C'est simple. Deux fois à droite et retour. Maintenant, répétez-le. »

Nous avons débité les instructions comme des élèves de première année d'école primaire récitant un serment d'allégeance.

Eve montait Pálida, bien sûr, et moi Mopsy. Le ciel était bleu et sec, uniforme d'un horizon à l'autre, comme aucun ciel de Chesapeake ne l'a jamais été dans l'histoire. Un exemple parfait de mon bleu à trois mille mètres. Nous avons marché au pas et parlé.

Eve m'a clairement fait comprendre qu'elle ne voulait pas parler de la Californie. Ni maintenant, ni jamais. Les termes de notre accord avaient été clairs dès le départ. C'était mon problème si je m'étais laissé entraîner dans un amour que j'imaginais sans fin.

« Nous étions amis avant l'accord et nous le sommes à nouveau maintenant que nous sommes de retour ici. Nous avions besoin l'un de l'autre et, d'une certaine manière, nous nous aimons. La bonne nouvelle, c'est que le pire va finir par s'estomper. »

Je me suis forcé à rire et j'ai répondu : « Oui, mais je n'ai pas eu assez de temps en Californie.

— Ce n'était pas prévu dans le contrat », a conclu Eve avec un sourire.

Vers la moitié du trajet, avec le ruisseau sur notre gauche et le soleil rasant devant nous, j'ai demandé comment les choses se passaient avec Long. Eve a pris son temps pour répondre, mais a fini par avouer : « Il se comporte bien devant toi et Faro, mais ça ne va pas du tout. Il est furieux et triste à parts à peu près égales. Triste parce que je suis partie, et furieux parce qu'il pense que toi et moi avons couché ensemble.

— Il pense ? ai-je relevé.

— J'ai tout nié, bien sûr. J'ai dit à John que Jake mentait pour l'énerver, ce qui est vrai. Ce que Jake lui a raconté n'était basé sur aucun fait. Pour autant que je sache, Jake a passé ce coup de fil avant que nous ayons conclu notre accord. Mais John a du mal à me croire. C'est pourquoi c'est étrange qu'il nous ait envoyés seuls. »

Quelques centaines de mètres plus loin, j'ai demandé : « Est-ce qu'il sait pourquoi tu es allée à Seattle ?

— C'est personnel. Tout ce que je peux dire, c'est qu'il sait ce que je pense de l'idée d'avoir un bébé en ce moment. Il essaie toujours de négocier à ce sujet, cependant.

— Négocier pour avoir un bébé ?

— Val, tout est affaire de négociation. Chaque minute. Si tu ne le vois pas, tu es une âme perdue.

— Tout ?

— Les rêves, peut-être. Les rêves ne sont pas négociables. Ils sont tout à fait à nous, sans que le monde réel s'en mêle. Ils sont gratuits. Notre tête les produit chaque nuit. On n'a même pas le choix. C'est la définition d'une chose "sans valeur". Alors ne me parle pas de rêves. J'ai connu beaucoup de gens, des adolescents, qui n'ont pas vécu assez longtemps pour avoir des rêves. Ils s'en sont séparés très tôt. Je dirais bien "nous" au lieu de "ils", sauf que j'ai eu de la chance et que, soudain, j'ai eu le choix. Ou du moins je le croyais. Ces derniers temps, mes choix me semblent chaque jour plus restreints.

— Le talent combiné au travail permet de faire des choix. C'est ce que m'a dit Hutch.

— Le grand Hutch parle. Et il a peut-être raison sur ce point. Mais sortir un pistolet et braquer une banque, c'est aussi ça. Va dans la ville du Tennessee où j'ai grandi et dis ce genre de choses, parle de choix, puis regarde autour de toi et vois à qui ça peut s'appliquer. Presque à personne, sauf à des hommes blancs dans de grandes maisons blanches. J'ai épousé l'un de ces hommes, et maintenant il semble que le seul choix qui s'offre à moi soit de rester ou de partir. La sécurité ou la liberté. »

J'ai essayé de trouver une réponse, mais tout ce que j'aurais pu dire aurait ressemblé à de la moquerie ou à une invitation à s'enfuir avec moi, et je n'avais pas l'impression que c'était le bon moment pour cette dernière option. Je me suis donc contenté de dire que j'étais désolé. C'est alors que j'ai senti qu'on tirait sur la manche de mon Barbour, haut sur mon bras droit. Après une fraction de seconde, j'ai entendu un son lointain, comme si on cassait un bâton. Pas assez fort pour effrayer les chevaux.

J'ai regardé mon bras. Là où le muscle de l'épaule se fond dans le haut du bras, le tissu de mon manteau était déchiré. Et tout de suite, une douleur a surgi, comme une brûlure, comme lorsqu'on change un pneu arrière après une crevaison et qu'on frôle le pot d'échappement brûlant.

J'ai arrêté Mopsy pour descendre et j'ai enlevé ma veste, puis ma chemise.

Eve a fait ralentir Pálida.

« Qu'est-ce qui se passe ? »

Sur mon bras, une bande rouge à vif, plus une marque de brûlure qu'une entaille ou une coupure. Elle laissait couler un peu de sang, de minuscules gouttes comme de la condensation sur un verre de thé glacé.

« On t'a tiré dessus ? »

C'était une question, pas une affirmation.

« Je ne sais pas. »

Sur le moment, je n'avais pas assez d'informations pour établir un lien de cause à effet. Quel était le rapport entre le bruit de claquement, la coupure dans la veste et la brûlure sur mon bras, si tant est qu'il y en ait un ? La douleur a commencé à s'intensifier et j'ai grimacé.

Eve est descendue de cheval. Elle a regardé au loin avant de se pencher sur mon bras.

« Ça va ? »

J'ai réfléchi à la question en essayant de comprendre ce que je ressentais.

« Je pense que oui. »

Eve m'a tendu un mouchoir, je l'ai appliqué sur la blessure et j'ai remis ma chemise et ma veste par-dessus. Nous sommes remontés à cheval et nous avons avancé plus vite.

« Tu as entendu ce bruit juste après ? ai-je demandé.

— Quel bruit ?

— Un claquement. Je ne sais pas. Un clic. Un bruit comme un morceau de bois qu'on casse, comme une branche sèche sur le genou. Au loin.

— Non, je ne crois pas. »

Long nous a accueillis à l'étable, en s'excusant de nous avoir laissés seuls pour retrouver le chemin de la maison. Lorsqu'il s'est rendu compte que quelque chose s'était passé, il a semblé très inquiet de la nature de ma blessure. Dans la maison, il m'a fait asseoir à la table de la cuisine pendant qu'il allait chercher la trousse de premiers soins. Il a fini de nettoyer la blessure et il a insisté pour me conduire en ville chez un médecin.

En essayant de jouer les durs, j'ai répondu : « Ça pique et ça brûle, c'est tout. J'ai été plus gravement blessé en percutant un lampadaire à Norfolk quand j'avais dix ans. »

Long a passé du mercurochrome sur mon bras, en grande quantité, jusqu'à ce que des traces brunâtres s'infiltrent dans la peau, du coude à l'épaule.

J'ai regardé Eve, qui a haussé les épaules de manière presque imperceptible.

Long a répété : « Nous devrions vraiment aller faire examiner ça.

— Allons, les Orson m'ont fait bien pire au cours des deux derniers mois. Y compris leur chien. »

Au moins cela a fait rire Eve, mais elle s'est vite tue.

La mâchoire de Long s'est crispée.

« Demain matin, après le petit-déjeuner, nous referons le pansement et nous verrons l'aspect de la plaie. Une blessure comme celle-ci, qui passe à travers les vêtements, transporte beaucoup de saleté. Il faut faire attention aux infections. À l'époque de la guerre, les infections tuaient plus que les projectiles eux-mêmes. »

Long a préparé trois petits verres de whisky irlandais. C'était la première fois que nous nous asseyions tous ensemble à la table de la cuisine. Long a fini par dire : « Ces dernières années, nous avons eu des problèmes avec les braconniers. Tant qu'ils ne tirent que sur des antilopes, nous les laissons tranquilles. Nous les escortons hors du ranch et les avertissons de ne pas revenir, mais nous n'appelons pas le shérif et nous ne les brutalisons pas. Si jamais ils s'en prenaient au bétail, nous devrions faire quelque chose. Faro vous dira que nous avons passé beaucoup de temps à parler de tout ça. Comment les gens affamés prennent des risques. Et nous avons longuement réfléchi à la manière de traiter les braconniers en reconnaissant que nous ne sommes pas au Far West et que ce pays traverse une passe difficile. Les choses n'ont pas été parfaites ici, mais nous avons eu de la chance.

— Non, a répondu Eve, il ne faut pas que des clochards armés de fusils tuent des vaches, fassent du feu et organisent des barbecues.

— Le fait est que c'est peut-être l'explication dans le cas présent, a repris Long. Des braconniers. Je vais demander à Faro et aux gars de faire un tour et de vérifier. »

Eve m'a fixé dans les yeux et a rapidement détourné le regard.

De retour dans le cabanon, j'ai réfléchi au fait que Long n'avait pas du tout cherché à savoir ce qui avait pu causer ma blessure, à part une balle. Soit il connaissait la réponse, soit il avait supposé qu'il s'agissait une blessure par balle alors que j'avais soigneusement évité ce mot.

J'ai essayé de dormir, mais je n'y suis pas parvenu. J'ai repensé à ces quelques secondes confuses où le son unique, retardé par la distance, m'était parvenu. C'était peut-être le son obtenu en frappant deux morceaux de granit. Un craquement, un bruit sec ou un clic. Un son sans direction. Mais il n'était pas complètement dénué de sens. La marque sur mon bras était une bande horizontale, donc le coup de feu avait dû être tiré devant moi ou derrière. Soit de la direction du ranch, soit de celle opposée. Si le coup avait été tiré par un 30-06, à quelle distance le chasseur ou le tireur aurait-il dû se trouver pour produire ce son ?

Au milieu de la nuit, je suis passé par la porte de la cuisine pour me rendre dans le hall. Sans faire de bruit, j'ai poussé une chaise avec précaution contre les étagères et je me suis approché pour renifler le canon du fusil de sniper de Long, qui avait tué tant de gens pendant la Grande Guerre. Elle semblait maintenant beaucoup plus lointaine qu'elle ne l'était en réalité. Je n'ai pas touché le fusil, de peur qu'il ne tombe sur le sol en pierre. J'ai approché mon nez du trou noir de la bouche du canon et j'ai respiré profondément. J'ai senti une forte odeur d'huile, mais aussi de poudre brûlée en arrière-plan. Je n'étais pas un expert en armes à feu et je n'aurais pas pu dire si le fusil avait été nettoyé ce soir-là ou le mois précédent, après le massacre des marmottes.

Mon esprit s'est emballé. Peut-être que Long était monté avec le gros fusil et sa lunette en forme de trompette sur un monticule loin du ranch. Il était arrivé par-derrière alors qu'il nous avait dit de l'attendre de face. Il avait installé le petit bipied et attendu que nous lui offrions une bonne cible. Mais aucun sniper n'était assez bon pour intentionnellement érafler sa cible à une telle distance. Peut-être ne l'avait-il pas atteinte. Mais alors, lequel d'entre nous essayait-il de viser ? Eve n'était qu'à quelques pas devant moi. Sous le bon angle et à la bonne distance, on aurait pu nous voir superposés. J'ai décidé qu'il serait beaucoup plus simple pour nous tous de supposer qu'un braconnier tirait sur une antilope, qu'il l'avait manquée et que la balle avait abîmé mon Barbour. Fin de l'histoire.

J'ai également décidé qu'il serait préférable pour tout le monde que je m'installe en ville, que je termine mon travail et que je quitte Dawes.

Tôt le lendemain matin, j'ai rangé mes bagages dans la Woodie. Dans l'enclos, Faro m'observait en faisant travailler un jeune cheval. J'ai fermé la portière arrière et je me suis retourné pour aller lui parler, mais Eve s'est précipitée par la porte de la cuisine, une tasse de café à la main. Elle s'est arrêtée entre la maison et le cabanon à porte bleue, l'air confus.

« Tu pars ? »

J'ai porté la main à mon bras.

« Je ne veux pas abuser de votre hospitalité. Je m'installe en ville pour les derniers jours de travail. Ensuite, je rentrerai chez moi. »

Elle a fait quelques pas dans ma direction, comme si elle voulait dire quelque chose, mais avant qu'elle ne me rejoigne, Faro a crié : « Eve, tu peux aller chercher la pommade dans la grange pour moi ? Celui-ci a une éraflure au boulet. »

Eve a regardé le sol, puis a levé les yeux vers moi. Se tournant vers Faro, elle a répondu : « Tout de suite, patron. »

Elle s'est évanouie dans l'ombre de la grange. J'ai fait un signe de tête à Faro et je suis monté dans la voiture. Dans le rétroviseur, j'ai regardé Eve aller vers Faro, puis ils se sont retournés tous deux et m'ont regardé partir.

En moins d'une heure, j'avais trouvé une chambre au-dessus de la pharmacie de Main Street. Au bureau de poste, j'ai dit à Don Ray que la fresque serait bientôt terminée et que je partirais dans une semaine tout au plus.

« Il m'a semblé que c'était fait il y a quelque temps, a-t-il dit.

— Les dernières retouches, c'est tout, et ensuite je ne serai plus dans vos pattes. »

Quelques jours plus tard, alors que je me trouvais sur l'échafaudage et que j'ajoutais une couche d'ombre à l'un des côtés d'un chariot couvert, le visage à quelques centimètres du mur, j'ai entendu une femme toussoter et j'ai regardé autour de moi. Eve a incliné la tête et je suis descendu de l'échelle.

« Depuis la Coit Tower, je commence à comprendre ce que tu veux dire à propos des formes, de la masse et du poids. Et de l'optimisme. Qui suis-je pour le dire, mais à mes yeux, ta fresque est à la hauteur de toutes les peintures murales de là-bas.

— Merci. J'en suis à peu près moyennement satisfait. »

Elle a détourné le regard et a annoncé : « Je m'en vais.

— Tu vas où ?

— Je ne peux pas continuer ici avec lui. Je n'étais pas faite pour ça, après tout, alors je fous le camp. Et je t'interdis de partir à ma recherche. »

Je me suis approché d'elle, et elle a levé une paume au niveau de la poitrine, pour m'arrêter. Une poignée de locaux vérifiaient les boîtes aux lettres en bavardant.

« Nous pourrions avoir plus d'intimité si tu t'arrêtais dans ma chambre plus tard au lieu de se parler ici, ai-je dit.

— C'est exactement la raison pour laquelle je suis ici maintenant. Pas de tentation.

— C'est tout, alors ? Adieu, Val, tâche de te faire une vie ? J'imagine que tomber à genoux et te supplier "Mon cœur, s'il te plaît" n'y changerait rien ?

— Ce n'est pas comme ça que ça devait se terminer ? Tu finissais ton travail et tu retournais en Virginie. La seule différence, c'est que je ne reste pas ici non plus.

— Tu pars dans le soleil couchant ?

— J'ai l'impression de l'avoir fait une centaine de fois. Ce n'est pas vraiment différent de ce que tu t'apprêtes à faire. »

J'ai hoché la tête.

« Tu te souviens, dans la voiture, dans les bois, quand, en pensant que Jake nous poursuivait, j'ai rêvé qu'on s'enfuyait ensemble ? Une cabane dans la baie de Chesapeake ? »

Eve a répondu : « Je me souviens.

— L'offre est toujours là. Il fait beau en septembre et en octobre. Pas de promesses ni d'engagements. Pas de téléphone ni même d'adresse réelle. Un endroit pour se poser et penser à ce qui va suivre. »

Comme elle semblait sur le point de refuser, j'ai levé la main pour marquer une pause. Je me suis approché du comptoir, j'ai déposé un penny pour acheter une carte postale et j'ai noté les directions depuis Norfolk : « Ocean View Avenue jusqu'à Shore Drive. Tourner à gauche juste avant Lynnhaven Inlet. À moins d'un demi-mile, un chemin entre des pins broussailleux dans les dunes. Chesapeake Beach, Virginia. »

Eve a observé la carte et l'a mise dans la poche de sa veste. En me regardant droit dans les yeux, elle m'a dit : « Je suis contente de t'avoir connu, Val. »

Elle a posé sa main sur mon bras un instant, puis elle m'a tourné le dos pour s'en aller. Au moins, elle ne m'a pas embrassé sur la joue.

J'ai escaladé l'échafaudage et j'ai regardé à travers la fenêtre du haut. Eve s'en allait dans la décapotable rouge, capote baissée.

« Contente de t'avoir connu. » Peut-être pire que ma fiancée prétendant sans conviction que ça l'avait déchirée de partir juste avant le jour de notre mariage. Sauf qu'elle, j'étais heureux qu'elle s'en aille.

Je me suis assis sur l'échafaudage, face à mon travail, le cul à moitié suspendu aux planches, comme Rivera dans sa fresque. Je m'imaginais quelques années plus tard, ou dans dix ans, écoutant la radio et entendant une voix ressemblant à celle d'Eve qui chantait quelque chose de lent et de nostalgique.

Dans ma chambre, un soir, deux coups, très retenus. J'ai ouvert la porte et laissé entrer Long. Quelques jours s'étaient écoulés depuis la visite d'Eve, et je m'attendais à moitié à le voir. Il est resté sur le seuil et a examiné le cadre de lit métallique et le matelas affaissé le long d'un mur, le meuble délabré sur le mur opposé que la propriétaire avait appelé une commode lorsqu'elle m'avait montré la chambre. Les tiroirs à l'intérieur sentaient la moutarde.

Long a examiné les murs en plâtre comme s'il essayait de déterminer s'ils étaient patinés exprès ou simplement sales. Il s'est approché de l'unique fenêtre, scellée par la peinture, pour étudier la vue, six mètres de toit plat goudronné, puis un mur de briques nues. Tourné vers l'évier en porcelaine graisseuse qui se trouvait dans un coin, il a dit : « Imagine le nombre de milliers de pipis nocturnes qu'il a reçus. » Puis Long a souri et a écarté les bras et les mains comme pour revendiquer l'espace, le bénir ou le condamner.

Il avait bu. Beaucoup, semble-t-il. Il a vacillé et a repris : « C'est ton habitat naturel, Val. Mais Eve et toi aviez imaginé que vous seriez un jour roi et reine à Long Shot. Que d'une manière ou d'une autre, naturelle ou non, j'allais mourir. Alors elle aurait tout, et vous seriez restés là à en profiter. Pas d'enfants pour hériter. Mais il y a une faille dans le plan. Eve ne sait rien de mon testament et ne m'a jamais rien demandé. Mais sache qu'il est écrit de telle sorte que, quelle que soit ma mort, Eve n'aura rien, sauf la générosité d'un éventuel héritier. Mais voilà, à mon grand étonnement, il n'y en a pas. Le testament est rédigé de façon très stricte. Comme je ne suis pas un pur connard, il l'est de sorte qu'elle ait juste assez d'argent chaque année pour se souvenir de moi jusqu'à ce qu'elle trouve un autre homme. Ce qui ne sera pas long, même si elle est difficile. Il lui reste encore quelques belles années, tu ne crois pas ? Sinon, elle pourra errer dans un bus avec un groupe de cow-boys, chanter dans les bars à bière et baiser des petits gars tristes dans ton genre quand elle s'ennuie ou qu'elle est déprimée. Et si elle ne se marie jamais, elle percevra cette très petite allocation annuelle pour toujours. Qualifions-la de minuscule, Val. C'est le terme sur lequel nous devons concentrer nos pensées. Quelque part entre minuscule et zéro. Et pour l'instant, je ne suis pas d'accord pour divorcer. Laissons-la gérer ça. »

Je suis resté debout, le regardant discourir. À ce moment-là, il ressemblait davantage que moi à un petit gars triste.

« Et si vous preniez une grande respiration et que vous vous asseyiez ? »

Il n'a pas discuté, il s'est assis sur le bord du lit.

« L'un de nous va mourir, a-t-il dit. N'est-ce pas la direction que prennent les choses ? Ça me va. Et toi ? »

J'ai pensé : « Je suis resté trop longtemps dans ce coin perdu. »

« La fresque sera terminée dans à peu près trois jours. Je vais signer de mon nom dans le coin, et vous ne me reverrez plus jamais ici. Parti pour de bon.

— Vous auriez pu au moins prendre la peine de me raconter des histoires différentes, tous les deux. C'est insultant.

— Je ne comprends pas ce que vous dites.

— Elle est partie, et elle a dit la même chose que toi, partie pour de bon, pas de retour cette fois. Quelle coïncidence ! Alors tu vas la retrouver quelque part, et vous partez ensemble ?

— John, je ne sais pas quels sont les projets d'Eve. Mais je sais qu'elle ne s'est pas enfuie pour être avec moi. J'en suis certain. »

Long était assis, courbé vers l'avant, les avant-bras posés sur les genoux. Il a continué : « Je pourrais l'accepter si elle m'annonçait : "Je m'en vais une semaine, un mois, peu importe, mais je reviendrai." Je ne poserais pas de questions. Mais tout ce que j'ai eu, c'est un mot écrit au dos d'une enveloppe. "Je ne peux pas continuer ici, je ne reviendrai pas. Je suis désolée. C'est ma faute." Comme si elle m'envoyait un télégramme. »

J'ai attendu. Après une longue pause, il a conclu : « Quelquefois, les choses finissent sans qu'il y ait de gagnants. Tout le monde perd.

— Je ne pense pas qu'Eve ait l'impression de perdre, ai-je répliqué.

— Un jour, dans un avenir lointain, je parie qu'elle commencera à calculer ce que ça lui a coûté de choisir la liberté chaque fois qu'un choix s'est présenté », a dit Long. Puis il s'est penché très lentement sur le lit, les pieds toujours sur le sol, jusqu'à ce que sa tête repose sur l'oreiller.

Je suis resté debout et je l'ai regardé, partagé entre la surprise et la perplexité.

Comme il semblait s'endormir, je me suis assis sur l'unique chaise et je l'ai étudié. À travers le mur, une radio jouait une chanson, trop faiblement pour que je puisse la reconnaître. Finalement, je me suis levé et je lui ai tapé sur l'épaule. Il a levé la tête et m'a regardé comme si je l'avais interrompu. « Laissez-moi vous raccompagner.

— Non, ça va.

— Ça ne va pas du tout. Si vous partez comme ça, votre nouveau coupé sera enroulé autour d'un poteau électrique dans cinq cents mètres. »

Il a fouillé dans une poche et m'a tendu ses clés. Je l'ai aidé à descendre, je l'ai installé sur le siège passager et j'ai conduit une dernière fois de Dawes à Long Shot.

Long était endormi quand nous sommes arrivés, alors je suis parti à la recherche de Faro et je l'ai trouvé en train de graisser une selle dans un endroit encore ensoleillé, au-delà des ombres anguleuses de la grange.

« Je ne pensais pas te revoir ici un jour, a-t-il dit.

— Long est ivre. Il est passé dans ma chambre en ville pour me demander des nouvelles d'Eve. Il a proféré quelques vagues menaces, puis il s'est allongé sur mon lit pendant un moment. Je ne pouvais pas le laisser conduire. Tu peux m'aider à le coucher ? »

Faro a hoché lentement la tête et répondu : « Bien sûr. Mettons ce fils de pute au lit. »

Une fois Long installé à l'étage, dans une sorte de cérémonial maladroit où nous l'avons aidé à s'allonger sur le lit en le recouvrant d'une couverture, Faro lui a secoué l'épaule assez fort pour qu'il se réveille. « Hé, salaud, j'aimerais bien te casser la gueule pour l'avoir fait fuir. Et je suis toujours en train de réfléchir pour savoir quelle décision prendre à ce sujet. »

Long a répliqué : « Tu n'as pas le droit de me parler comme ça.

— Je viens de le faire. »

Long a marmonné quelque chose et s'est relevé péniblement en s'appuyant contre la tête de lit pour nous regarder passer la porte. Dans le hall d'entrée, j'ai demandé à Faro si l'un des garçons pouvait me raccompagner en ville.

« Je le ferai. Il faut que je me tire d'ici et j'aime bien conduire ce coupé », a-t-il dit.

Nous sommes sortis de Long Shot et nous avons emprunté la route principale. Faro conduisait mal, faisant grincer les vitesses et donnant des coups de volant. Le jour baissait. Derrière les Winds, le ciel doré s'estompait pour devenir indigo juste au-dessus de nos têtes.

Faro a demandé : « Comment va cette petite blessure ?

— Presque guérie.

— Tu as une théorie sur le coupable ?

— Je n'ai que des théories. Je ne saurai jamais ce qui s'est passé. » Un peu plus tard, j'ai repris : « Il y a quelque chose que je me demande depuis ce matin-là, dans les bois de Big Sur. Tu as dit que tu avais oublié quelque chose et que tu étais retourné là où nous avions laissé Jake. De quoi s'agit-il ? » Très vite, Faro a répondu : « J'ai compris que j'avais toujours le couteau que je lui avais pris à San Francisco. Je me suis dit que je devais le lui rendre. »

J'ai gardé le silence un moment.

« C'était généreux à l'extrême.

— J'ai toujours été connu pour ça. »

J'ai essayé de me souvenir des détails de cette matinée, me posant des questions auxquelles je n'avais pas vraiment envie de répondre. Par exemple, quand Faro était revenu vers le feu de camp, comment s'était-il comporté ? Portait-il quelque chose ? Je savais que je m'interrogerais toute ma vie sur le couteau, la seringue et le sac d'argent.

Nous avons roulé quelque temps en silence, puis Faro a repris la parole : « Une partie de moi souhaiterait qu'Eve ne se soit pas enfuie à nouveau, et une autre partie souhaiterait qu'elle n'ait pas eu à le faire. Elle avait besoin de plus que ce que Long pouvait lui donner. On est capable de s'installer dans la vie, ou pas.

— Elle s'est arrêtée au bureau de poste pour me dire au revoir. Elle m'a aussi dit qu'elle n'était pas faite pour ça, pour cette vie, ici. Tu sais quels étaient ses projets ? Si elle a de l'argent pour vivre pendant un certain temps ?

— Oh, je n'en ai pas la moindre idée, a-t-il répondu.

— Non, bien sûr.

— Ne pars pas à sa recherche.

— J'ai reçu l'ordre de ne pas le faire, de sa part. Je voulais qu'elle me dise : "Suis-moi." Elle m'a dit : "Au revoir." »

Faro a fait un rapide signe de tête.

« Bien. C'est mieux pour vous deux. » Vous savez, ce genre de conneries que les gens se disent.

Nous avons fait le reste du trajet en silence jusqu'à ce que, garé en ville, Faro reprenne : « Je suppose que tu es assez malin pour partir d'ici rapidement et ne pas parler de tout le temps que tu as passé loin de ta fresque.

— Je suis assez malin pour ça, oui.

— Où vas-tu aller ? En Virginie ?

— Sans doute. Je n'en suis pas sûr. J'ai reçu une invitation pour rester à Seattle quelque temps. C'est peut-être l'endroit idéal pour réfléchir à la suite des événements. Cuver la déception, passer les journées à lire des titres de journaux inquiétants en compagnie de gens très bien qui ont une cave à moitié pleine de très bon vin. »

Si j'avais été honnête avec moi-même, j'aurais admis qu'il y avait plus de chances de tomber sur Eve à Seattle qu'en Virginie.

« Aucun choix n'est parfait. Un mois ou deux de flânerie à Seattle pourraient te faire du bien. Quoi qu'il en soit, bonne chance à toi, Val.

— À toi aussi. »

J'ai tendu la main pour serrer la sienne, mais Faro m'a répliqué : « Merde, mais pourquoi est-ce que vous avez besoin de vous tenir la main tout le temps, vous autres les jeunes ? »

Je lui ai fait un salut à deux doigts près du sourcil et j'ai fermé la portière. Il a ri et s'est éloigné.

Après minuit, le bureau à tambour fermé, le bâtiment vide, je me suis assis par terre pour étudier la fresque. Dans mon esprit, je l'avais imaginée aussi vaste que celles de Benton à Chicago, si grandes qu'il avait fallu découper une partie du mur de briques de son atelier pour en retirer les sections. Mais mon morceau de mur entier aurait pu tenir dans la salle à manger de la maison de mes parents à Norfolk.

Je me sentais comme un pneu crevé qui se vide peu à peu. Si je pensais aux trois derniers mois, à la traque d'Eve, à celle de Jake et de Faro, et enfin au jour où Long nous avait peut-être traqués Eve et moi, le calendrier se brisait en éclats, en morceaux de puzzle, en mosaïques de jours épars que je n'arrivais pas à remettre en forme. Même lorsque j'essayais de reconstituer ma mémoire sous sa forme la plus simple, une ligne, une grille, un ordre correspondant à des jours, des semaines et des mois, elle déferlait sur moi comme une vague.

Par les fenêtres, les feux rouges clignotaient en jaune. La Woodie était prête à partir. Chesapeake ou Seattle ? Rien n'était encore décidé.

Devant la fresque, je me sentais trop éloigné de la version de moi-même qui l'avait imaginée pour être critique à son égard. D'une certaine manière, c'était comme regarder, des années plus tard, une œuvre d'art réalisée au lycée. On se dirait : « C'est peut-être naïf et sincère, mais techniquement pas mauvais. » À propos d'un peintre qu'il n'approuvait pas complètement, Hutch avait analysé : « Il sait peindre, mais il n'a rien à peindre. »

Aujourd'hui, je me rends compte que l'élément manquant, et il était enfoui très loin, c'était la violence de l'Ouest. Pas tant la géographie physique que la violence inhérente au concept de l'Ouest, la rapacité politique, culturelle et religieuse qui fait couler le sang sur la beauté fraîche. Hutch avait pourtant fixé des limites claires et strictes à mon travail. Il devait exprimer l'espoir et la fierté, l'optimisme et l'énergie. Pas de retour en arrière dans la culpabilité et la morosité. On ne peut pas peindre une fresque de bureau de poste sur le massacre de Sand Creek ou sur le capitalisme rudimentaire et meurtrier de la guerre dans le comté de Lincoln.

J'ai sorti mon stylo-plume de la poche de ma chemise, un Parker en celluloïd avec une plume extra-fine en or que Long m'avait offert. Dans le coin inférieur droit de la fresque, un espace de plaines herbeuses brunes et fauves, j'ai dessiné à l'encre noire indélébile un minuscule tireur légèrement accroupi, à la fraction de seconde où il dégaine son pistolet. L'image est si petite qu'on pourrait la couvrir avec le pouce. J'ai prêté une attention particulière aux angles de ses genoux et de ses coudes. Le pistolet à peine sorti de l'étui, pas encore levé. Une demi-seconde avant de tuer pour obtenir quelque chose qu'il veut, même s'il s'agit simplement de ne pas être tué soi-même, ou de protéger quelqu'un qu'il aime. Je me suis dit que si Faro venait voir, qu'il reconnaissait ma représentation minuscule et qu'il tenait sa promesse de venir me traquer jusque chez moi, alors il serait le bienvenu. Nous pourrions boire un verre ensemble sur les dunes au coucher du soleil.

Je suis allé vers l'angle opposé et j'ai griffonné un homme mince allongé sur le ventre, les jambes écartées, son corps, son fusil et son bipied formant un Y sur le sol. Son visage se confondait presque avec une longue lunette en forme de trompette. Peut-être visait-il le tireur ou peut-être plus loin, quelque part dans l'immensité du paysage. Pendant un moment, je me suis demandé combien de personnes Long et Faro avaient tuées à eux deux.

Je me suis assis par terre vingt pas en arrière, et j'ai regardé encore. De là, les deux silhouettes n'étaient plus que des taches. Pour les voir clairement, il fallait s'approcher comme Anna l'avait fait dans les premiers jours, avant tout ce qui m'était arrivé. À l'époque où la réalisation d'une peinture sur un mur de bureau de poste était tout ce qui comptait au monde.

Je me suis levé, j'ai marché jusqu'au mur et j'ai signé, en lettres aussi minuscules que la trace d'un insecte :

« Valentine Montgomery Welch / 1937 »

Remerciements

Je tiens à exprimer ma gratitude et mon amour à ma femme, Katherine Frazier, qui m'a soutenu dans mon travail, a supporté mes horaires d'écrivain, a lu et commenté mon manuscrit brouillon après brouillon, a réfléchi aux personnages et à l'intrigue, et a géré l'aspect commercial des choses depuis que j'ai franchi le pas d'écrire mon premier roman, il y a plus de trente ans.

Je remercie ma fille Annie Crandell et son mari, Kyle Crandell, pour les nombreux efforts qu'ils ont déployés afin de préserver le temps dont je disposais pour écrire ces dernières années. Outre les innombrables lectures, commentaires, critiques et suggestions, Annie s'est également occupée de tout, des coupes de cheveux en temps de Covid aux traductions du grec.

Un grand merci à mon agent, Amanda Urban, pour ses conseils et son soutien avisés pendant vingt ans.

Note de l'auteur

Pour ceux qui s'intéressent à l'histoire cachée derrière le monde fictif de ce roman, je renvoie d'abord aux sources d'information suivantes :

— Les volumes de la série *The American Guide Series* couvrant l'État de Washington, la Floride et la Californie ont été particulièrement utiles pour construire les itinéraires de Val à travers le pays. À eux seuls, ces trois guides totalisent plus de deux mille pages d'informations détaillées sur les voyages de l'époque. Les guides ont été publiés de 1937 à 1941 par la Works Progress Administration dans le cadre du Federal Writers' Project. Parmi les écrivains de renom qui ont travaillé pour le WPA, citons Saul Bellow, Ralph Ellison, Zora Neale Hurston, etc. Les guides de la WPA sont largement disponibles en ligne sous forme numérique et physique.

— Le Living New Deal (https://livingnewdeal.org) est un projet brillant qui fournit un trésor indispensable d'informations sur les projets du New Deal dans tout le pays, en particulier les œuvres d'art.

— *Boy and Girl Tramps of America de* Thomas Minehan (New York, Grosset & Dunlap, 1934) est un récit remarquable des expériences de Minehan lors de ses voyages avec des adolescents sans abri au début des années 1930. Ce livre a longtemps été difficile à trouver, mais une nouvelle édition très appréciée a été publiée par University Press of Mississippi en 2023.

— Les ouvrages de Francis V. O'Connor, *The New Deal. Art Projects: An Anthology of Memoirs*, Washington, Smithsonian Institution Press, 1972 et de Leslie J. Reagan, *When Abortion Was a Crime : Women, Medicine, and Law in the United States, 1867-1973* (Berkeley, University of California Press, 1997).

Table des matières

Pour en savoir plus
sur les Éditions Plon
(catalogue, auteurs, vidéos, actualités...),
vous pouvez consulter
www.plon.fr
www.lisez.com

lisez!

et nous suivre sur les réseaux sociaux

Editions Plon

@EditionsPlon

@editionsplon

#lisez! engagé
www.lisez.com
Pour plus d'information :
Imprimé sur du papier issu de forêts gérées durablement.

CET OUVRAGE A ÉTÉ ACHEVÉ D'IMPRIMER SUR ROTO-PAGE
PAR L'IMPRIMERIE FLOCH À MAYENNE EN JUILLET 2024

N° d'impression : 105159
Imprimé en France